MATHIAS SCHERER

HELLTAL

For absent friends

edition copywrite, Frankfurt am Main

Ein Projekt der copywrite Literaturagentur
Inhaber Georg Simader
Woogstraße 43
60431 Frankfurt am Main
www.copywrite.de

Verlag: epubli GmbH, Berlin, www.epubli.de
ISBN 978-3-7375-1661-7

Gestaltung: Christina Hucke
(www.christinahucke.de)
Coverfoto: shutterstock/Amy Johansson

Das Vergangene ist nicht tot;
es ist nicht einmal vergangen.

William Faulkner, Requiem für eine Nonne

PROLOG

Nebel kroch über die Hochebene. Die tief über dem Horizont stehende Sonne war eine silbern schimmernde Münze hinter schiefergrauen Wolken. Der Herbst hatte sich eingenistet.

Mark Andersen lehnte an der Motorhaube des 928, der an der Kreuzung zweier asphaltierter Feldwege stand, und trank Bier. Auf der Motorhaube ein Sixpack Bitburger, auf den Feldern hinter und neben ihm Krähenschwärme, in seinem Rücken ein einsames Windrad. Er setzte sich die Flasche an den Hals, als zu seiner Linken – keine zehn Meter entfernt – ein Bussard auf dem verwitterten Wegweiser, auf dem Ortsmitte stand, landete und ihn misstrauisch beäugte.

„Was?", knurrte Andersen.

Der Raubvogel legte den Kopf schief und beäugte ihn weiter. Andersen ignorierte ihn und steckte sich eine an. Die Dämmerung nahm die Hochebene zusehends in Besitz, die Konturen der Landschaft verschwammen. Er sah auf sein Handy. 20.17 Uhr. Der Anonymous hatte sich für 20 Uhr angekündigt. Es begann zu regnen. Er zog den Reißverschluss seiner Lederjacke bis zum Kinn hoch. Das war's, dachte er. Abflug. Zurück in der Einliegerwohnung seiner Eltern würde er das Sixpack und den Rest des Whiskeys vernichten, sich den Wecker für auf 7 Uhr stellen, irgendwann stockbesoffen ins Bett fallen und morgen früh aus Helltal verschwunden sein. Ohne Abschied, ohne einen Blick zurück. Es war vorbei. Endgültig.

Er nahm einen letzten Zug und schnippte die Kippe gegen den Wegweiser, an dem sie abprallte und ins feuchte Gras fiel, was der Bussard interessiert beäugte. Andersen trank das Bier aus, ließ sich von der Motorhaube gleiten und warf die Flasche in Richtung des kleinen Wäldchens direkt vor ihm. Im gleichen Moment stieß sich der Raubvogel mit kräftigen Flügelschlägen vom Wegweiser ab und erhob sich beinahe lautlos in den trüben, wolkenverhangenen Himmel. Andersen sah ihm hinterher, grüßte dabei mit der flachen Hand an der Stirn und murmelte: „Flieger, grüß mir die Sonne."

Der Bussard antwortete mit: „Sollte machbar sein."

Andersen drehte sich überrascht zum Raubvogel, als ein Schuss die Stille zerriss. Die Krähen auf den Feldern stoben kreischend und zeternd auseinander. Er wurde am linken Oberarm erwischt, herumgerissen und knallte neben dem Vorderreifen des Porsche auf den Feldweg. Instinktiv griff er unter die Achsel, wo sein Colt im Schulterhalfter stecken sollte. Erinnerte sich, dass er diesen zusammen mit der Munition und der Dreckwäsche in seine Sporttasche gepackt hatte. Und die befand sich in der Einliegerwohnung seiner Eltern.

Ein zweiter Schuss fiel. Das Sixpack auf der Motorhaube zerplatzte.

Andersen zog den Kopf ein. Bier und Glassplitter regneten auf ihn. Er drückte sich mit dem Rücken gegen den Kotflügel, presste die rechte Hand auf die Wunde an seinem Oberarm. Die Lederjacke war an der Stelle zerfetzt. Blut strömte zwischen seinen Fingern hindurch. Viel Blut. Er sah sich um. Knapp 500 Meter westlich verlief die kurvige und enge Landesstraße, die von Helltal in Richtung Weselberg, Oberarnbach und Bann führte. Aber: keine Bäume, keine Büsche, keine Deckung.

Der nächste Schuss fiel und ließ den linken Vorderreifen des 928 wie eine überreife Melone zerplatzen. Andersen spähte über die Motorhaube. Es gab nur ein mögliches Versteck für den Schützen: ein kleines Wäldchen in etwa 200 Metern Entfernung, das im Osten durch einen Feldweg begrenzt wurde, der ins Tal führte. Was für eine Waffe hatte er? Ein Gewehr. Höchstwahrscheinlich ein Jagdgewehr. Bei einem Mehrlader musste der Schütze das neue Magazin erst nach acht bis zehn Schüssen wechseln, bei einem Einzellader nach jedem Schuss. Wie viel Zeit war zwischen den Schüssen vergangen? Er war sich sicher, dass bis jetzt keine zwei Schüsse direkt hintereinander gefallen waren. Ein Einzellader. Damit hatte er zwischen den Schüssen mindestens zehn Sekunden Zeit.

Andersen drückte sich flach auf den Boden. Er musste weg von hier. Und zwar schnellstens. Der Weg in den Porsche führte aber nur über die Beifahrertür, da sich die Fahrertür wegen des abgebrochenen Schlüssels im Schloss nicht von außen öffnen ließ. Was war der kürzeste Weg zur Beifahrertür? Vorne rum, um die lange Schnauze des Porsche? Hintenrum? Übers Dach? Über die Motorhaube?

Komm schon, Mann. Gib mir zehn Sekunden. Schieß, verdammt!, murmelte Andersen.

Nichts passierte. Ohne seinen linken Arm und die Schulter allzu sehr zu belasten, rollte er sich auf die Seite und spähte unter dem Wagen hindurch, in Richtung des Wäldchens. Es dauerte einen Moment, bis er begriff, was er sah: Zwei Füße, die in schweren Arbeiterstiefeln steckten, kamen durch den dichter werdenden Nebel direkt auf ihn zugestampft! Dann fiel ein weiterer Schuss und zerfaserte die Windschutzscheibe in tausend feine Linien.

Zehn Sekunden!

Er hechtete auf die Motorhaube und schlitterte darüber hinweg. Nahm dabei aus den Augenwinkeln wahr, dass der Schütze eine olivfarbene Regenjacke trug, die Kapuze tief ins Gesicht gezogen hatte und sich gerade bückte, um etwas aufzuheben. Erst kapierte Andersen nicht, dann wurde ihm klar, dass es sich dabei um die ausgeworfene Patronenhülse handelte. Er knallte neben der Beifahrertür auf den Asphalt und schrie auf. Sah wie durch einen Schleier, dass der Schütze eine neue Patrone in den Lauf schob und erneut durchlud. Er riss die Beifahrertür auf. Die Kugel durchschlug die Seitenscheibe. Er schützte sein Gesicht mit dem Unterarm gegen die auf ihn niederprasselnden

Glassplitter, während er auf den Beifahrersitz hechtete und die Tür ran zog. Der Rest der Scheibe zersplitterte und regnete auf seine Oberschenkel. Er kletterte über die Mittelkonsole weiter auf den Fahrersitz, kramte hektisch in den Taschen seiner Cargo. Fand den Autoschlüssel. Sah verschwommen durch die zerfaserte Scheibe, wie der Schütze erneut anlegte. Zog den Kopf ein. Der Schuss zerbröselte die Windschutzscheibe. Tausend kleine Glassplitter rieselten ins Innere des Porsche. Er wischte sich die Splitter aus den Haaren und von der Jacke, rammte den Schlüssel ins Zündschloss und drehte ihn. Der Porsche erwachte mit einem heiseren Röhren zum Leben. Er ließ die acht Zylinder aufheulen und die Kupplung kommen. Der 928 schlingerte auf den zerschossenen Vorderreifen wie ein besoffener Seemann in Richtung des Landwirtschaftsweges, der ins Tal führte.

Der Schütze befand sich jetzt zu seiner Linken und hatte das Gewehr wieder schussbereit.

Noch knapp hundert Meter bis zum Feldweg.

Er schaltete hoch, als er einen Knall hörte. Einer der hinteren Reifen zerbarst. Die Alufelge krachte funkensprühend auf den Asphalt. Der Porsche stellte sich quer, schlitterte über den Rand einer Wiese, riss dabei den Begrenzungspfosten eines Zauns um und schlingerte weiter in Richtung des steil abfallenden Landwirtschaftsweges. Der Schmerz, der von seiner linken Schulter ausging, zog sich inzwischen bis in die Fingerspitzen. Er bremste, bekam den 928 wieder halbwegs unter Kontrolle, konnte den Weg ins Tal keine 50 Meter vor sich erkennen. Im Rückspiegel sah er den Schützen, der sich als schwarze, unbewegliche Silhouette, das Gewehr lässig gegen die Hüfte gestemmt, vor der Kuppe des Hügels hinter ihm abzeichnete. Der Fahrtwind und die eisigen Regentropfen, die ihm durch die fehlende Windschutzscheibe ins Gesicht peitschten, trieben ihm Tränen in die Augen. Es war inzwischen so dunkel, dass er nur schemenhaft erkennen konnte, dass der Feldweg ins Dorf eine leichte Linkskurve beschrieb und nur zum Teil asphaltiert war. In der Mitte ein breiter Streifen Gras. Überall nasses, schmutzig gelbes Laub. Links eine bewaldete Böschung, rechts ein steiler Abhang.

Drei sich überlappende Gedanken in seinem Kopf: Ich bin zu schnell. Ich muss das Licht einschalten. Ich bin nicht angeschnallt.

Er stieg in die Eisen. Auf dem glitschigen Laub griffen die Bremsen nicht, der Porsche schlitterte direkt auf den Abhang zu.

Er riss das Steuer nach links.

Teil 1:

CIRCUMSTANCES

All the same
We take our chances
Laughed at by time
Tricked by circumstances
Plus ça change
Plus c'est la même chose
The more the things change
The more they stay the same

(RUSH: Circumstances)

Acht Tage zuvor

1
NOFRETETE

Sie fühlt sich so leicht an, dachte er. Zwei Kilo. Höchstens. Vor ein paar Monaten hatte sie noch das Doppelte bis Dreifache gewogen.

Die Leichenstarre hatte schon eingesetzt, als er sie, eingewickelt in ihre gelbe Lieblingsdecke und fest gegen die Brust gedrückt, zu seinem Wagen trug, der um die Ecke in der Pfalzburger Straße stand. Es war weit nach Mitternacht. Der Bürgersteig der menschenleeren Fechner Straße war mit blassgelbem, nassem Laub übersät. Irgendwo heulte eine Polizeisirene. Als er in der Pfalzburger bei seinem Porsche 928 ankam, bemerkte er eine Krähe, die in einem Baum saß, unter dem sein Wagen parkte. Sie beäugte ihn mit schief gelegtem Kopf. Er presste Püppi mit einer Hand an sich, fummelte mit der anderen den Autoschlüssel aus der Wildlederhose und entriegelte den Wagen mit der Fernbedienung. Die Krähe gab einen Laut von sich, der eher nach einem Seufzer als nach einem Krächzen klang. Er sah nach oben. Für einen kurzen Moment trafen sich ihre Blicke. Dann flatterte die Krähe zeternd davon.

Er öffnete die gläserne Heckklappe. Im Kofferraum stand eine bis obenhin vollgemüllte, rote Plastikbox. Mit einer Hand nahm er sie heraus, kippte den kompletten Inhalt auf den Bürgersteig und legte Püppi vorsichtig in die Box. Zog die gelbe Decke ein Stück beiseite, sodass ihr Köpfchen frei lag. Ihre Augen waren offen, aber sie sahen ihn nicht mehr. Chronische Niereninsuffizienz. Die häufigste Todesursache bei älteren Katzen. Sie war um 18.52 Uhr in seinen Armen gestorben. In drei Monaten wäre sie siebzehn geworden.

„Hör zu, Dicke, ich muss noch was erledigen", flüsterte er heiser. „Leider hab ich nicht die geringste Ahnung, wie lange das dauern wird. Falls alles gut läuft, bin ich gegen Morgengrauen fertig."

Er streichelte sanft die Stelle hinter ihrem linken Ohr, was sie bis vor wenigen Tagen noch wohlig hätte schnurren lassen.

„Ich weiß, du stehst nicht so auf Autofahren, aber es geht nicht anders. Wir müssen doch danach dein neues Zuhause besichtigen. Es wird dir gefallen, ganz bestimmt. Der Park ist riesig. Und du bist nicht die einzige Katze dort."

Er zog die Decke über ihr Köpfchen und schloss die Heckklappe. Eine eiserne Faust aus Trauer schloss sich um sein Herz und drohte es zu zerquetschen.

Sie stand in der Lederwarenabteilung von Karstadt, wo sie zärtlich über eine Picard-Tasche streichelte und betont gelangweilt die Umgebung scannte. Links von ihr ein schlanker Mann mit schulterlangen, braunen Haaren in einer schwarzen, abgeranzten Lederjacke, der damit beschäftigt war, das Preisschild einer Lederhose zu lesen. Rechts von ihr ein älteres Pärchen, in die Inspektion eines Rollkoffers vertieft.

Er hatte von Duja, die er letzte Woche im Pow-Wow getroffen hatte, einen Tipp bekommen, dass er die Frau mit dem Nofretete-Tattoo, von der er ihr ein Foto gezeigt hatte, an Dujas Arbeitsplatz, dem Kit Kat, antreffen würde. Er hatte sich kurz selbst davon überzeugt, dass es sich wirklich um sein Zielobjekt handelte, und dann in seinem Porsche darauf gewartet, dass sie endlich das Wochenende feiertechnisch beenden und dahin fahren würde, wo er sie sich schnappen konnte. Alleine. Alles andere war keine Option. Doch sie hatte das Wochenende leider nicht alleine beendet. Bei ihr war ein Hering in einem schlabbrigen, traurig-grauen Kapuzenpulli, mit dem sie sich ein Taxi teilte. Das Taxi hatte nach einer knappen halben Stunde Fahrt in der Holsteinischen Straße, einer kleinen Parallelstraße der Schloßstraße, in Steglitz gehalten. Der Hering hatte gezahlt,

Nofretete geküsst und war dann in den gediegenen Altbau mit der Nummer 27 verschwunden. Nofretete war weiter in Richtung Schloßstraße und Karstadt geschlendert.

Jetzt drehte sie der Überwachungskamera, die ihr am nächsten war, den Rücken zu. Ließ ihre Umhängetasche ein Stück über die Schulter auf Hüfthöhe gleiten. Hielt sie mit zwei Fingern offen und ließ in einer fließenden, geschmeidigen Bewegung die Picard-Tasche darin verschwinden. Dann zog sie den Reisverschluss ihrer Umhängetasche zu und wandte sich in Richtung Ausgang. Problem: Der schlanke Mann mit den schulterlangen, braunen Haaren und der schwarzen, abgeranzten Lederjacke versperrte ihr den Weg.

„Das lassen wir besser", meinte der Mann, während er den Reißverschluss ihrer Tasche wieder aufzog, die Picard-Tasche herausholte und zurück ins Regal stellte. „Das würde die Situation doch nur unnötig verkomplizieren, oder?"

Sie starrte ihn sprachlos an.

„Anja Koch, nehme ich an. Deine Eltern erwarten dich in Lichtenrade. Schon seit über zwei Monaten. Ich würde dich bitten, keinen Ärger zu machen und einfach mitzukommen." Er machte eine auffordernde Geste in Richtung Ausgang.

„Was soll der Scheiß? Wer bist du?", krächzte Anja Koch.

„Der Geist, der stets verneint. Oder einer der Ritter, die nie nie sagen. Such's dir aus", erwiderte er, fummelte seinen Privatdetektivausweis aus der Jackentasche und hielt ihn ihr hin. „Mark Andersen, Detektei Groh. Darf ich bitten?" Er deutete erneut in Richtung Ausgang.

„Und was, wenn ich mich weigere?"

„Keine Option. Mein Job ist es nicht, mit dir zu diskutieren, sondern dich nach Hause zu bringen. Und zwar auf kürzestem Weg."

Andersen griff sie am Oberarm und zerrte sie in Richtung Ausgang. Durch eine abrupte Bewegung zur Seite riss sie sich von ihm los.

„Ich geh nirgendwohin! Und schon gar nicht mit dir, du Penner!"

„Doch, das wirst du. Und weißt du warum? Weil du mir was schuldest."

Sie starrte Andersen an, als sei er eine komplett durchgeknallte Scheißhausratte, unberechenbar und zu allem fähig.

„Das Schlimmste war nicht, dass sie mich verlassen hat. Sie war alt und krank, ihre Zeit war gekommen", sagte Andersen leise. „Das Schlimmste war, dass ich immer noch die Hoffnung gehabt hatte, sie würde sich wieder erholen, dass alles wieder gut wird. Nur um dann irgendwann festzustellen, dass gar nichts gut wird und es unsere letzten gemeinsamen Wochen waren. Und wo war ich den größten Teil dieser Zeit? Ich hab meinen Job gemacht und versucht, dich aufzutreiben. Ich hab dir meine Zeit geopfert. Zeit, in der ich für sie hätte da sein sollen. Du hast mich um die letzten Wochen mit ihr gebracht. War es das wert? Nein, das war es nicht wert! Du warst es nicht wert! Es ist mir scheißegal, was du empfindest, wo du herkommst oder wo du hingehst. Alles, was mich interessiert, ist diesen Job zu Ende zu bringen! Und das werde ich! Ob es dir passt oder ..."

Bevor Andersen den Satz beenden konnte, riss Anja Koch ihr Knie hoch und jagte es ihm mit voller Wucht in die Kronjuwelen. Beide Hände im Schritt sackte er zu Boden und japste nach Luft. Aus den Augenwinkeln sah er, wie sie durch den Ausgang auf die Schloßstraße rannte. Er schloss stöhnend die Augen.

Der Himmel über dem Nollendorfplatz war grau und matt wie die Haut eines an den Strand gespülten toten Wals. Die schwere Eichentür der Detektei Groh fiel hinter ihm ins Schloss und er stand wieder auf der Straße. Dieses Mal war es der Nolli, letztes Mal die ‚Detektei Groß & Kessler' am Kudamm, davor ‚Lingen/Siebert' in der Torstraße in Mitte und davor die Rechtsanwälte ‚Schmitt und Kollegen' in der Uhlandstraße. Er hatte mal wieder einen Job geschmissen. Einen sicheren, relativ gut bezahlten Job. Nicht zum ersten Mal, seit ihn das Berliner Drogendezernat rausgeworfen hatte. Sein Leben war eine verdammte Endlosschleife. Die einzige Beständigkeit war die Unbeständigkeit. Nie anzukommen, war zum Normalzustand geworden. Vielleicht war er es auch einfach nur leid, sich von siebzehnjährigen Drogenschlampen in die Weichteile treten zu lassen.

Es war kurz nach zwölf. Er war jetzt seit über vierundzwanzig Stunden wach, seine Eier waren inzwischen auf die Größe von Tennisbällen angeschwollen und die Kopfschmerzen hämmerten erbarmungslos von innen gegen seine Schläfen. Alles was er wollte, war so schnell wie möglich Püppi beerdigen und dann nach Hause und nur noch schlafen. Schlafen und vergessen, dass er ab jetzt alleine war. Dass sein Zuhause ohne sie kein Zuhause, sondern nur noch eine Butze sein würde. Er steckte sich eine an und machte sich auf den Weg in Richtung Motzstraße, wo er den Porsche geparkt hatte. Nach knapp zwanzig Metern setzte sein Herz einen Schlag lang aus. Gegenüber dem Hotel Sachsenhof, wo der 928 hätte stehen sollen, parkte ein älterer Audi A4 Avant. Er eilte weiter in Richtung Martin-Luther-Straße. Kein 928. Er ging zurück in Richtung Nollendorfplatz. Es begann zu nieseln. Er stellte den Kragen seiner Lederjacke hoch, als er eine bellende Stimme hörte: „Na, Sportsfreund. Was macht die Kunst?“

Er fuhr herum. An der Ecke zum Nolli parkte ein nagelneuer schwarzer Mercedes CL. Soweit er das von seinem Standort erkennen konnte, die AMG-Variante. Sehr wahrscheinlich der CL 65 mit zwölf Zylindern. Er kannte nur einen, der ihn mit „Sportsfreund“ angeredet und sich so eine Schleuder hätte leisten können: Lemmy.

Die Seitenscheibe des CL war runtergelassen und Lemmy winkte ihm grinsend zu. Das Blut rauschte in seinen Ohren, als er sich wie in Trance in Lemmys Richtung in Bewegung setzte.

„Weißt du, wie viele 928er 1982 gebaut wurden?“, fragte Lemmy, als Andersen in gebührendem Sicherheitsabstand vor dem CL zum Stehen kam.

„Nein. Sag du's mir.“

„4510. Und ich hab jetzt einen davon."

Er lachte. Laut, dröhnend, kehlig.

„Nein, hab ich ja gar nicht", fuhr er fort, „rein technisch gesehen hat ihn Sobi und bringt ihn gerade an einen sicheren Ort. Aber da Sobi ja für mich arbeitet, kann ich wohl doch behaupten, dass ich jetzt einen habe. Kennst du Sobi? Er liebt Oldtimer. Und kann die im Schlaf knacken. Wobei ich dein Baby auch noch selbst hätte knacken und kurzschließen können. Aber dann hätte ich ja mein Baby hier stehen lassen müssen." Er strich zärtlich über das Lenkrad des CL. „Und das hätte sie mir sicher übel genommen. Du weißt ja, wie Frauen sind." Er musterte Andersen mit einem Blick, für den abfällig die Untertreibung des Jahrzehnts gewesen wäre. „Nein, wahrscheinlich weißt du das nicht."

Er wickelte einen Schokoriegel aus und warf die Verpackung aus dem Fenster. Sie landete direkt vor Andersens Füßen. Twix. Hieß früher mal Raider, dachte Andersen.

„Manchmal gibt es schon lustige Zufälle. Da komme ich grade aus dem schönen Steglitz, wo ich mit Wolle den Deal über einen Ford Mustang Fastback, Baujahr 1965, 280 PS, unverbastelter Originalzustand, klarmachen wollte. Ein Traum, der Wagen. Genau wie der Preis. 32.500 Tacken. Wolle hat mir das Schmuckstück versprochen, wenn ich es innerhalb von zwei Tagen schaffen würde, die Kohle aufzutreiben. Ich habe es innerhalb von einem Tag geschafft. Aber als ich heute Morgen bei ihm aufgetaucht bin, hatte er den Wagen schon vertickt. An einen Russen. Ich vermute, der hat ihm als Bonus eine lebenslange Flatrate für seine Puffs am Stutti in Aussicht gestellt. Ein Angebot, das jemand wie Wolle, der eh nur noch bei Nutten einen hochkriegt, verständlicherweise nicht hatte ablehnen können. Tja, dumm gelaufen. Aber wie ich da so an der Ampel Schloßstraße/Ecke Schöneberger Straße stehe und mich gepflegt ärgere, biegt von rechts ein metallicblauer Porsche 928 S auf die Schloßstraße in Richtung Schöneberg ein und hebt meine Laune gewaltig. Und weißt du warum? Weil ich nur einen in Berlin kenne, der einen metallicblauen 928 S fährt. Und der Halter hat sich seit über einem Jahr nicht mehr bei unserer netten kleinen Runde blicken lassen. Könnte eventuell daran liegen, dass er mir noch Kohle schuldet. Wie viel schuldest du mir noch, Andersen?"

„Keine Ahnung. Zehn Riesen oder so", murmelte er.

„Nicht ‚oder so'. Zehn Riesen. Plus Zinsen. Aktuell sind das ziemlich genau 18.876 Euro. Und wie lange warte ich da jetzt schon darauf?"

Andersen wollte etwas erwidern, schaffte es aber nicht.

„Du hast eine Woche, um den Wagen auszulösen, Andersen. Ansonsten verkaufe ich ihn weiter. Und ganz sicher nicht an einen Händler aus Berlin."

Er schob sich das letzte Stück des Schokoriegels in den Mund, leckte seine dicken, behaarten Wurstfinger ab und steckte sich eine an. Die Schokoriegelverpackung wurde von einem Windstoß in Richtung Nolli weggeweht.

„Falls du auf die – in deinen Augen natürlich naheliegende – Idee kommen solltest, deine Ex-Kollegen einzuweihen, nur zu. Aber sie werden den Wagen nicht finden. Sie finden nie irgendwelche geklauten Wagen. Und weißt du, warum? Weil sie Besseres zu tun haben. Zum Beispiel mir rechtzeitig Bescheid geben, wann die nächste Razzia steigt." Er strich sich grinsend über die Glatze.

„Ich hab die Kohle im Moment nicht. Gib mir zwei Wochen."

„Eine!"

Der Regen wurde stärker. Regentropfen krochen Andersen über den Rand der Lederjacke in den Nacken. „Komm schon, Lemmy. Ich bin da an was dran", meinte er. „Ist aber noch nicht spruchreif. Ende der Woche weiß ich mehr."

„Ja, klar. Jeder ist immer irgendwie an irgendwas dran, das leider aber nie spruchreif ist. Eine Woche, Andersen. Die Uhr tickt!" Er ließ die Seitenscheibe hoch- und sofort wieder runterfahren. „Was ist eigentlich mit der Fahrertür? Wieso geht die von außen nicht auf?"

„Was?"
„Die Fahrertür deines Porsche geht nicht mehr auf."
„Mir ist der Schlüssel im Schloss abgebrochen ..."
„Typisch." Er startete den CL und ließ die zwölf Zylinder aufheulen.
„Warte!"
Lemmy sah Andersen gelangweilt an.
„Im Wagen ist noch was, was ich wirklich total dringend bräuchte ..."
„Das tote Vieh, oder was?"
„Was hast du mit ihr gemacht?"
„Schau an, eine sie. War sie dein Mädchen? Wie war sie denn so im Bett? Hast du es ihr geil besorgt? Und sie dir?"
„Was hast du mit ihr gemacht, du Wichser?", brüllte Andersen und drosch mit der Faust aufs Dach des CL. Lemmy schien das nicht sonderlich zu beeindrucken. „Du hast eine Woche. Ich meld mich." Er ließ die Seitenscheibe hochfahren, trat aufs Gas und fädelte sich mit quietschenden Reifen in den Verkehr auf der Kleiststraße ein.
Ein einzelner Regentropen kroch über Andersens Nasenwurzel. Blieb für den Bruchteil einer Sekunde zwischen Leben und Tod hängen. Fiel wie in Zeitlupe auf den nassen Asphalt zwischen seinen Füßen. Zerplatzte. Löste sich auf. Wurde Teil von etwas Größerem. Wurde Teil des Ganzen.
Ich brauche einen Drink, dachte Andersen. Jetzt.

2
WILLKOMMEN IM CLUB

Das Aufwachen war gnadenlos. Sein Mund war trocken, die Hoden immer noch geschwollen und ein dumpfes Dröhnen füllte seinen Schädel. Er griff nach der kleinen Plastikwasserflasche auf dem Nachttisch und trank, wobei er sich nicht erinnern konnte, diese gestern Nacht dort abgestellt zu haben. Er setzte sich auf den Rand des Bettes. Bemerkte den Putzeimer und das Erbrochene direkt daneben.

Er sah zum Katzenbaum am Fenster. Die Plüschmulde war leer. Er schlüpfte in seine Jogginghose, zog sich ein frisches Shirt über und realisierte dabei irritiert, dass die Schlafzimmertür geschlossen war. In seiner Wohnung gab es keine geschlossenen Türen. Nie. Püppi hasste geschlossene Türen. Hatte geschlossene Türen gehasst. Er konnte sich nicht erinnern, sie zugemacht zu haben. Andererseits konnte er sich aber auch nicht erinnern, wann, wie und in welchem Zustand er gestern Nacht nach Hause gekommen war.

Er öffnete die Tür, trat barfuß auf den Flur, bog nach links ins Bad ab, pinkelte im Stehen und betrachtete dann sein Spiegelbild. Ein blasses, unrasiertes Gespenst mit eingefallenen Wangen, dunklen Augenringen und fettigen braunen Haaren, die mit grauen Strähnen durchsetzt waren, starrte ihn an. Er griff nach einem Gummihaarband auf der Ablage, machte sich einen Zopf und ging zurück in den Flur. Realisierte, dass auch die Tür des Wohnzimmers geschlossen war. Ging zögerlich auf sie zu, betrachtete sie eingehend, legte dann eine Hand auf den Griff und drückte beherzt die Klinke nach unten.

„Tori Amos, Rebekka Bakken, Aimee Mann, Sarah MacLachlan. Hörst du nur noch Muschi-Musik, oder was?"

Ein barfüßiger Mann mit raspelkurzen blonden Haaren, grauen Schläfen und Kinnbart saß im Schneidersitz vor dem CD-Regal und wedelte mit einer „Joan As A Police Woman"-CD in Andersens Richtung.

„Und wer oder was zum Teufel ist ‚Joan As A Police Woman'?"

Der Mann bemühte sich Hochdeutsch zu sprechen, doch sein harter, pfälzischer Akzent war nicht zu überhören. Das Gesicht des Mannes schimmerte blau-violett. Das linke Auge war ein Schlitz zwischen geschwollenen Hautwülsten. Wie ein Boxer, der vor ein paar Tagen über die vollen zwölf Runden gegangen war und ganz sicher nicht gewonnen hatte.

„Wo sind deine ganzen Rush-CDs, Alter? Kein Signals, kein Permanent Waves, nicht mal die Moving Pictures hab ich gefunden."

Andersen registrierte, dass ein olivfarbener Seesack an der Couch lehnte und eine Lederjacke über dem Sessel hing.

„Was soll der Scheiß? Wer bist du? Was machst du hier?"

„Gegenfrage zu Frage Nummer zwei: Hab ich mich so sehr verändert?"

Der Mann stand auf. Andersen musterte ihn mit zusammengekniffenen Augen. Er trug Jeans und ein enges schwarzes T-Shirt auf dem ein Dalmatiner einen knallroten Hydranten beschnüffelte. Darüber der Schriftzug RUSH – Signals. Er war ein Stück größer als er selbst. Hatte gebräunte Haut. War muskulös und sehnig. Kein unnötiges Gramm Fett. Und er roch nach Aftershave. Nach Andersens Aftershave.

„Du erkennst deinen Blutsbruder nicht wieder?"

„Was? Nein. Ich ... Wie ... bist du hier reingekommen?"

„Mit deinem Schlüssel."

„Meinem ...?"

„Unser Wiedersehen hab ich mir immer anders vorgestellt. Ich weiß auch nicht ... irgendwie romantischer", grinste der Mann. „Ich musste mir übrigens dein Aftershave ausleihen.

Hab meins in der ganzen Hektik irgendwie vergessen einzupacken."

„Was redest du da für eine Scheiße? Wer zum Geier bist du?"

„Da kommst du sicher noch selbst drauf. Werd erst mal wach." Er tätschelte Andersens Wange. „Nettes Tattoo übrigens." Er deutete auf den Drachen auf Andersens Oberarm und drückte sich an ihm vorbei auf den Flur. „Kaffee?"

„Ey, warte mal. Ich ..."

Er bog am Ende des Flurs nach links in die Küche ab. Andersen eilte ihm hinterher. Sah ihn an der Arbeitsplatte stehen und dampfenden Kaffee aus der Glaskanne in zwei Tassen gießen. „Immer noch Milch und zwei Löffel Zucker, Smörre?"

Smörre. Kurzfassung von Smörrebröd. So hatte ihn nur einer genannt.

Irgendwelche Synapsen in den Tiefen seines Hirns hakten sich ein, begannen sich mit anderen Synapsen zu verbinden, in Kontakt zu treten, sich auszutauschen. Dann schlossen sie den Kreis und kommunizierten.

„Sinde?"

„Wow. Das ging ja mal fix", meinte Stefan Sindelar und schüttete zwei Löffel Zucker in eine der beiden Tassen. „Okay, ich schiebe es mal auf deinen Alkoholkonsum letzte Nacht. Wobei es Alkoholmissbrauch wohl eher treffen würde."

Andersen sah ihn fragend an.

„Filmriss?"

Andersen zuckt mit den Schultern. Sindelar goss Milch in die Tasse, rührte um und stellte sie vor ihm auf den Tisch. „Einer deiner Nachbarn hat mir aufgemacht. Na ja, dann hab ich vor deiner Wohnung gewartet. Irgendwann bist du dann aufgetaucht und hast mir zur Begrüßung erst mal vor die Füße gereihert."

Er setzte sich Andersen mit seinem Kaffee gegenüber.

„Wann war das?"

„So gegen zwei."

„Ich brauch 'ne Kippe", meinte Andersen. Sindelar legte seine zerknüllte Softpackung Camel auf den Tisch. Andersen bediente sich, wobei ihm Textzeilen eines Songs durch den Kopf spukten.

Signals transmitted, message received
Reaction making impact, invisibly

„Und dann?", hakte er nach.

„Bist du mehr oder weniger zusammengebrochen. Ich hab den Wohnungsschlüssel in deiner Tasche gefunden und dich ins Bett verfrachtet. Und danach die Kotze vor der Tür weggewischt. So was kann ich nicht ab. Du kennst mich ja."

„Na ja", meinte Andersen, „wir haben uns seit 1984 nicht mehr gesehen."

„Ich hab mich nicht groß verändert. Du?"

„Gute Frage. Leider nicht wirklich beantwortbar, da mir der direkte Vergleich mit dem Mark Andersen von 1984 fehlt", sagte er, nahm einen Schluck Kaffee und musterte Sindelars ramponiertes Gesicht. „Du siehst ganz schön scheiße aus."

„Ich weiß. Ist aber nur vorübergehend."

„Sicher?"

„Ich hoffe."

„Wo sind eigentlich deine Haare hin?"

„Weg", meinte er. „Werden auch nicht wiederkommen. Scheiß drauf. Dinge ändern sich. Ist so. Kann man gut finden, kann man scheiße finden, ändert aber nichts an den Tatsachen." Er nahm einen Schluck Kaffee. „Was ist denn jetzt mit deinen Rush-CDs? Verkauft oder was?"

„Ich hab die nicht als CDs. Nie gehabt. Nur als Platten. Sind alle bei meinen Eltern auf dem Dachboden."

„Nein, sind sie nicht", murmelte Sindelar und fuhr sich mit der Zunge über einen Riss in der Oberlippe. Eine Erinnerung stieg plötzlich in Andersen auf. Wie ein Blitzlicht. Für Sekunden klar, dann plötzlich verlöschend. „Du hast recht", sagte er. „Du hast die. Ich hab sie dir geschenkt. 1984. Bei meinem Umzug nach Lautern."

Sindelar lächelte. „Na also, geht doch. Und ich dachte schon, du hättest konsequent deine Wurzeln gekappt. Wo ist eigentlich deine Katze?"

Andersen starrte ihn an.

„Der Katzenbaum im Schlafzimmer, die Fressnäpfe, das Katzenklo im Bad. Wo ist sie? Hat sie Angst vor Fremden und sich irgendwo versteckt?"

„Sie ist Sonntagabend gestorben", murmelte er, ohne Sindelar anzusehen.

„Scheiße. Oh, Mann, tut mir leid, Bruder." Er kratzte linkisch mit dem Daumennagel an einem Kaffeefleck auf dem Tisch herum. „Wie alt war sie?"

„Sechzehn."

„Wie lange war sie bei dir?"

„Zwölf Jahre."

Die beiden starrten eine Zeitlang wortlos in ihre Kaffeetassen. Sindelar fummelte eine eingedellte Packung Schmerztabletten aus der hinteren Tasche seiner Jeans, drückte zwei Tabletten in seine Hand, schluckte sie und spülte mit Kaffee nach.

„Warum bist du hier?", unterbrach Andersen das Schweigen.

„Ich sitze in der Scheiße. Und zwar richtig."

„Willkommen im Club."

Sindelars lächelte gequält. Sein Handy klingelte und er sah aufs Display. „Sorry. Ist wichtig." Er ging auf den Flur und nahm das Gespräch an. „Fischer. – Ja, ich bin bei ihm. Hat alles geklappt. – Keine Ahnung. Ich meld mich, wenn ich Näheres weiß. Wie sieht's aus? Hat sich meine Vermutung bestätigt? – Scheiße, ich wusste es. Alles klar. Bis dann."

Er kam zurück in die Küche und setzte sich wieder Andersen gegenüber. Strich sich mit einer Hand über die Stoppeln auf seinem Kopf und atmete tief durch. „Ich bin auf der Flucht. Es gibt einen Haftbefehl gegen mich."

„Weswegen?"

Andersen nahm einen Schluck Kaffee.

„Die Bullen glauben, ich hab jemanden umgebracht."

Andersen spotzte den Kaffee über den Tisch. „Und jetzt willst du bei mir untertauchen, oder was?", krächzte er und wischte sich dabei mit dem Handrücken den Mund ab.

„Nein. Dich engagieren. Für einen Job. Du bist der Einzige, der mir helfen kann."

Andersen räusperte sich mehrmals, um den Hals frei zu bekommen.

„Und was genau soll ich tun?"

„Du musst zurück nach Helltal und den richtigen Mörder finden. Ich bin unschuldig."

Mark Andersen saß auf dem geschlossenen Klodeckel und versuchte nachzudenken, als es an der Badezimmertür klopfte.

„Smörre? Alles okay?"

„Hau ab! Die Antwort ist Nein!"

„Hör zu, Bruder. Wie wär's, wenn du erst mal ..."

„Ich bin nicht dein Scheißbruder!"

„Jetzt komm da raus und lass uns in Ruhe über alles reden."

„Da gibt's nichts zu reden. Hau ab, verdammt! Verpiss dich!"

„Wo ist das Problem? Du bist Privatdetektiv und ich hab 'nen Auftrag für dich. Was nimmst du normalerweise für so 'nen Job?"

Andersen erhob sich und öffnete die Tür. „Nimm deine Kohle und ..." steck sie dir sonst wohin, lag ihm auf der Zunge, „... besorg dir 'nen guten Anwalt."

Er drängte sich an ihm vorbei in Richtung Küche. Sindelar folgte ihm.

„Komm schon, Smörre, was nimmst du für so 'nen Job?"

Andersen drehte sich zu ihm um. „Wie viel hast du?"

Sindelar kramte ein Bündel Geldscheine aus seiner Hosentasche und packte es auf den Tisch. „Fünftausend Euro. Nochmal fünf Mille, gibt's bei Erledigung des Jobs. Dreitausend Euro sind von mir, den Rest haben Jörg Fischer, mein Boss, und meine Kollegen draufgelegt."

Andersen starrte auf die Scheine. Versuchte kurz zu überschlagen, wie viel Gehalt er noch von Groh bekommen würde und wie hoch seine aktuellen Schulden waren. Nicht mitgerechnet die Schulden bei Lemmy. Kam zu keinem Ergebnis. Von seiner finanziellen Situation hatte er schon immer nur ein sehr verschwommenes Bild gehabt.

„Und? Was sagst du?"

„Ich war beim Drogendezernat, nicht bei der Mordkommission. Ich hab keine Erfahrung mit Mordermittlungen."

„Du hattest bei deinen Jobs als Privatdetektiv nie mit Mord zu tun?"

„Doch, schon. Aber ..."

Er brach ab. Starrte wieder auf die Kohle. Fünf Mille. Und irgendwann demnächst nochmal fünf. Er rieb sich mit zwei Fingern die Augen. Tausende kleiner weißer Flecken, Blitze und Punkte tanzten auf der Innenseite seiner Lider Samba.

„Aber was?", hakte Sindelar nach.

„Nichts aber. Ich bin dabei."

Hastig stopfte er sich die fünftausend Euro in die Taschen der Jogginghose. „Es gibt da nur ein kleines Problem ..."

Sie saßen im Café Coco an einem Tisch am Fenster mit Blick auf die Blissestraße. Andersen war frisch geduscht und rasiert, trug schwarze Jeans und ein schwarzes Hemd und nahm einen Schluck von seinem Milchkaffee. Das Frühstück hatte er kaum angerührt. Sindelar vertilgte sein zweites Marmeladenbrötchen. Andersen hatte ihm alles erzählt, was er wissen musste, um zu verstehen, warum Lemmy jetzt im Besitz des 928 und damit von Püppi war. Nicht erzählt hatte er ihm, warum er Schulden bei Lemmy hatte.

„Warum hast du überhaupt Schulden bei dem Kerl?"

„Als ich vor ein paar Jahren in der Klemme steckte, hat er mir was geliehen", erwiderte Andersen, wobei er Sindelars Blick auswich. „Steuerschulden."

„Steuerschulden?", echote Sindelar amüsiert. „Du als Angestellter?" Er lachte auf. „Nie im Leben. Ich tippe eher auf Spiel-, oder Drogenschulden."

Andersen rührte schweigend in seinem Milchkaffee.

„Jeder hat doch irgendwelche Leichen im Keller. Ich bin einfach neugierig. Also: Spielschulden oder Drogenschulden?"

„Bin ich so durchschaubar?"

„Für mich schon."

Andersen seufzte. „Lemmy ist ein einflussreicher Strippenzieher in der Rotlicht- und Drogenszene. Nebenbei organisiert er illegale Glücksspiele. Ich bin da vor ein paar Jahren über einen Ex-Kollegen reingerutscht. Ist 'n ziemlich exklusiver Kreis. Schwer reinzukommen, und wenn mal drin ist, fast unmöglich wieder rauszukommen. Anfangs lief alles super, aber irgendwann hab ich nur noch verloren. Lemmy war so großzügig und hat meine Kreditlinie immer weiter erhöht. Bis ich irgendwann den Überblick verloren habe und untergetaucht bin."

„So ist das Leben. Mal gewinnt man, mal verliert man." Er schmierte sich ein weiteres Brötchen. „Glaubst du, du schaffst es, rauszufinden, wie dieser Lemmy wirklich heißt und wo er wohnt?"

„Selbst wenn; was hätte ich davon?"

„Eine reelle Chance, dir deinen 928 und Püppi zurückzuholen. Natürlich mit meiner Hilfe."

Kurz darauf stand Andersen mit dem Handy am Ohr im Wohnzimmer und wartete darauf, dass sein ehemaliger Dealer Erbse ranging. Den Tipp mit Erbse hatte er von seinem Ex-Kollegen Oli Janke von der Sitte bekommen. Er meinte, Erbse kenne Lemmy und könne ihm sicher weiterhelfen.

„BSR, Zweigstelle Niederschönhausen. Krawuttke am Apparat von Kasulke in Vertretung von Kowalski."

Andersen lief es eiskalt den Rücken runter. Diese Stimme. Als wäre es gestern gewesen. Als wäre der Scheißkerl nie aus seinem Leben verschwunden. „Hi, Erbse. Ich bin's, Andersen."

„Andersen? Ach du heil'je Scheiße. Nee, oder? Alter, ick dreh komplettemang durch. Andersberger, ollet Kamuffel! Wat jeht? Long time no see, Baby." Er lachte gackernd.

„Ziemliche long time, stimmt", bestätigte Andersen sachlich.

„Haste mir vermisst? Klar haste mir vermisst. Alle vermissen mir, wennse mich länger nicht jesehen ham."

„Hör zu, Mann, du musst mir einen Gefallen tun."

„Bin ick die Heilsarmee, oder was?"

„Es geht um Lemmy."

„Wat issen mit dem?"

„Ich hab was, was ihm gehört, und er wäre sicher hocherfreut, wenn er das zurückbekommen würde. Leider weiß ich weder, wie er richtig heißt, noch wo er wohnt, und seine Nummer hab ich auch nicht."

„Auf jut Deutsch: Du hast Schulden bei Lemmikowski. Tja, wer hat die nich?"

„Kannst du mir weiterhelfen?"

„Möglich. Eventuell sehr wahrscheinlich sojar", erwiderte er vage. „Hör zu, Alter, wollen wir das nicht die Tage jemütlich und in aller Ruhe im Fischlabor belabern? Vielleicht kommt ja och noch Eva vorbei. Soll ick se innladen?"

Eva. Ihr damaliger Codename für Crystal Meth. Die Kurzform von Evangelium. Ihrem Evangelium. „Ich bin ab morgen im Urlaub. Ich brauch die Infos noch heute. Es ist wirklich dringend."

„Watt wär'n dir die Infos wert?"

„Gib sie mir einfach, wenn du sie hast. Ich werd mich bei Gelegenheit revanchieren."

„Wie willsten dir denn bei mir revanchieren? Indem de mir eenen bläst, oder was?"

„Weißt du was, Erbse?"

„Nö, was?"

„Fick dich, du Pisskopf."

Andersen klappte das Handy zu und ging zu Sindelar in die Küche. Auf dessen Nachfrage, wie es gelaufen war, antwortete er wahrheitsgemäß mit „Keine Ahnung, eher nicht so".

Keine zehn Minuten später kam eine SMS von Erbse mit Lemmys richtigem Namen, der Adresse seines Gebrauchtwagenhandels und der Mitteilung, dass ihm das Sich-selbst-Ficken sehr viel Freude bereitet habe und es ihm ein Vergnügen sei, Andersen mit Eva 2.0 bekannt zu machen, die kein Vergleich zu Eva 1.0 Beta aus dem Jahr 1996 sei. Andersen schrieb die Infos auf einen Zettel, löschte die SMS und danach Erbses Nummer.

3
CHEMISTRY

„Jemand, der nichts zu verbergen hat, würde sich wohl kaum so absichern", bemerkte Sindelar beim Anblick der hohen Backsteinmauer, die das Gelände des Autohandels namens J-L. Automobile – „J" stand für Jürgen und „L" für Lehberger, Lemmys Ausweisnamen – in der Moabiter Quitzowstraße vor neugierigen Besuchern schützte. Die Einfahrt war mit einem ebenso hohen, blickdichten Rolltor gesichert.

Es begann zu nieseln. Andersen drückte sich in den Hauseingang gegenüber des Gebrauchtwagenhandels, der nördlich an die Bahngleise der S-Bahn grenzte. Er trug eine fadenscheinige Camouflage-Cargohose und unter seiner Lederjacke ein schwarzes Kapuzenshirt. Über der Schulter eine Sporttasche. Darin ein Bolzenschneider, eine Taschenlampe und weitere Gerätschaften, die Sindelar aus seinen mageren Werkzeugbeständen zusammengesucht hatte. Plötzlich spukte ihm wieder der unbekannte und gleichzeitig vertraute Songtext im Kopf herum.

„Kennst du 'nen Song, in dem vorkommt: Signals transmitted, message received. Reaction ..."

„Das ist jetzt Verarsche, oder?", unterbrach Sindelar. „Komm schon, Smörre. Solche Texte schreibt nur einer."

Andersen hatte nicht die geringste Ahnung, wovon sein angeblicher Blutsbruder redete.

„Der Professor! Der beste Drummer der Welt!"

„Neil Peart?"

„Ja, klar, Neil Peart! Wer sonst?"

Andersen hätte nicht sagen können, warum er sich plötzlich wieder an den Namen eines Helden seiner Jugend erinnerte, vermutete aber dass es nicht unwesentlich mit Sindelars Anwesenheit zu tun hatte.

„Und welcher Song?", hakte Sindelar nach. Andersen zuckte mit den Schultern. Sindelar öffnete seine Lederjacke und präsentierte ihm sein T-Shirt, auf dem der Dalmatiner unter den Schriftzügen Rush und Signals den knallroten Hydranten beschnüffelte.

„Signals ...", murmelte Andersen. „Wievielter Song?"

„Dritter."

„Gib mir noch 'ne Textzeile."

„Electricity? Biology? Seems to me it's ..."

„Chemistry", fiel Andersen ihm ins Wort. Sindelar grinste breit und hielt ihm seine nach oben gereckte Hand entgegen. Andersen schlug ein. Sindelar zog seine Lederjacke aus und präsentierte ihm die Rückseite seines Shirts, auf der sämtliche europäische Tourdaten von Rush aus dem Jahr 1983 aufgedruckt waren. „Heidelberg, Rhein-Neckar-Halle, 11. Mai 83. Die New World Tour. Unser erstes Rush-Konzert!"

Auf dem Shirt stand Heidelburg, Germany.

„Ist das original von damals?"

Sindelar nickte. „Du hast dir übrigens auch eins gekauft. Aber im Gegensatz zu mir schon vor dem Konzert. Und da der Merchstand im Vorraum war, hast du The Spirit Of Radio verpasst."

Andersen erinnerte sich. Auf einen Schlag war alles wieder da.

Als wäre es nie weggewesen ...

Mittwoch, 11. Mai 1983. Wir sind in meinem Audi 100 LS unterwegs. Baujahr 1972, 100 PS, orange, Lenkradschaltung, vier Türen. Das alte Familienauto, ein Geschenk meines Vaters zur bestandenen Führerscheinprüfung Ende Januar. Die A6 ist leer, der Tank voll. Wir haben ausreichend Zigaretten und zwei Sixpacks Bitburger dabei. Im Kassettenrecorder die Moving Pictures mit der Permanent Waves auf der Rückseite. Im Handschuhfach weitere Tapes. Im Fußraum des Beifahrersitzes leere McDonald's-Tüten, zerfledderte Musik- und Fußballzeitschriften, benutzte Tempos, leere Kippenpäckchen, Straßenkarten, Bifi-, Bounty- und Raider-Verpackungen. Sindelar, der wie üblich seine langen blonden Haare mit einem Lederstirnband gebändigt hat, sitzt mit einer Flasche Bitburger neben mir auf dem Beifahrersitz und grölt ziemlich schräg, aber textsicher wie immer ‚Limelight' mit. Dann dreht er sich nach hinten um und reicht ihr die Bierflasche.

„Bei dir würde ich immer pretenden, dass du ein ‚long-awaited friend' bist, auch wenn du in Wirklichkeit ein verfickter stranger bist."

Sie lacht. Ob über Sindelars Spruch oder den langen Rülpser, den er als Krönung anhängt, vermag ich nicht zu sagen, aber es spielt auch keine Rolle. Es geht alleine um ihr Lachen. Ein Lachen, das zu hören ich töten würde. Ich drehe den Rückspiegel so, dass ich ihr Gesicht sehen kann. Durchscheinende Alabasterhaut. Ein sommerbesprosstes Feldmausnäschen. Ein bezauberndes Lächeln. Die kleine sexy Lücke zwischen den oberen Schneidezähnen. Volle Lippen. Der scharf geschnittene, direkt über ihren Augen endende Pony. Tiefblaue Augen. Ich glaube, den Apfelduft ihrer hell leuchtenden strohblonden, glatten Haare, die ihr über die Schultern fallen, riechen zu können.

Meine Agnetha Fältskog.

Für einen kurzen Moment treffen sich unsere Blicke im Rückspiegel.

Sie lächelt. Ein Versprechen. Für immer ...

Andersen riss sich aus seiner Erinnerung. Sindelar hatte seine Lederjacke wieder angezogen und zog gerade den Reißverschluss bis zum Kinn hoch. Andersen versuchte sich vorzustellen, dass Sindelar und Claudia verheiratet gewesen waren, wie er ihm auf dem Weg hierher erzählt hatte. Dass sie eine zwölfjährige Tochter namens Lucie hatten. Dass er sich nach der Scheidung vor fünf Jahren irgendwelchen Schaustellern aus Pirmasens angeschlossen und Helltal verlassen hatte. Dass

Egon Trautmann, das Mordopfer, wegen dem er gesucht wurde, sein Nachfolger bei Claudia war.

Er konnte sich nichts von alledem vorstellen.

„Wir sollten langsam mal loslegen", meinte Sindelar. „Je länger wir hier rumstehen, desto verdächtiger machen wir uns. Wir müssen an die Rückseite des Grundstücks. Von hier aus ist der komplette vordere Bereich und ein Teil der Seite einsehbar." Er bemerkte Andersens skeptischen Gesichtsausdruck. „Irgendwelche Einwände?"

„Tausende."

„Steck sie dir sonstwo hin."

Er schnappte sich die Sporttasche, überquerte die Straße und bog in einen kleinen Kopfsteinpflasterweg links vom Gebrauchtwagenhandel ein, der an den Zaun des Nachbargrundstücks grenzte. Andersen folgte ihm. Als die beiden am rückwärtigen Teil des Geländes ankamen, hörte es zu nieseln auf. Es war stockdunkel und roch nach fauligem Abwasser. Direkt an die Mauer grenzte ein verwahrlostes Stück Brachland. Knapp zehn Meter weiter begannen die Bahngleise. Ein zerknautschtes Ölfass lag in der Nähe. Sindelar wuchtete es aufrecht, kletterte darauf und von dort aus weiter auf die Mauer. „Dein Kennzeichen!"

„Was?"

„Das Kennzeichen deiner Schleuder. Ist das B-ED-6021?"

Andersen nickte, während in seinem Rücken eine S-Bahn vorbeidonnerte.

„Das Arschloch fühlt sich total sicher", brüllte Sindelar über den Lärm hinweg. „Nicht mal die Nummernschilder hat er ausgetauscht."

Andersen kletterte hektisch auf das Ölfass und schwang sich auf die Mauer, wo er neben Sindelar in die Hocke ging. Im dünnen Lichtstrahl der Taschenlampe, die Sindelar nach links richtete, sah er seinen 928. Er stand mit der langen Schnauze zur Mauer, halb versteckt zwischen Mülltonnen, alten Reifen, Schrott, Holzpaletten und einem Wellblechschuppen. Durch die Scheibe der Heckklappe konnte man eine rote Plastikbox im Kofferraum erkennen, aber nicht deren Inhalt. Andersen ließ seinen Blick über das Gelände schweifen. Der vordere Teil des Hofs wurde durch einen auf einer Stahlstange montierten Flutlichtscheinwerfer erhellt, der hintere Bereich, in dem der Porsche stand, lag im Zwielicht. Direkt am Eingang waren um einen Bürocontainer an die zwanzig Gebrauchtwagen mit Preisschildern an der Windschutzscheibe gruppiert.

„Was ist mit Alarmanlage?"

„Glaub ich nicht", erwiderte Sindelar und ließ die Sporttasche in den Hof fallen. „Okay. Ich seh mir mal das Torschloss ..."

Ein knurrendes Monster stürzte sich auf die Sporttasche und unterbrach Sindelars Ausführungen. Er leuchtete mit der Taschenlampe nach unten: Schwarzes, kurzes Fell. Stummelschwanz. Ein gedrungenes, kompaktes Kraftpaket, das nur aus Muskeln und Zähnen zu bestehen schien. Der Rottweiler hatte sich in die Tasche verbissen, schleuderte sie hin und her und knurrte dabei wütend. Der darin befindliche Bolzenschneider knallte ihm dabei mehrfach gegen den Schädel, was ihn aber nicht weiter zu stören schien.

„So viel zum Thema Alarmanlage", bemerkte Andersen.

Sindelar musterte den Rottweiler, der ihn dabei direkt anblickte, ohne mit dem Zerlegen seiner Beute innezuhalten.

„Tja, das war's dann wohl."

„Willst du Püppi und deinen Porsche zurück oder nicht?", blaffte er Andersen an.

„Ja, klar, aber ..."

„Dann hör mit dieser negativen Scheiße auf! Ich rede mit ihm und alles wird gut."

„Reden? Mit wem? Dem Besitzer des Monsters oder was?"

„Nein, mit ihm." Er deutete auf den Rottweiler.

„Soll ich schon mal 'nen Notarzt bestellen?"

Sindelar ignorierte Andersens Bemerkung und wandte sich an das Monster im Hof. „Hey, Dicker. Wie heißt du?"

Körperliche Anomalien thematisieren ist echt ein super Gesprächseinstieg, dachte Andersen.

Der Rottweiler legte den Kopf schief und knurrte.

„Sein Herrchen nennt ihn, warum auch immer, Heydrich", erklärte Sindelar. „Er selbst glaubt, er hieße Attila."

Andersen verdrehte die Augen.

„Da kannst du noch so oft die Augen verdrehen, Smörre. Ich geh da jetzt runter und erklär ihm, was wir wollen und dass wir keine Bedrohung für ihn sind."

Andersen schwieg.

„Ich weiß, was ich tue", meinte Sindelar. „Vertrau mir."

„Vertrauen ist für Arschlöcher."

„Fick dich, Smörre."

Er drehte sich mit dem Rücken zum Hof und ließ sich hinabgleiten, wobei er sich am Rand der Mauer festhielt, während Andersen sich fragte, wie sich die Bullen wohl die zerfetzten Einzelteile eines per Haftbefehl gesuchten mutmaßlichen Mörders aus Helltal auf dem Gelände eines Moabiter Gebrauchtwagenhandels erklären würden. Sindelar ging keine zwei Meter von Heydrich/Attila entfernt in die Hocke, schlang seine Arme um die Knie und schloss die Augen. Attila ließ von der Sporttasche ab und beäugte den Mann mit dem Armyhaarschnitt und dem zerknautschten Gesicht. Nach einer gefühlten Ewigkeit erhob sich der Rottweiler und trottete in Richtung des Wellblechschuppens. Sindelar sah zu Andersen hoch.

„Komm runter. Attila meint, das geht klar!"

Der nasse Asphalt der Berliner Straße glänzte im Scheinwerferlicht des Porsche. Es war kurz nach 23 Uhr. Sindelar war es problemlos gelungen, das Schloss des Rolltors zu knacken. Die ganze Aktion hatte keine zehn Minuten gedauert. Andersen hatte Püppi in einem der Abfallcontainer entdeckt. Sie war noch in ihre gelbe Decke eingewickelt gewesen. Unter einem Baum im Volkspark Wilmersdorf, in der Nähe des Ententeichs, hatte sie ihre letzte Ruhestätte gefunden. Andersen hatte weder Trauer noch Schmerz empfunden. Nur das vage Gefühl der Abwesenheit jeglicher Gefühle. Auf dem Rückweg zur Fechner Straße hatten sie auf Sindelars Wunsch an einer Tanke gestoppt. Er war mit einer Flasche Jack Daniel's zurückgekommen, die jetzt zwischen ihnen hin- und herging.

„Du hast echt mit diesem Biest geredet ... Wie hast'n das hingekriegt?"

„Phasenkonjugierte adaptive Resonanz."

„Ja, klar, logisch, was sonst? Hätte ich auch selber drauf kommen können. Und jetzt das Ganze vielleicht so, dass auch jemand wie ich das versteht?"

„Wer hat denn hier Abi?"

„Aber nicht in Physik."

„Ich auch nicht."

„Ich weiß. Deshalb wundere ich sich umso mehr."

„Ich hab 'ne Menge Bücher zu dem Thema gelesen", meinte Sindelar und setzte sich die Flasche an den Mund.

„Und das Thema ist was genau?"

„Quantenphysik", erklärte er. „Informationen werden nicht von einem Teilchen zum anderen übermittelt, sondern die Wellenaspekte der Teilchen sind miteinander verbunden. Sie verhalten sich im Prinzip wie Felder elektromagnetischer Energie. Elektromagnetische Energie ist der Grundbaustein unseres Universums. Wir senden durch unsere Gedanken und Gefühle permanent elektromagnetische Signale, und die landen als Quantenhologramm im Nullpunktfeld."

„Beim Denken sendet man elektrische Signale?"

„Bei dir bin ich mir da nicht so sicher, beim Rest der Menschheit schon."

Er kicherte. Andersen nicht.

„Jeweils auf einer bestimmten Frequenz", fuhr er nach einem weiteren Schluck Jack Daniel's fort. „Ist so ähnlich wie bei 'nem Radio. Die Kunst ist nur, die passende Frequenz zu finden. Dann klappt's auch mit der Kommunikation mit Tieren."

„Kann man das lernen?"

„Mit Tieren zu reden?"

Andersen nickte.

„Das muss man nicht lernen, es ist angeboren. Jeder kann es. Stelle deinen Verstand ab, vertrau deinem sechsten Sinn, vertrau deiner Intuition, tritt einfach mit dir selbst in Kontakt."

„Das ist jetzt Verarsche ...?"

„Nein. Vertrau mir."

„Wie gesagt, Vertrauen ist für Arschlöcher."

„Dann mach mir zuliebe mal 'ne Ausnahme."

„Ausnahmen sind auch für Arschlöcher."

Sindelar lachte, nahm einen weiteren Schluck und ließ einen ewig in die Länge gezogenen Rülpser vom Stapel, der mehr als nur entfernt an eine brünftige Elefantenkuh erinnerte.

„Fahr mal kurz ran", meinte er und deutete auf die Einbuchtung einer Bushaltestelle. „Ich muss mal."

„Wir sind doch gleich in der Fechner."

„Ich muss aber jetzt pissen, nicht gleich."

Andersen fuhr rechts ran und machte den Motor aus. Sindelar schnappte sich die Whiskeyflasche und schlurfte auf einen Bauzaun zu. Er packte mit einer Hand aus, während er sich mit der anderen die Flasche an den Hals setzte. Andersen kam dazu und stellte sich neben ihn. Die beiden pissten wortlos plätschernd durch die Lücken des Bauzauns in die dunkle Baugrube, wobei der Jackie zwischen ihnen hin- und herwanderte.

„Es geht nicht um mich, Smörre", murmelte Sindelar. „Mir ist es egal, ob ich unschuldig im Knast lande. Es geht um Lucie. Alle in Helltal würden in ihr immer nur die Tochter eines Mörders sehen. Bis sie es irgendwann selbst glaubt. Ich will nicht, dass sie das glaubt, denn es stimmt nicht. Ich bin kein Mörder. Lucie ist eh schon eine Außenseiterin. Keine Ahnung, warum, ist aber so. Und mit einem mutmaßlichen Mörder als Vater erst recht."

Andersen schwieg.

„Sie würde nie erfahren, was es heißt, Freunde zu haben", fuhr Sindelar fort. „Freunde, die für einen da sind, egal wie beschissen man sich fühlt, egal wie man drauf ist. Freunde, die mit dir durch dick und dünn gehen, mit denen du alles teilst. Freunde, mit denen du zu einem Konzert deiner Lieblingsband fährst und die ihre letzte Kohle zusammenkratzen, damit du dir ein Bandshirt, einen Schal oder ein Tourprogramm kaufen kannst."

Andersen erinnerte sich dunkel, dass es damals Sindelar und Claudia gewesen waren, die 1983 für sein Rush-Tour-Shirt zusammengelegt hatten.

„Freunde, wie wir es waren, Smörre." Er ließ abtropfen. „Und Claudia."

Ein lautes, dreimaliges Hupen ließ die beiden herumfahren. Ein Streifenwagen stand direkt hinter dem Porsche. Geistesgegenwärtig ließ Sindelar den Jack Daniel's unauffällig ins Gras vor dem Bauzaun gleiten. Aus dem Wagen stiegen zwei Beamte aus, ein jüngerer mit Schnauzbart und Bodybuilder-Figur und ein älterer mit Brille.

„Warte hier, ich mach schon."

Sindelar nickte. Andersen ging auf die Beamten zu. Brille nahm den Porsche in Augenschein, während Schnauzer lospolterte. „Darf man fragen, warum Sie an einer Bushaltestelle parken?"

„Tut mir leid, Kollege."

Andersen griff in eine der seitlichen Taschen seiner Cargo.

„Langsam. Ganz langsam!", blaffte Schnauzer und legte demonstrativ eine Hand auf seine Dienstpistole am Gürtel.

„Easy. Ich wollte nur seinen Dienstausweis zeigen", beschwichtigte Andersen und hielt abwehrend die Hände hoch.

„Okay. Mach hinne."

Er fischte betont langsam und vorsichtig seinen Dienstausweis aus der Hosentasche. „Alles im Lack, siehst du?"

„Zeigen."

Andersen hielt ihm den Ausweis so hin, dass er mit dem Zeigefinger den Eintrag in der linken unteren Ecke verdeckte, der besagte, dass dieser nur bis Ende 1995 gültig war.

„Aha", murmelte Schnauzer, sichtlich angefressen über die

überraschende Wendung. „Im Dienst?"

Andersen nickte und steckte den Ausweis eilig wieder ein. Aus den Augenwinkeln sah er, wie Brille um den Porsche herumging und durch die Heckklappe in den Kofferraum äugte.

„Und der da?" Schnauzer nickte in Richtung Sindelar, der mit tief in den Hosentaschen vergrabenen Händen am Bauzaun stand.

„Ein Informant."

„Name?"

„Bitte was?"

„Sein Name."

„Was soll das denn jetzt?"

„Es soll Kollegen geben, die manchmal nicht so genau wissen, wo die Grenze zwischen Richtig und Falsch verläuft und sich dann mit Subjekten einlassen, die auf der Fahndungsliste stehen."

„Er ist sauber."

„Davon würde ich sich gerne selbst überzeugen." Schnauzers Hand ruhte noch immer auf seiner Dienstwaffe. „Würden Sie bitte mal herkommen?", rief er in Sindelars Richtung.

„Du bleibst, wo du bist!", rief Andersen Sindelar zu.

„Sie kommen her. Und zwar sofort!"

„Was soll der Scheiß?", fuhr Andersen Schnauzer an. „Hast du schlecht gefickt heute, oder was?"

„Erst parkst du hier verkehrswidrig und wirst dann auch noch pampig? Glaubst du, du bist was Besseres, nur weil du bei der Kripo bist? Wenn ich sage, dass wir die Personalien deines Informanten überprüfen, dann überprüfen wir die auch, kapiert?"

Aus den Augenwinkeln nahm Andersen entsetzt wahr, dass Sindelar auf sie zukam.

„Na, also. Geht doch", grinste Schnauzer zufrieden, als Sindelar knapp einen Meter vor ihm stehen blieb. „Name?" Er zückte seinen Notizblock.

„Winnergerscht Ginner", nuschelte Sindelar in breitestem

Helltaler Pfälzisch.

„Bitte was?"

„Ei, hosche wos uff de Ohre, Buh? Winnergerscht Ginner."

„Ginner? Was ist das denn für ein Name?"

„Ei, e Belzischer."

„Pelzig?"

„Belzisch, Buh! Belzisch!"

Schnauzer war anzusehen, dass er kein Wort verstanden hatte, was ihn aber nicht davon abhielt, sich irgendeinen Namen zu notieren.

„Wohnhaft?"

„Ei jo, allemohl."

„Wo kommen Sie her, Mann?"

„Vun Stennwiller."

„Reden Sie Deutsch!"

„Ei, wos willsche dann? Isch du doch deitsch redde. Odda voschtesche käh belzisch?"

Andersen sah kurz zu Brille, der inzwischen halb unter dem Porsche lag und ihn mithilfe einer kleinen Taschenlampe von unten begutachtete.

Schnauzer musterte mit zusammengekniffenen Augen Sindelars lädiertes Gesicht. „Haben Sie sich geprügelt oder wie ist das mit Ihrem Gesicht passiert?"

„Halt emol, immer schäh galama, Buh. Isch prischel misch doch net. Isch bin die Trebb runnergefoll. Mit de Klappschmier in de Hand. Han halt ned uffgebasst, isch Dinnbreddbohrer."

„Ausweis."

„Dud märr lääd, awer denn hann isch beim ledschde Worschdmaakt veloore. Nä, haldeemol. Des wor jo gar net uffem Worschdmaakt. Isch glaab, der leit im Grummbeerkeller vum Brewi. Also nedd in demm vom äldscht Brewi, in demm vom Jingscht. Isch hann den unnerumm quergebischelt und owerumm druffgesächt. Und unnerum noch emol dem Berkemmer Schorch, also dem Äldscht, ned dem Jingscht, gesacht, dess des so net geh würd, aber die Dreggsfutt hot misch net vestonn. Aller hopp, denk isch, des hot woscheinlich do draan geläh, dess der noch haggestrack vum Frieschobbe gewese wor. Von de Schukkebännel, die ich beim Frieschobbe oh noch vegess hon, will isch jetzt gor net erscht ohfange, verschtesche? Die Schukkebännel von de Ämezze, die uff die Sießschmier kroch sinn."

Schnauzer warf Andersen einen fragenden Blick zu. Andersen zuckte mit den Schultern. „Pfälzer halt. Die können alles, nur kein Hochdeutsch. Ist historisch bedingt. Soll ich übersetzen?"

„Nicht nötig", grummelte Schnauzer und klappte seinen Notizblock zu. „Fahrt einfach die Scheißkarre weg." Er stakste zum Streifenwagen zurück.

„Baujahr?"

Unbemerkt war Brille zu den beiden getreten. Andersen brauchte einen Moment, um die Frage in Bezug zu seinem Porsche zu bringen.

„Zweiundachtzig."

„Ist das die S-Version mit 310 PS?"

Andersen nickte.

„Kilometer?"

„152.000."

„Zahnriemen gewechselt?"

„Letztes Jahr."

„Unverbastelt?"

Andersen nickte. Brille drückte ihm seine Visitenkarte in die Hand.

„Falls du den mal verkaufen willst oder musst, ruf mich an."

Er klopfte ihm kurz auf die Schulter, ging zum Streifenwagen, klemmte sich hinters Steuer und scherte aus der Bushaltestelle aus. Andersen und Sindelar sahen dem Wagen hinterher.

„Danke, Bruder", murmelte Sindelar.

„Bedank dich bei meinem alten Dienstausweis", meinte Andersen und zerriss Brilles Visitenkarte.

„Darf ich mal sehen?"

Andersen reichte ihm den Ausweis.

„Gültig bis Ende 1995?“ Er gab ihn Andersen zurück. „Muss man den nicht abgeben, wenn man aus dem Polizeidienst ausscheidet?“

„Muss man so tun, als könne man kein Hochdeutsch?“

Sindelar griff Andersen mit beiden Händen in den Nacken, zog seinen Kopf zu sich ran, legte seine Stirn an seine und schloss die Augen. „Und danke dafür, dass du Lucie die Chance gibst, wie ein normales Mädchen aufzuwachsen“, sagte er leise. Dann küsste er Andersen auf den Mund. „Ich liebe dich, Bruder. Du schaffst das, ich weiß es.“

Andersen war sich da nicht so sicher, während er sich mit dem Ärmel seiner Jacke den Mund abwischte.

Kurz darauf saßen sie in Andersens Küche. „Erzähl“, sagte Andersen und schaltete sein Diktafon ein. Sindelar erzählte.

4
A SORT OF HOMECOMING

Der Himmel war strahlend blau. Über den Baumwipfeln des Harzes brach die Sonne hervor. Andersen fummelte die Sonnenschutzblende des Porsche aus der Halterung, kippte sie in Richtung der Seitenscheibe und überlegte, ob er seine Sonnenbrille eingepackt hatte. Im Handschuhfach wurde er fündig. Die fünftausend Euro von Sindelar lagen mit einem Haarband umwickelt daneben.

„Ich bin Montag gegen Nachmittag losgetrampt, da gab es noch keinen Haftbefehl gegen mich. Na ja, vielleicht gab es schon einen, aber ich wusste es noch nicht, das hab ich dann erst durch Fischer, meinen Chef, am Handy erfahren, bei dir in der Küche, du erinnerst dich. Wie auch immer, nach dem Verhör Sonntagabend durch die Bullen war mir klar, dass sie einen Sündenbock brauchten. Als ich Montag früh die Schmiererei an meinem Wohnwagen entdeckt habe, wusste ich, dass die Wahl auf mich gefallen war. Als Sündenbock bin ich schon ziemlich perfekt. War ich schon immer. Muss wohl mit meinen polnisch-österreichischen Genen zu tun haben."

Sein bitteres Lachen ging nahtlos in ein länger andauerndes, trockenes Husten über.

„Nein, ohne Scheiß", fuhr er dann fort, „von außen betrachtet, passt alles zusammen. Ich hab Trautmann am Abend des Mordes den Kolben eines Luftgewehrs in die Fresse gezogen, hab gedroht ihn umzubringen, ich hab kein Alibi für die Tatzeit, er ist der Neue meiner Ex-Frau, ich bin vorbestraft ..."

Andersen legte die Stirn in Falten.

„Wusstest du nicht, oder?"

„Nee, wusste ich nicht", murmelte Andersen. „Woher auch? Wir hatten ja seit 84 keinen Kontakt mehr."

Er hatte das Diktafon mit einem Adapterkabel ans Autoradio angeschlossen und hörte sich jetzt die dritte Mikrokassette an, die Sindelar alleine besprochen hatte, während er geduscht und gepackt hatte. Gegen drei Uhr hatte ihm Sindelar, der sich den Kinnbart abrasiert und die Haare schwarz gefärbt hatte, das Diktafon inklusive der Kassetten mit den Worten „Das war's" in die Hand gedrückt. Danach hatten sie getankt und sich über die Avus auf den Weg in Richtung Berliner Ring gemacht. Sindelar hatte ihm immer noch nicht mitgeteilt, wo er abgesetzt werden und wohin er weiter trampen wollte, aber Andersen war sich sicher, dass er einen Plan hatte. Als sie vom Stadtring auf die A10 in Richtung Hannover abbogen, sah Sindelar kurz auf die Straßenkarte in seinem Schoß. „Da müsste gleich 'ne Raststätte kommen."

„Michendorf", bestätigte Andersen.

„Da kannste mich rauswerfen." Er faltete die Karte zusammen und warf sie nach hinten auf die Notsitze.

„Wenn du weiter Richtung Westen musst, kann ich dich doch noch ein Stück mitnehmen."

„Falsche Richtung."

„Wohin zum Geier willst du?"

„Je weniger, du weißt desto besser. Dann kannst du auch nichts aus Versehen ausplaudern."

„Ich plaudere aus Prinzip nichts aus, was nicht ausgeplaudert werden soll. Und schon gar nicht aus Versehen. Also: Wo soll's hingehen?"

„In die alte Heimat meiner Mutter, zu befreundeten Schaustellern."

„Wohin genau?"

„Nach Kolobrzeg. Das ehemalige Kolberg. Liegt an der Ostsee."

„Ich weiß, wo Kolberg liegt."

„Dann ist ja gut."

Zehn Minuten später hatte Andersen an der Raststätte Sichendorf Sindelars Seesack aus dem Kofferraum gewuchtet. Dabei war Sindelar eingefallen, dass er den Jack Daniel's an dem Wilmersdorfer Pissbauzaun vergessen hatte. Seiner Erinnerung nach war die Flasche noch halbvoll. Er meinte, so was sei Verschwendung und sie müssten zurückfahren und den Whiskey sicherstellen. Andersen hatte ihn für unzurechnungsfähig erklärt und aus Gründen, die letztlich wohl auch in seinem Interesse waren, abgelehnt.

„Woher wusstest du eigentlich, dass ich kein Bulle mehr bin, sondern Privatdetektiv?"

„Helltaler Buschtrommeln", erwiderte Sindelar, während er den Seesack in Empfang nahm. „Du weißt doch, wie schnell sich so was auf dem Dorf rumspricht. Vor allem wenn der eigene Vater auch Bulle war. Bestätigt hat er es mir dann aber selbst. Wir haben uns vor ein paar Jahren auf der Kerwe getroffen." Er steckte sich eine an und hielt Andersen sein Camelpäckchen hin. „Er hat übrigens ziemlich abgeräumt."

„Am Schießstand?"

„Schießwagen, Smörre, nicht Schießstand. Schießstände gibt es in Schützenvereinen oder bei den Bullen, aber nicht bei uns."

„Haben dir die Helltaler Buschtrommeln auch übermittelt, warum ich kein Bulle mehr bin?"

„Nein." Er kramte sein Handy aus der Jackentasche und scrollte durchs Adressbuch. „Bevor ich's vergesse ... Meine Nummer ist so neu, dass ich nur weiß, dass sie mit 0178 anfängt. Außer dir hat die nur Fischer."

Andersen speicherte die Nummer unter ‚Alex Lifeson' ab, Sindelar die von Andersen unter ‚Geddy Lee'.

„Der Rest der Truppe ist ab morgen in Kirchheimbolanden, da ist ab Freitag Kerwe, aber Fischer meinte, er wird noch da sein, wenn du auftauchst. Vielleicht kann er dir ja weiterhelfen."

Andersen nickte und steckte sein Handy ein. „Wie sieht's mit Bargeld aus?"

„Sollte erst mal reichen. Wieso fragst du?"

„Komm bloß nicht auf die bescheuerte Idee, irgendwo mit EC- oder Kreditkarte zu zahlen."

„Schon klar."

„Sonst noch irgendwas?"

„Nicht das ich wüsste. Jetzt liegt es an dir." Er schnippte seine Kippe in Richtung der A10. „Time to say goodbye, Bruder. War nett, dich mal wieder getroffen zu haben nach so langer Zeit. Die Umstände hätten zwar ein wenig ... lustiger sein können, aber so ist das nun mal. Das Leben ist kein Wunschkonzert."

Andersen umarmte ihn kurz wünschte ihm viel Glück.

„Dir auch", meinte Sindelar und schulterte den Seesack. Dann fiel ihm noch etwas ein und er kramte einen Drumstick aus einer der Außentaschen des Seesacks. „Du weißt, was das ist ...?"

„Vermutlich der Drumstick von Neil Peart, den du 1983 in der Rhein-Neckar-Halle, Heidelburg, Germany ergattert hast."

Er lachte. „Aber nur, weil ich dem Typ neben mir, der den Stick gefangen hatte, die Beine weggetreten hab. Pass auf ihn auf, solange ich unterwegs bin. Das wär der Super-GAU, wenn der verloren gehen würde."

„Kein Problem." Andersen steckte den Drumstick in eine der seitlichen Taschen seiner Cargohose.

„Mach's gut, Smörre."

„Mach's besser, Sindelar."

Er knuffte mit der Faust gegen Andersens Schulter, wandte sich ab und kletterte über die Leitplanke. Andersen beobachtete, wie er eine Lücke zwischen den vorbeirasenden Autos abwartete, über die Autobahn sprintete, die Mittelleitplanke übersprang und wohlbehalten auf der andern Seite ankam. Den Seesack geschultert, stellte er sich unter eine der Straßenlampen, die den LKW-Parkplatz erhellten, sodass Andersen ihn sehen konnte. Er nahm eine militärisch einwandfreie Haltung ein und grüßte zackig mit der flachen Hand an der Stirn in seine Richtung. Andersen grüßte mehr oder weniger zackig zurück. Dann wurde Sindelar eins mit den Schatten zwischen den parkenden LKWs.

„Scheiße, jetzt hab ich den Faden verloren."

Über die Boxen des Porsche konnte Andersen hören, wie sich Sindelar eine ansteckte und den Rauch ausblies.

„Was wollte ich denn jetzt? Sorry, wenn ich so viel hin und her springe, aber du kennst mich ja. Konnte mich noch nie länger auf eine Sache konzentrieren ... Da fällt mir gerade was ein. Du glaubst nicht, wer Samstagabend auch da war. Jagger. Manfred Jäger. Erinnerst du dich?"

„Nein", murmelte Andersen.

„Wir haben uns ewig nicht mehr gesehen", fuhr er fort, „und Samstag dann ein bisschen gequatscht. Er ist inzwischen mit Ellen verheiratet. Ellen Schäfer, weißt du noch? Lockenmähne, dicke Möpse. Die war auch in unserer Klasse. Und Claudias beste Freundin. Damals jedenfalls. Keine Ahnung, ob die beiden immer noch befreundet sind. Ich krieg so was ja nicht mehr mit, seit Claudia den Kontakt zu mir abgebrochen ..."

Andersen stoppte das Diktafon. Fühlte sich von Sindelars chaotischem Redeschwall, den vielen, ihm zum größten Teil unbekannten Namen, Informationen, Fakten und Daten einfach nur erschlagen.

Ohne hinzusehen griff er nach dem Stapel hüllenloser CDs auf dem Beifahrersitz, zog eine davon raus, schob sie in den Player und wurde eiskalt von Tom Sawyer erwischt. Wie kam die Moving Pictures hierher? Er hatte kein Rush-Album auf CD. Hatte Sindelar die hier vergessen? Wahrscheinlicher war eher, dass er sie, rein zufällig natürlich, als überraschendes Abschiedsgeschenk für ihn zurückgelassen hatte. Er lauschte der Musik. Hatte achtundzwanzig Jahre nach der Veröffentlichung von Tom Sawyer zum ersten Mal das Gefühl, wirklich zu verstehen, was Neil Peart mit ‚changes aren't permanent, but change is' meinte.

Gegen Nachmittag erreichte er die Ausfahrt Kaiserslautern-West. Es ging vorbei an den mit blickdichten Zäunen abgeschotteten housing areas der im Raum Kaiserslautern stationierten

Soldaten der US-Army und Air Force und ihren Familien. Dann übernahm der Pfälzerwald die Kontrolle. Die Tannen, Kiefern, Eichen, Birken und Buchen beiderseits der Straße schluckten durch ihre schiere Größe wie schwarze Löcher den Rest des Lichts, der vom Tag noch übrig war. Am Gelterswoog bog er auf die mit Schlaglöchern übersäte L472 in Richtung Helltal ab. Noch fünf Kilometer. In weniger als zehn Minuten würde er am Ziel seiner Reise sein: Das Dorf seiner Kindheit und Jugend. Das Dorf, das einem keine Wahl gelassen hatte. Außer zu gehen. Für immer. Dachte er jedenfalls damals.

Das Verkehrsschild am Fuße des Berges, der damals im Winter regelmäßig wegen Glatteis und Schnee gesperrt war, kündigte elf Prozent Steigung an. Obwohl er die Strecke schon seit über zwanzig Jahren nicht mehr gefahren war, war sie in seinen Genen gespeichert. Er schaltete zurück in den zweiten Gang und gab den acht Zylindern die Sporen. 120. Nach der Kuppe leichte Linkskurve. Dann geradeaus. 150. Kurz bremsen. Halblinks mit 130. Die Kurve zog sich endlos. Dann scharfe Rechtskurve. Wieder ansteigend, den Berg hoch. Nach einer weiteren Kuppe geradeaus. Vierter Gang. 190. Jetzt knapp einen Kilometer stur geradeaus. Er trat das Gaspedal durch. 210. 220. 230. Der 928 jaulte, schrie, kreischte vor Freude. Kurz vor dem Ortschild ging er in die Eisen. Rechts zweigte ein Weg in Richtung des Fußballplatzes des FC Helltal und des Sportheims ab. Ein Schild wies in Richtung der ‚Gaststätte am Falkenstein'. Irgendwo dahinter im Wald, keine 500 Meter vom Sportheim entfernt, war den Onlineartikeln der Lokalpresse zufolge Egon Trautmanns Leiche Sonntagmorgen gegen 8:15 Uhr vom Labrador eines Joggers aufgefunden worden. Das Ortsschild raste an ihm vorbei.

Helltal
Kreis Kaiserslautern

Direkt dahinter eine kleine freie Tankstelle, links die Abzweigung zum Neubaugebiet und zur Hauptschule, die laut Wegweiser jetzt ‚Realschule plus' hieß. Weiter geradeaus, den Petersberg hoch. Parkende Autos am Straßenrand. Schmale Bürgersteige. Bettdecken, die aus den Fenstern der weiß und grau verputzten Ein- und Zweifamilienhäuser hingen. Kein Blau, kein Rot, kein Gelb, kein Grün, nur weiß und grau. Helltal, das Dorf ohne Farben. An der Abzweigung zur Hauptstraße kam er zum Stehen. Wartete eine Lücke im überraschend dichten Verkehr ab und bog nach links auf die mit Schlaglöchern und Rissen durchzogene Hauptstraße ab. Vorbei an der Apotheke, der Metzgerei, der Post und der ehemaligen Tankstelle. Dann kam der Dorfplatz in Sicht. Er parkte halb auf dem Bürgersteig der Hauptstraße und stieg aus. Die Häuser gegenüber duckten sich an den bewaldeten Berg. Auch hier hingen Bettdecken aus den Fenstern. Mattgraue und schwarze Wolkenfetzen trieben nervös über einen stetig die Farbe wechselnden Himmel. Es begann zu nieseln. Er strich sich die Haarsträhnen hinter die Ohren, als sein Handy klingelte. Er sah aufs Display: Anonym.

„Ja?"

„Ich werde dich suchen und ich werde dich finden", sagte Lemmy mit ausdrucksloser Stimme. „Und wenn ich dich gefunden habe, bist du tot. Genauso tot wie deine Muschi."

Obwohl sein Puls raste und ihm das Herz im Hals klopfte, erwiderte Andersen im gleichen ausdruckslosen Tonfall, den Lemmy angeschlagen hatte: „Fick dich, du stinkendes Stück Scheiße."

Er klappte das Handy zu, löste die Abdeckung des Akkus, fummelte fahrig die SIM-Karte aus dem Gerät, ließ sie zu Boden fallen und zertrat sie. Überlegte kurz, ob er Sindelars Handynummer auf der SIM-Karte oder im Handy gespeichert hatte. Er hoffte, im Handy.

Die Hände tief in den Taschen seiner Cargohose vergraben und den Reisverschluss der Lederjacke bis zum Kinn hochgezogen, überquerte er die Hauptstraße. Beim Anblick des idyllischen Dorfplatzes, dessen Ränder mit goldgelbem Laub übersät waren, musste er daran denken, wie es hier noch Anfang der

80er ausgesehen hatte. Der Platz war damals mehr oder weniger eine ungepflegte Wiese gewesen, die sich nach jedem Regenschauer in einen Sumpf verwandelt hatte. Außer der Dorfjugend, die sich nach Einbruch der Dunkelheit bei den beiden verrotteten Holzbänken in direkter Nähe der alten Eiche getroffen hatte, um literweise Apfelschnaps und andere schnell wirkende, zumeist ekelhaft süße Spirituosen in sich reinzukippen, hatte sich damals niemand freiwillig hier aufgehalten.

An der ‚Pilsstube' benannten Trinkhalle am Rande des Platzes hingen an die zehn biertrinkende Straußbuben ab. Blasse Zombies in weißen Hemden, schwarzen Hosen, verrutschten roten Halstüchern und zerknickten Plastikblumen an albernen Strohhüten, die trotz des Mordes und der damit schon vorzeitig am Sonntag beendeten Kerwe ihren ursprünglichen Plan, von Freitag bis Mittwoch durchzusaufen, durchgezogen zu haben schienen. Sie würdigten Andersen mit keinem Blick, als dieser in Richtung Autoscooter weiterschlurfte, von dem nur noch einzelne, auf kleinen Holzblöcken liegende Stahlplatten der Fahrfläche übrig waren. Der Geruch von Bier, Zuckerwatte und gebrannten Mandeln hing wie ein Nebelschleier über dem Platz. Der Schießwagen und die anderen Vergnügungswagen waren geschlossen, das Kinderkarussell so gut wie abgebaut. Am hinteren Ende des Platzes standen dichtgedrängt Wohnwagen, Autos, Zugmaschinen und LKWs. Die LKWs wurden von mehreren Männern in dicken Jacken beladen, von denen ihm einer den Weg zu Fischers Wohnwagen zeigte, einem großen, modernen Ungetüm, das hinter den LKWs stand.

Er klopfte. Ein rundlicher Mann in Jogginghosen und einem XXXL-Hemd, eine Tasse Kaffee in der Hand, erschien in der Tür. Er musterte den langhaarigen Türklopfer in der schwarzen Lederjacke und der fadenscheinigen Camouflagehose ausgiebig von oben bis unten, wobei er die faltige Stirn noch mehr in Falten legte.

„Berufsbekleidung", meinte Andersen. „Ist bei Privatschnüfflern Vorschrift. Falls man gegen die Vorschrift verstößt, wird man geköpft, gevierteilt, geteert, gefedert und aus der Stadt gejagt. Und das würde ich, wenn möglich, dann doch gerne vermeiden."

Auf dem Gesicht des rundlichen Mannes machte sich ein Lächeln breit.

„Mark Andersen, nehme ich an."

„Jörg Fischer, wenn ich mich nicht irre."

Die beiden schüttelten Hände.

„Irgendwie hab ich mir dich anders vorgestellt", meinte Fischer.

„Seriöser?"

„Nee, größer."

Fischers Frau Elisabetta, eine braungebrannte Mittvierzigerin mit gezupften Augenbrauen und pechschwarzen Haaren, die sie sich zu zwei kecken Pippi-Langstrumpf-Zöpfen geflochten hatte, stellte ein Tablett mit Brötchen, Croissants, Butter, Marmelade, Wurst, Käse und Orangensaft neben die Kaffeekanne auf den Esstisch im gemütlichen Wohnzimmer des Wohnwagens. Sie lächelte Andersen an, verschwand dann wortlos im angrenzenden Raum und zog die Schiebetür hinter sich zu.

„Bedien dich."

Andersen bediente sich.

„Der Rest der Truppe fährt später weiter nach Kirchheimbolanden. Ich bleib erst mal hier, bis sich die Lage geklärt hat."

„Geklärt? Inwiefern?"

„Bis Stefans Unschuld bewiesen ist." Er goss sich und ihm Kaffee ein. „Der Betrieb läuft auch ohne mich. Mein Sohn Andi und Marina, seine Frau, werden den Laden irgendwann eh übernehmen, da können sie ja jetzt schon mal üben. Also, falls du einen Fremdenführer brauchst ..."

Andersen machte eine vage Bewegung mit den Schultern, nahm einen Schluck Kaffee und schmierte sich ein Brötchen.

„Wie stehen deiner Meinung nach die Chancen, ihn da rauszuhauen? Stefan meinte, du bist der Einzige, dem er das zutraut."

Andersen wiederholte die indifferente Schulterbewegung.
„Weißt du schon, wo du schlafen wirst?"
„Noch nicht so wirklich."
„Was ist mit deinen Eltern?"
„Erst mal nicht. Und du? Ich gehe mal davon aus, dass deine Frau wohl kaum ohne ihr mobiles Zuhause nach Kirchheimbolanden fahren wird."
„Ich geh ins Hotel."
„In Helltal gibt es ein Hotel?"
„Schon seit ein paar Jahren. Die Besitzer des Bergers haben die zwei Stockwerke über dem Restaurant ausgebaut."
„Hört sich gut an", meinte Andersen. „Ist aber leider nicht in meinem Budget drin."
„Ich hab da vielleicht 'ne Alternative", meinte Fischer.

Andersen starrte geschockt auf Sindelars kleinen, verranzten Wohnwagen, der in der äußersten Ecke des Dorfplatzes stand und von dem teilweise schon die Farbe abblätterte. Über die komplette Seite des Wagens war mit schwarzem Lackspray ‚MÖRDER!!!' gesprüht worden.
„Wann ist das passiert?"
„Entdeckt haben wir es Montagfrüh."
„Irgendeine Ahnung, wer das gewesen sein könnte?"
Fischer zuckte mit den Schultern.
„Wasser und Strom noch am Start?"
Er nickte. „Hat sogar einen Ofen. Und Holz ist auch noch da." Er deutete auf einen Holzstapel an der Seite des Wohnwagens. „Problem ist nur das da."
Ein Polizeisiegel klebte quer über dem Schloss des Wohnwagens. Darauf der Stempel der Kriminalinspektion Kaiserslautern und das Datum von Montag.
„Kein Problem", meinte Andersen und durchtrennte das Siegel mit dem Daumennagel.
„Ich hab noch ein bisschen was zu erledigen", sagte Fischer. „Lass uns später einfach kurzschließen."

Er reichte Andersen seine Visitenkarte: Schaustellerbetrieb Jörg Fischer – Pirmasens. Über seiner Handynummer prangte das Logo des Betriebs, ein gezeichneter Autoscooter.

„Kann man hier irgendwo 'ne Prepaid-Handykarte kaufen?"

„Wenn, dann im Supermarkt, dem Wasgau. Die Hauptstraße hoch und direkt hinter dem Bergers die erste links."

„Kenn ich. Den gab's schon damals. Hieß nur anders."

„Aber damals gab's da sicher keine Handykarten."

„Dinge ändern sich."

„Je mehr sich die Dinge ändern, desto mehr bleiben sie gleich", meinte er und drückte Andersen den Schlüssel für Sindelars Wohnwagen in die Hand. „Wunder dich nicht, wie's da drinnen aussieht. Deine Ex-Kollegen haben das Teil komplett auf den Kopf gestellt."

Er schlurfte zu seinen Angestellten, während ein Kampfjet der US-Army in ohrenbetäubender Lautstärke im Tiefflug über den Dorfplatz donnerte. Andersen sah in den Himmel, wo der Jet weiße Kondensstreifen hinterlassen hatte. Tieffliegende amerikanische Kampfjets im Luftraum über Deutschland. So etwas war wohl nur noch im Südwesten der Pfalz und in direkter Nähe zur Ramstein Air-Base möglich. Andersen schloss den Wohnwagen auf und fragte sich, warum ihm Fischers Spruch über der Veränderung von Dingen so seltsam bekannt vorkam.

5
ZUCKERMUTTER

Es war neblig, kalt und schon dunkel, als er aus dem Wohnwagen ins Freie trat und abschloss. Der Dorfplatz war leer. Alles, was noch an die Anwesenheit der Schausteller erinnerte, war der von Furchen und dunklen Vertiefungen durchzogene Rasen. Als wären sie nie hier gewesen. Nichts weiter als Gespenster. Selbst die Trinkhalle war geschlossen. Nur Sindelars Wohnwagen stand einsam und verloren am Rande des Platzes. Er steckte sich eine an, schloss die Augen, versuchte, sich die Stimmung und Atmosphäre von Samstagabend zu vergegenwärtigen.

Der Geruch von Zuckerwatte, gebrannten Mandeln, Lebkuchenherzen und gebackenen Krapfen hängt in der Luft. Vom Autoscooter her hämmert ein Techno-Pop-Song. Straußbuben mit schwarzen Hosen, weißen Hemden, roten Halstüchern. Mit ihren Bieren anstoßend. Den Techno-Pop-Song am Autoscooter mitgrölend. Teenager. Autoscooter fahrend. Die Mädchen, die immer zu zweit in den Boxautos sitzen. Die Jungs rammend. Lachend. Frotzelnd. Zigarettenpäckchen und Bier rumgehen lassend. Das Bedürfnis zu flirten. Nicht wissend, wie man richtig flirtet. Stattdessen Sprüche klopfend. Die Mädchen schubsend. Mädchen, die zurückschubsen. Die Hoffnung, dass die Auserwählte einen wahrnimmt. Sich am Kassenhäuschen des Autoscooters einen Song wünschend. Nur für sie. Die vage Hoffnung, dass sie versteht, dass es ihr Song ist. Die angetrunkenen Fußballer, die nach dem gewonnenen Spiel am Nachmittag in Feierlaune den Platz entern. Alle in den gleichen T-Shirts, auf denen auf der Vorderseite ‚FC Sufftal – Kerwe 2009‘ aufgedruckt ist. Die Gruppe trennt sich. Einige ziehen weiter zu den Bierständen, der Rest wankt zum Schießwagen, wo Sindelar arbeitet. Sindelar meinte, Trautmann habe ihn provoziert, woraufhin er ausgeflippt sei und Trautmann mit dem Kolben eines Luftgewehrs attackiert habe. Und dabei seien dann auch jene Worte gefallen, die Sindelar im Zusammenspiel mit dem Angriff auf Trautmann, zum Verhängnis wurden:

„Ich bring dich um!"

Das Krächzen einer Krähe riss ihn aus seinen Gedanken. Er hielt nach ihr Ausschau. Sie saß mit offenem Schnabel auf der Satellitenschüssel des Wohnwagens. Im Gegensatz zu den grauen Berliner Krähen war ihr Gefieder tiefschwarz.

„Was genau willst du mir sagen, Schatz?"

Die Krähe beäugte Andersen mit schief gelegtem Kopf und flatterte dann davon. Andersen machte sich auf den Weg zum Bergers. Dabei schickte er Sindelar eine SMS mit seiner neuen Handynummer. Die SIM hatte er im Wasgau besorgt, bevor er sich in Sindelars Wohnwagen zwei Stunden abgelegt hatte. Vor dem Supermarkt hatten mehrere ihm unbekannte ältere Frauen und Männer gestanden. Er hatte ihre Blicke auf sich spüren können, als er näher gekommen war. Aber es waren nicht die offenen, neugierigen, teilweise auch aggressiven Blicke, die er aus Berlin kannte. Es waren versteckte, heimliche, misstrauische Blicke, in denen immer die Frage mitschwang: Was willst du hier? Wer bist du? Was hast du hier verloren? Blicke, die hinsahen, ohne wirklich hinzusehen. Stechende, observierende, abwertende Blicke. Er kannte diese Blicke aus seiner Kindheit. So musterte man Menschen, die nicht dazugehörten. Menschen, die nicht in das Raster von Helltal passten. Individualisten. Außenseiter. Troublemaker. Menschen, die eine Bedrohung für die Dorfgemeinschaft darstellten. Und zwar alleine aufgrund der Tatsache, dass sie anders waren als die anderen, sich den Ritualen des Dorfes verweigerten und nicht das geringste Interesse zeigten, sich in die Dorfgemeinschaft einzugliedern. Er hatte sich die Kapuze seines Pullis tief ins

Gesicht gezogen, war an der Gruppe vorbeigeschlurft, wobei er sich mit dem Zeigefinger an die Stirn getippt hatte.

Keiner hatte zurückgegrüßt.

Das Bergers war gut gefüllt. Fischer winkte ihm von einem Tisch in der hinteren Ecke zu. Er setzte sich zu ihm. Vor Fischer ein halbvolles Bier.

„Der Schweinebraten mit Knödeln ist sehr zu empfehlen", meinte er und reichte ihm die Speisekarte.

„Was nimmst du?"

„Jägerschnitzel mit Pommes."

„Kein Schweinebraten?"

„Hab mich die letzten Tage ein bisschen dran überfressen."

Andersen studierte die Speisekarte, als eine der Bedienungen, eine korpulente, massige Frau mit gigantischen Brüsten am Tisch auftauchte.

„Was darf's sein?" Sie zückte Block und Stift, musterte Andersen und stutzte. „Nee, oder? Mark? Ich bin's, Ellen. Ellen Schäfer." Eine Strähne ihrer braunen, hochgesteckten Locken fiel ihr ins Gesicht und sie pustete sie neckisch weg. „Also früher hieß ich Schäfer. Jetzt bin ich eine Jäger. Vom Schäfer zum Jäger. Gar nicht mal so schlecht für jemanden, der sich in der Schule nie den Unterschied zwischen Stalaktiten und Stalagmiten merken konnte, oder?"

Sie ließ ein mädchenhaftes Kichern vernehmen.

„Ellen. Ja, klar. Sorry, hab dich nicht gleich erkannt", erwiderte Andersen.

„Hab ich mich so sehr verändert?", sagte sie und klimperte comicmäßig mit den Augen. Ja, hast du, Mädchen, dachte Andersen. Sie war aufgegangen wie ein Hefeteig, wog jetzt schätzungsweise das Dreifache von damals. Eine pausbäckige Walküre ohne Kinn und Wangen, mit schwabbeligen Armen, ohne sichtbare Ellbogen und mit riesigen Brüsten, direkt einer Wagner-Oper entsprungen. Fehlten eigentlich nur noch Helm, Speer und Schild. Was sich nicht geändert hatte, war ihre beeindruckende dunkle Lockenmähne, mit der sie ohne Weiteres auch als Italienerin oder Spanierin durchgegangen wäre und die schon zu Grundschulzeiten ihr Markenzeichen gewesen war.

„Nein, natürlich nicht", meinte Andersen. „Aber falls doch, dann auf jeden Fall zum Besseren."

„Du warst schon immer ein ziemlich guter Lügner."

Sie boxte ihm grinsend gegen den Oberarm. „Was willst du trinken?"

„Beck's."

„Beck's kriegste vielleicht in ausgewählten Lautrer Kneipen aber doch nicht hier. Hier gibt's Parkbräu, Karlsberg oder Bitburger."

Andersen wandte sich an Fischer. „Was trinkst du?"

„Bitburger."

„Nehm ich auch."

„Wisst ihr schon, was ihr essen wollt?"

Andersen entschied sich für den Schweinebraten, Fischer blieb bei seinem Jägerschnitzel. Ellen notierte die Bestellung und lächelte Andersen an.

„Mann, ist das lange her. Wenn ich 'n bisschen Luft hab, musst du mir alles erzählen."

„Erzählen? Was genau?"

„Wie es in Berlin ist, seit wann du wieder hier bist, wie lange du bleibst, was du hier machst. Alles halt."

Sie knuffte ihn nochmal ziemlich hart gegen den Oberarm und verschwand dann in Richtung Küche.

„Wir waren zusammen in der Grundschule", erklärte Andersen. „Komplett verrücktes Huhn."

„Auch nicht verrückter als andere Hühner", meinte Fischer und nahm einen Schluck Bier. Andersen kramte sein Notizbuch und einen Kugelschreiber aus einer der Seitentaschen seiner Cargo, als Ellen an den Tisch kam und ihm das Bitburger hinstellte. Er stieß mit Fischer an.

„Erzähl mir was über Trautmann."

„Da bin ich der falsche Ansprechpartner. Ich weiß nur, dass er Kapitän der ersten Mannschaft des FC Helltal war."

„Und Claudias neuer Freund ..."

Fischer nickte.

„Kannte Sindelar ihn?"

„Vor Samstag? Nein, nicht dass ich wüsste."

„Was genau ist Samstagabend auf der Kerwe passiert?"

Andersen kannte zwar Sindelars Schilderung der Ereignisse, aber diese waren doch sehr lückenhaft und subjektiv.

„Nach dem, was ich von meinem Platz im Kassenhäuschen des Autoscooters mitbekommen habe, hat Stefan diesem Trautmann den Kolben eines Luftgewehrs voll in die Fresse gesemmelt. Und danach haben Trautmanns Kumpel Stefan eins übergebraten."

„Mit was? Ihren Biergläsern?

„Mit unseren Luftgewehren. Die haben kurz zuvor bei Stefan am Wagen geschossen."

Andersen machte sich eine Notiz in der für ihn typischen krakeligen Handschrift, die außer ihm wahrscheinlich niemand entziffern konnte.

„Hast du nähere Infos zu dem Mord? Außer dem, was in den Zeitungen steht."

„Die Bullen glauben anscheinend, dass Trautmann mit einem Luftgewehr ermordet wurde."

„Erschossen? Mit einem Luftgewehr?"

„Eher nicht. Aber dass bei dem Mord eins unserer Luftgewehre im Spiel gewesen sein muss, scheint für die festzustehen. Sonst hätten sie wohl kaum alle Gewehre vom Schießwagen eingesackt. Das Problem bei der ganzen Sache ist: wahrscheinlich haben Sie recht. Wir haben insgesamt acht Luftgewehre. Vier davon sind zur Reserve, die liegen weggeschlossen bei mir im Wohnwagen, die anderen sind im Schießwagen. Als die Bullen Sonntag gegen Mittag hier aufgetaucht sind und sich die Gewehre aus dem Wagen ansehen wollten, waren aber nur noch drei da."

„Wann habt ihr gemerkt, dass eins fehlte?"

„Erst Sonntag. Samstagabend war alles ein bisschen chaotisch. Andi hat nach der Schlägerei den Schießwagen geschlossen, ohne darauf zu achten, wie viele Gewehre noch da waren."

„Könnte es sein, dass die Kumpels von Trautmann eins der Gewehre haben mitgehen lassen?"

„Möglich. Die Situation war ziemlich unübersichtlich."

„Wer hätte sonst noch alles die Möglichkeit dazu gehabt?"

„Im Prinzip jeder, der Samstagabend in der Nähe des Schießwagens war. In der ganzen Hektik hätte das keiner mitgekriegt."

„Kannst du dich an die Namen der Kommissare erinnern, die Sonntag mit dir und Sindelar gesprochen haben?"

„Einer der beiden, ein Rothaariger, hieß glaub ich Schilling. Locken, Schnauzer, hager."

Andersen schrieb in Großbuchstaben HOLMES in sein Notizbuch und unterstrich den Namen doppelt.

„Und der andere?"

„Ein Ami. Oder Halb-Ami. Dunkelhäutig. Glatze. Namen weiß ich nicht mehr."

„Für welche Zeit wollten die Bullen Sindelars Alibi?"

„Ein Uhr bis zwei Uhr Sonntagfrüh."

„Hat irgendjemand Sindelar in der Zeit gesehen?"

Fischer schüttelte den Kopf. „Ich hab ihn nach der Schlägerei ins Krankenhaus nach Landstuhl gefahren. Die Wunde an seinem Hinterkopf und die Risswunden im Gesicht sind mit mehreren Stichen genäht worden. Weitere Untersuchungen hat er abgelehnt und sich stattdessen mit Schmerzmitteln vollpumpen lassen. Gut möglich, dass er sich 'ne Gehirnerschütterung und ein, zwei angebrochene Rippen eingehandelt hatte, aber das war ihm egal. Du weißt ja, wie er manchmal ist ..."

Andersen sah ihn fragend an.

„Stur. Dickköpfig. Trotzig. Uneinsichtig."

„Leicht reizbar?"

„Manchmal", erwiderte Fischer. Er nahm einen Schluck Bier. „Als wir zurückkamen, hat er sich mit einer Flasche Whiskey in seinen Wohnwagen verzogen, um seine Wunden zu lecken. Ich hab ihn erst wieder am nächsten Morgen gesehen. War kein schöner Anblick."

„Das heißt, es gibt niemanden, der bezeugen kann, dass er zur Tatzeit wirklich in seinem Wohnwagen war?"

Fischer schüttelte den Kopf.

„Hat an dem Abend jemand die Bullen gerufen?"

„Nein. Stefan will mit denen nichts zu tun haben. Und Trautmann und seine Fußballkumpels offensichtlich auch nicht."

„Ist Sinde deswegen vorbestraft? Wegen so einer ähnlichen Aktion?"

Fischer nickte. „Das war vor ein paar Jahren in Jettenbach. Vier besoffene und auf Krawall gebürstete Straußbuben haben ihn dumm angemacht. Am Ende lagen alle vier mit gebrochenen Nasen und zerschmetterten Unterkiefern am Boden. Die Freundin eines der Straußbuben hatte schon während der Schlägerei die Bullen gerufen und das war's dann für Stefan."

„Weißt du, wie die Kumpels von Trautmann heißen?"

„Nein. Ist aber leicht rauszufinden. War so ziemlich die komplette erste Mannschaft des FC Helltal."

„Hat Sinde ein Auto?"

„Einen blauen 89er Corrado."

„Wo stand der in der Nacht?"

„Na, hier."

„Die ganze Nacht?"

„Keine Ahnung. War ein langer, harter Tag. Ich war gegen Mitternacht im Bett."

„Wo ist Stefans Wagen jetzt? Haben die Bullen den mitgenommen?"

Fischer nickte. Ellen tauchte mit unseren Bestellungen am Tisch auf.

„Muss mal kurz stören."

Sie stellte den Schweinebraten vor Andersen hin und reichte Fischer das Jägerschnitzel. Dann beugte sie sich zu Andersen und flüsterte ihm ins Ohr:

„Ich hab gegen elf Feierabend. Bist du solange noch hier?"
Andersen nickte.
„Fein. Freu mich", flüsterte sie und verschwand.
„Geheimnisse?"
„Prost", entgegnete Andersen und streckte Fischer sein Glas entgegen.

Kurz nach 22 Uhr verabschiedete sich Fischer. Andersen stieg auf Whiskey um. Nach seinem zweiten doppelten Tullamore Dew auf Eis setzte sich Ellen mit einer Weißweinschorle zu ihm. Sie hatte die Haare offen, trug Jeans, Turnschuhe und einen schwarzen Rollkragenpullover.
„Feierabend. Prost."
Andersen stieß mit ihr an.
„Da hast du dir ja die richtige Zeit für einen Besuch in der alten Heimat ausgesucht. Du hast es schon gehört nehme ich an?"
Andersen nickte.
„Schlimme Sache ... Was machst du eigentlich hier? Urlaub?"
Andersen nickte erneut.
„Wie lange bleibst du?"
Andersen zuckte mit den Schultern.
„Rauchst du?"
„Was wird das? Ein Verhör?"
„Beantworte einfach die Frage", meinte Ellen lächelnd.
Er packte wortlos sein Marlboropäckchen auf den Tisch.

Sie standen unter dem Vordach des Eingangs und rauchten. Irgendwo schnatterten aufgeregt Gänse. Dann bellte ein Hund. Es klang, als würde er gerade versuchen, einen Einbrecher zu verjagen. Es hatte zu regnen aufgehört, war aber kalt geworden. Ellen hatte beide Arme um sich geschlungen und verlagerte ihr Gewicht abwechselnd vom linken auf den rechten Fuß und wieder zurück. „Hast du Kinder?"
Andersen schüttelte den Kopf. „Und du?"

„Nee. Nur so 'nen komischen Mann." Sie blies den Rauch aus und trank von ihrem Weißwein. „Den kennst du doch auch noch. Manfred. Manfred Jäger."

Jagger. Ihr alter Klassenkamerad, von dem Sindelar auf den Tapes erzählt und den er Kerwesamstag am Schießwagen getroffen hatte. Plötzlich hatte Andersen ein Bild vor Augen: Ein dicker Junge mit fettigen Haaren, Schwabbelbauch und Titten, die er immer vergeblich unter viel zu weiten Sweatshirts zu verstecken versucht hatte. Jagger, dessen riesiger Arsch beim Rennen wie Pudding hin und her wackelte. Jagger, dem selbst bei der kleinsten Anstrengung und bei Temperaturen um den Gefrierpunkt immer Schweißperlen auf der Stirn standen. Jagger mit den permanent geröteten Wangen. Jagger, der immer ins Tor musste, da er zu fett, zu ungelenk und zu langsam als Feldspieler war. Aber Jagger war das egal. Hauptsache, er durfte dabei sein. Notfalls hätte er sich auch als Balljunge oder menschliche Eckfahne betätigt.

„Jagger", murmelte Andersen.

„Genau der. Er hat inzwischen 'ne eigene Werkstatt. In Weselberg. Ich bin quasi bei ihm angestellt und kümmere mich um die Buchhaltung. Bedienung ist nur 'n Nebenjob."

Sie kramte eine zerfledderte Visitenkarte aus ihrer hinteren Hosentasche und drückte sie ihm in die Hand. Andersen las: ‚KfZ Betrieb Jäger – Reparaturen – Reifen – Young- und Oldtimer.'

Andersen steckte die Karte ein und nahm einen Schluck Whiskey. Ellen nippte an ihrer Weinschorle.

„Du warst doch damals Claudias beste Freundin. Bist du es immer noch?"

Sie seufzte.

„Heißt das ‚nein'?"

„Das heißt, ich weiß es nicht." Sie steckte sich eine an. „Seit Trautmann vor drei Jahren in ihr Leben getreten ist, hat sich unsere Freundschaft ziemlich abgekühlt."

„Kanntest du ihn näher?"

„Nein, nicht wirklich. Er war ein paar Mal mit seinen Kumpels hier zum Essen und wir sind uns auch ein-, zweimal im Supermarkt über den Weg gelaufen, aber ansonsten ..."

„Was war er für ein Typ?"

„Nett. Lustig. Immer gut drauf. Fußballer halt."

„Frauentyp?"

„Ja, schon irgendwie."

„War er beliebt im Dorf?"

„Wenn es so was wie eine Top-Ten-Liste der beliebtesten Helltaler geben würde, wäre er auf jeden Fall unter den Top-Five gelandet."

„Was macht Claudia eigentlich? Hat sie einen Job?"

„Sie arbeitet im Supermarkt."

„Als was? Filialleiterin?"

„Nein, an der Kasse."

Andersen hätte nicht sagen können, was genau er erwartet hatte, aber Claudia an der Kasse des Helltaler Supermarktes sicher nicht. Wie einstudiert schnippten die beiden gleichzeitig ihre Kippen auf die Hauptstraße.

„Weißt du zufällig, wo sich die Fußballerkumpels von Trautmann Mittwochabends immer so treffen?"

Die Hände tief in den Taschen seiner Lederjacke vergraben sah er zu dem beleuchteten Schild über dem Eingang hoch. Ein paar Lampen der Hintergrundbeleuchtung waren kaputt und die Kneipe hieß jetzt nur noch ‚Zuckmod'. Halb auf dem Bürgersteig davor parkten mehrere Wagen. Ein gelber Ford Capri mit schwarz lackierter Motorhaube, ein VW Golf IV, ein Honda Prelude, ein älterer Ford Fiesta. Er kannte die Zuckermodder noch von damals, auch wenn er sie nie von innen gesehen hatte. Terra Incognita. Die Kneipe der Fußballer. Ungefähr die gleiche Liga wie die housing area der Amis in Vogelweh.

Er zog ein letztes Mal an der Kippe, schnippte sie auf die Straße, ging die Stufen hoch, öffnete die Tür, schob den dahinter hängenden, schweren, dunklen Vorhang zur Seite und prallte gegen eine Wand aus Zigarettenrauch, die so dicht war, dass sich seine Augen erst einen Moment an die optischen Verhältnisse gewöhnen mussten. Aus der Jukebox dröhnte Free Bird von Lynyrd Skynyrd.

„N'abend."

Alle Gespräche und das Gemurmel verstummten schlagartig.

Rechts vom Eingang saßen an einem Tisch fünf Skatspieler, die ihn ignorierten. Unter der Decke war ein Fernseher montiert, auf dem Eurosport ohne Ton lief. Er sah nach links. An einem runden Holztisch, in dessen Mitte ein verschnörkeltes ‚Stammtisch'-Messingschild neben einem tellergroßen Aschenbecher aus Kupfer stand, saßen fünf sportliche schnurrbärtige junge Männer, die in seine Richtung glotzten. Alle hatten Weizenbiere vor sich und trugen hautenge T-Shirts mit dem eingestickten Logo ‚FC Helltal e.V. 1932'. Egon Trautmanns Sportfreunde.

Ohne sie weiter zu beachten, setzte er sich auf einen Barhocker am Tresen. Spürte dabei die misstrauischen Blicke der Fußballer im Rücken. An der Wand hinter dem Tresen hingen neben einem Fanschal des 1. FC Kaiserslautern mehrere hinter Glas gerahmte Farbfotos des FC Helltal. Auf den meisten davon war die aktuelle Mannschaft zu sehen, aber dazwischen hingen vereinzelt auch Bilder der Mannschaft der 80er Jahre.

Zwei Barhocker neben ihm saß ein aufgedunsener Mann unbestimmten Alters mit glasigen Augen, fettig-strähnigen Haaren und schmutziggrauen Bartstoppeln. Er trug eine dreckstarrende blaue Latzhose, ein rot-schwarz kariertes Holzfällerhemd und starrte in sein Weizenbierglas, wobei er sich mit beiden Händen am Tresen festhielt und mit dem Oberkörper in einem asynchronen Rhythmus vor und zurück schaukelte.

Er wandte sich an die hübsche Bedienung – geschätzte Mitte/Ende 20 –, die in hautengen schwarzen Jeans und einem engen, weißen, ärmellosen T-Shirt hinter dem Tresen ein Weizenbier eingoss. Sie trug ihre langen, bis zur Hüfte reichenden schwarzen Haare offen und hatte einen auffällig scharf geschnittenen Pony, der direkt über ihren gezupften Augenbrauen endete.

„Ein Bier, bitte."

„Parkbräu oder Karlsberg?", fragte sie mit tiefer, rauchiger Stimme und ohne zu pfälzern.

„Parkbräu", meinte Andersen. Sie nickte und begann zu zapfen. Der Holzfäller zwei Barhocker neben Andersen wandte träge den Kopf und musterte ihn von oben bis unten. Einen kurzen Moment hatte er das Gefühl, so etwas wie Überraschung in seinen Augen zu erkennen, konnte sich aber auch täuschen. Dann wandte er den Blick wieder ab und schaukelte weiter auf seinem Stuhl vor und zurück.

„Kann emol jemmand was anneres drigge? Ich kann die Scheiße nimmi heere!"

Andersen äugte über die Schulter. Der Krakeeler war einer der Stammtischler. Unglaublicher Body, nur Muskeln, kein Gramm Fett, ein griechischer Adonis wie aus dem Bilderbuch. Mit dem kleinen aber feinen Makel, dass der kahle Kopf – gekrönt von einer Lonsdale-Basecap –, der auf diesen perfekten Körper geschraubt war, und das dazugehörige Gesicht eher zu einem Darsteller aus einem Horrorfilm passten: Pockennarben. Hektische rote Flecken. Kantig hervorspringendes Kinn. Mutmaßlich mehrfach gebrochene Nase. Eng zusammenstehende Glubschaugen.

„Ey! Sinner taub odder was?", brüllte der Horror-Adonis erneut in Richtung der fünf skatdreschenden Schnurrbartträger. Der Skatspieler, der am nächsten zur Jukebox saß, stand wortlos auf, warf ein paar Münzen ein und drückte mehrere Titel. Es erklang der Anfang von The boys are back in town von Thin Lizzy.

„Dange."

„Bidde", murmelte der Skatspieler und setzte sich wieder zu seinen Kumpels.

„Steffi?", krakeelte einer der Stammtischler, ein Bär mit lichtem Haar und eng zusammenstehenden Augen, in Richtung der

Bedienung. „Noch emol es Gleiche fer all." Er hielt sein leeres Weizenglas hoch. Steffi nickte, stellte Andersen das Parkbräu hin und begann die Weizen klarzumachen. Als sie gerade das zweite eingegossen hatte, krakeelte es schon wieder aus Richtung des Stammtischs. Erneut der Horror-Adonis. „Werd des heit noch emol was?"

„Ein Weizen dauert so lange, wie ein Weizen immer dauert, Leiser", erwiderte Steffi, während sie das nächste Weizen einschenkte. „Solltest selbst du inzwischen geschnallt haben."

Andersen machte sich im Kopf eine Notiz: Horror-Adonis = Leiser.

„Mann, Strasser. Heer endlich mit demm beschissene Rumgeschaukele uff!", zischte Leiser in Richtung des neben Andersen auf seinem Barhocker vor und zurück schaukelnden Holzfällers. „Des sieht doch komplett geistesgesteert aus. Als hättesch du nimmi alle Latte am Zaun!"

Anton Strasser hörte abrupt zu schaukeln auf, drehte langsam den Kopf in Leisers Richtung, wobei sich seine Augen zu Schlitzen verengten.

„Was?", schnauzte Leiser ihn an.

Genauso langsam wie zuvor wandte Strasser den Blick wieder ab und nahm ein Schluck von seinem Bier.

„Scheißpsycho", knurrte Leiser, was die Fußballer durch zustimmendes Gemurmel bestätigten. Steffi stellte die Weizenbiere auf ein Tablett und brachte sie zum Stammtisch. Während sie die Gläser abstellte, gab ihr Leiser einen Klaps auf den Hintern und ließ seine Hand dort liegen.

„Du hast genau zwei Sekunden, deine Hand da wegzunehmen", sagte sie.

„Sunscht was?"

„Lass es drauf ankommen ..."

Sie knallte ihm das Weizen auf den Tisch, sodass Schaum spritzte.

Leiser nahm seine Hand von ihrem Arsch. „Bei dem hosche sellemols ned so rumgezickt ..."

Steffi musterte Leiser kurz ungläubig und ging dann kopfschüttelnd zurück zum Tresen. Leiser sah in die Runde. Die Fußballer starrten schweigend in ihre Gläser. „Scheiß druff. Proschd."

Er hob sein Glas und alle stießen miteinander an. Strasser am Tresen begann wieder langsam vor und zurück zu schaukeln. Andersen nahm einen Schluck von seinem Parkbräu. Aus den Augenwinkeln bekam er mit, wie sich der Stammtischbär zu Leiser beugte und ihm etwas ins Ohr flüsterte, woraufhin Leiser in seine Richtung sah. Er steckte sich eine an. Dabei fiel sein Blick auf das Mannschaftsfoto des FC Helltal, das hinter dem Tresen hing und unter dem Meistermannschaft 1982 stand. Der schmächtige, zwischen all den muskulösen, kräftigen Männern fast schon zerbrechlich wirkende Spieler mit den schulterlangen blonden Haaren und der Kapitänsbinde, kam ihm irgendwie bekannt vor.

„Kennst du dich mit Fußball aus?", fragte er Steffi.

„Geht so. Wieso?"

„Wer issen der Typ da mit der Kapitänsbinde, hintere Reihe Mitte?"

Er deutete auf das Foto. Steffi zuckte mit den Schultern. Andersen hörte, wie in seinem Rücken ein Stuhl zurückgeschoben wurde und Leiser zischte: „Warum willschen das wisse?"

Er drehte sich um. Leiser stand jetzt mit in den Hüften gestemmten Pranken direkt vor ihm.

„Du meinst den, der wie Sergio Ramos in blond aussieht?", kam es zwei Barhocker rechts von Andersen. Er sah überrascht zu Strasser, der offensichtlich der deutschen Sprache mächtig war und sich im Gegensatz zu Leiser auch noch Mühe gab, so zu sprechen, dass ihn auch ein Ex-Helltaler verstehen konnte.

„Genau den."

„Das ist ..."

Bevor er den Namen aussprach, wusste Andersen plötzlich, um wen es sich bei dem Jungen mit der Kapitänsbinde handelte. Er hätte nicht sagen können, wieso, aber es war so. Als ob ein Schalter umgelegt worden wäre, der die alten Bilder und Erinnerungen reaktivierte.

„... Sindelar Stefan, der Capitano“, erklärte Strasser. „Der jüngste Kapitän der ersten Mannschaft und genialste Zehner, den Helltal je hervorgebracht hat.“

„Halt's Maul, Strasser!“, blaffte Leiser.

„Leider musste er damals“, fuhr Strasser fort, ohne Leiser zu beachten, „knapp zwei Jahre nach der Meisterschaft, er war gerade 18 geworden, aufgrund einer schweren Knieverletzung seine Karriere beenden.“

„Halt dei dummes Maul, du Penner!“ Leisers vorspringendes Kinn bebte.

Strasser hörte auf zu schaukeln und wandte sich zu Leiser um. „Von solchen fußballerischen Fähigkeiten wie der Capitano sie schon mit 17 hatte, kannst du nur träumen, Leiser. Von seiner Fähigkeit, ein Spiel lesen zu können und immer schon vorher zu wissen, wo der Ball gleich sein wird, seinen Pässen aus dem Fußgelenk über den halben Platz, die immer ankamen, seinen Freistößen, seiner Schnelligkeit, seinem Antritt, seiner Sprungkraft, seiner außergewöhnliche Technik, seiner Ballbeherrschung und seiner Torgefährlichkeit möchte ich gar nicht erst anfangen. Sindelar war einer unter einer Million. Im Vergleich zu ihm seid ihr alle nur jämmerliche Amateure.“

„Du dummes Stick Scheiße! Du hasch doch ned die geringschte Ahnung vun ...“

„Ist gut jetzt, Jungs“, unterbrach Steffi. „Kriegt euch wieder ein.“

Leiser sah sie kurz mit zusammengekniffenen Augen an und wandte sich dann an Andersen. „Du bisch doch de Sohn vom Andersen, odder?“

„Und weiter?“

„Was willschen do? Rumschniffele?“

„Wären Sie eventuell so freundlich und würden ‚do‘ definieren?“, erwiderte Andersen. „Am Tresen? In der Zuckermutter?

Helltal? Rheinland-Pfalz? Deutschland? Europa? Planet Erde? Universum?"

Leiser riss seinen Ellbogen hoch und drosch ihm das Bierglas aus der Hand, das auf dem Boden zerschellte.

„Hey! Es reicht!"

Steffi kam hinter dem Tresen hervorgeeilt und versuchte Leiser von Andersen wegzudrängen. Leiser schubste sie gegen die Wand. Die Fußballer sprangen auf. „Is gut jetzt, Leiser. Steffi kann doch nichts dafür", versuchte einer der Fußballer, ein Schlaks mit einem gepflegten Willy-De-Wille-Schnurrbärtchen, Leiser runterzufahren.

Leiser ignorierte ihn und beugte sich zu Andersen.

„Was willst du in Helltal, du Arschloch?"

Obwohl er sich offensichtlich Mühe gab, hochdeutsch zu sprechen, klang seine Aussprache wie die eines Ur-Pfälzers, der sich Mühe gab, hochdeutsch zu sprechen.

„Das Gleiche, wie alle. Sie natürlich mit eingeschlossen."

„Und was genau soll das sein?"

Leisers Gesicht war jetzt so nah vor dem von Andersen, dass er seinen Bieratem riechen konnte. Andersen lächelte und meinte: „Ihre durch Inzest gezeugte, degenerierte Mongo-Mutter ficken, was sonst?"

Leisers Kopf schoss blitzschnell nach vorne.

Andersens Welt wurde schwarz.

„Wach auf, Mann."

Die Stimme klang tief und rauchig.

„Komm schon, Mann."

Es klatschte zweimal. Er spürte einen brennenden Schmerz auf den Wangen und riss die Augen auf. Direkt vor seiner Nase Steffis Gesicht. Ihre langen Haare kitzelten auf seinen Lippen. Erst jetzt realisierte er, dass er halb auf den Stufen, die zum Eingang der Zuckermodder führten, und halb auf dem nassen Bürgersteig lag. Aus der Zuckermodder dröhnte Bohemian Rhapsody von Queen.

„Scheiße. Was ist passiert?"

Er stützte sich auf die Ellbogen und drückte sich in eine sitzende Position auf die unterste Stufe hoch. Betrachtete seine Handflächen, in denen Glassplitter steckten.

„Harry Leiser, die dumme Sau mit der Rückennummer 6, ist passiert."

Er befühlte seine Stirn. Konnte eine schmerzhafte Beule ertasten und zog eilig seine Hand zurück.

„Mann, Mann, Mann, wie bescheuert muss man sein? Was sollte das Ganze?"

Sie zupfte einen letzten Glassplitter aus seiner Handfläche.

„Duftmarke setzen", murmelte Andersen.

„Das ist dir gelungen, würd ich sagen", kicherte sie. „Kannst du aufstehen?"

Ihm fiel auf, dass sie grüne Augen und Schlupflider hatte. Und keinen BH trug.

„Bestimmt. Will aber noch nicht." Er kramte seine Kippen aus der Hosentasche und steckte sich eine an. Hielt ihr das Päckchen hin.

Sie schüttelte den Kopf. „Hab vor 'nem Jahr aufgehört."

„Warum?"

„Zu teuer." Sie schlang die Arme um den Oberkörper und musterte ihn. „Du bist echt der Sohn vom Andersen?"

„Bin ich. Und ich hab sogar einen Namen. Mark."

„Ich bin Steffi."

„Ich weiß. Und weiter?"

„Becker."

„Aus Helltal?"

„Ja, klar, woher sonst?"

„Warum pfälzerst du dann nicht?"

„Du bist doch auch gebürtiger Helltaler. Wieso pfälzerst du nicht?"

„Ich hab zuerst gefragt."

„Vermutlich hatte ich keinen Bock darauf. Und du?"

„Hatte auch keinen Bock drauf."

„Na, dann haben wir ja was gemeinsam."

Sie lächelte ihn an. „War übrigens 'n cooler Spruch. Also das mit dem Inzest und so. Aber Freunde macht man sich so nicht gerade", meinte sie.

„Hab ich auch nicht vor."

Sie erhob sich. „Du wohnst doch in Berlin, oder?"

„Ja. Und?"

„Was machst du in Helltal? Hat es mit dem Mord zu tun? Bist du auch Bulle, wie dein Vater?"

„Nein, ich bin kein Bulle. Ich mach hier Urlaub."

„Urlaub? In der bei Touristen ‚extrem beliebten, blühenden Gemeinde Helltal, Kreis Kaiserslautern, 2050 Einwohner, laut Stand vom 31. Dezember 1986, wobei die geschätzten 300 US-Soldaten und ihre Angehörigen nicht mitgerechnet sind'? Na ja, inzwischen dürften es wohl ein paar mehr sein. Oder weniger."

„Ist es so abwegig, in der bei Touristen extrem beliebten, blühenden Gemeinde Helltal Urlaub zu machen?"

„Total."

„Bist ja gut informiert über deine Heimat."

„Ist ein Hobby meiner Mutter", erklärte sie, wobei sie einen kurzen Moment nachdenklich und in sich versunken wirkte. Dann erschien ansatzlos wieder dieses einnehmende, offene, zauberhafte Lächeln. „Ich muss wieder ran. Mach's gut, Cowboy."

„Mach's besser, Heimatforscherin."

„Ach ja, ich hab noch was für dich."

Sie zog ein zusammengefaltetes, zerknittertes Foto aus ihrer hinteren Hosentasche, drückte es Andersen in die Hand, wuschelte ihm durch die Haare und verschwand in der Zuckermodder.

Teil 2
TIDE POOLS

When the ebbing tide retreats along the rocky shoreline
It leaves a trail of tide pools in a short-lived galaxy
Each microcosmic planet a complete society
A simple kind of mirror to reflect upon our own
All the busy little creatures chasing out their destinies
Living in their pools they soon forget about the sea

(RUSH: Natural Science – Part I: Tide Pools)

6
HOLMES

Der Radiowecker sprang an.

Er schreckte hoch, versuchte sich zu orientieren. Realisierte, dass er in einem Wohnwagen war. Erinnerte sich, dass dieser in Helltal stand und Sindelars Wohnwagen war. Er kippte eins der Fenster und sog gierig kalte Luft in die Lungen. Betastete die schmerzende Beule auf der Stirn. Erinnerte sich an Harry Leiser, Steffi und die Ereignisse letzte Nacht in der Zuckermodder. Verdrängte die Ereignisse und machte sich einen Kaffee.

Mit einer Mülltüte in der Hand verpasste er wenig später der nur angelehnten Tür des Wohnwagens einen amtlichen Tritt. Ein spitzer Aufschrei war die Folge. Er öffnete er die Tür zur Gänze. Davor stand ein Rotschopf Mitte 40 mit kantigem Gesicht und Lachfältchen um die Augen. Er trug einen dunkelblauen Kaschmirmantel und hatte verblüffende Ähnlichkeit mit John Holmes, einem bekannten Pornodarsteller der 70er Jahre.

„Holmes?"

Jürgen Schilling, beide Hände auf der schmerzenden Nase, starrte Andersen an. „Mark?"

„Aber so was von!" Er drückte seinen ehemaligen Kollegen grinsend an sich und klopfte ihm auf den Rücken. „Schilling. Meine Fresse."

Schilling hielt weiterhin mit beiden Händen seine Nase fest, was Andersens Umarmung ein wenig von ihrem Schwung nahm.

„Was ist mit deiner Nase? Alles okay?"

„Gebrochen ist nichts. Denke ich ..."

„Zeig mal", meinte Andersen und machte Anstalten, Schillings Nase abzutasten, was dieser jedoch zu verhindern wusste, indem er sich abrupt abwandte. „Wag es nicht!", zischte er.

Andersen machte eine abwehrende Geste.

„Hast du unser Siegel durchtrennt?"

„Ich? Seh ich so aus, als würde ich hochamtliche Polizeisiegel durchtrennen?"

In Schillings Rücken entdeckte Andersen einen untersetzten kräftigen Mann, in seiner Physiognomie Lemmys Rottweiler Attila nicht unähnlich, der auf sie zugeeilt kam. „Gehört die Kampfmaschine zu dir?"

Schilling drehte sich um und folgte Andersens Blick. Dann nickte er.

„Was wird das? Wer ist das?", polterte der Rottweiler los. „Was macht der Kerl im Wohnwagen des Tatverdächtigen?"

„KOK Frank Kretschmer, Ex-KOK Mark Andersen", stellte Schilling die beiden vor, wobei er Ex betonte, als handele es sich um eine höchstansteckende Sexualkrankheit. Andersen hielt Kretschmer seine Hand hin, die dieser zögerlich schüttelte.

„Andersen? Der Sohn vom Andersen?"

„So sieht's aus."

„Wir waren in den 80ern zusammen auf der Polizeischule", erklärte Schilling an Kretschmer gewandt.

„Aha", murmelte Kretschmer und musterte Andersen von oben bis unten, wobei er die Mundwinkel nach unten zog. Schilling ließ ihn wissen, dass er sich mit seinem alten Kollegen gerne noch ein bisschen alleine unterhalten wolle.

„Kein Problem", erwiderte Kretschmer, warf Andersen einen letzten abschätzenden Blick zu und trottete zurück zu einem schwarzen Opel Vectra, der auf dem Bürgersteig der Hauptstraße stand.

„Harter Hund, was?"

„Geht so", murmelte Schilling.

„Ich hab schon mitbekommen, dass du die ‚Soko Fußball' leitest. Wie läuft's denn so? Habt ihr schon einen Hauptverdächtigen?"

„Was machst du hier, Mark?"

„Urlaub."

„Urlaub", echote Schilling. „Im Wohnwagen von Stefan Sindelar ..."

„So sieht's aus. Und?"

„Stefan Sindelar ist Hauptverdächtiger im Mordfall Trautmann. Und ihr beide kennt euch. Ihr wart zusammen in der Grundschule und damals die besten Freunde."

Andersen starrte ihn an. Das konnte er nicht wissen. Schilling stammte aus der Vorderpfalz, aus Königsbach bei Neustadt, soweit er sich erinnerte. Er hatte nicht den geringsten Plan, was damals in Helltal abging.

„Wir gehen davon aus, dass sich Stefan Sindelar nach Berlin abgesetzt und dich kontaktiert hat, damit du ihn raushaust. Und durch deine Anwesenheit hier hast du gerade unsere Theorie bestätigt. Leider nicht bestätigt hat sich unsere zweite Theorie, nämlich dass Sindelar bei dir in Berlin untergetaucht ist. Das SEK, das heute Morgen deine Wohnung in der Fechnerstraße 17, Hinterhof, 3. Stock, gestürmt hat, hat ihn leider nicht angetroffen."

„Ihr habt meine Wohnung ...?"

„Wir müssen jeder Spur nachgehen", sagte Schilling. „Du weißt doch, wie das läuft. Wo ist Stefan Sindelar, Mark?"

„Erwartest du jetzt ernsthaft 'ne Antwort?"

„Hätte ich dir sonst die Frage gestellt?"

„Ist man als Bulle gesetzlich verpflichtet, jede Frage mit 'ner Gegenfrage zu kontern?"

„Wo ist Stefan Sindelar?"

„Hinter den Bergen bei den sieben Zwergen, wo sonst?"

Schilling verzog keine Miene.

„Ihr sucht den Falschen, Holmes. Und wenn du nur halbwegs so clever wie damals bist, weißt du das auch selbst."

„Du weißt, wo er ist!"

„Leck mich."

Andersen griff sich die Mülltüte und ging auf die Tonnen am anderen Ende des Dorfplatzes zu.

„Ich warne dich, Mark", rief ihm Schilling hinterher, „falls du unsere Ermittlungen ..."

Er brach ab, als er Andersens in die Luft gereckten Mittelfingers ansichtig wurde. Halb über die Schulter bekam Andersen noch mit, wie Schilling aufgebracht zurück zum Vectra stampfte, sich hinters Steuer klemmte und mit quietschenden Reifen abdüste.

„Er ist in Kolberg bei befreundeten Schaustellern, wenn du's genau wissen willst, du Pisskopf", murmelte Andersen, wobei sich ein fettes Grinsen in seinem Gesicht breit machte.

„Sie haben deine Wohnung in Berlin ...? Woher wussten die, dass du und Stefan ...?"

„Die haben 'nen Tipp bekommen", meinte Andersen und bog von der Barbarossastraße in Richtung Sportheim ab. „Is ja kein Geheimnis in Helltal, dass Sindelar und ich damals beste Freunde waren. Und er als jüngster Kapitän der ersten Mannschaft war ja auch bekannt wie 'n bunter Hund".

„Stefan? Kapitän der ersten Mannschaft?"

Andersen griff in die Innentasche seiner Lederjacke und drückte Fischer das zusammengefaltete Foto der ersten Mannschaft des FC Helltal von 1982, das Steffi ihm gestern Abend gegeben hatte, in die Hand. Das Foto der Mannschaft, die vom damals siebzehnjährigen Stefan Sindelar als Kapitän angeführt worden war.

„Hintere Reihe Mitte."

Fischer war sprachlos.

„Er hat dir nie davon erzählt?"

Fischer schüttelte den Kopf und gab ihm das Foto zurück. Andersen parkte den Porsche auf dem unasphaltierten Parkplatz des Sportheims. Neben dem Eingang standen mehrere

Gedenkkerzen. Daneben lagen Blumen, Beileidsbekundungen, ein Fußballtrikot mit Trautmanns Namen unter der Nummer 10 und ein Fußball. Er sah zum Ascheplatz des FC Helltal. Ein Mann in einem roten Overall zog mit einem Kreidewagen die Begrenzungslinien des Ascheplatzes nach und warf ihnen dabei misstrauische Blicke zu. Fischer winkte ihm lächelnd zu.

„Kennst du den?"

„Nee. Bin einfach freundlich", erwiderte Fischer und beäugte das Pflaster auf seiner Stirn. „Was ist eigentlich mit deiner Stirn passiert?"

„Arbeitsunfall", erwiderte Andersen knapp, während er die Heckklappe des Porsche öffnete und seine Canon herausnahm.

Sie gingen am Sportheim und dem sich direkt anschließenden Schützenheim vorbei in Richtung Wald.

„Was genau erhoffst du dir davon?", fragte Fischer.

„Das weiß ich erst, wenn ich den Tatort gesehen habe."

Sie kamen an eine Lichtung, an der sich der Weg gabelte. Rechts eine Abzweigung, die tiefer in den Wald führte, geradeaus ein asphaltierter Weg, der parallel zum Waldrand verlief und knapp drei Kilometer weiter am Baggersee zwischen Helltal und Bann endete.

Andersen nickte in Richtung des Weges, der in den Wald führte.

„Bist du sicher?"

„In den Zeitungsartikeln hieß es ‚in direkter Näher zur ehemaligen Freilichtbühne am Falkenstein'. Und die ist genau dort."

„Wie du meinst. Du bist der Experte."

Sie gingen weiter in den Wald hinein. Der matschige Weg machte einen Rechtsknick. In knapp zwanzig Meter Entfernung saßen an die zehn Jungs auf ihren Mountainbikes vor einem rot-weißen Polizeiabsperrband, das quer über den Weg und weiter durch den Wald gespannt war, und beobachteten die Arbeit der Mitarbeiter der Spurensicherung hinter dem Absperrband.

„Ist schon 'n Ereignis, so 'n Mord auf dem Dorf", bemerkte Fischer.

„Trotzdem kein Grund, die Schule zu schwänzen", murmelte Andersen und klatschte zweimal in die Hände. Die Jungs drehten sich zu ihm um. „Abflug, Mädels. Hier gibt's nichts zu sehen."

Die Kids zögerten.

„Oder wäre es euch lieber, ich nehme euch wegen Behinderung polizeilicher Ermittlungen mit aufs Revier?"

Er zückte seinen abgelaufenen Dienstausweis, wobei er wie üblich das Ablaufdatum mit dem Daumen verdeckte. Unter mürrischem Gemurmel wendeten die Jungs ihre Mountainbikes und radelten davon. Bevor Fischer Fragen bezüglich des Ausweises stellen konnte, steckte Andersen ihn eilig wieder ein und betrachtete das Gewusel hinter dem Absperrband. An die zehn Spusis in weißen Ganzkörperschutzanzügen waren damit beschäftigt, den Waldboden abzusuchen. In einiger Entfernung standen mehrere Streifenwagen und die Einsatzfahrzeuge der Spurensicherer.

„Die Leiche wurde Sonntagmorgen gefunden", sagte Fischer. „Ist es normal, dass die fünf Tage später immer noch nach Spuren suchen?"

„Nein, ist es nicht", meinte Andersen und machte ein paar Fotos. „Die einzige Erklärung ist, sie haben nichts Relevantes gefunden und weiten jetzt den Suchbereich aus."

„Nichts Relevantes gefunden? Und trotzdem ist Stefan Hauptverdächtiger?"

„So sieht's aus."

Als sie wieder am Porsche ankamen und Andersen die Türen entriegelte, zögerte er kurz und sah zu Fischer. „Wegen der Kohle, die Sindelar mir gegeben hat ... Habt ihr wirklich alle zusammengelegt, damit er mich engagieren kann?"

„Der größte Teil kam zwar von ihm und seiner Wenigkeit, aber es stimmt schon: Jeder hat was dazugelegt. Auch wenn es nur zehn oder zwanzig Euro waren. Ich hoffe, du bist dein Geld wert."

„Und ich hoffe, ihr täuscht euch nicht in ihm und er ist doch der Mörder von Trautmann."

„Ist er nicht."

Sie kletterten in den Porsche, Andersen wie üblich als Erster über den Beifahrersitz. Er ließ die acht Zylinder absichtlich ein paar Mal im Leerlauf aufröhren. Zufrieden registrierte er, dass der Mann in dem knallroten Overall, der immer noch die Begrenzungslinien des Ascheplatzes nachzog, herübersah und die Stirn in Falten legte. Andersen winkte ihm zu. Fischer sah ihn fragend an.

„Ich kann auch nett sein. Wenn ich will."

„Willste aber nicht allzu oft, schätze ich."

„Korrekt."

Er knallte den ersten Gang rein und gab Gas. Eine Staubwolke hinter sich aufwirbelnd, schlitterte der Porsche vom Parkplatz des Sportheims. Andersen warf einen Blick auf das Armaturenbrett. Die Tankanzeige war fast auf null. Sie passierten das Ortsschild. Andersen fuhr rechts auf die freie Tankstelle, stieg aus und nahm den Benzinschlauch aus der Halterung, als ein Mann mit Oberlippenbart, gegelten kurzen Haaren und der Figur des Michelin-Männchens aus dem Kassenraum auf ihn zugeeilt kam.

„Lassen Sie mal, hier tankt der Chef persönlich", meinte das Michelin-Männchen in einwandfreiem Hochdeutsch und nahm Andersen den Benzinschlauch aus der Hand. „Voll?"

Dann erkannte Andersen ihn. „Gebbi?"

Das Michelin-Männchen musterte ihn.

„Mark?"

Andersen nickte. Oliver Gebert grinste sein bestes Honigkuchenpferdgrinsen. „Alter. Hammer! Was machst du in der Pfalz? Kommst du etwa auch zum Abitreffen?"

„Ja, klar. Weswegen denn sonst?"

„Alter, wie geil! Können wir ja dann zusammen da auflaufen! Was für ein Fest!“ Er grinste Andersen breit an. „Wo wohnst du? Immer noch Berlin?“

Andersen nickte. „Was hat dich nach Helltal verschlagen? Du bist doch Lautrer.“

„Meine Frau ist von hier. Anke Simonis. Ist ein paar Jahre jünger als wir. Und wesentlich hübscher.“ Er kicherte. „Wir wohnen jetzt im ehemaligen Haus ihrer Eltern. Und das Schmuckstück hier gehört uns.“ Er deutete mit einer raumgreifenden Geste auf die Tankstelle mit den vier Zapfsäulen und dem kleinen Kassenhäuschen. „Wir haben das vom Wilhelm übernommen, der konnte den Benzingeruch nicht mehr ab. Ist ihm irgendwie auf den Magen geschlagen.“

Andersen registrierte einen knapp zwölfjährigen Jungen, der sich im Kassenhäuschen an der Scheibe die Nase platt drückte. Gebbi folgte seinem Blick. „Das ist Daniel, mein Jüngster. Hilft ab und zu aus.“

Er bedeutete ihm gestisch, zu uns zu kommen. Zögerlich kam Daniel ins Freie.

„Das ist Mark Andersen“, meinte Gebbi zu seinem Sohn und zerwuschelte ihm die Haare. „Wir haben zusammen am HHG in Lautern Abi gemacht.“

Daniel schien seinen Vater gar nicht zu hören, hatte nur Augen für den 928.

„Und er ist der Sohn deiner Lehrerin“, fuhr Gebbi fort. „Also Vorsicht, was du sagst.“

Daniel sah Andersen an. „Ist das ein 928?‘

Andersen nickte. „Die S-Version.“

„Wie viel PS?“

„Genug, um jeden aktuellen BMW, Audi oder Benz zu ficken“, meinte Andersen, was Daniel zum Lächeln brachte. Gebbi haute ihm mit der flachen Hand gegen den Hinterkopf. „Hallo? Angehörige des kleinen Volkes anwesend! Achte auf deine Ausdrucksweise!“

„Mach ich doch immer", meinte Andersen und fing sich erneut ein Ding ein. Daniel schlich um den Porsche herum, war sichtlich fasziniert. Der Tank war inzwischen voll. Gebbi steckte den Schlauch zurück in die Halterung der Zapfsäule. „Netter Wagen übrigens."

„Ich weiß. Vielleicht ein bisschen zu auffällig für Helltal."

„Auch in Helltal gibt es Porschefahrer. Und zwar einige. Wir leben ja nicht hinterm Mond."

„Aber dafür hinter den sieben Bergen bei den sieben Zwergen."

Er lachte auf. „Du hast dich echt kein Stück verändert.

Wenn du wüsstest, dachte Andersen.

„Hast du die Tage nicht mal Lust, zum Essen vorbeizukommen? Ich koch was Leckeres und dann quatschen wir über die guten alten Zeiten."

„Du kochst?", fragte Andersen ablenkend, da er nicht wirklich Lust auf ein Abendessen bei den Geberts hatte.

„Ist mein Hobby", meinte er. „Neben Gitarre spielen, dem Schützenverein und Fußball. Wobei Fußball das einzige meiner Hobbys ist, das ich leider nur passiv betreibe." Er klopfte stolz grinsend auf seinen beeindruckenden Bauch.

Nachdem Andersen bezahlt hatte und in den Porsche gestiegen war, wollte Fischer wissen, wer das gewesen sei.

„Ein potentieller Informant", erwiderte Andersen, „Kaffee bei mir?"

„Gerne."

Andersen parkte auf einem der Parkplätze auf Höhe der Trinkhalle. Sie stiegen aus und erstarrten. Am äußersten Rand des Dorfplatzes fehlte etwas, was bis vor kurzem noch da gewesen war: Sindelars Wohnwagen mit dem ‚MÖRDER!!!'-Schriftzug auf der Seite.

„Scheiße", murmelten Fischer und Andersen unisono.

7
SICKINGENSTRASSE

Es war schon fast dunkel. Die Regentropfen prasselten wie Pistolenschüsse auf das Dach des 928, der auf dem Parkplatz des Wasgau stand. Mitte der 70er war der Platz nichts weiter als ein zerfurchter Acker gewesen, der Untergrund eine Mischung aus rotem Sand, Gras, Gestrüpp und Steinen. Aber es war ihr Acker gewesen, ihr Bolzplatz.

Andersen drehte den Zündschlüssel eine halbe Umdrehung nach rechts. Die Scheibenwischer erwachten quietschend zum Leben und gaben kurz den Blick auf das weiße Zweifamilienhaus frei, das über dem Parkplatz thronte. Es sah neu verputzt aus, der riesige Baum im Garten war gestutzt, die Fenster komplett ausgetauscht worden und das Geländer auf dem Flachdach der Garage, gegen das er immer seine Bälle geschossen hatte, war verschwunden.

Er schaltete die Zündung wieder aus. Der Blick auf sein Elternhaus verschwamm innerhalb von Sekunden. Er steckte sich eine an und verfluchte zum wiederholten Male Schilling, der mutmaßlich dafür verantwortlich war, dass Sindelars Wohnwagen jetzt nicht mehr auf dem Dorfplatz stand, sondern höchstwahrscheinlich auf dem Hof der Soko. Inklusive seiner Sporttasche mit den Klamotten, seinem Schlafsack, Neil Pearts Drumstick und seinem Colt inklusive zwei Schachteln Munition und einem Schulterhalfter. Und vor allem mit dem Diktafon und den von Sindelar vollgequatschten Mikrokassetten. Das MacBook, sein Notizbuch und die Canon hatte er zum Glück im Rucksack im Porsche dabeigehabt, aber an Klamotten war ihm nur das geblieben, was er trug: Cargohose, Turnschuhe, T-Shirt, Lederjacke und ein schwarzes Longsleeve.

Er sah auf die Uhr in der Mittelkonsole: 18 Uhr. Er hätte nicht sagen können, wie lange er schon hier stand und auf sein Elternhaus starrte. Vermutlich schon über eine Stunde. Fischer hatte ihm angeboten, auf der Couch in seinem Hotelzimmer zu pennen, was er aber abgelehnt hatte. Er hatte viel zu lange alleine gelebt und konnte Menschen um sich herum einfach nicht ertragen. Ein eigenes Hotelzimmer war auch keine Alternative, da die Kosten dafür zu viel von seinem Budget aufgefressen hätten.

Er schnippte die Kippe durch das halb geöffnete Fenster, ließ die Scheibe hochfahren und startete den Porsche. Fuhr die Sickingenstraße hoch und parkte auf dem Bürgersteig neben dem Haus. Das Garagentor war offen, in der Garage stand ein weißer Polo. Er schnappte sich den Rucksack, stieg aus und klingelte. Es dauerte einen Moment, bis der Türsummer ertönte. Er atmete tief durch und drückte die schwere Holztür auf. Seine Mutter stand eine halbe Treppe höher in der Wohnungstür. Starrte ihn an.

„Hi, Mama. Ich war gerade in der Gegend“, murmelte er, „und dachte, sag mal hallo.“

„Mark …“ Katharina Andersen eilte ihrem Sohn über die weiße Marmortreppe entgegen und umarmte ihn.

Kurz darauf saßen sie nebeneinander auf dem Sofa im Wohnzimmer. Im Fernsehen liefen die Regionalnachrichten.

Er trank ein Karlsberg direkt aus der Flasche und sah sich um. Holzpaneelen an der Decke. Dunkelbraune Steinfliesen. Dicke Perserteppiche. Braune Schränke, die ihm bekannt vorkamen. Ein unbenutzt aussehender Kamin. Seine Erinnerungen an das Haus und dessen Einrichtung waren auf dem Stand von 1984, dem Jahr, in dem er nach Kaiserslautern gezogen war. Danach war er nie wieder hier gewesen. Trotzdem war er sich sicher, dass abgesehen von Omas Schränken alles neu war.

„Hast du Hunger?"

Er schüttelte den Kopf.

„... im Fall des Mordes an dem Fußballer Egon Trautmann aus Helltal bittet die Polizei um die Mithilfe der Bevölkerung", sagte die Nachrichtensprecherin im Fernsehen. Er machte lauter. „Als dringend Tatverdächtiger wird weiterhin der 44-jährige Stefan Sindelar gesucht, der seit Montag spurlos verschwunden ist." Ein Foto von Sindelar wurde eingeblendet. „Stefan Sindelar ist 1 Meter 79 groß, schlank und trug zum Zeitpunkt seines Verschwindens ..."

Er schaltete den Ton aus.

„Kann man hier rauchen?"

„Du weißt doch, dass Opa Zigarettenrauch nicht verträgt. Und ich auch nicht."

„Opa?"

„Dein Vater." Sie nahm die Fernbedienung und schaltete den Ton wieder ein. „Opa nur deswegen, weil wir für die Enkel Opa und Oma sind."

„Und ihr nennt euch dann auch so?"

„Hat sich so eingebürgert."

Dann erzählte sie ihm, dass ‚Opa' heute wie jeden Donnerstagabend und Samstagnachmittag mit ihren Enkeln Steven und Amy, den Kindern seiner Schwester Lene, in Kaiserslautern zum Schwimmen war. Er wunderte sich, dass Vater mit Ende 60 plötzlich anfing Sport zu treiben, aber Mutter erklärte, dass er die beiden nur an der Schwimmhalle ablieferte und dann durch ein Möbelhaus schlenderte. Er fragte sich, ob es hier in der Gegend normal war, anstatt durch einen Park durch ein Möbelhaus zu schlendern, vermutete aber, dass diese Marotte nichts mit der Gegend, sondern ausschließlich mit seinem Vater zu tun hatte.

Katharina Andersen hatte einen Aschenbecher mit dem Logo des FCK in der Hand und ging über das Treppenhaus voran ins Souterrain.

„Wie lange hast du vor zu bleiben?"

„Weiß ich noch nicht. Wieso fragst du? Willst du mich schon wieder loswerden?"

„Wieso wirst du immer gleich so schnippisch?", zischte sie. „Ich hab doch nur eine ganz normale Frage gestellt."

„Jaja, schon gut. Sorry", murmelte er und erinnerte sich, dass seine Mutter schon immer extrem dünnhäutig auf seine lockeren – sie bezeichnete sie damals als ‚respektlos' – Sprüche reagiert hatte. Sie schloss die Glastür der Einliegerwohnung auf und hielt sie ihm offen. Er betrat den Flur. Es war dunkel, kalt und roch wohlvertraut muffig.

„Das war mal dein Zimmer, wie du dich vielleicht erinnerst", meinte sie und öffnete die zweite Tür zur Linken und drückte den Lichtschalter. Eine nackte Glühbirne erhellte den Raum. Die Rollläden waren runtergelassen. Das Zimmer war komplett mit Kisten, Pappkartons und Gerümpel vollgestellt. „Nebenan, im ehemaligen Zimmer deiner Schwester sieht es genauso aus. Das sind alles eure alten Sachen vom Speicher. Wir haben den vor ein paar Jahren renoviert und das alle hier zwischengelagert."

„Ihr habt unsere alten Sachen ...?"

„Ich", korrigierte seine Mutter. „Wenn es nach Opa ... eurem Vater gegangen wäre, hätten wir das alles schon längst entsorgt." Sie machte das Licht aus, schloss die Tür und ging am Badezimmer und der Küche vorbei in Richtung Wohnzimmer. „Das Wohnzimmer ist richtig nett geworden. Das wirst du nicht wiedererkennen."

Sie hielt ihm die Tür offen. Der gleiche L-förmige Schnitt wie das obere Wohnzimmer, die gleichen dunkelbraunen Fliesen und bodentiefen Fenster zur Terrasse und zum Garten hin. Alles komplett renoviert und neu eingerichtet. Ein Dreiersofa, ein kleiner Couchtisch, ein Sessel, ein Fernseher, an der Wand eine Holzkommode, um die Ecke eine Schlafcouch.

„Wir hatten eigentlich vor, das gesamte Stockwerk zu renovieren und dann als Einliegerwohnung an Amis zu vermieten, kamen aber nicht weiter als bis zum Wohnzimmer." Sie stellte den FCK-Aschenbecher auf den Couchtisch. Daneben legte sie den Haus- und den Wohnungsschlüssel. „Hier ist der Regler für die Fußbodenheizung." Sie deutete auf einen kleinen beigen Kasten neben der Eingangstür.

„Habt ihr Internet?"

„Natürlich, was denkst du denn?"

„Auch WLAN?"

„Natürlich auch WLAN. Wir leben ja nicht hinter dem Mond."

„Passwort?"

„Sickingenstraße."

Er warf den Rucksack und die Lederjacke aufs Sofa.

„Kennst du eigentlich den Jogger, der die Leiche von Trautmann gefunden hat?"

Sie sah ihn skeptisch an. „Woher weißt du davon?"

„Aus der ‚Rheinpfalz'. Die kann man auch online lesen."

„Du liest die ‚Rheinpfalz'?"

„Ab und zu schon. Man muss doch in Kontakt mit der alten Heimat bleiben."

„Seit wann interessierst du dich für deine Heimat?"

„Dinge ändern sich."

„Dinge vielleicht, du eher nicht."

„Weißt du wie der Jogger heißt oder nicht? In der Rheinpfalz stand kein Name."

„Lothar Zirkel, der Inhaber der Bäckerei Zirkel", meinte Katharina Andersen und ging auf die Schlafcouch zu. „Ich bezieh dir das noch schnell."

Sie zog den Bettkasten unter der Couch hervor, in dem sich Bettdecke, Kopfkissen, Laken und Bettwäsche befanden.

„Lass stecken, ich komm schon klar", meinte er und ließ sich aufs Sofa fallen.

„Ist ja kein Aufwand." Sie begann die Bettdecke zu beziehen.

„Ist gut, Mutter. Ich schaff das alleine."

Katharina Andersen presste die Lippen aufeinander, bis nur noch ein dünner Strich zu sehen war, pfefferte die Bettdecke auf die Schlafcouch und stampfte wortlos aus dem Wohnzimmer, wobei sie mit der Glastür knallte.

Nach Hause kommen fühlt sich definitiv anders an, dachte Andersen. Mangels Erfahrung wusste er zwar nicht genau, wie es sich anfühlen sollte, aber so ganz sicher nicht.

„Danke für den Aschenbecher", murmelte er und steckte sich eine an.

Als er vom Abendessen im Bergers zurück in die Einliegerwohnung kam, hatte seine Mutter die Schlafcouch bezogen. Trotz ihrer Auseinandersetzung. So als wäre nichts gewesen. Sogar den Kühlschrank hatte sie aufgefüllt: Milch, Bier, Butter, Mineralwasser, eine Flasche Weißwein, ein Sixpack Bitburger, Schinken, ein Glas Gurken, Käse, Tomaten, Äpfel, Bananen ...

Er ließ sich aufs Sofa fallen und öffnete mit dem Feuerzeug eine Flasche Bitburger. Es war kurz nach 23 Uhr. Dann fiel ihm etwas ein und er ging in sein altes Kinderzimmer. Checkte die Kartons. Die meistens waren beschriftet. Er suchte einen Bestimmten und wurde ziemlich schnell fündig: ‚Mark: Musik-Kram'.

Im Wohnzimmer stellte er den Karton neben sich auf die Couch und öffnete ihn: Band-T-Shirts, Tourprogramme, Aufkleber, Konzerttickets. Er nahm die ordentlich zusammengefalteten Shirts aus dem Karton. Das Obere war ein Whitesnake-Shirt, darunter eins von Judas Priest. Das dritte war schwarz und wie die beiden anderen erstaunlich gut erhalten. Auf der Vorderseite beschnüffelte ein Dalmatiner unter den Schriftzügen Rush und Signals einen knallroten Hydranten. Er drehte das Shirt um. Alle europäischen Tourdaten der New World Tour 1983, inklusive Heidelburg – Germany, 11th May 1983.

In der Handfläche seiner linken Hand spürte er plötzlich ein Jucken. Er betrachtete sie verwundert. Eine kurze, gezackte, kaum erkennbare weiße Linie zog sich vom Zeigefinger nach rechts unten. Eine Narbe. Er hatte komplett vergessen, dass er sie hatte. Aber sie war da. Eindeutig. Und sie juckte.

Plötzlich erinnerte er sich, dass er nicht der Einzige mit einer Narbe an dieser Stelle war.

Sein Audi ...

... steht auf dem Parkplatz der Rhein-Neckar-Halle in Heidelberg-Eppelheim. Bis zum Rush-Konzert ist es noch knapp eine Stunde. Claudia sitzt im Schneidersitz auf der Motorhaube, Sinde und ich lehnen links und rechts davon am Kotflügel. Wir trinken schweigend unsere Biere und rauchen. Um uns herum langhaarige Kuttenträger, kurzhaarige, stiernackige GIs in Rush- und Ozzy-Shirts, von denen sie die Ärmel abgeschnitten haben, um ihre muskulöse, wild tätowierten Oberarme besser zur Geltung zu bringen, Mädchen mit langen gefärbten Haaren, in engen Stretchjeans und noch engeren Band-Shirts.

Es ist unser erstes Rush-Konzert und sollte eigentlich der Beginn von etwas Neuem sein, aber wir ahnen – wissen –, dass es ein Abschied ist. Ein Abschied von der Kindheit und ein Abschied von unserem Trio, das de facto nicht mehr existiert. Ich bin schon seit längerem auf dem Heinrich-Heine-Gymnasium in Kaiserslautern, stehe ein Jahr vor dem Abi, Sinde wird dieses Jahr seine Ausbildung zum KfZ-Mechaniker bei einem Betrieb in Schopp beenden, genau wie Claudia ihre Ausbildung zu Reiseverkehrsfachfrau in Linden.

Sinde fummelt ein Taschenmesser aus der Hosentasche und beginnt, seine – seit seiner Ausbildung permanent dreckigen – Fingernägel zu säubern. Claudia späht aus den Augenwinkeln zu ihm, schnippt ihre Kippe weg, lässt sich von der Motorhaube gleiten und entwendet ihm blitzschnell das Messer.

„Ey, spinnst du?", blafft Sinde. Statt einer Antwort ritzt sich Claudia wortlos in die linke Hand, wobei sie kurz zusammenzuckt. Ein sauberer Schnitt von unterhalb des Zeigefingers nach rechts unten. Blut tropft von ihrer Hand zu Boden. Sinde versucht, ihr das Messer wegzunehmen, aber Claudia lässt es mit einer raschen Bewegung hinter ihrem Rücken verschwinden.

„Blutsbrüder", murmelt sie.

Sinde sucht meinen Blick. Ich zucke mit den Schultern. Er sieht erneut zu Claudia, die ihm auffordernd das Taschenmesser hinhält. Er nimmt es und reicht es an mich weiter. „Du zuerst."

Ich atme tief durch, setze das Messer unterhalb des Zeigefingers an und ziehe es ohne abzusetzen bis nach rechts unten. Ich unterdrücke den Schmerz und reiche das Messer weiter an Sindelar. Er sieht von Claudia zu mir, zurück zu Claudia und dann auf das Messer in seiner Hand. Er hält die Luft an und schließt die Augen. Zieht ohne zu zucken das Messer über seine Handfläche. Atmet aus. Aus einem Wagen in der Nähe dröhnt der Anfang von ‚Long live Rock 'n' Roll' von Rainbow.

Wir pressen unsere Hände aufeinander.

Blut tropft auf den Boden des von Unkraut überwucherten Parkplatzes der Rhein-Neckar-Halle ...

Ein merkwürdiges Geräusch aus Richtung der Terrassentür riss ihn aus seiner Erinnerung. Es klang wie eine Mischung aus Schaben, Klopfen und Kratzen. Er packte das Rush-Shirt beiseite und ging zur Terrassentür, zog die bis zum Boden reichende Gardine zur Seite. Vor der Glastür saß eine schwarzweiße Katze auf den Hinterbeinen und kratzte mit den Vorderpfoten ungeduldig gegen die Tür. Er öffnete sie. Die Katze stürmte maunzend herein und rieb sich sofort ausgiebig schnurrend an seinen Beinen. Er ging in die Hocke und streichelte sie. „Wer bist du denn? Hast du kein Zuhause?"

Sie maunzte ihn an, roch kurz an seiner Hand und rieb sich dann daran. Im nächsten Augenblick sprang sie auf die Schlafcouch und fing an, sich ausgiebig zu putzen. Erst jetzt wurde ihm bewusst, dass sie aussah wie Püppi: der schwarze Helm, der kurz über den Augen endete, die weißen Stiefel, der weiße Bauch, der schwarze Stummelschwanz ...

Sein Herz setzte aus. Nicht nur ein, zwei Schläge, nein, länger. Viel länger. Er schloss die Augen, atmete tief durch und setzte sich zu ihr auf die Couch. Kämpfte gegen die Trauer, gegen seine Tränen. Bemerkte dann den Riss in ihrem linken Ohr. Püppi hatte keinen Riss im linken Ohr gehabt. Sollte er jetzt erleichtert oder enttäuscht sein?

8
KASTRIERT

Schnurren. Intensiv und nah.

Er öffnete träge die Augen. Direkt vor seinem Gesicht die Schnauze der schwarzweißen Katze. Sie beschnupperte ihn.

„Du bist ja immer noch da", murmelte er und setzte sich aufrecht. Sie trug kein Halsband, sah aber gepflegt und wohlgenährt aus. Er griff nach den Kippen, die auf dem Boden neben der Cargohose und seinem Longsleeve lagen, und steckte sich eine an. Mit angewidertem Blick folgte sie dem Rauch und sprang dann von der Schlafcouch. Er konnte hören, wie sie um die Ecke an der Tür zum Wohnzimmer, die außerhalb seines Blickfelds lag, schabte und kratzte. Er drückte die Kippe aus. Barfuß, nur mit der Cargohose und dem Longsleeve bekleidet, folgte er ihr durch den Flur der Einliegerwohnung in Richtung der Eingangstür, an der sie erneut kratzte. „Jaja, hab's ja kapiert. Moment."

Er öffnete die Tür. Sie sprang die Treppe hinauf, weiter um die Ecke und blieb dann vor der Wohnungstür seiner Eltern im ersten Stock sitzen.

„Du kennst dich hier aber gut aus."

Sie maunzte und trommelte im Sitzen gegen die Glastür. Er nahm die letzte beiden Treppenstufen auf einmal und wollte ihr gerade die Tür öffnen, als diese von innen geöffnet wurde. Die Katze schlüpfte in die Wohnung, während er unvorbereitet einem älteren Mann mit grauem Vollbart und Nickelbrille gegenüberstand. Der Mann trug Jogginghosen, Hausschuhe und ein blaues Hemd, unter dem sich deutlich sein Bauch abzeichnete.

„Hab schon gehört, dass du wieder im Lande bist", meinte Georg Andersen, sein Vater, leise. Er schob sich die Brille in die Stirn und musterte ihn von oben bis unten. „Gibt es in Berlin keine Socken?"

Andersen starrte auf seine nackten Füße.

Sie saßen am Küchentisch und tranken Kaffee. Seine Füße steckten in dicken Wollsocken, die sein Vater ihm geliehen und die er aufgrund seines derzeitigen Mangels an Klamotten nicht hatte ablehnen können. Er beobachtete Gingi, die sich über ihren Futternapf hermachte.

„Wie alt war sie damals, was schätzt du?"

Sein Vater hatte ihm erzählt, dass sie ihnen vor sieben Jahren als junge Katze zugelaufen war.

„Schwer zu sagen. Drei oder vier."

Er nahm einen Schluck Kaffee. „Wo ist eigentlich Mutter?"

„Was denkst du, wo sie ist?"

„Bullenscheiße. Im echten Leben beantwortet man eine Frage nicht mit einer Gegenfrage."

„In der Schule."

„Immer noch?"

„Es ist ihr letztes Jahr."

Gingi war offensichtlich satt und taperte aus der Küche ins Wohnzimmer.

Er spürte die Blicke seines Vaters auf sich.

„Bist du nicht zu alt für so eine Frisur?"

„Solange sie noch wachsen ..."

Sein Vater stand kommentarlos auf und goss sich frischen Kaffee nach.

„Warum bist du zurückgekommen?"

„Abitreffen."

„Seit wann interessierst du dich für Menschen aus deiner Vergangenheit?"

„Ich dachte, das Treffen wäre eine gute Gelegenheit, damit anzufangen."

„Wann ist das genau?“

Sein Vater hatte immer noch diese über Jahre antrainierten Fragen eines Kommissars drauf. Er fluchte innerlich. Hatte versäumt, Gebbi nach dem genauen Termin zu fragen.

„Dienstag“, meinte er ins Blaue. Sein Vater setzte sich wieder ihm gegenüber. Er versuchte unauffällig aus seinem Blick eine Reaktion herauszulesen, aber das war ihm schon damals nie gelungen.

Er stand auf. „Ich muss los. Danke für den Kaffee und die Socken.“

„Kein Problem.“

„Bis später.“

Auf dem Weg ins Treppenhaus traf er auf Gingi, die ihm um die Beine strich und offensichtlich auch rauswollte. Er hielt ihr die Tür auf. Sie folgte ihm in die Einliegerwohnung, wo sie auf die Schlafcouch sprang und anfing, sich zu putzen. Er versuchte die extreme Ähnlichkeit zu seiner geliebten Püppi zu ignorieren.

Hinter dem Tresen der Bäckerei Zirkel arbeiteten zwei Frauen. Die eine war in Andersens Alter, die andere schätzte er auf Mitte zwanzig. Außer ihm waren noch zwei weitere Kunden anwesend. Er wartete, bis er an der Reihe war, bestellte zwei Croissant, zahlte, zückte dann seinen Dienstausweis und hielt ihn mit dem bewährten Daumen-auf-Ablaufdatum-Griff der jüngeren der beiden Verkäuferinnen hin. „Mordkommission. Ich würde gerne mit Lothar Zirkel sprechen.“

Die Verkäuferin sah hilfesuchend zu ihrer älteren Kollegin, die dazukam.

„Ich bin Bettina Zirkel, Lothars Frau. Um was geht es?“

„Was denken Sie, um was es geht?“, meinte er. „Ist er da?“

Bettina Zirkel nickte. Er folgte ihr um den Tresen herum nach hinten, an der Backstube vorbei in eine Art Büro, in dem sich an allen Wänden Kartons türmten. Am Fenster stand ein mit Unterlagen und Aktenmappen vollgestellter Schreibtisch mit Computer, an dem mit dem Rücken zu ihm ein korpulenter Mann mit Halbglatze saß. Vor ihm ein Teller mit Kartoffelsalat und einer halben Bulette.

„Lothar?"

Lothar Zirkel drehte sich um. Zu seinen Füßen döste ein älterer Labrador. Er äugte kurz gelangweilt in Andersens Richtung und pennte dann weiter.

„Da ist jemand von der Polizei, der dich sprechen will."

„Wieso das denn? Ich hab doch schon alles Ihren Kollegen erzählt."

„Reine Routine", erwiderte Andersen und wandte sich an Zirkels Frau. „Danke."

Bettina Zirkel zögerte, wandte sich dann aber ab und ging zurück in Richtung Verkaufsraum. Er schloss die Tür hinter ihr. „Nur ein paar Fragen, dauert nicht lange." Er packte eins der Croissants aus und aß es.

„Schießen Sie los. Ich hab nicht den ganzen Tag Zeit", murrte Zirkel und schaufelte eine Ladung Kartoffelsalat in sich hinein, wobei er Andersen wieder den Rücken zudrehte.

„Als sie die Leiche von Egon Trautmann gefunden haben, wie haben Sie da meine Kollegen verständigt?"

„Mit meinem Handy, oder was dachten Sie? Buschtrommeln? Rauchzeichen?"

„Dürfte ich ihr Handy sehen?"

„Wieso das? Ist 'n ganz normales Handy."

„Herr Zirkel. Ich würde Sie bitte, das Ganze nicht unnötig zu verkomplizieren. Geben Sie mir einfach Ihr Handy."

Zirkel nahm einen weiteren Bissen und fischte dabei sein Handy vom Schreibtisch. „Bitte sehr", grummelte er.

Andersen scrollte durchs Menü, bis er den ‚Galerie' genannten Ordner fand, in dem die Fotos nach Datum gespeichert waren. Er scrollte zu den Fotos vom 18. Oktober, dem Tag, an dem Zirkel Trautmanns Leiche gefunden hatte. Entdeckte an die zwanzig Fotos, auf denen der tote Trautmann aus allen möglichen Perspektiven zu sehen war.

Zirkel beäugte ihn misstrauisch. „Was genau machen Sie da eigentlich?"

„Ich sehe mir die Fotos an, die Sie Sonntagmorgen im Wald gemacht haben."

„Was?" Zirkel sprang auf. „Das dürfen Sie nicht. Das verstößt gegen ..."

„Wissen meine Kollegen von diesen Fotos?"

Er hielt ihm das Handy hin. Darauf ein Foto von Trautmanns zu Brei zerschlagenem Gesicht. Zirkel schüttelte zögernd den Kopf.

„Warum nicht?"

„Weil sie ... nicht ... danach ... gefragt haben", murmelte er.

„Herr Zirkel, Herr Zirkel", meinte Andersen kopfschüttelnd. „Das ist vorsätzliche Unterschlagung von Beweismaterial und kann mit einer Freiheitsstrafe von bis zu fünf Jahren geahndet werden."

Zirkel starrte ihn fassungslos an.

„Was hatten Sie damit vor?"

„Äh ... nichts."

„Sie wollten die Fotos nicht zufällig an die Presse verkaufen?"

„Was? Nein, um Gottes willen! Nein!"

„Die zahlen aber ziemlich gut für so was, habe ich gehört."

„Nein, nein! Das sollte einfach eine ... Erinnerung sein", stammelte er.

„Eine Erinnerung an den Tag, an dem sie Ihre erste Leiche gefunden haben?"

„Ja, schon irgendwie."

„Good clean family entertainment, verstehe. Genau das Richtige für einen netten Nachmittag mit den Verwandten bei Kaffee und Kuchen."

Zirkel lächelte gequält. „Und jetzt? Was passiert jetzt?"

„Hat Ihr Handy Bluetooth?"

„Bluetooth? Äh ... Kann sein. Doch, ich glaube ja."

„Gut. Dann kopiere ich jetzt die Fotos auf mein Handy und Sie löschen sie danach."

Er nickte zögernd.
„Kann ich mich darauf verlassen?"
Er nickte erneut.
„Fein. Ich werde das in meinem Bericht berücksichtigen."
Andersen kramte sein Handy aus der Hosentasche und koppelte es per Bluetooth mit Zirkels Handy.

„Kastriert?"
Fischer starrte fassungslos auf das Handyfoto, das Trautmanns Unterleib als eine einzige blutige Masse zeigte.
„So sieht's aus", meinte Andersen und klappte die Speisekarte des Bergers zu. Sie saßen am gleichen Tisch wie Mittwochabend. „Sieh dir das nächste Foto an."
Fischer sah sich das nächste Foto an. Es zeigte Trautmanns zertrümmertes Gesicht. Oder besser das, was von Trautmanns Gesicht noch übrig war. Nicht viel mehr als ein blutiger Brei aus Knochen, Knorpel, Fleisch, Hirnmasse.
„Hätte es nicht gereicht, wenn du mir erzählt hättest, was auf den Fotos zu sehen ist?"
Angewidert gab er Andersen das Handy zurück.
„Jedenfalls wissen wir jetzt, wozu der Mörder das Luftgewehr benutzt hat", meinte Andersen und nahm einen Schluck von seinem Bitburger. „Ich denke, wir sind uns einig, dass der Mörder keine Frau war."
„Sind wir das?"
„Wenn Frauen töten, wollen sie es möglichst schnell und ohne viel Blutvergießen oder Verstümmelungen hinter sich bringen."
„Es sei denn, sie ist eine Sadistin."
Andersen zog eine Augenbraue hoch.
„Okay, also ein Mann", murmelte Fischer. „Und das Motiv? Eifersucht?"
„Keine Ahnung. Aber ihn einfach nur umzubringen war offensichtlich nicht genug. Er sollte bestraft werden, er sollte leiden."

„Weswegen?"

„Vielleicht hatte er die falsche Frau gefickt."

„Oder er war einfach zur falschen Zeit am falschen Ort und hatte etwas beobachtet, was er nicht hätte beobachten dürfen."

„Nein. In dem Fall hätte es genügt, ihn zu erschlagen. Aber er wurde nicht einfach nur erschlagen. Der Mörder hat ihn entmenschlicht. Kein Gesicht mehr, keine Genitalien."

Fischer starrte nachdenklich in sein Bierglas. Eine der Bedienungen kam an den Tisch.

„Ist Ellen heute nicht da?", fragte Andersen.

„Die hat heit frei", meinte die Bedienung.

Andersen nahm den Schweinebraten, Fischer die Forelle mit Kartoffeln. Die Bedienung nahm die Speisekarten und ging.

„Der Mörder will, dass alle glauben, er hätte Trautmann gehasst", meinte Fischer. „Und alle glauben, dass Stefan Trautmann gehasst hat. Der Mörder hat sich gezielt Stefan als Sündenbock ausgesucht."

„Aber nicht, weil er Sinde hasste, sondern weil Sinde einfach der perfekte Verdächtige war?"

Fischer zuckte mit den Schultern. „Vielleicht hat er Stefan auch gehasst, keine Ahnung." Er nahm einen Schluck Bier. „Letztlich sind das Fragen, auf die du eine Antwort finden musst, nicht ich."

Andersen starrte in sein Bierglas. „Wenn ich die Antwort darauf finden soll, dürfen wir uns nicht mehr sehen."

Fischer sah ihn irritiert an.

„Was glaubst du, wie ich an die Fotos von Zirkel rangekommen bin?"

Fischer zuckte mit den Schultern.

„Indem ich mich mit meinem alten Dienstausweis als Bulle ausgegeben habe. Glaubst du, das hätte funktioniert, wenn Zirkel, seine Frau oder die Angestellten der Bäckerei gewusst hätten, dass wir beide Kontakt haben?"

„Worauf willst du hinaus?"

„Sobald sich rumgesprochen hat, dass wir beide miteinander zu tun haben, würde mir niemand irgendetwas mehr erzählen. Ob mit abgelaufenen Dienstausweis oder ohne. Für alle wäre dann klar, dass ich etwas mit Sinde zu tun haben muss. Jeder in Helltal weiß, dass er Schausteller ist und du sein Chef bist. Wenn herauskommt, dass es eine Verbindung zwischen uns gibt, wäre das das Aus für meine Ermittlungen."

„Ah, Scheiße", grummelte Fischer und nahm einen Schluck von seinem Bier. „Wahrscheinlich hast du recht."

„Streich ‚wahrscheinlich'."

„Ist gestrichen", meinte Fischer und wischte sich Schaum vom Mund. „Aber falls du mich brauchen solltest, steh ich Gewehr bei Fuß."

„Du meinst ‚Luftgewehr bei Fuß'."

„Worauf du einen lassen kannst."

Die Werkstatt befand sich in einem kleinen Industriegebiet außerhalb von Weselberg. Andersen parkte den Porsche auf dem Hof, auf dem noch ein schwarzer Touareg sowie zwei weitere Wagen standen. Neben dem Eingang zum Büro, das direkt an die Werkstatt mit den zwei geschlossenen Rolltoren grenzte, stand ein schlanker Mann im Blaumann und rauchte. Er hatte kurze, gegelte Haare, trug eine modische schwarze Hornbrille und hatte einen Dreitagebart. Andersen schlenderte auf ihn zu. „Hi. Ich such den Chef. Ist der da?"

„Ja, ist er", meinte der Mann und zog an seiner Zigarette. Sein Hochdeutsch klang eindeutig nach einem gebürtigen Pfälzer.

„Fein. Ich würde ihn nämlich gerne sprechen."

„Du sprichst doch schon mit ihm, du Nase", erwiderte der Mann grinsend.

Andersen starrte den Mann irritiert an. „Jagger?"

„Klar, wer sonst?"

Er hielt Andersen seine Hand hin, welche dieser überrumpelt schüttelte.

„Ellen hat schon erzählt, dass du wieder in Helltal bist."

Andersen musterte ihn von oben bis unten. Er war schlank. Sehr schlank. Und sah gut aus.

„Du hast dich echt ganz schön verändert."

„Du dich gar nicht", erwiderte Jagger. Er schnippte die Zigarette auf den Hof und nickte in Richtung des Porsche. „Ist irgendwas mit deiner Schleuder?"

„Fahrertür geht von außen nicht mehr auf."

„Wieso das?"

„Schlüssel abgebrochen und drin steckengeblieben."

„Typisch ..."

„Typisch? Wieso typisch?"

„Erinnerst du dich nicht mehr, als du damals versuchst hast, an deinem Mofa 'nen dickeren Krümmer anzuschrauben?"

Andersen erinnerte sich. Wenn auch dunkel.

„Irgendwann bist du dann ohne Krümmer am Mofa und dem neuen Krümmer in der Hand bei mir aufgetaucht und meintest, du hättest da ein kleines Problem. Ich hab das Problem schon gehört, als du bei euch losgefahren bist."

Er schnippte seine Kippe weg und ging mit Andersen auf den Porsche zu.

„War 'ne blaue Herkules M3, ne?"

Jagger nickte, während er das Schloss der Fahrertür inspizierte.

„Und du hattest 'ne Kreidler."

„Aber nur kurz. Dann hab ich mir die Yamaha XT 500 Enduro geholt, auf die ihr alle so neidisch wart."

Das war aber auch das Einzige, auf das wir damals neidisch gewesen waren, dachte Andersen.

„Wenn da wirklich noch die Hälfte deines Schlüssels drinsteckt, muss ich das komplette Schloss austauschen. Problem ist nur, müsste ich bestellen. Kann aber dauern. Wenn es eilig ist, würd ich dich direkt zu Porsche nach Lautern schicken. Aber da zahlst du mit Einbau mindestens das Dreifache."

„Bestell es. Ich hab Zeit."

„Du bleibst also noch ein bisschen in Helltal?"

Andersen nickte und musterte Jagger erneut. „So ganz kann ich immer noch nicht glauben, wie du jetzt aussiehst. Wie hast du das geschafft?"

„Neunzig Prozent Disziplin, zehn Prozent Friss-die-Hälfte, zehn Prozent dem Zucker abschwören und fünf Prozent Sport."

„Damit wären wir dann bei einhundertfünfzehn Prozent."

„Ich war schon immer schlecht in Mathe. Aber dafür hab ich ja Ellen", meinte er. „Hast du nicht Lust, uns die Tage mal zu besuchen? Ellen würd sich bestimmt auch freuen."

„Gerne."

Das Wort kam Andersen so leicht über die Lippen wie noch vor ein paar Tagen eine Ausrede inklusive Absage. Dinge ändern sich, dachte er.

„Wie wär's mit heute Abend?"

„Hört sich gut an. Um wie viel Uhr?"

„Gegen acht?"

„Geht klar."

„Adresse hast du?"

Andersen nickte.

„Okay, ich bestell dir das Schloss und meld mich dann. Kann aber wie gesagt ein bisschen dauern. Wie erreich ich dich? Bist du bei deinen Eltern?"

Andersen nickte.

„Alles klar, Nummer hab ich. Ich sag Bescheid."

Andersen sah, wie ein schwarzer Opel Vectra langsam die Straße entlangfuhr, die zur Werkstatt führte. Am Steuer ein dunkelhäutiger Glatzkopf, auf dem Beifahrersitz Schilling.

„Scheiße ..."

„Was ist?"

„Die Bullen." Andersen nickte in Richtung des Vectras. „Stell dich schon mal drauf ein, dass du gleich ein paar Fragen zu Samstagabend und deinem Besuch bei Sindelar auf der Kerwe beantworten darfst."

Jagger starrte ihn an. „Woher weißt du, dass ich Samstag ...?"

„Erklär ich dir später", unterbrach Andersen und hätte sich wegen seiner unbedachten Äußerung auf die Zunge beißen können. Der Vectra fuhr auf den Hof und parkte direkt neben dem Porsche. Schilling und der dunkelhäutige Glatzkopf stiegen aus.

„Hallöchen, die Damen", rief Andersen in Richtung der Kommissare. „Was liegt an? Mal wieder ein super wichtiges Zeugenverhör?"

Glatze sah skeptisch von Andersen zu Schilling.

„Mark Andersen", stellte Schilling Andersen bemüht sachlich vor. „Wir waren zusammen auf der Polizeischule." Ohne ihn eines weiteren Blickes zu würdigen, wandte er sich an Jagger und zückte seinen Ausweis. „Kriminalhauptkommissar Schilling, Mordkommission Kaiserslautern. Wir suchen Manfred Jäger."

„Den haben Sie gefunden. Um was geht's?"

„Das wird Ihnen mein Kollege, Kriminaloberkommissar Thomas Young erklären."

Er nickte Young zu.

„Können wir irgendwo in Ruhe reden?", fragte dieser. Andersen musterte ihn. Ein richtiger Frauentyp. Geschätzte Mitte/Ende 30. Hohe Wangen. Dreitagebart. Sportlich, schlank, kein Gramm Fett, nur Muskeln.

„In meinem Büro", erwiderte Jagger und deutete auf den Eingang.

„Ich bin gleich bei euch", meinte Schilling zu Young, der mit Jagger in Richtung des Büros ging.

„Was machst du hier?", zischte Schilling.

„Was denkst du, was ich hier mache? Möglicherweise, dass ich mit einem Zeugen rede, von dessen Existenz ihr erst durch ein Tape in meiner Sporttasche erfahren habt?"

„Treib es nicht auf die Spitze, Mark!"

„Ihr habt nichts, Holmes, gar nichts. Ohne meine Tapes würdet ihr euch wegen eures schnellen Fahndungserfolgs immer noch gegenseitig auf die Schultern klopfen. Wobei euer Erfolg genau genommen gar keiner ist, denn euer Haupttatverdächtiger ist immer noch flüchtig."

„Wir ermitteln weiterhin in alle Richtungen."

„Sindes Wohnwagen abschleppen lassen, meine Tapes anhören und alte Freunde von ihm und mir verhören nennst du ‚ermitteln'?"

Andersen schnippte die Kippe in Richtung des Bullen-Vectra. Sie landete direkt auf der Motorhaube.

„Schon mal in Erwägung gezogen, dass jemand versucht hat, Sinde den Mord unterzuschieben?"

„Ich werde den Teufel tun und mich mit dir auf eine Diskussion über den Fall einlassen", erwiderte Schilling und vergrub seine Hände tief in den Taschen seines Mantels.

„Nein? Das ist schade, denn ich könnte euch vielleicht helfen, den richtigen Täter zu finden."

„Du glaubst doch nicht ernsthaft, dass ein gescheiterter Ex-Drogen-Cop und Ex-Junkie wie du uns in einem Mordfall wie diesem helfen könnte?"

Andersen starrte ihn an. Woher wusste Schilling von seiner Junkie-Vergangenheit? Was die Frage nach sich zog, wer in Helltal überhaupt wusste, was bei ihm in den letzten zwanzig Jahren in Berlin abgegangen war. Konnte es sein, dass sein Vater ...?

„Woher wusstest du von Sinde und mir? Hatte mein Vater da irgendwie seine Finger im Spiel?"

„Vielleicht. Vielleicht auch nicht", erwiderte Schilling. Dann wandte er sich ab und ging auf den Eingang des Büros zu.

„Ich will meine Sachen zurück!", brüllte Andersen ihm hinterher. Schilling kam zurück und drückte ihm seine Visitenkarte in die Hand.

„Melde dich beim Pförtner und frag nach mir. Und bring deinen Waffenschein mit. Ansonsten muss ich deinen Colt leider einbehalten."

9
VON SCHÄFERN UND JÄGERN

Ellen nahm ihn im Flur in Empfang und hängte seine Lederjacke an die Garderobe, als Jagger aus der Küche dazukam, ein Tablett mit drei bis zum Rand gefüllten Schnapsgläsern mit einer Hand balancierend. „Erst mal einen zur Begrüßung."

Die drei prosteten sich zu und kippten die Schnäpse.

Nach dem Essen saßen sie im Wintergarten. Ellen hatte Kerzen auf dem Tisch drapiert. Der Garten der Jägers wurde durch einen einzelnen kleinen Scheinwerfer erhellt.

„Sie wollten wissen, wann genau ich Samstagabend mit Stefan gesprochen habe", meinte Jagger, „was er erzählt hat und ob ich noch da war, als das Ganze eskaliert ist."

„Und? Warst du?"

„Nein." Er nahm einen Schluck von seinem Rotwein.

„Und du?" Andersen sah zu Ellen, die Bier trank.

„Wie, und ich?"

„Wo warst du zu der Zeit?"

„Langsam komme ich mir echt wie im Verhör vor", knurrte sie.

„Ich bin einfach neugierig."

„‚Aufdringlich' trifft es wahrscheinlich besser."

Sie nahm einen Schluck von ihrem Bier. „Im Bergers. Meine Schicht fing um acht an."

Andersen wandte sich wieder an Jagger. „Was wollten die Bullen sonst noch wissen?"

„Ob ich noch Kontakt zu Stefan habe. Hab ich nicht. Schon seit Jahren nicht mehr. Nach seiner Hochzeit mit Claudia haben sich die beiden komplett aus dem Dorfleben zurückgezogen."

„Was noch?"

„Ob ich mir vorstellen kann, wo er untergetaucht sei. Kann ich mir nicht."

Andersen steckte sich eine an. Jagger griff nach seinen Lucky Strike, was ihm einen tadelnden Blick von Ellen einbrachte. „Was?", knurrte er. „Solange du nicht mit gutem Beispiel vorangehst ..." Andersen gab ihm Feuer. Ellen griff mit trotzigem Gesichtsausdruck ebenfalls nach ihren Kippen.

„Du wolltest mir doch erklären, woher du wusstest, dass ich Samstagabend auf der Kerwe war und mit Stefan gesprochen hatte", fuhr Jagger fort.

„Solche Sachen zu wissen, ist mein Job."

„Was genau ist denn dein Job?", hakte Ellen nach. „Bulle ja anscheinend nicht mehr, wie du mir erzählt hast."

„Privatdetektiv", erwiderte Andersen.

„Und dein aktueller Auftrag? Sindelars Unschuld beweisen?", fragte Jagger, verschränkte die Arme und lehnte sich in seinem Stuhl zurück.

Andersen wurde bewusst, dass er jetzt genau zwei Möglichkeiten hatte: Weiter zu lügen und dadurch die Familie Jäger, seine Helltaler Info-Quelle in spe, schon vor dem Sprudeln zum Versiegen zu bringen oder die Karten auf den Tisch zu packen. Er entschied sich für die zweite Möglichkeit.

„Das alles muss aber unter uns bleiben ..."

Jagger nickte. Sein Blick wanderte zu Ellen, die mit den Schultern zuckte.

„Kein Problem."

„Es stimmt", meinte Andersen. „Ich bin in Sindes Auftrag hier. Ich soll den richtigen Mörder von Trautmann finden."

„Ich glaub, ich brauch jetzt 'nen Grappa", murmelte Ellen, nachdem sie Andersen gefühlte fünf Minuten ungläubig angestarrt hatte.

Die Grappaflasche war halb leer, als Andersen zum Ende kam. Er hatte ihnen so weit alles erzählt. Mit Ausnahme von Sindelars Aufenthaltsort.

„... als wir vom Tatort zurückkamen, war der Wohnwagen weg. Zusammen mit meiner Tasche und den Tapes, die Sindelar besprochen hatte."

„Dürfen die das überhaupt?" Jagger goss sich und Andersen einen weiteren Grappa ein. „Ich meine, einfach so den Wohnwagen abschleppen und deine Sachen durchwühlen?"

„Wenn es sich um den Wohnwagen des Haupttatverdächtigen handelt, dürfen die so einiges."

Wortlos hielt Ellen ihrem Mann das Glas hin. Jagger goss nach. Andersen stieß mit den beiden an und sie kippten die Grappas auf ex.

„Mann, Mark. Das gibt doch nur Ärger", meinte Ellen.

„Wieso?"

„Weil du mit deinen Nachforschungen einigen Leuten auf die Füße treten wirst, das ist so sicher wie das Amen in der Kirche."

„Wem zum Beispiel?"

„Allen, für die Stefan der Mörder ist."

„Also im Prinzip ganz Helltal", ergänzte Jagger.

„Sinde ist unschuldig."

„Und wieso wird er dann als Mörder gesucht?"

„Kommt schon, wir waren zusammen in einer Klasse. Wir kennen ihn seit über 30 Jahren. Er ist kein Mörder."

„Er war dein bester Freund, Mark", meinte Ellen. „So viel hatten wir damals nicht mit euch zu tun. Du, Stefan und Claudia, ihr wart – ich weiß nicht, wie ich sagen soll – so tight. Und ihr habt den anderen, also uns, nie eine Chance gegeben, in diesen Kreis reinzukommen. Nicht mal ansatzweise." Sie sah zu ihrem Mann. „War doch so, oder?"

„Was fragst du mich? Ich war doch nur der fette Torwart, der sich glücklich schätzen durfte, dass er überhaupt dabei sein durfte. Wenn's auch nur beim Fußball war ..." Er kippte den Grappa auf ex und goss sich nach. „Wie auch immer, die Bullen werden schon ihre Gründe haben, warum sie ihn suchen."

„Das Wichtigste kurz nach einem Mord ist nicht, dass sie den richtigen Täter finden, das Wichtigste ist, dass sie überhaupt jemanden finden", sagte Andersen. „Der Druck, dem eine Soko und ihr Leiter von Seiten der Öffentlichkeit und dem Polizeipräsidenten ausgesetzt sind, ist wahnsinnig groß. Um alle erst einmal ruhigzustellen, brauchen sie einen schnellen Fahndungserfolg. Und der ist ihnen dank Sindelar und den Ereignissen von Samstagabend gelungen. Ob derjenige, der anfangs unter Mordverdacht steht, später in einem Prozess verurteilt wird oder nicht, spielt erst mal keine Rolle."

Jagger stand wortlos auf, ging zur Stereoanlage ging und legte eine CD ein. Es erklang der Anfang von Loving is easy von Barclay James Harvest.

„Mir war gerade so danach."

„Nach Barclay James Harvest?"

Er nickte und setzte sich wieder.

„Nett", meinte Andersen, goss allen einen weiteren Grappa ein, stieß mit ihnen an und kippte den Drink. Spürte wie der ihm langsam das Hirn auflöste, während John Lees davon sang, dass Liebemachen mit geschlossenen Augen einfach sei, weil man die Liebe so am besten spüren könne.

„Guten Morgen!"

Er schreckte hoch. Ellen kam mit einem Tablett mit Kaffee, zwei Tassen, Zucker, Milch und Orangensaft herein und stellte es auf den Couchtisch. Andersen versuchte sich zu orientieren. Er lag in T-Shirt und Unterhose unter einer Decke im Wohnzimmer der Jägers auf dem Sofa. Über einem der Stühle hingen ordentlich gefaltet seine Jeans, das Longsleeve und die Lederjacke.

„Spät geworden gestern?"

„Kann man sagen." Sie goss zwei Kaffee ein. „Manfred ist gegen eins ins Bett und wir beiden Hübschen haben noch bis halb drei weitergetrunken."

Sie reichte ihm die Kaffeetasse. Er trank.

„Wo ist Jagger?"

„Werkstatt", meinte sie und setzte sich zu ihm auf den Rand des Sofas. „War schon lustig. Irgendwann bist du vom Stuhl gekippt", kicherte sie.

Plötzlich erinnerte er sich. Er war wirklich vom Stuhl gekippt, aber nur zum Teil aufgrund der Grappas. Der Hauptgrund war der, dass er sich fürchterlich erschrocken hatte, als Ellen, nachdem sich Jagger ins Bett absentiert hatte, ihm mit einer Hand durch die Haare gefahren war, die andere zwischen seine Beine gelegt und ihn zu küssen versucht hatte.

„Einer der Grappas war wohl schlecht", murmelte er. „Wie spät ist es?"

„Kurz vor neun. Ich muss mich auch langsam mal fertig machen."

„Termine?"

Ellen nickte. „Die Beerdigung von Trautmann."

10
DAS ENTFERNTE ECHO EINER ALLUMFASSENDEN DUNKELHEIT

Andersen parkte auf dem unteren Parkplatz des Friedhofs, der sich – wie so ziemlich alles in Helltal – an einen der sieben steilen Hügel klammerte.

Sie stiegen aus. Er sah in den Himmel, der zum ersten Mal seit seiner Rückkehr zum größten Teil blau war. Einzig die Sonne versteckte sich hinter einer fetten grauen Wolke, die für den Rest des Tages Ungutes erahnen ließ.

Ellen musterte ihn über das Dach des Porsche hinweg. „Was genau erhoffst du dir davon?"

„Das Spannende bei einer Beerdigung sind nicht die Anwesenden, sondern die Abwesenden. Oder glaubst du, dass Trautmanns Feinde hier sein werden?"

„In Helltal geht man auch auf eine Beerdigung, wenn man den Toten gehasst hat."

„Wir werden sehen."

Er stand im oberen Teil des Friedhofs im Schutz einer Tanne, einige Meter vom westlichen Seiteneingang und der Leichenhalle entfernt. Neben ihm ein verrosteter Abfallbehälter, auf dem ‚Nur Grableuchten!' stand. Durch den Sucher der Canon beobachtete er, wie die Trauergemeinde dem Sarg von Trautmann folgte, der von Leiser und drei weiteren Fußballern, deren Namen er zwar noch nicht kannte, die aber Mittwochabend auch in der Zuckermodder gewesen waren, zum Grab getragen wurde. In schneller Folge machte er mehrere Fotos von Leiser und den Sargträgern, die alle schwarze Anzüge trugen.

Dann entdeckte er sie und sein Herz setzte einen Schlag aus.

Er japste nach Luft und sah dann wieder durch den Sucher der Canon.

Sie folgte den Sargträgern in einigem Abstand und war ganz in Schwarz gekleidet. Sie trug die Haare kürzer als damals und hatte sie hennarot gefärbt. An ihrer Hand ein Mädchen, vermutlich Lucie. Mit dem anderen Arm hatte sie sich bei ihrer Mutter Maria Gundall – kurzgeschnittene graue Haare, modische Brille – untergehakt.

Mit zitternden Händen ließ er die Canon sinken. Versuchte, zu schlucken, aber es gelang ihm nicht. Natürlich war ihm klar gewesen, dass sie anwesend sein würde, aber es war trotzdem ein Schock. Die Erinnerung an den Tag, an dem er sie zum letzten Mal gesehen hatte, randalierte wie eine Horde Hooligans in seinem Kopf.

Mai 1984.

Der Audi steht ...

.... auf dem Gehweg vor dem Haus meiner Eltern in der Sickingenstraße. Auf der Rückbank und dem Beifahrersitz stapeln sich Plastiktüten, Klamotten, Pappkartons, Kisten. Sinde und ich, jeder einen Karton tragend, kommen aus dem Haus. Ich hieve meinen Karton in den Kofferraum. Er reicht mir seinen.

„Der bleibt hier."

„Was? Wieso das?"

„Das ist deiner."

Irritiert stellt er den Karton ab.

„Da sind meine Platten drin", erkläre ich. „Inklusive Rush."

„Spinnst du, Smörre? Was soll der Scheiß? Nur weil du nach Lautern ziehst, musst du doch nicht gleich ..."

„Ich kenn die in- und auswendig", unterbreche ich. „Es wird Zeit für was Neues."

„Und zwar? Frankie goes to Hollywood, oder was?"

Ich schweige.

„Mann, Smörre, das ist kompletter Bullshit. Und das weißt du."

„Nimm sie einfach, Sindelar. Sonst muss ich sie irgendwo entsorgen."

Claudia, eine Sporttasche über der Schulter und zwei Plastiktüten tragend, kommt aus dem Haus. Trotz der sommerlichen Temperaturen trägt sie über ihren Jeans wie üblich ein Longsleeve. Ihre eisblauen Augen hat sie hinter einer Spiegel-Sonnenbrille versteckt. Ich nehme ihr Tasche und Tüten ab, verstaue sie im Kofferraum und schließe ihn. „Das war's."

Ich zücke mein Marlboro-Päckchen und halte es den beiden hin. Sie bedienen sich. Wir rauchen schweigend. Alles ist gesagt. Das hier ist kein Abschied auf Raten wie vor knapp einem Jahr auf dem Parkplatz der Rhein-Neckar-Halle, das ist ein Abschied für immer.

„Tja", meine ich und inhaliere den Rauch, wobei ich den Kopf in den Nacken lege.

„Tja", meint Sinde und sieht ebenso wie ich zu Claudia, die sich ihre Sonnenbrille in die Haare schiebt.

„Tja", meint sie und bläst den Rauch aus, wobei sie weder Sinde noch mich ansieht.

„Ihr habt ja meine neue Nummer", sage ich. „Wenn alles klappt, ist die ab nächster Woche freigeschaltet."

Ich schnippe die Kippe auf die Sickingenstraße. „Macht's gut."

„Mach's besser", sagt Sinde und umarmt mich. Ich sehe über seine Schulter zu Claudia, die sich an einem Lächeln versucht, aber auf ganzer Linie scheitert. Sinde und ich beenden unsere Umarmung und ich gehe zu Claudia, die ihren Kopf gegen meine Schulter legt und die Arme um meine Hüften schlingt.

„Alles ist gut", murmele ich mit geschlossenen Augen, während meine Hände zum letzten Mal ihren warmen, fragilen Körper berühren. „Alles ist gut."

Kurz darauf sehe ich im Rückspiegel des Audi, wie Sinde Claudia an der Hüfte umarmt hält, während sie ihren Kopf gegen seine Schulter lehnt. Zu ihren Füßen der Pappkarton mit meinen Platten. Ellen Foleys Stimme dröhnt aus den Boxen des Audi. Sie will wissen, ob Meat Loaf sie liebt.

Do you love me?
Will you love me forever?

„Ja," murmele ich und trete das Gaspedal durch.

„Der Herr ist mein Hirte, nichts wird mir fehlen. Er lässt mich lagern auf grünen Auen und führt mich zum Ruheplatz am Wasser."

Die Worte des Pfarrers rissen ihn zurück in die Gegenwart.

Er sah, wie Leiser und die Fußballer den Sarg langsam ins Grab hinabließen. Er machte Fotos. Von Claudia. Der ihm unbekannten hübschen, kleinen Frau mit dem Pferdeschwanz, die er auf Ende zwanzig schätzte und die neben Maria Gundall stand. Von Lucie, Leiser und den Fußballern, vom Pfarrer, der gerade von einem der beiden Messdiener einen Weihwassersprenger gereicht bekam und damit Weihwasser auf den Sarg spritzte. Überrascht registrierte er, dass es sich bei dem Messdiener um Daniel Gebert, Gebbis jüngsten Sohn, handelte. Hinter dem Pfarrer stand seine Mutter. Daneben ein Mann Mitte dreißig mit dichtem schwarzem Haar, den er nicht kannte. Er entdeckte Ellen, die neben Gebbi stand. Aber keine Spur von Steffi Becker, Jagger oder seinem Vater.

Trotz der angeblichen Beliebtheit von Trautmann war die Trauergemeinde recht überschaubar. Und keiner der Anwesenden weinte. Nicht einmal Claudia. Im Sucher der Canon sah er plötzlich, wie Leiser direkt in seine Richtung blickte. Er drückte sich eilig mit dem Rücken gegen die Tanne. Zählte innerlich bis zehn. Spähte wieder in Richtung der Trauergemeinde. Bekam mit, wie sich ein stämmiger Mann aus der Gruppe der Fußballer löste und zum unteren Ausgang eilte.

Er steckte sich eine an, als er in direkter Nähe zu seinem Versteck eine Krähe krächzen hörte. Er sah in die Richtung. Das schwarze Flattervieh saß in knapp zehn Metern Entfernung auf einem schmucklosen Grabstein aus grauem Schiefer. Es krächzte erneut und sah dabei in Andersens Richtung, so als würde es ihn rufen. Er machte ein paar Fotos. Bemerkte, dass ihr Schnabel wiederholt nach unten zuckte, so als wollte sie auf den Grabstein deuten, auf dem sie saß.

Er zoomte auf die Inschrift.

Olaf Gundall
Geboren: 1946
Vermisst: 1982
Wo auch immer: Friede ...

Das entfernte Echo einer allumfassenden Dunkelheit ließ innerhalb einer Nanosekunde seine Wirbelsäule gefrieren. Eine diffuse Erinnerung, genau an der Schnittstelle zwischen Bewusstsein und Unterbewusstsein, wurde geboren und jagte Andersen eine eiskalte Gänsehaut über beide Arme.

1982.

Das Jahr, in dem Sindelar mit dem FC Helltal Meister wurde.

Das Jahr, in dem Andersen seine Unschuld verlor.

Das Jahr, in dem Olaf Gundall verschwand.

Das Jahr, in dem Andersen, Sindelar und Claudia ...

Das Krächzen der Krähe holte Andersen wieder in die Gegenwart und stieß die aufkeimende Erinnerung zurück ins Dunkel seines Unterbewusstseins.

Er ließ mit zitternden Fingern die Kamera sinken, wandte sich ab und eilte auf den Seiteneingang zu. Auf dem Weg zum unteren Parkplatz hielt er plötzlich, ohne es bewusst wahrgenommen zu haben, das Foto der Meistermannschaft von 1982 in der Hand. In der hinteren Reihe ganz links stand ein vollbärtiger Mann Mitte 30. Halbglatze. Doppelkinn. Bauch. Fleischige, schwabbelige Oberarme. Er trug einen roten Trainingsanzug und hatte die Arme vor der Brust verschränkt.

Olaf Gundall.

Trainer der Meistermannschaft von 1982 und Claudias Vater.

Er steckte das Foto weg, als er beim 928 ankam. Konnte nicht glauben, was er sah. Schloss für einen Augenblick die Augen.

Öffnete sie wieder.

Das Blut war immer noch da.

Zähflüssig und fast schwarz quoll es über die Windschutzscheibe und die lange Schnauze des Porsche. Er steckte seinen Zeigefinger in die träge Masse und roch daran.

„Scheiße ..."

„Keine Scheiße", gurrte ein tiefe, rauchige Stimme hinter ihm. Er drehte sich um. Steffi Becker. Rucksack über der Schulter. Hände in den Taschen ihrer Jeans vergraben. Sonnenbrille, Lederjacke, Cowboystiefel. Die langen schwarzen Haare zu einem Zopf geflochten.

„Schweineblut."

Angewidert wischte er den Finger an der Cargohose ab.

„Falls es dich tröstet: Du bist nicht der erste, dem so was passiert."

„Und was soll das Ganze?"

„Ich würd sagen, das ist eine Warnung, seine Nase nicht in Dinge zu stecken, die einen nichts angehen."

Er bemerkte, dass ihre Oberlippe geschwollen war. „Hast du deine Nase, beziehungsweise deine Lippen, auch in Dinge gesteckt, die dich nichts angehen?"

Sie schob sich die Sonnenbrille in die Haare. „Ich stecke meine Nase und Lippen aus Prinzip nur in Dinge, die mich was angehen."

„Was machst du hier?"

„Sichergehen, dass der Scheißkerl auch wirklich unter die Erde kommt."

Es dauerte einen Moment, bis Andersen begriff. „Trautmann?"

„Wurde heute noch jemand beerdigt?", erwiderte Steffi und setzte sich die Sonnenbrille wieder auf.

11
VERBRANNTE ERDE

„Auch wenn du das Gegenteil behauptest, du bist doch wegen dem Mord hier, stimmt's?"

Sie nahm vorsichtig einen Schluck von ihrem Latte Macchiato, wobei sie versuchte, ihre geschwollene Oberlippe nicht mit dem heißen Glas in Berührung zu bringen.

Sie saßen an einem Tisch im hinteren Teil des Café Central in Kaiserslautern. Lautern war Steffis Idee gewesen, das Central die von Andersen. Einig waren sie sich, dass es keine gute Idee gewesen wäre, zusammen im Bergers beim Kaffeetrinken gesehen zu werden. Steffi kam die Spritztour nach Lautern gelegen. Sie meinte, sie habe da eh noch ein paar Dinge zu erledigen, und hätte sonst den Bus nehmen müssen.

„Was für einen Unterschied macht es, weshalb ich in Helltal bin?"

„Für mich? Keinen. Für Leiser und seine Kumpels schon eher."

Andersen musterte sie über den Rand seiner Tasse hinweg. „Angenommen, du hättest recht und ich wäre wirklich deswegen hier ... Weißt du etwas, das mich interessieren könnte?"

„Möglich."

„Zum Beispiel?"

„Wer Trautmann ermordet hat."

Andersen starrte sie an. „Wer war es?"

„Die dumme Sau mit der Rückennummer 6. Der Mann fürs Grobe. Der Abräumer vor der Abwehr. Das pockennarbige Stück Dreck mit dem Körper eines schwedischen Unterwäschemodels und dem Hirn einer Scheißhausratte."

„Harry Leiser?"
„Kennst du sonst noch jemand in Helltal, auf den das alles zutrifft?"
„Und sein Motiv?"
„Eifersucht, Neid, Hass. Such's dir aus. Leiser bekam nie 'ne Frau ab, Trautmann alle. Trautmann war die Nummer eins, der Star, der uneingeschränkte Chef und Leiser nichts weiter als sein Wasserträger, sein Hofnarr, die ewige Nummer zwei. Leiser hat Trautmann dafür gehasst. Knapp eine Woche vor dem Mord hat er mir im Suff gestanden, dass er Trautmann irgendwann umbringen wird."
„Was meinst du mit ‚Trautmann bekam alle Frauen ab'? Er hatte doch eine Freundin."
„Hat ihm aber anscheinend nicht genügt. Er hat alles gefickt, was unter fünfzig war, zwei Hupen und 'ne Muschi hatte."
„Zum Beispiel?"
„Was willsten hören? Namen?"
„Klar, Namen. Was sonst? BH-Größen?"
Sie grinste. „Keine Ahnung. Aber dass er rumgefickt hat, wie nichts Gutes, wusste jeder."
„Auch Claudia?"
„Denk schon."
„Und es hat ihr nichts ausgemacht?"
„Weiß ich nicht. Nach außen hin hat sie sich jedenfalls nie was anmerken lassen."
„Hattest du auch was mit Trautmann?"
Sie lachte auf.
„War das jetzt 'ne Antwort?"
Sie ging nicht darauf ein und pustete in ihre Tasse.
„Hast du das mit Leiser den Bullen erzählt?"
Sie schüttelte den Kopf. „Dazu hätten die mich ja erst mal befragen müssen."
„Haben sie nicht?"
„Nee. Davon abgesehen hätten die mir sowieso nicht geglaubt. Die denken doch hundertpro, ich will Leiser anschwärzen, we-

gen was auch immer. Abgesehen davon: Die haben doch ihren Mörder, die brauchen keinen neuen Verdächtigen."

„Und warum erzählst du dann mir das alles?"

„Ich will, dass dieses Stück Scheiße für das, was er getan hat, einfährt. Für immer."

„Und du glaubst, ich bin der Richtige, um dir diesen Wunsch zu erfüllen?"

„Jepp."

„Hast du irgendwelche Beweise für deine Theorie?"

„Ja, klar. Fotos und Filmaufnahmen von dem Mord. Und Leisers unterschriebenes Geständnis", erwiderte sie sarkastisch.

Andersen deutete auf ihre geschwollene Lippe. „Geht das da auch auf Leisers Konto?"

Sie nickte.

„Und warum?"

„Keine Ahnung, hat er nicht gesagt. Denke aber, es hat damit zu tun, dass ich dir gestern Nacht vor der Zuckermodder geholfen habe."

Es dämmerte bereits, als Andersen den 928 gegenüber dem Haus seiner Schwester auf dem Bürgersteig parkte und ausstieg. In der Einfahrt stand neben einem Audi A4 Avant ein GMC Sierra Pick-up mit dem ‚HK'-Kennzeichen der US-Streitkräfte in Deutschland. Daneben ein großer, bulliger Mann mit schwarzem Cowboyhut, der aufgeregt gestikulierte und auf seine Schwester, die die Arme vor der Brust verschränkt hatte, einredete. Der Cowboy trug enge Jeans und trotz der niedrigen Temperaturen ein weißes Muscle-Shirt. Unter dem Cowboyhut waren kurze blonde Haare zu erkennen.

„Irgendwelche Probleme?", rief Andersen beim Näherkommen und steckte sich eine an. Der Cowboy fuhr herum. Seine Augen verengten sich zu Schlitzen. „Who the fuck are you?"

„I'm her brother. Who the fuck are you?", erwiderte Andersen in akzentfreiem US-Amerikanisch.

„Das ist Ian Mitchell, mein Ex-Mann", erklärte Lene.

„We're not divorced yet!", zischte Mitchell Lene zu.

„Aber bald", erwiderte Lene sachlich.

Mitchells hektisch flackernden, rot geäderten Augen waren permanent in Bewegung. Schnellten rastlos hin und her. Von Andersen zu Lene. Zurück zu Andersen. Wieder zu Lene.

„We talk later."

„Müssen wir nicht. Es ist alles gesagt", meinte Lene. „Und ich würde es wirklich begrüßen, wenn du nicht wegen jedem Scheiß hier auftauchen und dich stattdessen an unsere ausgemachten Termine halten würdest."

Mitchells Zungenspitze leckte nervös über seine Lippen. Dann sah er zu Andersen. „It's all about family, right? Together we stand, divided we fall."

Er rotzte einen gelb-grünen Batzen direkt vor Andersens Füße, lachte kurz kehlig auf und torkelte breitbeinig zu seinem Pick-up. Demonstrativ ließ er die acht Zylinder des GMC aufheulen und rauschte mit quietschenden Reifen davon. Lene und Andersen sahen ihm hinterher. Als der Wagen aus ihrem Sichtfeld verschwunden war, wandte sich Lene an ihren Bruder.

„Hey, Bruderherz. Long time no see."

„Comes time, comes see", meinte Andersen.

Sie umarmten sich.

„Um was genau ging es eben?"

Sie saßen am Tisch im Wohnzimmer, das durch seine L-Form, die terracottafarbenen Fließen und dicken Teppiche auf verblüffende Weise dem Wohnzimmer ihrer Eltern ähnelte. Lene trank einen Rotwein, Andersen ein Bier.

„Das Übliche. Wenn er was getrunken hat, taucht er hier auf und versucht, mich für seine Zwecke zu instrumentalisieren. Apodiktisches Arschloch."

„Schönes Wort. Und was heißt das?"

„Apodiktisch? Keinen Widerspruch duldend."

„Typisches Lehrer-Wort, oder?"

„Möglich. Einer muss die Familientradition ja fortführen."

Andersen nahm einen Schluck aus der Karlsberg-Flasche. „Wo sind eigentlich die Kids?"

„Mit ihrem Opa schwimmen. Also die beiden schwimmen, Opa nicht."

„Der schlendert durchs Möbelhaus, ich weiß."

„Dafür, dass du erst seit Mittwoch hier bist, bist du aber schon ganz gut informiert."

„Dafür, dass du immer behauptet hast, das Dorfgetratsche würde dich nicht interessieren, bist du aber auch ziemlich gut informiert. Jedenfalls über meine Ankunftszeit."

„Spricht sich nun mal schnell rum, wenn der verlorene Sohn vom Andersen nach über 20-jähriger Abwesenheit nach Helltal zurückkommt. Und als Lehrerin sitze ich nun mal an der Quelle. Ob ich will oder nicht."

„Das trifft sich gut. Vielleicht kannst du mir bei Gelegenheit ein paar Fragen beantworten."

„Also stimmt es."

„Was stimmt?"

„Was man so hört. Dass du wegen des Mordes hier bist und Stefan Sindelar raushauen sollst."

„That's right, Ma'am. Oder glaubst du ernsthaft, ich hätte dieses Scheißkaff vermisst?"

„Nein, eher nicht", meinte sie sachlich. „Sonst hättest du dich in all den Jahren ja mal gemeldet. Wenigstens an den Geburtstagen der Kids. Oder an meinem."

Andersen schwieg und nahm einen Schluck von seinem Bier.

„Hast du Hunger? Ich wollte gleich Essen machen."

„Was gibt's denn?"

„Nudeln mit Hack und Salat."

„Hört sich gut an."

Während Andersen Tomaten schnitt und seine Schwester das Gehackte anbriet und würzte, erzählte sie ihm, dass ihr zukünftiger Ex-Mann bis vor einem Jahr bei der US-Army auf der Airbase in Ramstein stationiert gewesen war und auch mehrere Auslandseinsätze im Irak und Afghanistan hinter sich gebracht hatte, dann aber von heute auf morgen beschlossen hatte, keine Lust mehr auf die Army zu haben, und sich seitdem mit DJ-Jobs in den amerikanischen Clubs der Umgebung über Wasser hielt.

„Wie lange wart ihr verheiratet?"

„16 Jahre."

„Und wieso habt ihr euch getrennt?"

„Ihr euch? Von wegen. Nachdem er zum zweiten Mal innerhalb von zwei Jahren fremdgegangen war, hab ich ihn rausgeworfen." Sie kostete das Gehackte und würzte mit Salz, Paprikapulver und Pfeffer nach. „Die Erste kannte ich, eine Bedienung aus dem Kasabra, einem Musik-Club auf der Base. Die Zweite kenne ich nicht und will sie auch nicht kennenlernen."

„Und wo wohnt er jetzt? Bei ihr?"

„Keine Ahnung. Interessiert mich nicht. Der Typ ist für mich gestorben. Er ist einfach nur ein accident waiting to happen, wenn du weißt, was ich meine."

Andersen nickte. Solche Kandidaten waren ihm aus Berlin nur allzu sehr vertraut. Narzisstische, unberechenbare Bratzen, für die Empathie ein Fremdwort war und die in den meisten Fällen nicht gerade mit übermäßiger Intelligenz gesegnet waren. Erschwerend kam bei dieser Sorte immer eine gewisse Gewaltbereitschaft und -tätigkeit hinzu, die ihnen quasi in die Wiege gelegt worden war.

„Ich hoffe nur, dass die Scheidung schnell über die Bühne geht."

Ein accident waiting to happen findet immer Mittel und Wege, um Dinge zu verschleppen, dachte Andersen. Aber das behielt er für sich, da er seine Schwester nicht schon beim ersten Treffen nach knapp 20 Jahren übermäßig frustrieren wollte. Sie nahm die geschnittenen Tomaten entgegen und vermengte sie mit dem Hackfleisch, als das Telefon im Wohnzimmer klingelte. Sie drückte ihrem Bruder den Kochlöffel in die Hand und eilte zum Telefon. Andersen rührte sich einen Wolf, wobei er Gesprächsfetzen mitbekam. Lenes Stimme klang angespannt. Dann kam sie zurück in die Küche. Jegliche Farbe war aus ihrem Gesicht gewichen.

„Ich muss nochmal kurz weg. Hast du Zeit und Lust, dich ums Essen und die Kids zu kümmern? Die müssten jeden Moment auftauchen. Falls nicht, auch kein Problem, dann frag ich Opa. Ich meine Dad."

„Kein Ding. Was ist passiert?"

„Erzähl ich dir später. Ich schätze, ich bin gegen neun, halb zehn wieder zurück."

Sie schnappte sich ihre Jacke und den Autoschlüssel und verschwand.

Kurz nachdem er Nudeln und Hack in Schalen gefüllt und den Esstisch für drei gedeckt hatte, klingelte das Telefon. Er äugte aufs Display – „Opa-Mobil" – und nahm ab.

„Hi, Opa."

„Mark?"

Seinem Vater war die Irritation deutlich anzuhören.

„Lene musste nochmal kurz weg."

„Wohin?"

„Hat sie nicht gesagt. Aber so gegen neun, halb zehn wollte sie wieder hier sein. Wir haben für die Kids gekocht. Nudeln mit Hack."

„Deshalb ruf ich an. Wir sind noch in Lautern. Die Kinder hatten Lust auf Pizza."

„Lene meinte, sie würden hier essen."

„Nicht so schlimm. Essen sie das dann eben morgen. Ich schätze, wir sind auch so gegen neun da. Bis dann."

Er legte auf. Andersen sah zu den Schalen mit den dampfenden Nudeln und dem Hack auf dem gedeckten Esstisch ... setzte sich, murmelte „Guten Appetit" und befüllte seinen Teller.

Er hatte wie David Bowie zwei verschiedenfarbige Augen – das rechte grünlich blau, das linke hellbraun – und hieß konsequenterweise auch Bowie. Er reichte Andersen bis zu den Knien und leckte hingebungsvoll seine Hand.

„Macht er das bei jedem?"

„Nein, nur bei Menschen, die er mag."

„Er kennt mich doch gar nicht. Wie kann er mich da mögen?"

„Instinkt. Er spürt, dass du es wert bist, gemocht zu werden."

„Und ich dachte, ich bin eher so der Katzentyp."

„Tja, so kann man sich täuschen."

Sie pfiff durch die Zähne. Der weiße Schäferhund namens Bowie ließ widerwillig vom Bruder seines Frauchens ab und trottete schwanzwedelnd zu Lene, die ihn ausgiebig streichelte. Dabei sah er aus den Augenwinkeln zu Andersen, der kurz angewidert an seiner besabberten Hand roch und diese dann unauffällig an seiner Cargo abwischte.

Bowies Name war erstaunlicherweise auf Mitchells Mist gewachsen. Mitchell hatte ihn vor vier Jahren aus dem amerikanischen Tierheim der Air-Base geholt, wo Bowie von einem Ami, der zurück in die Staaten ging, abgegeben worden war.

Nachdem Lene Bowie gefüttert und eine kleine Runde mit ihm gegangen war, saßen sie am Esstisch. Bowie döste auf dem Teppich. Lene hatte eine Flasche Rotwein geöffnet und goss Anderson und sich ein.

„Der Idiot hat mit 2,8 Promille im Blut und geschätzten 150 Kilometern versucht, die Ausfahrt Hütschenhausen zu nehmen, hat sich mehrfach überschlagen und ist dann gegen die Leitplanke der Auffahrt gekracht. Der Pick-up ist Totalschaden, aber bis auf ein paar geprellte Rippen, Schürfwunden und einer Gehirnerschütterung ist ihm nichts passiert. Er hat es sogar noch geschafft, einem der Rettungssanitäter meine Nummer zu nennen, verbunden mit der Bitte, dass ich mich um Bowie kümmern solle, solange er außer Gefecht ist."

Sie trank ihren Wein auf ex und goss sich sofort nach.

„Irgendwie scheinen solche Typen immer einen Schutzengel zu haben."

„Dunkle Seite der Macht mächtig ist", yodate Andersen, was Lene kurz lächeln ließ.

„Genug jetzt davon. Wie kann ich dir bei deinen Ermittlungen helfen?"

„Kannst du dir vorstellen, dass Trautmann fremdgegangen ist?"

„Es gab da so ein paar Gerüchte, dass er seinen Schwanz nicht in der Hose behalten konnte."

„Lene!"

„Pardon my french", erwiderte sie und nahm einen Schluck.

„Hast du Namen?"

Sie zuckte mit den Schultern.

„Komm schon, Schwesterherz. Erzähl mir nicht, es seien keine im Gespräch gewesen."

„Ja klar. Aber wie gesagt, das waren wahrscheinlich nur Gerüchte."

„Namen, Lene."

Sie seufzte. „Wintergerst Sabine, geborene Hemmer. Hess Karin, geborene Unold, Tochter von ..."

„Warte."

Andersen kramte Notizbuch und Stift aus der Hosentasche. „Okay, weiter. Tochter von ...?"

„Unold Hans, dem Vereinsvorsitzenden des FC Helltal. Ellen Jäger, geborene Schäfer. Arbeitet im ..."

„Ellen Jäger? Manfred Jägers Frau?"

Lene nickte.

„Bist du sicher?"

„Dass Ellens Name in dem Zusammenhang fiel, ja. Dass es mehr als nur ein Gerücht war, nein."

Andersen machte sich eine Notiz.

„Wusste Claudia Bescheid, was ihr Freund so trieb?"

„Alle wussten es. Nur sie anscheinend nicht. Oder wollte es nicht wissen. Im Verdrängen von gewissen Fakten sind wir Frauen ja nicht ganz ungeschickt."

„Ach ja?"

„Eine unserer leichteren Übungen. Wir hatten ja die besten Lehrer."

„Und zwar?"

„Unsere Eltern. Aber wem erzähl ich das? Du bist doch genauso wie ich mit der Kunst der Verdrängung aufgewachsen und sozialisiert worden."

Andersen befürchtete, dass sie Recht hatte, weshalb er schwieg.

„Ist das denn wichtig für deine Ermittlungen?", hakte Lene nach. „Ich meine, würde es deinen alten Freund entlasten, wenn Trautmann wirklich fremdgegangen wäre?"

„Wer in einem Dorf wie Helltal fremdgeht, hinterlässt zwangsläufig verbrannte Erde. Und wer verbrannte Erde hinterlässt, zieht sich zwangsläufig den Zorn desjenigen zu, der diese Erde über lange Zeit bestellt, bewässert und umgegraben hat."

„Du glaubst einer der gehörnten Ehemänner hat etwas mit dem Mord zu tun?"

„Betrogene Partner tendieren dazu, die Schuld am Fremdgehen nicht dem eigenen Partner zu geben, sondern demjenigen, der seinen Partner verführt hat. War das bei dir mit dieser Bedienung aus dem Kasabra nicht auch so?"

„Nein", erwiderte sie sachlich. „Mir war immer klar, wer dabei der Schuldige ist."

Andersen nahm einen Schluck Rotwein. Bowie gähnte lautstark, erhob sich träge, schlappte auf Andersen zu und bettete den Kopf auf seinem Oberschenkel. Andersen kraulte ihn zwischen den Ohren.

„Kennst du Harry Leiser, den Fußballer?"

Lene nickte.

„Weißt du zufällig, was er für ein Auto fährt?"

„Einen gelben Ford Capri. Mit schwarz lackierter Motorhaube. Oldschooliger geht's echt nichts."

Der gelbe Capri mit der schwarzen Motorhaube stand neben weiteren Wagen vor dem Sportheim.

Andersen sah auf die Uhr des Porsche. Kurz nach 22 Uhr. Er beschloss, Feierabend zu machen. Leiser im Sportheim im

Beisein seiner Kumpels bezüglich des Verhältnisses zu seinem Ex-Kapitän zu konfrontieren und dann auf ein, zwei Fehler seinerseits zu hoffen, war keine Option, er musste ihn alleine treffen. Aber nicht mehr heute. Wahrscheinlich würden die Fußballer noch bis weit nach Mitternacht zusammensitzen und sich die Lichter ausschießen. Und so lange zu warten hatte er weder Lust noch die Energie.

Er schnippte die Zigarette aus dem halboffenen Seitenfenster, als er sah, wie ein Fettsack mit lichtem Haar, Jeans und Turnschuhen aus dem Sportheim getorkelt kam. Bis zu den Ellbogen hochgekrempeltes helles Sakko, fleischige, wild behaarte Unterarme, Schnurrbart, schätzungsweise Mitte 50. Er wankte auf einen nagelneuen Audi A8 zu und versuchte dabei, die Autoschlüssel aus seiner Jackentasche zu fummeln.

Andersen startete den Porsche und wendete. Wollte gerade vom Parkplatz fahren, als der Fettsack wie aus dem Nichts direkt vor seinen Scheinwerfern auftauchte. Er stieg in die Eisen. Der Fettsack stützte sich mit beiden Armen auf der Motorhaube ab und atmete schwer. Am rechten Handgelenk ein Goldkettchen, am linken eine Rolex.

„Ey, du! Arschloch!", stieß er kurzatmig hervor.

Andersen ließ die Scheibe runter und streckte den Kopf nach draußen.

„Mein Herr?"

Der Fettsack kam um den Wagen herum zur Fahrerseite getorkelt.

„Isch weeß, warum de do bisch!", lallte er. „Mer alle wisse, warum de do bisch!"

„Fein", erwiderte Andersen. „Sonst noch was?"

„Wenn de weider do rumschniffelle duhsch unn Ärger machsch, kenne mer fer nix garandiere!"

Er spuckte die Worte mit schwerer Zunge und in einem harten, abgehackten Helltalerisch aus, das nicht zuletzt aufgrund seines aktuellen Alkoholpegels schwer zu verstehen war. Der Sinn erschloss sich Andersen aber auch so: Sie – wer immer sie auch waren – konnten für nichts garantieren, sollte er weiter herumschnüffeln und Ärger machen.

„Gut zu wissen", erwiderte er.

Der Fettsack beugte sich zu ihm. Er stank nach Bier, Schnaps, Tabak, Pfefferminzpastillen und billigem Nuttenparfüm. „Des is mei Voein, du Scheißschniffler! Denn macht mer kenner kapudd! Und du schon gar ned!" Er drosch auf das Dach des Porsche, mutmaßlich um seinen Worten Nachdruck zu verleihen, wobei sich der Verschluss seiner Rolex löste. „Loss mer mei Buwe in Ruh, sonsch bassierd was!"

„Ihre Buwe? Was ist das hier? Eine konspirativer Schwulentreff, oder was?"

„Was hasche gesaht?", hakte Fettsack ungläubig nach, wobei seine Gesichtsfarbe innerhalb von Sekunden von rot zu puterrot wechselte, während ihm die Rolex ums Handgelenk schlenkerte. „Bass bloß uff! Du ... du ...!"

Sein Versuch, gleichzeitig den Verschluss der Rolex zu schließen und sich dabei eine passende Beschimpfung auszudenken, scheiterte kläglich.

„Wenn Sie sich sowohl geistig als auch emotional dazu in der Lage fühlen, können wir die Diskussion bei Gelegenheit gerne mal vertiefen, aber nicht jetzt. Und schon gar nicht do. Irgendwann hat auch ein Schnüffler mal Feierabend."

Bevor der Fettsack etwas erwidern konnte, ließ Andersen die Seitenscheibe hoch, drehte die Musik auf, hackte den ersten Gang ein und raste mit quietschenden Reifen und eine Staubwolke hinter sich herziehend vom Parkplatz. Im Rückspiegel konnte er sehen, wie ihm der Fettsack mit der Faust hinterherdrohte, wobei ihm die Rolex bis zum Ellbogen hochrutschte.

Es war kurz vor Mitternacht, als er das Klassenfoto auf dem Couchtisch in der Einliegerwohnung entdeckte.

Er pfefferte den Rucksack und die Lederjacke auf den Sessel. Bemerkte erst jetzt, dass Gingi auf dem Bett pennte. Er setzte sich, steckte sich eine an und betrachtete das Foto: Mark Andersen, der Kleinste und Schmächtigste der Klasse, stand in der mittleren Reihe neben Claudia. Links neben Claudia Ellen. Ganz rechts in der untersten Reihe kniete der damals noch dicke Jagger. Sindelar stand in der obersten Reihe und hatte als einziger die Arme vor der Brust verschränkt. Sein breites, zufriedenes Grinsen stand im krassen Gegensatz zu seiner abweisenden Körperhaltung.

Sindelar und Andersen waren mit Edding eingekreist, an den Rand hatte jemand ihre Namen geschrieben. Claudia, Ellen und Jagger waren nicht eingekreist und auch nicht benannt. Offensichtlich erschienen sie dem Einkreiser im Zusammenhang mit dem Mord an Trautmann als unwichtig.

Er drehte das Foto um. Auf der Rückseite war handschriftlich vermerkt: 6b – Grundschule Helltal 1977.

Er stand auf und nahm sich in der Küche ein Bier aus dem Kühlschrank. Setzte sich im Wohnzimmer auf der Couch die Flasche an den Hals, als es an der Glastür des Wohnzimmers klopfte. „Ja?"

Sein Vater stand in der Tür. Graue Jogginghosen. Weißes T-Shirt. Hausschuhe. „Ich habe eine Kopie davon Jürgen Schilling zukommen lassen", meinte er leise und deutete auf das Klassenfoto. „Er wusste nicht, dass du und Stefan Sindelar in der gleichen Klasse wart. Seiner Ansicht nach ist das aber ein durchaus relevanter Aspekt für die Ermittlungen. Als ich gestern die Kinder nach Hause gefahren habe, habe ich dann deinen Wagen vor dem Haus der Jägers stehen sehen."

„Und?"

„Du reaktivierst deine alten Kontakte. Du recherchierst, ermittelst, suchst den wahren Mörder von Egon Trautmann. Deswegen bist du zurückgekommen. Dabei hast du ihn schon längst gefunden."

„Sinde war's nicht, Vater."

„Lass die Vergangenheit ruhen, Mark. Es gibt nichts, das du für ihn tun kannst. Außer ihn dazu zu bringen, sich zu stellen."

„Da du ja offensichtlich über blendende Kontakte zur Soko zu verfügen scheinst: Hättest du nicht Lust, mir vielleicht die Akte des Falls zu besorgen? Wäre wirklich hilfreich."

Er musterte seinen Sohn über den Rand seiner Nickelbrille hinweg. Seine Mundwinkel zuckten fast unmerklich. Ohne ein weiteres Wort drehte er sich um und ging, wobei er lautlos die Glastür hinter sich ran zog.

Andersen checkte den Kühlschrank hinsichtlich der Menge an Alkoholika. Sollte reichen, um kurzzeitig gewisse Tatsachen zu verdrängen, dachte er. Wie zum Beispiel die, dass im Wohnzimmer eine Katze schlief, die eine frappierende Ähnlichkeit mit seiner toten Püppi hatte. Oder die, dass Familie für'n Arsch war. Und ein Bulle als Vater sowieso.

12
PAKT MIT DEM TEUFEL

„Wo ist Dad?"

Er saß mit seiner Mutter am Esstisch im Wohnzimmer und frühstückte.

„Mit den Kindern im Siegelbacher Zoo."

Er konnte sich nicht erinnern, dass sein Vater mit Lene und ihm jemals in den Zoo gefahren wäre oder sonst etwas mit ihnen unternommen hätte. Wie auch? Er war ja so gut wie nie zu Hause gewesen. Und wenn er denn mal da war, hatte er sich in sein Arbeitszimmer verkrochen und die Nase in irgendwelche Akten gesteckt. Selbst im Urlaub hatte er es vermieden, sich an gemeinsamen Unternehmungen zu beteiligen. Ein Phantom. Wenn man es genau bedachte, waren Lene und er eigentlich ohne Vater aufgewachsen.

„Du wolltest doch etwas über Trautmann wissen ...", meinte Katharina Andersen.

Er nickte.

„Und warum? Nur weil du neugierig bist?"

Er fragte sich, ob es wirklich möglich war, dass sich seine Eltern nicht über die Gründe seiner Rückkehr nach Helltal ausgetauscht hatten. Hatte seine Mutter wirklich nichts von den Gerüchten über die Rückkehr des verlorenen Sohnes und dessen Motivation mitbekommen? Bevor er sich noch weiter den Kopf darüber zerbrach, erzählte er ihr, was sein Auftrag war. Danach schwieg sie eine Weile, so als habe sie das alles zwar geahnt, aber erst jetzt Gewissheit. Dann atmete sie tief durch.

„Wie kann ich dir helfen?"

„Ich weiß inzwischen, dass Trautmann fremdgegangen ist. Und das nicht nur einmal. Könntest du mir ein paar Namen bestätigen?"

Sie nickte. Er kramte sein Notizbuch raus und blätterte zu der Stelle mit den Namen, die ihm Lene genannt hatte. „Sabine Wintergerst?"

Sie schüttelte den Kopf.

„Karin Hess?"

„Geborene Unold, die Tochter von Hans Unold?"

Er nickte, woraufhin Katharina Andersen ebenfalls nickte.

„Ellen Jäger?"

Sie zögerte kurz, dann nickte sie erneut.

„Anke Gebert?"

Sie zuckte mit den Schultern.

„Steffi Becker?"

Auch wenn ihr Name nicht in seinem Notizbuch stand, musste er ihn einfach nennen.

„Die Bedienung aus der Zuckermodder? Nein, glaub ich nicht. Die war nicht Trautmanns Beuteschema."

„Was war denn Trautmannns Beuteschema?"

„Frauen wie Ellen und Karin."

„Was meinst du? Von der Figur her, oder was?"

„Unglücklich verheiratet, keine Kinder, Tendenz zu Depressionen und übermäßigem Alkoholgenuss und viel Freizeit."

„Hatten die beiden über einen längeren Zeitraum was mit ihm oder waren das nur einmalige Ausrutscher?"

„Bei Karin bin ich mir da nicht so sicher, von Ellen weiß ich, dass das nur ein einmaliger Ausrutscher war. Vor zwei Jahren auf der Kerwe."

„Davon ausgehend, dass Sindelar unschuldig ist: Wer glaubst du, hat Trautmann ermordet?"

„Einer der Fußballer."

„Leiser?"

„Wie kommst du da drauf?"

„Ich hab läuten gehört, dass Leiser und Trautmann im Gegensatz zu ihrem öffentlichen Auftreten – dicke Kumpels und so, du weißt schon – nicht wirklich so dicke waren. Jedenfalls nicht von Leisers Seite aus. Er soll Trautmann gehasst haben."

„Möglich. Aber ich meine einen anderen Fußballer."

„Ah ja? Und wen?"

„Wagner Martin, den Torwart."

„Der mit den gegelten Haaren und diesem lächerlichen Mini-Schnurrbärtchen?"

Sie nickte. „Es gab vor einem halben Jahr einen Vorfall, in den Trautmann und Wagner verwickelt waren. Die beiden haben sich abends nach einem Spiel in der Zuckermodder geprügelt."

„Von wem weißt du das? Ich gehe mal davon aus, dass du nicht persönlich dabei warst."

„Vom Lied Herbert und Stuppy Alfons. Die spielen in der Zuckermodder immer Skat."

Die Skatspieler rechts vom Eingang, dachte Andersen.

„Und wer hat gewonnen?"

„Meistens gewinnt der Stuppy Alfons. Der Lied Herbert ist nicht so der ..."

„Mutter!"

Sie räusperte sich. „Trautmann. Aber nur mit Hilfe seiner Spezis Leiser und Scheller. Na ja, jedenfalls soll Wagner dabei gebrüllt haben, dass er Trautmann umbringen werde."

Sindelar war offensichtlich nicht der einzige, der Trautmann mit dem Tod gedroht hatte. Andersen fragte sich, wieso sich Schilling und die Soko trotzdem auf ihn als Mörder eingeschossen hatten.

„Um was ging es bei der Auseinandersetzung?"

„Ich schätze darum, worum es immer geht, wenn zwei Männer aneinandergeraten."

„Um Kohle?"

„Nein. Um eine Frau."

Tiefhängende Wolkenfetzen trieben über den Aschenplatz des FC Helltal. Es war kühl und diesig. Hinter den hüfthohen Aluminiumabsperrungen, die den Platz umgaben, verloren sich an die 30 Zuschauer, die das Spiel des FC Helltal gegen den FV Bruchmühlbach sehen wollten. Unter ihnen auch Mark Andersen.

Er saß alleine auf Höhe des gegnerischen Strafraums auf einer der Steinbänke der grasbewachsenen Tribüne, in seinem Schoß das Notizbuch. Die Spieler des FC Helltal trugen schwarze Armbinden und hatten vor Spielbeginn noch zusätzlich eine Schweigeminute in Gedenken an ihren ermordeten Kapitän eingelegt. Der Schiedsrichter pfiff das Spiel an. Er machte sich eine Notiz, dass Harry Leiser der neue Kapitän war, als sich wie aus dem Nichts Anton Strasser, der fette Stuhlwackler aus der Zuckermodder, neben ihm materialisierte und ihm über die Schulter äugte. In seiner Hand ein Bier im Plastikbecher.

„Sportreporter, oder was?"

„Eher ‚oder was'", erwiderte Andersen und klappte sein Notizbuch zu. Strasser setzte sich neben ihn. Er hatte wieder die Latzhose und das rot-blau karierte Holzfällerhemd an und nahm einen langen Schluck von seinem Bier. Seine aufgequollene Säufernase war mit unzähligen feinen roten Adern durchzogen, die Andersen an das Nil-Delta aus Sicht von Google-Earth erinnerten. Sein Geruch erinnerte ihn eher an etwas, das man besser mit Gummihandschuhen und Ganzkörperschutzanzug anfasste.

Wenn überhaupt.

„Haste 'ne Kippe für mich?"

Andersen kramte seine Marlboro raus und bot ihm eine an.

„Firma dankt."

Andersen gab ihm Feuer.

„Das wird heute nichts", nickte Strasser in Richtung Spielfeld. Die Nummer 11 des FV Bruchmühlbach überlief gerade Hans Scheller, die Nummer 5 des FC Helltal, den Bär mit dem lichten Haar, und stand jetzt frei vor Wagner, der einen Tick zu lange zögerte, ob er rauskommen sollte oder nicht, sich dann fürs Rauskommen entschied und prompt mit einem Beinschuss bestraft wurde. 0:1. Auf dem Weg zum Anstoßkreis brüllte Leiser seine Mitspieler zusammen.

„War klar, oder?", meinte Strasser, ohne Andersen anzusehen. „Trautmann fehlt an allen Ecken und Enden."

„Wie heißt eigentlich unsere Nummer 3?"

„Bold Michael. War Mittwoch auch in der Zuckermodder." Er nahm einen weiteren Schluck Bier und schmatzte dann zufrieden. Andersen zog sein Notizbuch aus der Jacke und notierte sich denn Namen des Verteidigers.

„Und die 9?"

„Groß Thomas. War Mittwoch auch in der Zuckermodder."

In der Nähe des Bierstandes auf der gegenüberliegenden Seite des Platzes entdeckte Andersen den dickbäuchigen Clown von gestern Abend. Er trug wieder Jeans, Turnschuhe und das bis zu den Ellbogen hochgekrempelte Sakko. Und hatte es inzwischen offensichtlich geschafft, den Verschluss seiner Rolex zu schließen.

„Weißt du auch, wie der Clown mit dem Sakko da heißt?" Er nickte in die Richtung.

„Unold Hans. Unternehmer."

„Was genau unternimmt der?"

„Lässt Häuser bauen und vermietet sie dann überteuert an Amis."

„Was hat der mit dem Verein zu tun?"

„Unold ist der Verein. Der FC Helltal ist sein Baby. Er ist Sponsor, Vereinsvorsitzender, Manager und Präsident in Personalunion und bezahlt die Spieler."

Andersen blätterte in seinem Notizbuch. „Hat der zufällig 'ne Tochter, die Karin heißt?"

„Korrekt", bestätigte Strasser.

„Wusste Unold, dass Trautmann seine Tochter gevögelt hatte?"

„Trautmann hat Unold Karin gevögelt?"

„Ziemlich sicher."

„Was du so alles weißt ..." Er nahm einen Schluck Bier. „Wenn er es gewusst hätte, wäre Trautmann ein toter Mann gewesen."

„Trautmann ist ein toter Mann."

„Ah ja, stimmt." Er kicherte und nahm einen weiteren Schluck. Dann verlor sich sein Blick in der Ferne. „Als Olaf Gundall, der damalige Trainer der A-Jugend, ihn zum ersten Mal gesehen hatte, meinte er nur: ‚Was ist das denn? Das will ein Fußballer sein?' Nachdem er ihn spielen gesehen hatte, meinte er: ‚Und was für einer!'„

Andersen sah Strasser irritiert von der Seite an.

„Sindelar hat es geschafft, mit den denkbar einfachsten Mitteln die größten Erfolge zu erzielen. Sein Spiel war unglaublich. Unerhört kraftsparend. Er machte keinen Schritt mehr als nötig, war aber im richtigen Augenblick von unfassbarer Schnelligkeit." Er drückte seine Kippe auf der Steinbank aus. „Hast du noch eine?"

Andersen hielt ihm sein Päckchen hin. Strasser bediente sich. Andersen gab ihm Feuer. Ihm fiel auf, dass er erstaunlich wache und listige graue Augen hatte, die einen extremen Kontrast zum Rest seiner Erscheinung bildeten.

„Er suchte niemals den Zweikampf", fuhr Strasser fort, „was bei seiner Figur eine gute Idee war. Ich glaube, er wog damals bei einer Größe von 1,80 nur knapp 70 Kilo."

Kommt hin, dachte Andersen.

„Er wich jedem Gegner durch geschickte Körpertäuschungen und seine geniale Technik aus. Er hatte es nicht nötig, seine Gegner körperlich niederzuringen, er hat das alles alleine mit seiner Technik, seiner Schnelligkeit und seiner vorausschauenden Art zu spielen gemacht. Es war so, als ob er wirklich wüsste, wo der Ball landen würde, als hätte er die Fähigkeit in die Zukunft zu sehen." Er inhalierte tief und blies dann den Rauch aus. „Und dann, 1982, verletzte er sich. Mehrfacher komplizierter Bruch der Kniescheibe, Riss des vorderen Kreuzbandes, Riss des Außenmeniskus, Knorpelschaden. Er wurde diverse Male operiert und fiel fast ein

Jahr aus. Hat trotzdem nicht aufgeben und immer wieder versucht, zurückzukommen. Aber 1985 war dann endgültig Schluss. Das Knie war nicht mehr belastbar. Jedenfalls nicht so, wie man es als Profi hätte belasten müssen. Ohne diese Verletzung wäre er über kurz oder lang beim FCK oder bei den Bayern gelandet. Und wo ist er gelandet?"

„Bei Schaustellern aus Pirmasens ...", murmelte Andersen und fragte sich, wieso er sich bis eben nicht daran erinnert hatte, dass Sindelars Karriere aufgrund dieser Verletzung viel zu früh beendet worden war.

„Korrekt", meinte Strasser. „Und jetzt wird er auch noch als Mörder gesucht."

„Glaubst du, er war's?"

Strasser trank. Schüttelte dann den Kopf.

„Wer dann?"

Er zuckte mit den Schultern.

Ein Raunen ging durch die Zuschauer. Die Nummer 9 des FV Bruchmühlbach, der völlig frei auf Höhe des Strafraums stand, nahm eine Flanke von rechts mit der Brust an, ließ den Ball abtropfen und verwandelte Vollspann ins linke untere Eck zum 0:2. Wagner hatte nicht die geringste Chance. Leiser brüllte seine Abwehr über den ganzen Platz zusammen und beschimpfte sie für alle Zuschauer hörbar als „Scheißfotzen!".

Strasser lachte kurz auf und murmelte „Avanti Dilletanti", bevor er einen weiteren Schluck Bier nahm. Dann sah er Andersen an. „An dich kann ich mich auch noch erinnern. Du hast damals zusammen mit Sindelar in der C-Jugend gespielt. Rechtsaußen."

„Aber nicht lange."

„Ungefähr zwei Wochen, ich weiß. Herbst 77."

„Woher weißt du das alles?"

„Ich bin Experte."

„Für Fußball?"

„Auch. Aber hauptsächlich für Helltal. Also, falls du Fragen hast ..."

Er trank sein Bier aus, und hielt Andersen dann den leeren Plastikbecher hin. Kurz darauf standen sie an einem Stehtisch am Bierstand, in Sichtweite von Hans Unold, der sie mit zusammengekniffenen Augen fixierte. Andersen stieß mit Strasser an und sie tranken.

„Was willsten wissen?"

„Warst du in der Tatnacht auch im Sportheim?"

Strasser nickte.

„Von wann bis wann?"

„Keine Ahnung. Ich bin da irgendwann aufgelaufen und irgendwann wieder abgehauen."

„Wer war alles noch da, als du gegangen bist?"

„Leiser. Trautmann. Wagner. Scheller. Groß. Bold."

Der Zuckermodder-Stammtisch, dachte Andersen. Der harte Kern.

„Ist dir auf irgendwas aufgefallen? Standen vor dem Sportheim vielleicht irgendwelche Wagen, die da normalerweise nicht stehen?"

Er nahm einen Schluck Bier und überlegte. Dann nickte er. „Ein blauer Corrado."

Sindelar fährt einen blauen Corrado, dachte Andersen. „Kennzeichen?"

„Keine Ahnung."

„Wo stand der? Direkt auf dem Parkplatz?"

„Nee, weiter vorne, Richtung Barbarossastraße."

„Wissen die Bullen davon?"

„Keine Ahnung."

„Wie, keine Ahnung? Haben die nicht mit dir geredet?"

„Doch. Aber ich nicht mit denen. Hab nur gesagt, dass ich mich an den Abend nicht mehr erinnern kann. Ich will mit den Wichsern nichts zu tun haben."

Er trank sein Bier aus, warf den Becher in den Mülleimer neben dem Stehtisch und starrte auf einen Punkt am Horizont, den wohl nur er sehen konnte.

„Die Mannschaft war verflucht ..."

„Bitte?"

„Um Meister zu werden, hatten sie einen Pakt mit dem Teufel geschlossen. Aber irgendwann fordert der Teufel seinen Anteil. Man kann mit dem Teufel nicht verhandeln. Es gibt immer einen Preis, den man zahlen muss. Nichts im Leben ist umsonst. Außer der Gnade Gottes."

Andersen bedeutete dem Mann am Bierstand, ihnen zwei weitere Bier klarzumachen.

„Und was war der Preis?"

„Gundall Olaf, der Trainer, ist am letzten Spieltag der Saison 81/82, direkt nach dem Gewinn der Meisterschaft, spurlos verschwunden. Bis 1995 galt er als vermisst, dann hat ihn Maria, seine Frau, für tot erklären lassen."

Andersen versuchte, nicht an die Inschrift auf dem Grabstein zu denken, versuchte nicht an Olaf Gundall und 1982 zu denken, wobei ihm Strasser behilflich war, der weitererzählte.

„Rothdiener Jakob, Mittelfeld starb 1986 bei einem Autounfall, er wurde regelrecht geköpft. Hubert Frank, Libero, sitzt seit einem Motorradunfall 1989 querschnittsgelähmt im Rollstuhl. Hemmerer Joseph, Mittelstürmer, ist 1990 an Darmkrebs gestorben. Richtscheid Franz, Rechtsaußen, hat seit ein paar Jahren Alzheimer und ist ein Pflegefall. Simonis Stefan, Nummer 6, hat sich 1992 aufgehängt. Kein Abschiedsbrief, keine Anzeichen, dass er sein Leben beenden wollte. Kraus Ernst, Abwehrspieler, hat 1999 in Bann ein fünfjähriges Mädchen totgefahren und sich vor drei Jahren totgesoffen. Becker Gustav, linker Verteidiger, sitzt seit 2002 in der Klapse in Klingenmünster. Pfiffi Bernd, Mittelfeld, ist seit Jahren nicht mehr öffentlich gesehen worden, man vermutet, er versucht sich zu Hause gezielt tot zu saufen. Und Sindelar Stefan, der Capitano ... Tja, was soll ich sagen ..."

Ungutes Thema das, dachte Andersen. Extrem ungut.

„Es gab letztes Jahr irgendwann mal Stress zwischen Trautmann und Wagner. Die beiden haben sich in der Zuckermodder gegenseitig aufs Maul gehauen. Weißt du weswegen?"

„Was glaubst du weswegen?“

Der Mann vom Bierstand stellte ihnen zwei Biere auf den Tresen, die Andersen holte und eins davon Strasser hinstellte.

„Danke.“

„Wegen 'ner Frau?“, spekulierte Andersen. Strasser trank das Bier auf ex. Dann wischte er sich mit dem Handrücken über den Mund. „Guter Mann.“

Er deutete auf seine Kippen auf dem Tisch. Andersen nickte. Er bediente sich. Andersen gab ihm Feuer. „Um wen ging es?“

„Was denkst du, um wen es ging?“

„Steffi Becker?“, riet Andersen.

„Guter Mann“, meinte Strasser. „Sehr guter Mann.“

„Hatte Steffi was mit einem der beiden? Oder sogar mit beiden?“

Aus den Augenwinkeln registrierte Andersen, wie Unold auf einen bulligen glatzköpfigen Schlägertypen Anfang 20 zutaperte, auf dessen schwarzer Jacke ‚Security‘ stand und der den Eindruck machte, als würde er keinen Humor verstehen. Na ja, auf jeden Fall nicht den von Andersen. Unold redete auf ihn ein und gestikulierte dabei in Andersens Richtung. Der Schläger nickte und kam auf Andersen zugelatscht, während sich Strasser mit der Hand über den Mund wischte und sagte: „Bingo.“

Bevor Andersen nachhaken konnte, was genau Strasser mit ‚Bingo‘ meinte, wurde er von dem Schläger am Oberarm gepackt.

„Abflug, Schwanzlutscher“, zischte der auf pfälzisch, während die Zuschauer kollektiv aufstöhnten. Offenbar war gerade das 0:3 gefallen.

„Easy, Alter. Alles gut. Wir können das alles doch wie zivilisierte ...“

„Halt die Fresse, du Arschficker!“

Er zerrte Andersen brutal vom Bierstand weg in Richtung Straße. Die Zuschauer würdigten seinen Abtransport mit keinem Blick. Halb über die Schulter sah er noch, wie Strasser ihm mit seinem Bierbecher zuprostete und Unold ihm breit grinsend hinterherwinkte. Dann schubste ihn der Schläger brutal auf den Asphalt. Ihm gelang es gerade noch so, den Sturz mit den Händen abzufangen.

„Beim nächsten Mal Fresse dick, Schwuchtel, kapiert?“, blaffte er und rotzte einen gelblich-grünen Riesenbatzen direkt vor ihm auf den Asphalt. Dann wandte er sich ab und latschte zurück zum Sportplatz. Andersen rappelte sich hoch und klopfte sich den Staub von der Cargo. Fragte sich dabei, wieso eigentlich alle irgendwelche Batzen vor ihm auf den Boden rotzten? Lag das an ihm oder war es vorstellbar, dass gewisse Menschen einfach Spaß daran hatten, vor anderen Menschen irgendwelche Batzen auf den Boden zu rotzen?

Er ging in Richtung Parkplatz, während er sich kleine scharfkantige, in seinen Handflächen steckende Steine an der Cargo abwischte. Grübelte erneut darüber nach, auf welche seiner Fragen sich Strassers „Bingo“ bezogen hatte. Auf die, ob Steffi was mit Trautmann gehabt hatte? Auf die, ob sie was mit Wagner gehabt hatte? Oder auf die, dass sie mit beiden was gehabt hatte? Worauf auch immer sich Strasser bezogen hatte, eins stand für ihn fest: Steffi war einer der Schlüssel zur Lösung des Falls und zum wahren Mörder von Trautmann. Und der andere war wahrscheinlich Claudia.

Er entriegelte den 928. Dabei fiel sein Blick auf einen Strauß fast schon verwelkter roter Rosen, der aus einem Abfalleimer herausragte.

13
WIEM, CO ROBILIŚCIE

Auf der mittleren Klingel des Mehrfamilienhauses in der Hesselandstraße stand ‚Maria Gundall'. Die Klingel darunter war mit ‚Kasia Grabowska' beschriftet, die obere mit ‚Sindelar/Trautmann'.

Er drückte die mittlere Klingel.

Kurz darauf erschien Maria Gundall im Türrahmen. Sie wirkte nicht halb so überrascht, wie er erwartet hatte.

„Hallo, Frau Gundall." Er schüttelte ihre Hand, wobei er mit der anderen die Rose hinter seinem Rücken verbarg. „Ist Claudia da?"

Sie nickte. „Komm rein."

„Ich warte lieber hier."

Sie zögerte kurz und ging dann zurück ins Haus. Er konnte hören, wie sie nach Claudia rief.

Dann stand sie vor ihm. Sie trug Jeans, Turnschuhe und ein schlabbriges graues Sweatshirt. Ihre hennaroten Haare fielen ihr offen auf die Schultern und in die Augen. Sie sah wundervoll aus. Die Haarfarbe stand ihr. Ebenso, dass ihr Pony verschwunden war und sie jetzt die Haare auf einer Länge trug.

„Scheiße ...", murmelte sie.

25 Jahre Funkstille und das erste Wort, das sie zu ihm sagte war „Scheiße". Charmant wie immer, dachte Andersen. Er zog die Rose hinter seinem Rücken hervor.

„On a hot summer night ..." Er räusperte sich. „On a cold autumn day, would you offer your throat to the wolf with the red roses?"

Er steckte sich die Rose quer in den Mund, was seiner Aussprache nicht gerade dienlich war und murmelte: „Na ja, wohl eher dem wolf with der einzelnen red rose", was sich anhörte wie ‚wulf wisch de einschelne red rohsch'.

Claudias Mund und ihre Augen zeigten den zaghaften Ansatz eines Lächelns und sie erwiderte leise: „Will he offer me his mouth?"

„Yesch."

„Will he offer me his teeth?"

Er nahm die Rose aus dem Mund. „Yes."

„Will he offer me his jaws?"

„Yes."

„Will he offer me his ..." Sie überlegte kurz. „... hunger?"

„Yes."

„Again. Will he offer me his hunger?"

„Yes", hauchte er.

„And will he starve without me?"

Aber so was von, dachte er, sagte aber nur: „Yes."

„And does he ... love me?"

Er schluckte trocken. „Yes."

„Yes ...", wiederholte sie leise.

Er atmete tief durch und rief sich nochmal Jim Steinmanns Monolog am Anfang von You took the words right out of my mouth (Hot summer night) in Erinnerung. „On a hot summer night, would you offer your throat to the wolf with ...", er äugte auf die einzelne Rose in seiner Hand, „... the red rose?"

Claudia lächelte. „Yes."

Er seufzte. „I bet you say that to all the boys ..."

Er überreichte ihr die Rose. Sie machte einen kurzen Knicks. Dann umarmte sie ihn. Er schloss die Augen, unterdrückte seine Tränen und hielt sie fest, als sei es das erste Mal.

Sie flüsterte in sein Ohr. „Wo warst du so lange?"

„Ich hatte ein paar Dinge zu erledigen."

„Was für Dinge?"

„Hab ich vergessen."

Sie lachte. „Spinner."
„Ich weiß."
Sie löste die Umarmung und musterte ihn. „Gut siehst du aus."
„Du nicht weniger."
„Schleimer."
„Weiß ich auch. Lust auf 'ne Spritztour?"

Als er den Schlüssel ins Zündschloss des 928 steckte, sah er wie Maria Gundall, Lucie und die hübsche Frau mit den langen, braunen Haaren, die er auf der Beerdigung gesehen hatte, und von der er durch die Beschriftung der Klingeln wusste, dass sie Kasia Grabowska hieß, im Türeingang von Claudias Elternhaus standen und zu ihnen rübersahen.

Claudia ließ sich auf den Beifahrersitz fallen und zog die Tür ran. „Fahrertür kaputt, oder warum steigst du über den Beifahrersitz ein?"

„Jepp. Geht nur noch von innen auf."

Er startete den Porsche und ließ die acht Zylinder aufröhren.

„Bist du sicher, dass du das willst? Noch kannst du nein sagen ..."

„Ich weiß. Werd ich aber nicht." Sie legte die Rose aufs Armaturenbrett und schnallte sich an. „Gib Gas. Bin froh, mal ein paar Stunden aus dem Scheißkaff rauszukommen."

Er hackte den ersten Gang rein und ließ die Kupplung kommen.

Sie waren mitten im Pfälzerwald in Richtung Johanniskreuz unterwegs und lauschten schweigend der Live-Version von Thunder Road. Damals hatte sie den Boss geliebt. Wobei weder Sindelar noch er jemals herausgefunden hatten, ob es ihr um Springsteen oder um seine Songs gegangen war.

Er musterte sie verstohlen von der Seite. In Anbetracht der Tatsache, dass sie vor einer Woche ihren Lebensgefährten verloren hatte, wirkte sie überraschend entspannt. Aber das hatte bei Claudia nichts zu bedeuten. Die Fähigkeit, ihre wahren Gefühle hinter einer Maske des Gleichmuts – oder des Lachens –

vor anderen, auch vor Sindelar und ihm, zu verbergen hatte sie schon damals besessen. Und im Laufe der Jahre wahrscheinlich zur Perfektion getrieben.

Auf Höhe von Hofstätten brach unvermittelt die Sonne durch die Wolken. Sie klappten die Sonnenschutzblenden des Porsche nach unten.

„Hast du noch was anderes als Springsteen?"

„Im Handschuhfach."

Sie öffnete es. Ihr fielen die von ihm Samstag im Pop-Shop in Lautern gekauften CDs entgegen: Signals. Permanent Waves. Exit ... Stage Left. Heaven and Hell. Strangers in the Night. The Wild, the Willing and the Innocent. Live and Dangerous. Balls to the Wall. Double Trouble. Boston. Don't look back. Animal Magnetism. Blizzard of Oz. Holy Diver. Rising. Long live Rock 'n' Roll. Killers. The Number of the Beast. Strong Arm of the Law. Too fast for Love. Shout at the Devil. Uriah Heep Live '73. No sleep 'til Hammersmith.

„Ach, du Scheiße", lachte sie auf, sortierte einen Teil der CDs aus, legte sie zurück ins Handschuhfach und schob Strangers in the Night in den Player.

„Alright, this is something else from our Lights Out Album", nuschelte Phil Moog mit dem für ihn typischen breiten Londoner Akzent. „This is called ‚Love to Love'."

Sie nahm das Inlay aus der CD und überflog es. „Warum bist du wieder zurück?", fragte sie, ohne ihn anzusehen.

„Um den Arsch von deinem Mann zu retten. Also deinem Ex-Mann, meine ich."

„Dann stimmt es also, was man sich erzählt ..."

„So sieht's aus."

Sie starrte aus der Windschutzscheibe. Die Straße zog sich in engen Serpentinen bergauf.

„Aber dabei brauche ich deine Hilfe."

Sie schien ihn nicht zu hören. Hatte sich an einen Ort zurückgezogen, an dem für ihn und den Rest der Welt kein Platz mehr war.

„Claudi?"

Wie in Zeitlupe drehte sie den Kopf in seine Richtung.

„Willst du mir helfen? Kannst du mir helfen?"

„Nein, will ich nicht. Und kann ich auch nicht."

Sie bückte sich nach ihrer Handtasche im Fußraum. Kramte eine Schachtel John Player hervor. „Ich kann ja nicht mal mir selbst helfen."

Sie steckte sich eine an und ließ die Scheibe ein Stück runter. Blies den Rauch durch die schmale Öffnung.

„Fahr mal bitte kurz ran."

Sie meinte den Parkplatz, den ein Schild ankündigte. Er sparte sich die Frage nach dem Warum und bog ab. Drehte den Schlüssel im Zündschloss nach links. Die Stimme von Phil Moog brach ab. Claudia stieg aus und streckte sich. Er stieg ebenfalls aus und betrachtete sie über das Dach des Porsche hinweg. Konnte sehen, wie sie eine Tablette aus der Hosentasche ihrer Jeans kramte und schluckte, wobei sie den Kopf in den Nacken legte.

„Warum?"

„Warum was?"

„Warum tut er mir das an?"

„Was meinst du?"

„Wenn Stefan irgendeinen Scheißschnüffler beauftragt hätte, okay, kein Problem. Ich hätte ihm gesagt, dass er mich mal kann, dass ich mit dem Ganzen nichts zu tun haben will, dass er sehen soll, wie er klarkommt. Aber nein, der Arsch hat dich engagiert. Ausgerechnet dich! Warum?"

„Weil er mir vertraut. Weil er weiß, dass ich es schaffen kann, seine Unschuld zu beweisen."

Sie schnippte ihre gerauchte Zigarette gegen das ‚Rauchen Verboten – Brandgefahr!'-Schild. „Du hast dich damals nach Lautern und später nach Berlin verpisst und nie wieder gemeldet", fuhr sie fort und steckte sich die nächste Kippe an. „Und dann tauchst du ohne Vorwarnung plötzlich wieder auf. Nach 25 Jahren. So als wäre nichts passiert."

Er schwieg.

„Ich weiß, was du tun wirst, Mark. Du wirst alles wieder aufwühlen. Alles, was längst vorbei ist. Kein Stein wird auf dem anderen bleiben. Du wirst mit blutigen Händen im Dreck wühlen, bis du gefunden hast, wonach du suchst. Und dann wirst du feststellen, dass du das alles gar nicht finden wolltest. Und weißt du warum? Weil nur noch Knochen übrig sein werden. Verrottete Knochen. Und erst dann wirst du verstehen, dass es besser gewesen wäre, das alles in Frieden ruhen zu lassen."

Er spürte, dass sie noch nicht fertig war, weshalb er weiter schwieg.

„Glaubst du ernsthaft, ich hab die geringste Lust, dir bei dieser ganzen Scheiße auch noch zu helfen?"

Sie sah ihn an. Ihre eisblauen Augen funkelten.

„Wenn das der Preis dafür sein sollte, dass ich Sinde raushaue – also dass kein Stein auf dem anderen bleibt und das alles –, ja, diesen Preis würde ich zahlen. Und ja, ich würde mir wünschen, dass du mir dabei hilfst."

Sie starrte ihn an, als wäre er ein komplett Bekloppter.

Dann lachte sie. Laut. Wiehernd. Gackernd.

„Ach, du Scheiße", prustete sie, während ihr Lachtränen in die Augen schossen. „Scheiße. Ich pack's nicht."

Sie stützte sich mit einer Hand am Dach des Porsche ab. Lachte weiter. Hielt sich mit der anderen Hand den Bauch.

„Scheißescheißescheiße.

„Was zum Geier ist so verdammt lustig?"

Claudia sah zu ihm. Tränen liefen ihr über die Wangen.

„Du!", prustete sie und wurde von einem Lachanfall geschüttelt.

Sie saß auf einer Bank am Rande des Parkplatzes und wischte sich mit einem Papiertaschentuch die Reste ihrer Lachtränen aus den Augen, während er vor einer Wanderkarte des Pfälzerwaldes stand, rauchte und die erläuternden Infos las. Zusammenfassend ließ sich sagen, dass der Pfälzerwald extrem dünn besiedelt war, dass ein Drittel der Pfalz aus Wald bestand und dass der Pfälzerwald das größte zusammenhängende Waldgebiet Deutschlands war.

„Danke ...", meinte sie und schnäuzte sich.

Er sah zu ihr. „Wofür?"

„Dass du mich zum Lachen gebracht hast. Weißt du, wann ich das letzte Mal so gelacht habe?"

Wahrscheinlich irgendwann in den 80ern, dachte er, und setzte sich neben sie auf die Bank.

„Hast du noch mehr so Schoten auf Lager?" Sie sah ihn von der Seite an und hatte sichtlich Mühe, nicht gleich wieder loszukichern.

„Bestimmt. Kennst mich doch."

„Kenne ich dich?"

„Kenne ich mich? Kennst du dich? Kennt irgendjemand irgendwen?"

Sie prustete erneut los.

Er seufzte.

Irgendwann beruhigte sie sich und legte ihre Hand auf seine Schulter.

„Lass uns weiterfahren."

„Wohin? Zurück nach Helltal?"

„Lass uns einfach weiterfahren. Egal wohin. Nur nicht zurück nach Helltal."

Sie hatte ihre Stirn gegen die Scheibe der Beifahrertür gelehnt und sah aus dem Fenster Die Bäume, die dicht an die Landstraße heranreichten, flogen an ihnen vorbei. Er wusste, dass irgendwo da draußen, hoch über den Wipfeln, die Sonne schien, aber hier unten, im Herzen des Pfälzerwaldes herrschte tiefste Finsternis.

Plötzlich versteifte sie sich und ihr Blick folgte einem Straßenschild, das an uns vorbeirauschte. „Scheiße ..."

„Was ist?"

„Hast du das Schild gesehen?"

Er schüttelte den Kopf.

„Klingenmünster, 2 Kilometer."

„Und?"

„Stefans Mutter ist in Klingenmünster. Seit 1986. Wusstest du das nicht?"

„Nein. Und jetzt?"

„Haben wir 'ne Wahl?"

„Klar. Wir drehen einfach um und ..."

„Vergiss es!", unterbrach sie. „Weißt du, wie lange ich sie schon nicht mehr besucht habe? Ich glaube, das letzte Mal war ..." Sie brach ab. „Egal. Willst du mitkommen?"

Er zögerte kurz, dann nickte er und folgte den Hinweisschildern, auf denen ‚Klinikum für Psychiatrie und Neurologie' stand.

„Sie möchte nur noch mit ihrem Mädchennamen Kociolek angeredet werden. Auf Frau Sindelar reagiert sie nicht mehr."

Die robust wirkende Frau mit dem Pferdeschwanz, der hellen Stimme und den hektischen roten Flecken im Gesicht – das Namensschild auf ihrem weißen Kittel wies sie als ‚Ilse Lang' aus –, führte Claudia und Andersen über einen langen Flur, von dem zu beiden Seiten Zimmer abgingen, in Richtung des Aufenthaltsraums der Anstalt.

„Seit wann das?"

„Seit ein paar Jahren. Fragen Sie mich jetzt aber bitte nicht nach den Gründen. Irgendwann hat sie einfach nicht mehr auf ihren Vornamen und auch nicht auf den Namen Sindelar reagiert. Eine Kollegin hat dann mehr oder weniger zufällig herausgefunden, dass sie sehr wohl eine Reaktion zeigt, wenn man sie mit Frau Kociolek anspricht."

„Ist sie noch ...", fragte Claudia sichtlich angespannt, „ich meine, weiß sie wer sie ist, wo sie herkommt und solche Sachen?"

„Das ist bei ihr tagesformabhängig", erklärte Ilse Lang, während sie die Tür zum Aufenthaltsraum aufschloss. „Bitte sehr."

Sie ließ Claudia und Andersen vor. Es waren an die zehn Patienten anwesend. Einige saßen im Halbkreis vor dem Fernseher und sahen eine Tiersendung auf N24. Andere spielten zusammen mit den Pflegern ‚Mensch ärger dich nicht' und ‚Halma'. Frau Lang nickte in Richtung einer Frau im Nachthemd, die mit dem Rücken zu ihnen auf einem Stuhl am Fenster saß, mit Blick auf den Park der Heilanstalt.

„Im letzten Jahr hat sie rapide abgebaut. Nicht nur körperlich. Sie spricht genauso wenig wie sie isst, und wenn sie mal spricht, dann zitiert sie aus der Bibel." Sie sah auf ihre Armbanduhr. „In einer halben Stunde gibt es Abendessen. Reicht ihnen das?"

Andersen sah zu Claudia, die nickte.

„Wenn Sie vorher rausmöchten, sagen Sie einem der Kollegen Bescheid."

Sie nickte in Richtung der ‚Mensch ärger dich nicht' und ‚Halma' spielenden Pfleger und ging zurück zur Tür. Andersen folgte Claudia, die auf die Frau am Fenster zuging. Sie war nur noch ein Skelett. Ihre blasse, gelblich schimmernde, pergamentartige Haut, die von einem Labyrinth von unzähligen dicken blauen Adern durchzogen war, spannte sich über ihren kantigen Kopf, der an einen Totenschädel erinnerte. Ihre Hände ruhten in ihrem Schoß. Claudia ging neben ihr in die Hocke und legte eine Hand auf ihre Hand. „Marina?"

Marina Sindelar/Kociolek reagierte nicht. Starrte ungerührt durch das Fenster auf den Park.

„Frau Kociolek?"

Marina Sindelar/Kociolek wandte Claudia wie in Zeitlupe ihren Kopf zu. Ihre tief in den Höhlen liegenden, schwarzen Augen schienen durch Claudia hindurchzusehen, als sei diese ein Geist.

„Marina? Ich bin's, Claudia, deine Schwiegertochter. Erinnerst du dich?"

Claudia drückte ihre Hand. Keine Reaktion.

„Hallo, Frau Kociolek", sagte Andersen und beugte sich zu ihr. „Ich bin's, Mark Andersen. Stefan und ich waren ..."

Er brach ab, als Marina Sindelar/Kociolek langsam den Kopf hob und ihn ansah. Erkennen in ihren schwarzen Augen. Und auch so etwas wie Entsetzen. Sie hob zitternd eine Hand und deutete mit ihrem knochigen Zeigefinger auf ihn. Ihr zahnloser Mund öffnete sich. „Wer Verstand hat, der überlege die Zahl des Tieres." Es klang eher nach einem Gurgeln, als einem Sprechen. „Denn es ist eines Menschen Zahl und seine Zahl ist sechshundertsechsundsechzig."

Im nächsten Moment sank ihr knochiger Zeigefinger zurück in ihren Schoß. Ihr Blick wurde leer, als hätte man den Stecker einer Maschine gezogen.

„Wiem, co robiliście", murmelte sie tonlos. „Wiem, co robiliście."

Auf Höhe von Annweiler brach sie das Schweigen.

„Wie geht's Stefan?"

„Okay."

„Wo ist er?"

„Je weniger du weißt, desto besser."

„Je weniger Sie wissen, desto besser, Frau Sindelar", äffte Claudia ihn nach. „Vertrauen Sie uns. Es ist nur zu Ihrem Besten." Sie lachte auf. „Du klingst echt wie einer dieser Fernseh-Kommissare."

„Claudia, es ist wirklich besser, wenn du nicht ..."

„Komm schon, Mark. Wir stehen auf der gleichen Seite. Er ist immer noch mein Mann. Trotz allem ..."

„Er ist in Polen. In Kolberg, an der Ostsee. Er kennt da ein paar Leute. Schaustellerkollegen."

„So was in der Richtung dachte ich mir fast schon. Er hat sich in diesen ganzen Schaustellerquatsch dermaßen reingesteigert ..."

„Was meinst du?"

„Er hatte damals das Gefühl, es wäre Zeit für was komplett Neues. Er wollte raus, einfach nur weg. Und da kamen ihm die Schausteller offensichtlich genau richtig."

„Weg? Von was? Von dir?“

„Weg von seinem Leben, seiner Vergangenheit, von Helltal; was weiß ich. Er hat nie darüber gesprochen. Irgendwann stand er einfach mit zwei gepackten Koffern und seinem Seesack im Wohnzimmer und meinte, er würde jetzt gehen.“

„Wann war das?“

„2004.“

Sie sah wieder aus der Seitenscheibe. Andersen wartete darauf, dass sie weitererzählte, aber es kam nichts.

„Du und Trautmann, wie habt ihr euch eigentlich kennengelernt?“

„Was glaubst du, wie man sich in einem Dorf wie Helltal kennenlernt? Durch eine Kontaktanzeige? Partnervermittlung im Internet? Bauer sucht Frau?“

„Hast du ihn geliebt?“

„Wäre ich sonst mit ihm zusammen gewesen?“

„Wann hast du ihn zum letzten Mal gesehen?“

„Samstag gegen Mittag. Er war auf dem Weg zum Spiel.“

„Danach nicht mehr?“

„Du hast mich gefragt, wann ich ihn das letzte Mal gesehen habe und ich habe dir geantwortet“, meinte sie, während sie weiter aus der Seitenscheibe starrte.

„Weißt du, ob er Feinde hatte?“

„Nein. Aber das hat nichts zu bedeuten.“

„Was meinst du?“

„Selbst wenn es so gewesen wäre, hätte er es mir nicht erzählt. Er war bekannt dafür, Dinge alleine mit sich auszumachen. Davon abgesehen war er als Kapitän der ersten Mannschaft im Dorf sehr beliebt. ‚Bewundert‘ wäre jetzt übertrieben, aber das ging schon in die Richtung. War in Helltal schon immer so. Fußballer sind hier fast so was wie Rockstars.“

Sie sah kurz zu Andersen, lächelte. Er schätzte, sie dachten beide gerade an Sindelar.

„Wie war das Verhältnis zwischen Trautmann und Lucie?“

„Du stellst genau die gleichen Fragen wie die Bullen. Wann haben Sie ihren Lebenspartner zum letzten Mal gesehen? Wie haben Sie sich kennengelernt? Hatte er Feinde. Wie war sein Verhältnis zu Lucie?"

„Einmal Bulle, immer Bulle."

„Wieso bist du eigentlich keiner mehr?"

„Lange Geschichte."

„Ich hab Zeit."

„Ich nicht. Nicht, wenn ich Sindes Arsch retten soll."

„Guter Punkt", meinte sie und sah wieder aus der Seitenscheibe. Hat es geschickt vermieden, meine letzte Frage zu beantworten, dachte Andersen. Typisch. Wenn sie nicht wollte, dann wollte sie nicht.

„Du kannst nicht zufällig Polnisch?"

„Nur ein paar Brocken."

„Vielleicht frag ich mal Kasia, sie ist ja gebürtige Polin."

„Eure Untermieterin?"

Claudia nickte. „Sie wohnt seit vier Jahren bei uns. Arbeitet als Altenpflegerin."

Andersen machte sich im Kopf eine Notiz.

„Wiem, co ... robiliście", murmelte sie. „Kommt das von der Aussprache hin?"

Andersen nickte. Überlegte kurz, sie auf die Gerüchte anzusprechen, dass ihr ermordeter Lebenspartner andere Frauen gefickt hatte, beschloss dann aber, dass es der falsche Zeitpunkt war. Wobei er nicht wirklich sicher war, ob es für diese Frage überhaupt den richtigen Zeitpunkt gab.

Der Rest der Fahrt zurück nach Helltal war Schweigen angesagt.

Eine halbe Stunde später ließ er sie vor ihrem Haus raus. Sie tauschten Handynummern.

„Denkst du noch oft an damals?"

Er zögerte kurz, überlegte ihr zu sagen, dass er sich an so gut wie nichts mehr erinnerte, schüttelte dann aber den Kopf.

„Du lügst. Gegen Erinnerungen ist man machtlos."

„Erinnerungen sind überbewertet."

„Du verdrängst sie."

Er stimmte weder zu, noch verneinte er.

„Kann man versuchen, klappt aber eher selten."

„Spricht da eine Expertin im Verdrängen?"

„Fragt da ein Verdrängungsexperte?"

„Keine Ahnung."

„Du lügst schon wieder."

Er schwieg. Sie beugte sich in den Wagen, küsste ihn auf die Wange und war verschwunden. Er vermisste sie im gleichen Moment.

14
FREAKSHOW

Die Rolltore der Werkstatt waren geschlossen.

Er hämmerte gegen das linke. Nach einer Weile hob es sich und Jagger erschien. Er trug einen Blaumann, seine Hände waren ölverschmiert.

„Ich war gerade in der Gegend und dachte ... Na ja, du weißt schon ..."

„Nee, weiß ich nicht, aber komm erst mal rein."

Auf einer der beiden Hebebühnen stand ein BMW 850Ci.

„Der 12-Zylinder-Möchtegern-Porsche-und-Ferrari-Jäger. Wow." Andersen begutachtete den Wagen fasziniert. „Baujahr?"

„93."

„PS?"

„299."

„Wem gehört der?"

„Mir. Ist mein Hobby. Ich kaufe alte, defekte Schleudern und bring sie nach Feierabend wieder auf Vordermann."

„Um sie dann wieder weiterzuverkaufen?"

„Hatte ich eigentlich vor, aber irgendwie hab ich's bis jetzt nicht übers Herz gebracht."

Er wischte sich die ölverschmierten Hände ab und führte Andersen in die Halle, die sich an die Werkstatt anschloss und in der mehrere Old- und Youngtimer aus den 70er- und 80er Jahren standen: Ein Mercedes SLC, ein Audi Quattro, ein Opel Manta, zwei Kadett-C-Coupés, ein Ford Capri, zwei VW Corrado – einer blau, der andere rot – und ein viertüriger orangefarbener Audi 100 LS.

„Ach du Scheiße." Andersen ging zielstrebig auf den Audi LS zu. „So einen hatte ich auch mal."

Er streichelte über den Kotflügel.

„Das ist deiner, du Wurst", erklärte Jagger grinsend. „Dein Vater hat den damals zum Verkauf angeboten und ich hab zugeschlagen."

Andersen starrte ihn sprachlos an. Dann erinnerte er sich. Die Lenkradschaltung des Audis hatte kurz vor seinem Umzug nach Berlin angefangen rumzuzicken und man konnte von einem Tag auf den anderen nur noch vom ersten Gang direkt in den dritten schalten. Dazu waren eine defekte Lichtmaschine, runtergerockte Stoßdämpfer und weitere reparaturbedürftige Kleinigkeiten gekommen. Er hatte damals weder das Geld noch die Zeit gehabt, sich um die Reparatur des Audi zu kümmern, da er mitten im Umzug nach Berlin gesteckt und auch nicht daran geglaubt hatte, dass sich der finanzielle Aufwand bei einem 17 Jahre alten Wagen lohnen würde. Sein Vater hatte ihm angeboten, den Audi zu verkaufen und ihm das Geld zu überweisen. Er hatte zugestimmt, den Umzug nach Berlin mit dem damaligen Auto seiner Schwester gewuppt – ebenfalls einem Audi, einem Avant, soweit er sich erinnerte – und sich kurz darauf über eine 2000-Mark-Überweisung gefreut. Dass er diese Jagger zu verdanken hatte, war ihm damals nicht bewusst gewesen.

„Mit deinem Audi hat alles angefangen. Danach kamen der Manta und der SLC. Und so weiter und so weiter. Dein 928 würde übrigens super in die Sammlung passen. Was willsten dafür haben?"

„Nur über meine Leiche."

Er öffnete die Fahrertür des Audis und inspizierte das Innere. Abgesehen von den verschlissenen Stoffsitzen, die offensichtlich aufbereitet worden waren, war es original die Einrichtung von damals.

„Ist der fahrtüchtig?"

Jagger nickte. „Aber nicht zugelassen."

Andersen äugte zu einem der Kadett-C-Coupés, das ein rotes Kurzkennzeichen hatte und grinste.

Er war nicht sicher, was er erwartet hatte, aber schon nach wenigen Kilometern am Steuer seines ersten Autos war klar, dass das Thema seiner zweiten Spritztour am heutigen Tag ‚Abwesenheit' sein würde. Nicht nur die Abwesenheit von Musik, da der Radioschacht des Audi leer war, und die Abwesenheit des typischen Audi-Geruchs von damals, sondern vor allem die Abwesenheit der Menschen, die mit ihm zusammen in dem Wagen von 1982 bis1984 gefahren waren: Sindelar und Claudia. Jagger auf dem Beifahrersitz fühlte sich einfach nur falsch an. Das war Sindelars Platz und würde es immer sein. Soweit er sich erinnerte, war Jagger auch nie mit ihnen im Audi gefahren.

Sie cruisten auf der L473 in Richtung Saalberg. Es war halbwegs sonnig und kaum bewölkt. Der Blick über die sich endlos in alle vier Himmelsrichtungen erstreckende Hochebene und die tief eingeschnittenen Täler war grandios. Er beschleunigte und schaltete in den vierten Gang.

„Kennst du eigentlich Harry Leiser?"

„Ja, klar."

„Kunde von dir?"

Jagger nickte. „Trautmann war übrigens auch einer. Er hatte 'nen weißen Scirocco GT aus den 80ern. War ständig was zu schrauben an dem Teil."

„Kannst du dir vorstellen, dass Leiser was mit dem Mord zu tun hat?"

Jagger zögerte. Dann: „Ja, doch, schon irgendwie."

„Und wieso?"

„Im Dorf ging das Gerücht, er und Trautmann wären nicht wirklich gut miteinander ausgekommen."

„Hat er das dir gegenüber auch mal geäußert?"

Er schüttelte den Kopf.

„Hatte Ellen mal was mit Trautmann?"

Jagger starrte ihn von der Seite an. „Wer erzählt denn so eine Scheiße?"
„Alle."
„Wer sind denn alle?"
„Na, die Helltaler."
Er lachte auf. „Ja, klar, die Helltaler."
„Also waren es nur Gerüchte?"
„Worauf willst du hinaus, Mark?"
„Auf gar nichts. Ich hab nur gefragt, ob Ellen ..."
„Das alles geht dich einen Scheißdreck an! Aber für die Akten: Ellen hatte nichts mit dem Scheißkerl, okay?"
Andersen musterte ihn aus den Augenwinkeln. Wie realistisch war die Theorie, dass fast das ganze Dorf Bescheid wusste, aber nicht Ellens Ehemann?
„Genug gespritztourt", meinte Jagger knapp, aber doch eindeutig, sowohl das Thema als auch die Spritztour abschließend. Andersen wendete bei der ersten sich bietenden Gelegenheit kurz hinter dem Ortseingang von Saalberg.

Hinter ihm rasselte lärmend das linke Rolltor zu Boden.
Er ging auf den Porsche zu, als sein Handy klingelte. Er sah aufs Display: ‚Gebbi Mobil'.
„Hey, Gebbi."
„Hey, Mark. Wollt dich nur noch mal ans Abitreffen erinnern. Geht das klar, dass wir da zusammen hinfahren?"
„Klar", erwiderte Andersen. „Wann genau war das nochmal?", hakte er, wie er hoffte, unauffällig nach.
„Na, um acht."
Heute Abend? Oha, dachte Andersen.
„Kannste mich so gegen halb acht abholen?"
„Geht klar."
„Cool. Dann bis dann."
Er klappte das Handy zu, kletterte über den Beifahrersitz, ließ sich auf den Fahrersitz fallen und rekapitulierte dabei das Personal in diesem Tide Pool namens Helltal:

Fremdgeher. Fremdgeherinnen. Mutmaßliche Fremdgeher- und Fremdgeherinnen. Ehemalige Schulfreunde, die komplett dichtmachen, sobald man das Thema ‚mutmaßliche Fremdgeherinnen' anspricht. Eine Heimatforschung treibende Bedienung, die Hackfressen mit der Rückennummer 6 des Mordes verdächtigt. Eine Hackfresse mit der Rückennummer 6, die harmlose Touristen aus Berlin mit gezielten Kopfstößen zu Boden streckt. Holzfällerhemden tragende Säufer, die von einem ‚Pakt mit dem Teufel' faseln und vermuten, dass sowohl der Ermordete als auch ein Torwart mit Mini-Schnurrbärtchen es mit der Heimatforschung treibenden Bedienung getrieben haben. Eine kurz vor der Pensionierung stehende Grundschullehrerin, die zufällig deine Mutter ist und die dir deutlich macht, dass sie Raucher hasst, dir aber gleichzeitig einen Aschenbecher mit dem Logo des FCK hinterherträgt. Ein pensionierter Kommissar der Mordkommission, der auf jede Frage eine Gegenfrage parat hat. Ein cowboyhuttragender zukünftiger Ex-Ehemann aus Texas, der vor dir auf den Boden rotzt. Ein böswilliger Security-Grobian mit homophoben Tendenzen, der dich von einem Fußballspiel wegzerrt und ebenfalls vor dir auf den Boden rotzt. Ein rolextragende, A8-fahrender feister Vereinsvorsitzende, der mit Zähnen und Klauen supergeheime Schwulentreffs gegen Schnüffler aus Berlin verteidigt.

Jemanden vergessen? Ah ja: Eine direkt einer Wagner-Oper entsprungene Walküre mit riesigen Möpsen, die nur auf eine günstige Gelegenheit wartet, dich besteigen zu können.

Worauf hatte er sich hier eigentlich eingelassen? So wie's aussah, auf eine fucking Freakshow.

Das Abitreffen im Glockencafé in Lautern rauschte mehr oder weniger an ihm vorbei, wobei die beiden Schnäpse, die Gebbi ihm vor der Abfahrt nach Lautern aufgenötigt hatte, seiner Aufmerksamkeit auch nicht gerade förderlich waren. Genauso wenig wie die zwei Bitburger, die er sich direkt beim Reinkommen auf ex reingepfiffen hatte. Angeblich um seine Nervosität vor dem Wiedersehen mit den alten Klassenkameraden in den Griff zu bekommen, wie er Gebbi gegenüber behauptet hatte. Gebbi hatte ihm kein Wort geglaubt, auf „Alkoholiker" getippt, ihm dann wie ein Schwein quiekend auf den Rücken geklopft und unter hysterischem Kichern nachgeschoben: „Macht ja nix. Kein Alkohol ist ja auch keine Lösung, was?"

Er trug auf jeden Fall seinen Teil dazu bei, seine Theorie durch handfeste Fakten zu untermauern, indem er sich mehr oder weniger gezielt volllaufen lief. Andersen war erst mal damit beschäftigt, mechanisch Hände zu schütteln, ein unverbindliches Lächeln aufzusetzen, immer wieder seinen Namen zu nennen, zu versuchen sich die Namen der anderen zu merken, mit lächelnden, gut gelaunten, ihm permanent auf die Schulter klopfenden Menschen anzustoßen und sich pflichtschuldig zusammen mit den ehemaligen Klassenkameraden an die Namen ihrer Lehrer und an Anekdoten-Highlights zu erinnern.

Irgendwann saß er endlich allein mit einem Bier an einem Tisch in der Ecke. Gebbi saß schräg gegenüber mit drei Frauen zusammen und grölte lauthals über etwas, das Andersen wahrscheinlich auch dann nicht verstanden hätte, wenn er mit am Tisch gesessen und es ihm erklärt worden wäre.

Wenig später ließ sich Gebbi auf den Stuhl neben ihn fallen und knallte ein Fotoalbum auf den Tisch. „Was'n los, Hauptstädter? Keine Lust, über alte Zeiten zu quatschen?"

Hatte er jemals in seinem Leben Lust gehabt, über alte Zeiten zu quatschen? Er bezweifelte es. Und falls er sie jemals gehabt haben sollte, so hatte sie ihm Berlin, diese unsentimentale alte Schlampe, die immer nach Neuem, Außergewöhnlichem und Schnellem gierte und für die die Vergangenheit nichts weiter als die Vergangenheit war, sehr schnell ausgetrieben. Aber das konnte Gebbi natürlich nicht wissen. Er hatte auch keinen Bock, es ihm zu erklären, weshalb er murmelte: „Nicht mein Tag irgendwie."

„Hallo? Du reißt extra wegen unseres Abitreffens 700 Kilometer runter und dann ist es nicht dein Tag?“ Er haute Andersen mit der flachen Hand gegen den Hinterkopf. „Schnaps?“

„Und wer soll dich später nach Hause fahren?“

„Drauf geschissen, wir lassen deine Zuhälterschleuder stehen und nehmen uns 'n Taxi. Ich kann dich ja morgen wieder hierherfahren. Also: Schnaps?“

Vier Schnäpse und diverse unlustige Gebbi-Witze später klappte Gebbi das Fotoalbum auf. „Klassenfahrt Provence 83. Kuck mal.“ Er deutete auf ein Foto. „Mann, da sah ich echt noch richtig knackig aus.“

Andersen betrachtete das Foto. Eine Gruppe von 18-Jährigen saß auf den Stufen des Papstpalastes in Avignon. Gebbi – die schlanke Version v1.0 – trug Jeans, Jeansjacke und einen Pilzkopf und streckte der Kamera seinen Mittelfinger entgegen. Neben ihm der 18-jährige Mark Andersen: Mittelscheitel, schulterlange Haare, ein rotes Frotteestirnband, Spiegelsonnenbrille, Jeansjacke. Und ebenfalls der ausgestreckte Mittelfinger.

„Und? Wer ist wer?“ Gebbi deutete auf das Foto und nickte dann in Richtung der Anwesenden. Andersen zuckte mit den Schultern. Gebbi klappte stöhnend das Fotoalbum zu und klemmte es sich unter den Arm. „Ich stürz mich dann mal wieder ins Getümmel. Solltest du auch. Das Leben ist zu kurz für keinen oder schlechten Sex.“

Er walzte auf eine der smalltalkenden Grüppchen zu. Kurz darauf griff sich Andersen seine Lederjacke und schlenderte in Richtung Ausgang. Gebbi stand inzwischen mit einer zuckersüßen Blondine am Tresen im unteren Teil der Kneipe und war mit Weizenbier trinken und baggern beschäftigt.

„Ich bin im Wladi. Wenn du fertig bist, komm rum.“

„Was? Spinnst du?“

Bevor Andersen etwas erwidern konnte, wandte sich Gebbi der Blondine zu. „Kommt extra aus Berlin und verpisst sich dann nach ein paar Stunden. Unfassbar, oder?“

Die Blondine lächelte Andersen an.

„Kennt ihr euch eigentlich noch?“, fragte Gebbi.

„Also ich kenn ihn“, meinte Blondie grinsend. „Mark. Richtig?“

Andersen überlegte kurz, ob er sie damals genudelt hatte, kam aber zu keinem Ergebnis, weshalb er nur knapp nickte.

„Bis später“, meinte er zu Gebbi und schob die Glastür auf. Er war schon halb draußen, als ihm etwas einfiel und er sich nochmal zu ihm umwandte. „Kann ich dich mal kurz sprechen?“

Gebbi legte die Stirn in Falten.

„Ich werte das mal als ein Ja“, meinte er und zog ihn nach draußen in den kleinen Innenhof, wo trotz der Jahreszeit noch zwei Stehtische mit Aschenbecher für Raucher standen, da der vordere Teil des Glockencafés Nichtraucherbereich war.

„Anton Strasser aus Helltal. Geschätzte Anfang 60. Kennst du den?“

„Strasser? Anfang 60?“ Er lachte. „Der ist dieses Jahr 49 geworden.“

„Was? Nein, das kann nicht sein. Ich meine den Strasser, der immer in der Zuckermodder und bei den Spielen des FC Helltal abhängt und ...“

„Dick? Säufernase? Fettige Haare? Blaue Latzhose? Holzfällerhemd?“

Andersen nickte irritiert.

„Dann reden wir vom gleichen Strasser. Hast du noch ’ne Kippe für mich?“

Andersen bot ihm eine an und gab ihm Feuer. Gebbi inhalierte sichtlich glücklich.

„Erzähl mir von ihm.“

„Was interessierst du dich für den?“

„Erzähl mir einfach, was du über ihn weißt. Kurzfassung genügt.“

Gebbi nahm einen Schluck von seinem Weizen und sah frustriert durch die Scheibe des Glockencafés, wie die Blondine zurück in Richtung des hinteren Raums entschwebte. „Was für ein geiler Arsch ...“

„Anton Strasser, Gebbi!“

„Strasser Anton. Tja, tragische Figur eigentlich. So was wie der Dorftrottel. Hat in Helltal quasi Narrenfreiheit, du weißt schon ..."

Er ließ seinen Zeigefinger ein paar Mal um seine Schläfe kreisen.

„Hat vor elf Jahren seine Eltern und seine Frau, die zu der Zeit schwanger war, bei einem Autounfall verloren. Irgendein besoffener Fahranfänger ist zwischen Bann und Landstuhl frontal in den Wagen der drei reingekracht. Strasser war zu der Zeit beim Training."

„Training?"

„Fußballtraining."

„Als Trainer oder was?"

Er nickte. „Nach seiner aktiven Zeit hat er die B- und C-Jugend trainiert."

„Aktive Zeit? Er war mal Fußballer?"

„Mann, Mark. Strasser Anton war der Torwart der Meistermannschaft von 82. Das müsstest du doch noch wissen. Das war doch deine Zeit."

Andersen starrte Gebbi fassungslos an. Kramte dann fahrig das zusammengefaltete Foto der 82er-Mannschaft aus der Hosentasche und reichte es ihm. „Zeig ihn mir."

„Na, der mit den Torwartklamotten, du Affe", erwiderte er und gab Andersen das Foto zurück. „Und davon gibt's nur einen."

Andersen betrachtete das Foto. Die Trikots der Spieler waren rot-weiß, das Trikot des Torwarts blau. Strasser war überraschend schlank und kräftig, trug die Haare schulterlang, hatte die Arme vor der Brust verschränkt und grinste in die Kamera. Der Mann auf dem Foto hatte nicht die geringste Ähnlichkeit mit dem Strasser, den er kennengelernt hatte. Weder vom Gesicht her und schon gar nicht vom Körper.

„Nach dem Tod seiner Frau und seiner Eltern hat er dann zu saufen angefangen. Nicht dass er vorher nicht gesoffen hätte, aber ab da hat er es sozusagen professionell betrieben."

„Von was lebt er?"

„Vom Erbe seiner Eltern. Die hatten einen Bauernhof mit Viechern und allem Pipapo und haben ihm Gerüchten zufolge eine stattliche Summe hinterlassen. Davor war er als Maurer beim Unold angestellt."

„Unold? Dem Vereinsvorsitzenden des FC Helltal?"

Gebbi nickte.

„Hast du mal was von Gerüchten gehört, dass Trautmann Unolds Tochter genudelt haben soll?"

Gebbi lachte auf. „Für das, dass du so lange weg warst, bist du aber ganz schön gut informiert."

„Das ist mein Scheißjob", rutschte es Andersen raus.

Gebbi zog die Augenbrauen hoch. „Also stimmt es, was man so hört?"

„Dass ich hier bin, um meinen alten Freund rauszuhauen und den wahren Mörder zu finden?"

Er nickte. Andersen überlegte kurz. Dann nickte auch er. Gebbi kratzte sich nachdenklich mit dem Daumennagel an der Stirn.

„Was ist jetzt mit Unolds Tochter? Hatte Trautmann was mit ihr?"

„Wenn man nach dem geht, was die Leute sich so erzählen, schon ..."

„Es soll angeblich Stress zwischen Trautmann und Harry Leiser gegeben haben ..."

„Keine Ahnung. Gerüchte in der Richtung gab es immer mal wieder, aber ob die der Wahrheit entsprechen ..."

„Wagner, der Torwart der ersten Mannschaft, und Trautmann sollen auch Stress miteinander gehabt haben."

„Kann gut sein. Die haben sich mal in der Zuckermodder geprügelt."

„Ging's da zufällig um Steffi Becker?"

„Ja klar ging es um Steffi Becker. Was dachtest du denn? Um den Lied Herbert oder den Stuppy Alfons?"

Er lachte laut und knarzig.

„Trautmann und Wagner waren scharf auf sie, oder was?"

„Nee, nur Wagner. Und isses wahrscheinlich immer noch. Trautmann hat seinen Torwart an dem Abend anscheinend provoziert und Wagner ist ihm dann an die Gurgel gegangen."

„Mit was provoziert?"

„Du fragst Sachen ..."

„Entschuldige, aber wenn mein Informant offensichtlich so genau weiß, was passiert ist, sollte man doch annehmen, dass er noch mehr Details auf Lager hat."

„Hat er aber nicht. Ich kann dir nur sagen, was man sich so erzählt."

„Wo wohnt Strasser?"

„Immer noch auf dem Bauernhof seiner Eltern, auf dem er aufgewachsen ist. Kreuzstraße. In der Nähe des Friedhofs. Direkt am Waldrand. Kannste gar nicht verfehlen."

„Den bewirtschaftet er aber nicht mehr, oder?"

„Nee. Irgendwann hat er das ganze Viehzeugs verkauft. Was genau er auf dem Hof treibt, weiß keiner so richtig. Auf jeden Fall lebt er allein, und soweit ich weiß, hat er seit dem Tod seiner Frau und seiner Eltern auch niemanden mehr zu sich eingeladen. Keine Ahnung, was er den ganzen Tag außer saufen so macht und ehrlich gesagt will ich es auch gar nicht wissen." Er trank von seinem Weizen. „So ganz richtig im Kopf ist er jedenfalls nicht mehr. Irgendwas ist da 1998 kaputt gegangen."

Kein Wunder, dachte Andersen, wenn man von einem Fahranfänger sowohl die Eltern als auch die schwangere Frau umgenietet bekommt. Würde aber auf jeden Fall zu Strassers Theorie passen, dass die Mannschaft von 82 – Strassers Mannschaft – verflucht war.

„Woher weißt du das eigentlich alles? Du bist doch gar kein gebürtiger Helltaler."

„Als Zugezogener interessiert man sich doch automatisch viel mehr für die Geschichte und die Menschen seiner neuen Heimat als die Eingeborenen. Die kennen das ja alles schon. Oder glauben es zu kennen."

Andersen nickte. Fühlte sich als Zugezogener.

Das Wladi Rockstock befand sich keine zwanzig Meter entfernt in der Weberstraße und hatte früher, als seine Homebase die Parkstraße gewesen war, neben dem Benderhof, dem Glockencafé und dem Thing – deutsch ausgesprochen, wie in ‚... wenn ihn jemand zum Thing lädt und ihn dieses Verbrechens der großen Untat beschuldigt, das er vorher mit den Wikingern begangen hatte, dann muss er auf dem Thing erscheinen und offen reden' – zu seinen zentralen Anlaufstellen in Lautern gehört. Was kein Wunder war, denn alle diese Kneipen waren fußläufig von der Parkstraße aus in weniger als fünf Minuten erreichbar. Und diese Distanz war selbst hackedicht noch zu bewältigen.

Er saß an einem Tisch auf der Empore mit Blick in den Dartbereich eine Treppe tiefer. Vor ihm ein Espresso, ein doppelter Jameson auf Eis und ein Grappa. Er nahm einen Schluck Jameson, während Back in Black nahtlos in einen Song überging, der ihn erstarren ließ und ihm eine Gänsehaut über Rücken und Arme jagte. Er drehte sich über die Schulter nach der Box an der Wand um. Starrte sie an wie ein Grenzdebiler, den 1977 mit der Urgewalt eines Tsunami überrollte ...

15
HIGHWAY STAR

Der letzte Schultag vor den Sommerferien. Ich sitze in der großen Pause alleine auf der hüfthohen Mauer, die den Hof der Grundschule umgibt, würge mir mein mit Lyoner belegtes Brot rein und beobachte aus den Augenwinkeln meine Klassenkameraden, die sich um Stefan Sindelar geschart haben und mit einem abgeranzten Lederball kicken. Etwas abseits stehen die Mädchen und beäugen die Jungs. Unter ihnen auch Claudia, die ihrer Freundin Ellen etwas ins Ohr flüstert, woraufhin Ellen kichert.

Ich lege den Kopf in den Nacken und betrachte den blauen, wolkenlosen Himmel. Ein Lächeln umspielt meine Lippen. Sommerferien. In eineinhalb Wochen werde ich mit meinen Eltern und Lene nach Lido di Jesolo fahren. Ich werde mich im heißen Sand eingraben, schwimmen, Sandburgen bauen, Comics und Bücher lesen, jeden Tag Pizza essen, meine ABBA-, Beatles- und Wings-Kassetten auf dem Grundig-Kassettenrecorder hören und träumen.

Von ihr.

Meiner Agnetha.

Ich äuge verstohlen zu ihr. Sie beobachtet fasziniert, wie Sindelar den Ball cool auf dem rechten Fuß balanciert, ihn dann in die Höhe kickt und ihn mit dem Spann des linken Fußes wieder auffängt. Er streicht sich breit grinsend eine Strähne seiner langen blonden Haare hinters Ohr und lupft den Ball weiter zu einem seiner Mitspieler, der zu überrascht ist, um ihn lässig zu stoppen, was ihm höhnisches Gelächter und fiese Sprüche der anderen einbringt.

Ich starre auf mein Brot. Ich hasse Lyoner. Mutter weiß das, aber es scheint sie nicht davon abzuhalten, mir immer wieder damit auf die Eier zu gehen. Ich nehme einen Schluck Bluna aus der Trinkflasche und äuge erneut zu Sindelar. Er hat in Helltal den Ruf, das größte Fußballtalent seit Jahrzehnten zu sein. Und er hat den Ruf, ein übler Schläger zu sein, was mit einem Ereignis vom letzten Jahr zusammenhängt, bei dem er in der großen Pause einem Mitschüler mit einem einzigen Schlag den Kiefer gebrochen hat. Weder Sindelar noch das Opfer hatten sich den Erwachsenen gegenüber geäußert, was der Auslöser für diese Gewalteskalation gewesen war, aber meine Mitschüler und ich wussten, worum es gegangen war. Dieter Hemmer, der Junge mit dem gebrochenen Kiefer, hatte Sindelar nicht zum ersten Mal als ‚Schwuchtel' und ‚Scheißpolacke' beschimpft. Bis dahin hatte Sindelar Hemmer konsequent ignoriert, aber an dem Tag hatte Hemmer sein Vokabular um ein Wort erweitert, dass Sindelar zum Ausrasten gebracht hatte:

‚Mutterficker'.

Ich war Zeuge geworden, wie Sindelar Hemmer die Faust ins Gesicht gerammt hatte, woraufhin Hemmer wie ein gefällter Baum umgekippt und eine Zeitlang, die mir wie eine Ewigkeit vorkam, nicht wieder aufgestanden war. Es hatte einen Verweis für Sindelar und eine Woche Schulausschluss gegeben. Es hatte Gespräche mit Sindelars Eltern und den Eltern von Hemmer gegeben. Meine Mutter hatte sich zu Hause abfällig über Sindelar, dessen Herkunft – Spätaussiedler aus dem Banat! Mutter aus Polen, Vater aus Österreich! Da kann man ja nichts anderes erwarten! – und mangelnde beziehungsweise nicht vorhandene Erziehung geäußert. Hatte sich wie selbstverständlich auf die Seite des Opfers geschlagen, ohne die Vorgeschichte zu kennen. Ich hatte geschwiegen. Lieber hätte ich mir die Zunge abgebissen, als zu versuchen, mit meiner Mutter über etwas zu diskutieren, das sie sowieso niemals verstehen würde. Ich bewundere Sindelar, vergöttere ihn. Für seine abgetragenen, fadenscheinigen Klamotten, seinen langen Haare, seine Fähigkeiten als Fußballer, seine lockere Art, seine Sprüche, sein Lachen und nicht zuletzt für die Brutalität, mit der er solchen Arschlöchern wie Hemmer gezeigt hat, dass es Grenzen gibt. Aber am meisten bewunderte ich ihn dafür, dass es ihm gelingt, die Blicke der Mädchen auf sich zu ziehen.

Vor allem Claudias Blicke. Wie sie ihn manchmal ansieht ...

So hat sie mich noch nie angesehen. Hat sie mich überhaupt schon mal angesehen? Hat sie bemerkt, dass es mich gibt? Vermutlich nicht. Wer nimmt schon einen kleinen, schmächtigen, bleichen Jungen wahr, der zudem noch so schüchtern ist, dass er es am Tag seiner Einschulung nicht geschafft hat, sich auf die Frage des Fotografen, ob noch jemand ohne Foto sei, zu melden? Das obligatorische Bild mit mir und der riesigen Schultüte war später an dem Tag auf unserem Balkon nachgestellt worden.

Ich sauge an meiner Bluna und frage mich nicht zum ersten Mal, warum Sindelars Eltern ihm erlauben, die Haare so lang zu tragen, während seine Mutter bei jedem Friseurbesuch akribisch auf einem akkuraten Pony besteht, der mehrere Zentimeter über den Augenbrauen endet. Und natürlich darauf, dass die Haare im Nacken nicht ansatzweise auf Tuchfühlung mit dem T-Shirt gehen. Auf meinen letztens zaghaft geäußerten Einwand hin, ich wolle mir die Haare aber lieber wachsen lassen, so wie Günther Netzer, Rainer Bonhof oder Björn Borg, hatte sie mich zusammengefaltet. „Hast du dabei schon einmal, nur einmal, auch an mich gedacht? Weißt du, was du mir damit antust? Du denkst immer nur an dich und deine Bedürfnisse. Aber damit machst du MICH zum Gespött der Leute, weil sein Sohn aussieht wie ein Mädchen und ich das auch noch zulasse! Willst du, dass das ganze Dorf hinter meinem Rücken tratscht und sich lustig über mich macht?"

Dass ICH mich gedemütigt fühle, weil ich mich durch diese beschissene Frisur zum Gespött meiner Mitschüler mache, scheint ihr egal zu sein.

In einer Ecke des Pausenhofs entdecke ich Mutter im Gespräch mit meiner Klassenlehrerin, Frau Kraus, einer anämischen, hohlwangigen Frau, deren mausgraues Kostüm um ihren zerbrechlichen Körper schlottert. Mutter sieht kurz in meine Richtung. In ihrem Blick wie üblich Skepsis gepaart mit Besorgnis. Ich versuche mir einzureden, dass es daran liegt, dass ich wieder einmal die Pause alleine verbringe, vermute aber, dass der wahrscheinlichere Grund die Frage ist, ob ich mein Pausenbrot auch wirklich aufessen werde. Ich hoffe inständig, dass sie nicht zu mir kommt und mit mir redet. Mein Stand bei den Mitschülern ist auch so schon schwer genug. Wen wundert's? Sohn der Lehrerin und des Bullen, hört ABBA und die Beatles, spricht Hochdeutsch, Scheißfrisur, Klassenbester. Ich wollte kein Streber sein, nie, und hatte auch nie Ambitionen in dieser Richtung. Und bin auch keiner. Es ist mir einfach in den Schoß gefallen, ich hatte mich dafür nicht groß anstrengen müssen. Die vage Hoffnung, dass sich das alles nach den Sommerferien durch den Wechsel auf die Hauptschule ändert, ist aufgrund der Tatsache, dass fast die Hälfte meiner jetzigen Klasse ebenfalls auf die Hauptschule wechselt, mehr als nur vage.

Ich stelle sicher, dass Mutter nicht in meine Richtung sieht und entsorge das bekloppte Lyoner-Brot mit einem gezielten Wurf in den Mülleimer, der knapp zwei Meter entfernt steht. Ich äuge zu ihr. Sie scheint nichts gemerkt zu haben. Ich grinse, nehme einen Schluck Bluna, als ich erschrocken registriere, dass der Fußball der Jungs direkt auf mich zugerollt kommt. Ohne lange zu überlegen lasse ich mich von der Mauer gleiten und stoppe den Ball mit der Sohle des rechten Fußes, in meiner Hand immer noch die Trinkflasche. Ich linse zu Sindelar, der mir gestisch zu verstehen gibt, den Ball zurückzuschießen.

Ich weiß, dass ich nur eine Chance habe. Falls ich es verkacken sollte, wäre ich bei Sindelar und den anderen endgültig unten durch und für immer als Depp abgestempelt. Falls das nicht schon längst der Fall ist.

Mein Herz pocht mir dumpf im Hals. Bienen in den Ohren. Ich spüre Sindelars Blicke und die Blicke der anderen auf mir. Spüre Claudias Blicke. Wie Nadelstiche auf der Haut. Ich blende die Blicke aus. Blende die Erwartungen aus. Blende alles aus. Starre auf den Ball zu seinen Füßen. Ich muss nur das tun, was ich seit über zwei Jahren jeden Tag alleine zu Hause auf dem Balkon geübt habe.

Ich stelle die Trinkflasche auf die Mauer und ziehe die Fußsohle abrupt nach hinten weg. Der Ball springt auf. Bevor er wieder den Boden berührt, bringe ich den Spann darunter und lasse ihn einmal, zweimal, dreimal auf dem Fuß tanzen. Kicke ihn dann in die Luft. Nehme Schusshaltung ein. Kurz bevor der Ball den Boden berührt, nehme ich ihn Vollspann. Wie in Zeitlupe fliegt der Ball auf Sindelar zu. Perfektes Timing. Eine perfekte Flanke. Halbhoch. Direkt auf den Mann. Sindelar muss ihn nur noch mit der Brust stoppen und abtropfen lassen, was er auch tut. Dann stoppt er den Ball mit der Fußsohle, sieht grinsend in meine Richtung und zeigt mir seinen nach oben gereckten Daumen.

Ich lächele kurz und setze mich wieder auf die Mauer. Aus den Augenwinkeln registriere ich, dass Claudia mit Ellen tuschelt und sie beide in meine Richtung sehen. Mein Herz hämmert wild in meiner Hühnerbrust.

Nach der Schule und der Zeugnisausgabe trainiere ich alleine mit dem Lederball auf dem Balkon. Das Grinsen, das ich seit heute Mittag im Gesicht trage, ist immer noch da. Zusätzlich befeuert durch das Geld, das ich wie üblich anstelle eines mündlichen Lobes von meinen Eltern für mein Zeugnis erhalten habe. Für jedes ‚Sehr gut' gab es drei Mark, ein ‚Gut' brachte zwei Mark und ein ‚Befriedigend' eine Mark. Ich hatte fünfmal ‚Sehr gut' und fünfmal ‚Gut'. Gesamterlös: 25 Mark. Und ich weiß auch schon genau, was ich mir davon kaufen werde: ‚Arrival' von ABBA und, falls noch genug Geld übrig ist, ‚Dedication' von den Bay City Rollers.

Ich stoppe den Ball mit der Brust und lasse ihn abtropfen, als ich einen Pfiff höre. Ich sehe mich verwundert um. Der Pfiff ertönt nochmal. Er kommt von unten, vom Sandplatz vor dem Supermarkt. Ich äuge über das Geländer des Balkons.

Sindelar.

Er sitzt auf einem orangenen Bonanza-Rad, trägt ein braunes, zerschlissenes YPS-T-Shirt, eine blaue Adidas-Trainingshose und ramponierte Puma-Turnschuhe. „Lust auf 'n Spielchen?"

Er lässt sein Rad achtlos zur Seite kippen, legt den Kopf in den Nacken, streicht sich die langen Haarsträhnen hinter die Ohren und grinst zu mir nach oben.

„Klar", erwidere ich und werfe ihm den Ball runter. Sindelar fängt ihn und dotzt ihn ein paar Mal auf. „Luftpumpe wär nicht schlecht!"

„Ist gebongt", meine ich locker, als wäre es das Normalste auf der Welt, dass das größte Fußballtalent, das Helltal seit was weiß ich wann gesehen hat, ausgerechnet mich zu einem Spielchen einlädt. Während wir bolzen, stelle ich überrascht fest, dass er mir gegenüber kein bisschen den Super-Fußballer raushängen lässt. Im Gegenteil. Ein paar Mal lässt er sich von mir sogar absichtlich ausdribbeln. Ich hab das Gefühl, er nimmt sich absichtlich zurück, um mir auch ein paar Erfolgserlebnisse zu gönnen und mich nicht unnötig zu frustrieren. Er spielt nicht gegen mich, sondern mit mir. Wir treffen uns auf Augenhöhe, was so nicht unbedingt zu erwarten gewesen wäre.

Danach sitzen wir schwitzend und erschöpft auf der Mauer, die unser Grundstück zum Sandplatz hin abgrenzt, und trinken eine eiskalte Cola, die ich besorgt habe. Sindelar hat sich den Ball zwischen die Oberschenkel geklemmt und schirmt mit einer Hand sein Gesicht vor der tief über dem Ziegelberg stehenden Sonne ab. „Was machsten so in den Ferien?"

„Urlaub", meine ich.

„Wo?"

„Italien."

„Am Meer?“

Ich nicke. Er baumelt mit den Beinen und nimmt mir die Colaflasche aus der Hand. Trinkt, ohne mit dem Ärmel über den Rand der Flasche zu wischen, was mich irritiert. „Und du?“

„Nix. Ich bleib hier.“

„Und was machst du die ganze Zeit?“

„Fußball spielen, denk ich. Oder hast du 'ne bessere Idee?“

Habe ich nicht. Ich nehme ihm wortlos die Cola aus der Hand und wische den Rand an meinem T-Shirt ab, bevor ich einen Schluck nehme. Wir beobachten eine Zeitlang schweigend das Kommen und Gehen vor dem Supermarkt. „Wer issen dein Lieblingsspieler?“

„Cruyff“, meint Sindelar.

„Guter Mann.“

„Und deiner?“

„Toppmöller.“

„Auch guter Mann. Was hörsten so?“

„Beatles. Abba. Wings. Slade. T-Rex. So Kram halt.“ Meine Vorliebe für die Bay City Rollers verschweige ich geflissentlich, da ich mir bewusst bin, dass man als Junge Sweet zu hören hat und nicht solche Weicheier wie BCR. „Und du?“

„Alles Mögliche. Was halt so im Radio läuft“, erwidert er. Wir sehen, wie vier Jungs in unserem Alter auf ihren Rädern von der Hauptstraße abbiegen und am Rand des Platzes stehenbleiben.

„Kennst du die?“

Er schirmt mit der flachen Hand seine Augen gegen die Sonne ab und kneift die Augen zusammen. „Baqué Jürgen, Groß Karl, Wintergerst Michael und Schneider Horst. Sind in der Klasse deiner Mutter.“

„Spielen die auch Fußball?“

„Na ja, sie versuchen's“, erwidert er grinsend. Die Glocken des Kirchturms schlagen dreimal. Er sieht zur Kirche. Viertel vor sechs. „Ich muss los. Mach's gut, Smörre.“ Er drückt mir den Lederball in die Hand.

„Smörre?"

„Na, von ‚Smörrebröd, Smörrebröd, Röm-Töm-Töm-Töm'. Das sagt doch der Koch aus den Muppets immer."

„Was hab ich mit dem Koch von den Muppets zu tun?"

„Der ist Däne!"

„Und?"

„Andersen ist doch ein dänischer Name, oder?"

„Mein Opa war Däne, stimmt."

„Na, siehste!"

Er springt grinsend von der Mauer, schnappt sich sein Bonanza-Rad und tritt in die Pedale. Ich sehe ihm hinterher, bis er um die Biegung der Hauptstraße verschwindet. Die Jungs aus der Klasse meiner Mutter wenden ihre Räder und fahren in die entgegengesetzte Richtung davon. Ich grinse. Ich bin nicht mehr länger der Sohn vom Andersen und der Lehrerin, ab heute hab ich einen Spitznamen.

Sindelar taucht am nächsten Tag um die gleiche Zeit wieder auf dem Sandplatz auf. Wir bolzen erneut bis kurz vor sechs. Am Tag darauf spricht er die Jungs aus der Klasse meiner Mutter an, die uns seit zwei Tagen aus sicherer Entfernung beobachten, und fragt, ob sie mitspielen wollen. Sie wollen. Am gleichen Tag entdecken wir auch den dicken Jagger, der am Rand des Platzes auf seinem Fahrrad sitzt und zu uns rüberäugt. Irgendwann nimmt er all seinen Mut zusammen und fragt Sindelar, ob er auch mitspielen kann. Sindelar mustert ihn von oben bis unten. Dann drückt er ihm den Ball in die Hand und meint, er wäre perfekt. Als Torwart. Jagger hat damit kein Problem.

Keine halbe Stunde später taucht SIE auf. Sie setzt sich mit Ellen auf die sanft ansteigende Böschung, die das Gelände seitlich zum Supermarkt hin abgrenzt und trinkt eine Sprite. Ich bin so geschockt, dass ich prompt einen einfachen Pass vergeige. Als Sindelar die beiden entdeckt, winkt er ihnen cool grinsend zu. Weder Claudia noch Ellen winken zurück. Stattdessen kichern sie und stecken die Köpfe zusammen. Später, als das

Spiel vorbei ist und alle außer mir und Sindelar gegangen sind, frage ich ihn, ob er die beiden näher kennt, woraufhin er mich komisch ansieht.

„Was ist das denn für eine Frage? Die sind doch auch in unserer Klasse."

„Ja, klar, weiß ich doch", druckse ich. „Ich meine, ob du schon mal mit denen gequatscht hast."

„Mit Ellen noch nicht so richtig."

„Und mit Claudia?"

„Ab und zu. Sie ist ja öfter dabei, wenn wir trainieren. Ihr Alter ist doch unser Trainer. Gundall Olaf. Der trainiert auch die B-Jugend. Du stehst auf sie, ne?" Er grinst mich an.

„Was? Nein. Quatsch! Schwachsinn. Wie kommsten da drauf?"

„Klar stehste auf sie. Aber wenigstens ist dann ja klar, dass du nicht schwul bist."

Er haut mir grinsend mit der flachen Hand gegen den Hinterkopf.

Am Vorabend der Abreise nach Italien liege ich mit hinter dem Kopf verschränkten Armen auf dem Bett in meinem Zimmer, während Fleetwood Mac davon singen, dass man seinen eigenen Weg gehen kann. Ich habe die Augen geschlossen und überlege, welche Bücher und Comics ich noch einpacken soll, als jemand gegen den geschlossenen Rollladen klopft. Ich schrecke hoch. Es hat noch nie jemand gegen meinen geschlossenen Rollladen geklopft. Never ever.

Ich stehe auf und ziehe ihn ein Stück hoch.

Sindelar.

Ich öffne das Fenster.

„Na, Smörre? Noch wach?"

„Klar."

„Wollt mal sehen, wie du so wohnst."

Er klettert über den Schreibtisch, der direkt am Fenster steht, ins Zimmer und sieht sich um. Auf dem Boden liegen YPS-

Hefte, teilweise noch mit Gimmicks, das KICKER-Sonderheft der Saison 1976/1977, diverse ZACK-Hefte und ZACK-Alben. Er nimmt eins der ZACK-Hefte in die Hand, murmelt „Cool" und wendet sich dann der grün gestrichenen Wand zu, an der das Bett steht. Ein FCK-Schal und eine FCK-Fahne, Poster von ABBA, Ingemar Stenmark, den Beatles, John Lennon, Björn Borg, den Wings. Aber Sindelar hat nur Augen für das Poster, auf dem sich fünf sexy Frauen in schwarzen, engen, weit ausgeschnittenen Lederklamotten gegen fünf glänzende Aluminium-Stangen drücken. Am oberen Rand des Posters steht: ‚The Runaways – Queens of noise'.

„Leckomio ...", stammelt er. „Wer issen das?"

„Na, die Runaways. Steht doch drauf."

„Ich meine, was machen die? Ist das 'ne Band?"

Ich nicke.

„Nur Frauen?"

Ich nicke.

„Rock?"

Ich nicke.

„Leckomio ... Haste 'ne Platte von denen?"

Ich schüttele den Kopf. „Nur das Poster. War in der Bravo."

„Wahnsinn ...", murmelt er. Dann entdeckt er meine Platten, die in einer Ecke des Zimmers gegen die Wand lehnen. Er geht auf die Knie und blättert sie durch.

„Ganz schön viele."

„Zwanzig oder so", meine ich achselzuckend.

Er blättert weiter. Entdeckt das erste Album von Klaatu.

„Was issen das?"

„Die Beatles."

„Hä? Und wieso steht dann Klaatu drauf?"

„Manche glauben, das sind die Beatles als Klaatu und nicht die Beatles als die Beatles."

Sindelars Gesicht ist ein einziges Fragezeichen.

„Keine Ahnung. Auf jeden Fall klingen sie genauso wie die Beatles."

Er betrachtet das Cover und scheint zu überlegen, ob er mal reinhören soll, stellt die Platte dann aber wieder zurück in den Stapel. „Was war'n deine erste Platte?"

„Klaatu", erwidere ich. Eine fette Lüge. Klingt aber wesentlich cooler als ‚Irgend so 'n K-Tel-Sampler'.

„Und deine?"

„Irgend so 'n K-Tel-Teil", murmelt er und blättert weiter in meinen Platten. Ich muss grinsen.

Sinde steht auf und geht auf die Kompaktanlage mit dem schwarz getönten Plastikdeckel zu, die am Fußende des Bettes auf einem kleinen Tischchen steht. Fasziniert und fast schon andächtig inspiziert er sie.

„Klapp auf", meine ich.

„Echt?"

„Ja, klar. Dafür ist sie ja da."

Er klappt mit spitzen Fingern den Deckel der Anlage auf. Darunter kommt ein Plattenspieler, auf dem die ‚Rumours' rotiert, ein Tape-Deck und ein Radio zum Vorschein.

„Scheiße cool", murmelt er.

„Hab ich letztes Jahr zu Weihnachten bekommen", erkläre ich ungefragt. „Wollen wir HR3 hören?"

„Immer doch!"

Ich lifte den Tonarm, nehme die ‚Rumours' vom Plattenteller, drücke den Knopf auf dem ‚Tuner' steht, während Sindelar die Platte in die Innenhülle steckt und diese dann im Cover verstaut. Man hört die Stimme eines Moderators, der erklärt, dass er jetzt einen Song von Deep Purple, die sich leider letztes Jahr nach dem Album ‚Come taste the Band' getrennt hätten, spielen werde. Und zwar ‚Highway Star' aus dem 72er-Album ‚Machine Head', als der Gitarrist Ritchie Blackmore und der Sänger Ian Gillan noch in der Band waren. Instinktiv drücke ich am Tapedeck gleichzeitig die ‚Play'- und ‚Record'-Taste.

Ein vorwärts pumpender Bass. Drums. Gitarre. Orgel. Ein sich anschleichender, langgezogener Schrei, der mir, der bis zu die-

sem Zeitpunkt nur die wohlklingenden Stimmen von Agnetha Fältskog und Paul McCartney gewohnt war und auf die Urgewalt eines Ian Gillan in keinster Weise vorbereitet ist, eine Gänsehaut über Rücken und Arme jagt. Der Schrei wird immer lauter, höher, schriller, bedrohlicher. Mündet in der ersten Strophe und einem Riff, das ich selbst im direkten Vergleich zu Helter Skelter als unfassbar schnell empfinde.

„Scheiße. Was ist das denn?", stammelt Sindelar und starrt ebenso wie ich auf die Musikanlage, als wisse diese die Antworten auf die vielen Fragen, die uns beiden gerade durch den Kopf schießen, während uns Ian Gillans Schreie erschaudern lassen. Pure Aggression. Kraft. Leidenschaft. Gewalt.

Nach der Strophe folgt ein Instrumentalteil, der in einem Riff mündet, um dann nahtlos in die dritte Strophe überzugehen. Dann das Gitarrensolo.

„Scheiße", stammelt Sindelar. „Das ist ..."

... eine komplett andere Liga als die Soli von George Harrison oder John Lennon, ergänze ich im Kopf. Das ist schnell. Verdammt schnell. Ich hab noch nie einen Gitarristen gehört, der so schnell spielen kann.

„... Wahnsinn", beendet Sindelar seinen Satz.

Die letzte Strophe ist eine Wiederholung der ersten. Dann ist Schluss. Ich stoppe das Tape und spule zurück. In der nächsten Stunde hören wir uns ‚Highway Star' immer wieder von vorne an. Ich schreibe auf einem Block mit, versuche zu verstehen, über was dieser Ian Gillan singt, kann aber nur Textfragmente raushören.

„Highway. Race. Car. Speed. Killing machine. Es geht ums Autofahren, würd ich sagen. Ums Rasen, um Geschwindigkeit. Warte ..." Ich spule vor und drücke ‚Play'.

Nobody gonna take my girl
I'm gonna keep her to the end

„Und um 'ne Frau. Also ein Girl. Ein Mädchen. Und Ian Gillan will die offensichtlich behalten. Bis zum Ende."

Sindelar starrt mich an. „Woher kannst du so gut Englisch?"

„Wir hatten bis vor ein paar Jahren amerikanische Untermieter. Ich war ziemlich oft bei denen. Da kriegt man schon ein paar Sachen mit."

„So einfach?"

„Na ja", erwidere ich. „Das hier hat auch geholfen." Ich greife ins rot-weiß gestrichene Bücherregal und drücke ihm das Beatles-Songbook in die Hand. „Sind alle Texte drin."

Er starrt von mir auf das Beatles-Songbook und wieder zurück zu mir.

„Kannst du mir das beibringen?"

„Klar."

„Hand drauf!"

Er streckt mir seine Hand entgegen. Ich schlage grinsend ein.

„Hast du nicht Lust, uns die ‚Machine Head' zu besorgen? Ich bin ja ab morgen in Italien."

Er zuckt die Schultern. „Klar. Hab aber keine Kohle."

„Aber ich." Ich gehe zum Schreibtisch, suche nach dem Umschlag mit dem Geld. Finde ihn. Krame die 25 Mark für mein Zeugnis aus dem Umschlag und drücke sie ihm in die Hand. Sindelar nickt breit grinsend. Dann stutzt er. „Äh ... wo genau soll ich die denn besorgen?"

„Na, im Pop-Shop in Lautern."

Er sieht mich fragend an.

„Kennste nicht?"

Er schüttelt den Kopf.

„In der Spittelstraße. Auf Höhe der Fußgängerzone."

„Ah, okay", murmelt er und steckt das Geld ein. Dann kratzt er sich am Kopf. „Und wie komm ich nach Lautern?"

„Mit dem Bus vielleicht?"

„Mit dem Bus. Ja, klar. Logen."

„Du warst noch nie in Lautern, oder?"

Er weicht meinem Blick aus. Dann schüttelt er den Kopf.

„Kein Problem", meine ich, „ich erklär dir, wie du hinkommst."

Er hebt den Blick und strahlt. „Aber jetzt hören wir den Song nochmal von vorne, okay?"

Ich nicke und drücke ‚Play'.

Eine Woche nach meiner Rückkehr aus Italien klopft es abends am Rollladen. Dreimal kurz, zweimal lang, dreimal kurz. Unser verabredetes Zeichen. Ich ziehe den Rollladen hoch und öffne das Fenster.

„Überraschung", grinst Sindelar und sieht triumphierend über seine Schulter.

Claudia.

Sie steht hinter ihm und lächelt schüchtern.

Mein Herz setzt ein, zwei Schläge aus. Mindestens.

„Darf ich vorstellen? Claudia, Mark. Mark, Claudia."

„Wir kennen uns doch", murmelt Claudia, wobei sie meinem Blick ausweicht. Sie trägt Jeans und trotz der sommerlichen Temperaturen ein langärmliges Sweatshirt.

„Kommt rein", krächze ich heiser. Sindelar und Claudia klettern über den Schreibtisch ins Zimmer, wobei ich mich nicht traue, ihr zu helfen, sondern nur dümmlich daneben stehe und hoffe, dass sie nicht hört, wie laut mein Scheißherz klopft, das inzwischen glücklicherweise wieder zu schlagen begonnen hat. Sie sieht sich interessiert im Zimmer um. Entdeckt meine LPs.

„Darf ich?"

„Klar", erwidere ich mit trockenem Hals. Sie setzt sich im Schneidersitz vor den Stapel und blättert durch die Platten. Auf dem Plattenteller dreht sich die ‚Queens of noise', deren Hülle so extrem nach Erdbeerkaugummi riecht.

Ich sehe zu Sindelar, der immer noch breit grinst.

„Scheiße cool, was?", flüstert er.

„Arschloch", flüstere ich zurück. „Hättest mich ruhig mal vorwarnen können. Ich hab weder geduscht noch die Haare gewaschen."

Er mustert mich gespielt nachdenklich. „Stimmt. Du siehst Scheiße aus. Richtig Scheiße." Er schnüffelt an mir. „Und du stinkst wie Scheiße. Eindeutig ein Fall für die ‚Aktion Sorgenkind'."

Ich boxe ihm gegen den Oberarm.

„War keine Zeit für Vorwarnung", erklärt er flüsternd. „Sie war beim Training. Hat mich angequatscht, von wegen was ich danach noch mache. Meinte, ich wolle zu dir, English-Lessons und so. Sie meinte, ob sie mitkommen kann. Und ich so: Klar. Smörre freut sich den Arsch ab, wenn du mitkommst. Weil: He is ..." Er überlegt. Dann grinst er. „... very much loves you."

„Hast du nicht gesagt!", zische ich.

Er schneidet mir eine Grimasse. „Nein, natürlich nicht. Musste ihr schon selbst sagen."

Claudia wendet sich zu mir um. Dabei hält sie die ‚Machine Head' in der Hand. „Stefan meinte, du bringst ihm Englisch bei."

Ich fasse es als Frage auf und nicke.

„Kann ich mitlernen?"

„Klar, kein Ding."

Sie lächelt.

Mein Herz hüpft.

„Können wir die mal auflegen?" Sie wedelt mit der ‚Machine Head' in meine Richtung. „Stefan meinte, der erste Song wäre der Hammer."

„No problem", erwidere ich auf Englisch und hoffe, dass es cool klingt.

„Ey, Lusche."

Andersen sah irritiert hoch.

Gebbi. Sturzbesoffen.

„Isshierfreinoch?", brabbelte er, setzte sich, kichernd und ohne Andersens Antwort abzuwarten, ihm gegenüber und kippte den Rest seines Jameson. Andersen trank den Grappa auf ex und steckte sich eine an, das berauschende Gefühl des Jahres 1977 immer noch im Herzen. Er dachte an Claudia – she's a killing machine – und fragte sich, wen Ian Gillan wohl im Kopf gehabt hatte, als er den Text zu Highway Star geschrieben hatte.

„Nochnabsacker?“, brabbelte Gebbi.

16
DIE AKTE TRAUTMANN

Das Loch war geschätzte eineinhalb Meter tief und hatte die Größe eines menschlichen Grabes.

Da auf sein Klingeln hin niemand geöffnet hatte, war Andersen um das heruntergekommene Wohnhaus, erbaut schätzungsweise kurz nach dem dreißigjährigen Krieg und offensichtlich niemals in den Genuss einer Sanierung oder sonst welcher aufhübschender Maßnahmen gekommen, herumgeschlichen, hatte die baufällige Scheune umquert, war der Jauchegrube, aus der es stank, als hätte dort jemand die Leichen einer ganzen Fußballmannschaft versenkt aus dem Weg gegangen und hatte dann Strasser entdeckt, der keine zwanzig Meter entfernt am Graben war. Jetzt stützte er sich auf die Schaufel und wischte sich mit dem Ärmel seines Holzfällerhemds den Schweiß von der Stirn. Betrachtete das Loch in der Wiese. Griff nach der offenen Bierdose, die neben dem Loch stand, und nahm einen Schluck. Steckte sich eine an.

Andersen stand an der Ecke der Scheune, hinter einem rostigen Trecker ohne Reifen und wurde aus alldem nicht wirklich schlau. Strasser äugte in die Grube. Dann trank er die Bierdose aus und warf sie ins Loch.

„Das ist gut. Das ist sehr gut!", glaubte Andersen zu verstehen, war sich aber nicht ganz sicher. Die Tachonadel seines Hirns war noch nicht wirklich in einem Bereich, der tiefschürfende Gedanken, geschweige denn akustische Fernanalysen zugelassen hätte.

Strasser schnippte die Kippe ins Loch, griff sich die Schaufel und arbeitete weiter. Andersen beschloss den Rückzug anzutreten, nahm sich aber vor, demnächst wiederzukommen, um sich ein genaueres Bild von Strassers Aktivitäten zu machen. Und zwar dann, wenn er sicher sein konnte, dass sich Strasser in der Zuckermodder die Kante gab, was erfahrungsgemäß bald wieder der Fall sein müsste.

Als er beim Porsche ankam – den er nach dem Saufgelage gestern Nacht mit Gebbi natürlich nicht in Lautern hatte stehen lassen; nicht aus so einem vernachlässigbaren Grund wie temporärer Alkoholmissbrauch –, klingelte sein Handy. Die Nummer sagte ihm gar nichts. Er kletterte über den Beifahrersitz und nahm ab.

„Wer stört?"

„Hey, Mark."

„Woher hast du meine Nummer, du Arsch?", blaffte er, steckte den Schlüssel ins Zündschloss und weckte den Porsche.

„Von Jörg Fischer", erwiderte Schilling.

Andersen gab Gas. „Und? Läuft die Handyüberwachung schon?"

„Bitte?"

„Erzähl mir nicht, ihr habt keine Handyüberwachung am Start."

„Haben wir nicht. Wozu auch?"

„Um über mich an Sindelars Handynummer und seinen Aufenthaltsort ranzukommen, vielleicht?

„Stefan Sindelar ist im Moment nicht unser", er räusperte sich, „primäres Ziel"

„Nein? Wer dann?"

„Darüber würde ich gerne mit dir sprechen."

Schilling stand am Kopierer, als Andersen, ohne anzuklopfen, reinkam.

„Mark. Schön, dass du es so schnell geschafft hast."

„War eh auf dem Weg nach Lautern", meinte er und dachte sehnsüchtig an sein hoffentlich bald anstehendes Gourmet-Frühstück im Café Central.

„Setz dich doch", unterbrach Schilling seine Gedanken.

„Ich steh lieber."

„Kaffee?"

Andersen nickte. Schilling ging zur Küchenzeile und goss eine Tasse ein.

„Um was geht's?"

„Ich möchte, dass du mit uns zusammenarbeitest." Er drückte Andersen die Kaffeetasse in die Hand.

„Vom gescheiterten Ex-Drogen-Cop und Ex-Junkie zum externen Berater der Mordkommission: Das nennt man wohl Karriere machen."

„Ich bin sicher, wir könnten von deinen Infos und du von unseren profitieren."

Andersen nahm einen Schluck Kaffee. Bullenplörre. Farb- und geschmacklose Scheiße ohne jeden Effekt, dem man Kaffee gemeinhin so nachsagt. „Dass ihr von meinen Infos profitiert, davon gehe ich aus, aber ich bezweifle, dass mich eure weiterbringen."

Anstatt einer Antwort ging Schilling zum Kopierer und kam mit einem Aktenordner zurück, den er ihm hinhielt. „Finde es raus ..."

„Was ist das?"

„Die Akte des Mordfalls Egon Trautmann."

Kurz darauf waren sie auf dem Weg in den Keller. Andersen hatte sich den Aktenordner unter den Arm geklemmt. „Und ihr beziehungsweise du glaubst jetzt, ich bin am richtigen Mörder dran?"

Schilling nickte.

„Wie kommst du da drauf?"

„Ich hab mir die Tapes von Stefan Sindelar angehört. Dabei ist mir klargeworden, dass ihr beide immer noch ziemlich dicke sein müsst. Ansonsten hätte er niemals so entwaffnend offen über alles erzählt."

„Und weiter?"

„Er glaubt wirklich, dass du derjenige bist, der den richtigen Mörder finden kann. Was im Umkehrschluss bedeutet, dass er es nicht war."

„Was wenn er die Tapes nur aufgenommen hat, um euch zu verarschen?"

„Netter Versuch", meinte Schilling. „Aber das kann niemand planen. Nicht mal du. Also dass wir den Wohnwagen beschlagnahmen, dabei zufällig die Tapes finden und nach dem Anhören ebenjener Tapes glauben sollten, dass er unschuldig ist. Nein, diese Tapes hat er nur für dich besprochen. Er vertraut dir. Du bist seine einzige Hoffnung. Du weißt genau, wie die Verhältnisse in Helltal sind und wer alles einen Grund gehabt haben könnte, Trautmann aus dem Weg zu räumen. Ist doch so, oder?"

„Möglich."

„Also. Was hast du herausgefunden?"

„Trautmann war ein Fremdgänger. So wie's aussieht, hat Claudia nichts davon gewusst. Im Gegensatz zum Rest des Dorfes."

Schilling starrte ihn an.

„Keine Ahnung, warum euch das keiner gesteckt hat, aber ich vermute, es hängt damit zusammen, dass der Helltaler an sich ungern mit Nicht-Helltalern und extrem ungern mit Bullen redet."

„Hast du dafür Beweise?"

„Dass der Helltaler an sich ungern mit Nicht-Helltalern und extrem ungern mit Bullen redet?"

Schilling zog eine Augenbraue hoch.

„Nein, ich kann euch nur Indizien und Insiderwissen liefern, für Beweise seid ihr zuständig."

Schilling nickte. Wenn auch zögerlich.

„Was noch?"

„Harry Leiser hat Trautmann gehasst. Martin Wagner, der Torwart des FC Helltall, übrigens auch."

„Wer behauptet das?"

Sie kamen im Kellergeschoß an. Andersen folgte Schilling durch mehrere Türen.

„Ihr habt nicht mit Steffi Becker geredet?"

„Steffi Becker?"

„Die Bedienung aus der Zuckermodder."

„Sonntagabend war nur der Chef der Zuckermodder da."

„Und der hat euch nicht gesagt, dass Steffi unter der Woche arbeitet?"

„Nein, hat er nicht."

„Habt ihr gefragt, wer unter der Woche arbeitet?"

Schweigen.

„Amateure."

„Fick dich", erwiderte Schilling trocken. Sie kamen vor einer Tür an, auf der ‚Aservatenkammer' stand. In dem fensterlosen, muffig riechenden Raum saß hinter einem kleinen Tresen ein schnurrbärtiger Mann mit Hornbrille und wirren Haaren und löste ein Kreuzworträtsel. Er sah auf, als Schilling und Andersen reinkamen.

„Hallo, Manni", grüßte Schilling und holte einen zusammengefalteten Ausdruck aus seiner Tasche, den er ihm hinlegte. „Wir wollten etwas abholen."

Manni faltete umständlich den Ausdruck auseinander.

„Da fehlt die Unterschrift der Staatsanwaltschaft."

„Dazu war keine Zeit, ich reiche die nach."

Manni nickte knapp und sah dann von Schilling zu Andersen. „Und wer sind Sie?"

„Er gehört zu mir", meinte Schilling.

„Ah ja? Ist er neu im Team?"

„Ich glaube kaum, dass das für dich von Interesse ist."

„Da täuschst du dich, Jürgen", meinte der Aservatenkammermann ohne zu lächeln. „Für mich ist alles hier von Interesse." Er musterte Andersen erneut. „Irgendwie kommen Sie mir bekannt vor."

„Mark Andersen."

„Der Sohn vom Andersen?"

Andersen nickte.

„Verstehe." Er reichte Schilling das Schriftstück zurück, schob ihm das Asservatenbuch hin und deutete auf eine Spalte. „Einmal ein Autogramm bitte. Mit Datum und Uhrzeit."

Schilling unterschrieb und reichte das Buch an Andersen weiter.

„Findet ihr's selbst, oder muss ich ran?"

„Wir kommen klar", erwiderte Schilling knapp und wandte sich ab. Andersen folgte ihm durch die engen Reihen der Metallregale, in denen Kartons, Kisten und Boxen gestapelt waren.

„Scheißnazi", knurrte Schilling, als sie außer Hörweite waren. „Was hat den zu interessieren, wer du bist?"

„Wo ist das Problem?"

„Je weniger mitkriegen, dass wir miteinander zu tun haben, desto besser."

Er blieb vor einem Regal stehen, zog einen Pappkarton heraus und knallte ihn vor Andersen auf einen Metalltisch. Andersen entnahm dem Karton seine Sporttasche und überprüfte den Inhalt.

„Traust du mir nicht, oder was?"

„Wieso sollte ich?"

Handtücher. Boxershorts. T-Shirts. Socken. Eine Kapuzenjacke. Ein Longsleeve mit einem Totenkopf. Ein weißes Longsleeve. Ein 45er-Colt inklusive zweier Schachteln Munition und eines Schulterhalfters. Er überprüfte das Magazin: voll.

„Darf ich mal deinen Waffenschein sehen?", fragte Schilling ohne zu lächeln.

„Was hältst du davon, dich ins Knie zu ficken?"

„Gute Idee. Komm ja bei dem ganzen Stress kaum noch dazu."

Andersen packte den Revolver mit der Munition in seinen Rucksack und checkte dann weiter die Sporttasche: der Drumstick von Neil Peart. Papiertaschentücher. Die Mikrokassetten und das Diktafon. „Wo sind die Kippen?"

Schilling zuckte mit den Schultern. Andersen stopfte den Aktenordner in die Sporttasche und zog den Reißverschluss zu. „Was genau ist in der Tatnacht passiert? Wo waren Leiser, Wagner und die anderen Fußballer?“

„Steht alles in der Akte.“

„Komm schon, Schilling. Kurzfassung.“

„Laut Aussage von Martin Wagner und Michael Bold sind die beiden mit ihren Wagen kurz vor Leiser, also gegen 1:15 Uhr, vom Parkplatz des Sportheims gefahren und haben dabei noch gesehen, wie Leiser zu seinem Ford Capri, gewankt ist. Laut den Aussagen von Hans Scheller und Thomas Groß, die kurz nach Wagner und Bold mit Schellers Wagen weggefahren sind, hat sich Leiser zu der Zeit neben seinem Wagen erleichtert. Weder Wagner noch Scheller, Bold oder Groß konnten aber bestätigen, dass Leiser in seinen Capri gestiegen und weggefahren ist. Leiser behauptet, er sei direkt nach Hause gefahren, hauptsächlich untermauert mit dem Argument ‚Was hätte ich da noch sollen?‘.

„Zum Beispiel auf Egon Trautmann warten, um ihn das Gesicht zu Brei zu schlagen und die Eier zu entfernen?“

„Woher weißt du, dass Trautmann ...?“

„So was zu wissen, ist mein Job“, meinte Andersen.

Schilling räusperte sich. „Leiser meinte, er sei, nachdem er neben seinen Wagen gepisst hatte, nach Hause gefahren sei. Und zwar auf direktem Weg.“

„Aber dafür gibt es keine Zeugen, nehme ich an.“

„Das nimmst du richtig an.“

Andersen schulterte die Sporttasche. „Was ist mit Sindelars Sachen aus dem Wohnwagen?“

„Die lagern hier auch irgendwo.“

„Dann her damit.“

Andersen kramte sein Handy aus der Hosentasche: 12:30 Uhr. Das mit dem Frühstück im Central konnte er wahrscheinlich knicken. „Gibt's den McDonald's am Einsiedlerhof noch?“

„Ja, klar. Wieso sollte es den nicht mehr geben?“

Weil sich Dinge manchmal ändern, dachte Andersen, sagte aber: „Sonst noch irgendwas, das ich vor dem Aktenstudium wissen sollte?“

„Eventuell, dass Trautmann Kokser war“, meinte Schilling.

Aus den Boxen des Porsche dröhnte Circumstances von Rush. Sein Rucksack lag auf dem Beifahrersitz, der Karton mit Sindelars Sachen und die Sporttasche im Kofferraum. Er cruiste auf der Kaiserstraße in Richtung Einsiedlerhof. Düstere mattgraue Wolken trieben über den Himmel. Zu seiner Rechten die Gleise der Regionalbahn und Ausläufer eines Containerbahnhofs, links das eingezäunte, weitläufige Gelände der US-Army. Ein Baseballplatz mit Holztribünen. Burger King. Eine Schule. Ein Bowling-Center. Die PX. Kentucky Fried Chicken. Ein Basketballplatz. SUVs mit HK-Kennzeichen. Straßen, die mit road blocks versperrt waren.

Welcome to K-Town, der Hauptstadt des 51st State der US of A, dachte er. Ein von der Pfälzer Realität abgeschottetes Amerika en miniature am westlichen Stadtrand von Kaiserslautern.

Er bog am Einsiedlerhof links in Richtung McDonald's ab und fuhr direkt zum Schalter des Drive-in durch. Bestellte einen Big Mac, Pommes und Mineralwasser. Da er nicht das geringste Bedürfnis verspürte, sich mit pubertierenden Rotzlöffeln Tisch und Stuhl zu teilen, und der Parkplatz des McDo so gut wie voll war, fuhr er die parallel zur Kaiserstraße verlaufende Straße ‚Im Haderwald‘ weiter und sah sich nach einer geeigneten Abstellmöglichkeit für den Porsche um. Gebrauchtwagenhändler säumten die Straße. Die meisten hatten ausschließlich amerikanische Wagen im Angebot, weshalb die Werbung dementsprechend auch konsequent in Englisch gehalten war. Er parkte halb auf dem Bürgersteig, packte den Big Mac aus, schüttete die Pommes in die Tüte mit dem gelben M-Logo und frühstückte. Sah dabei nach links. Die in Neonrot blinkenden Wörter Eros-Center und OPEN explodierten in seinem Kopf.

Er hustete und verschluckte sich fast an den zwei Lagen reinen Rindfleischs. Er griff nach dem Mineralwasser und nahm einen langen Schluck. Versuchte seinen synkopisch pochenden Herzschlag unter Kontrolle zu bekommen. Erfolglos. Er schlang den Rest des Big Macs runter, stieg aus, steckte sich eine an, verriegelte den Porsche, schaltete sein Handy aus, überquerte die Straße und ging auf den Eingang zu. Schnippte die Kippe weg und betrat das Eros-Center. Ein trister Vorraum, der in blaues Dämmerlicht getaucht war. Eine Treppe führte hoch in den ersten Stock zu einer Art Galerie, von der aus kreisförmig die Zimmer abgingen. Einen zweiten Stock gab es nicht. Er war der einzige Freier. Der süßliche, schwere Geruch des Parfums, das die meisten Damen des horizontalen Gewerbes bevorzugten, passte wie eine perfekt sitzende Lederjacke, legte sich um ihn, hüllte ihn ein, kroch in seine Nase, hinter seine Schläfen und zwischen seine Beine.

Die meisten der an die zehn Zimmer waren geschlossen. Hinter der ersten offenen Tür lag eine schlanke, solariumgebräunte Frau, die er auf Mitte 20 schätzte. Sie hatte platinblond gefärbte und künstlich bis zum Arsch verlängerte Haare, gezupfte Augenbrauen, war stark geschminkt und trug einen Nasenring. Sie lag mit dem Bauch auf dem Bett und blätterte in der Cosmopolitan. „Na, du?", flötete sie und setzte sich lasziv auf die Bettkante. „Lust auf ein bisschen Spaß?"

„Später vielleicht", log Andersen und schlenderte weiter. Die nächste offene Tür. Dahinter stand eine Frau mit dem Rücken zu ihm. Sie hatte sich nach vorne gebeugt und kämmte ihre langen, schwarzen Haare. Sie trug kniehohe Stiefel und einen kurzen Latex-Minirock. Er starrte auf ihren perfekten Knackarsch, als sich die Frau umdrehte. Andersen starrte sie an. Die Frau starrte Andersen an.

„Mark ...", murmelte sie.

Die Schwellung ihrer Oberlippe und das Veilchen unter ihrem rechten Auge waren nur noch zu erahnen. Bevor er etwas erwidern konnte, zog sie ihn eilig ins Zimmer und schloss hinter ihm ab. Als hätten sie sich abgesprochen, begannen sie gleichzeitig zu stammeln.

„Hör zu, ich ..."

„Es ist nicht so, wie du ..."

Sie brachen ab. Andersen hoffte, dass sie die fast schon unvermeidliche Frage „Was machst du hier?" nicht stellen würde, zumal er diese dann mit „Das gleiche könnte ich dich fragen" hätte kontern müssen. Doch sie fragte nichts, sondern murmelte nur „Setz dich", wobei sie auf das Bett deutete, das mit einem roten Stretchbezug aus Frottee bezogen war. Darauf lag ein Handtuch. Andersen setzte sich und musterte sie. Sie sah sexy aus. Sehr sexy. Dezente Schminke. Rote Lippen. Kajalumrandete Augen. Sie trug einen roten Lack-BH und den ihm bereits bekannten kurzen Latex-Rock, der so genial ihren Knackarsch betonte.

„Tja", meinte Steffi Becker und setzte sich neben ihn.

„Tja", meinte Andersen und versuchte angestrengt nicht auf ihre wunderschönen, dezent gebräunten, schlanken Beine zu starren. Stattdessen sah er sich im Zimmer um. An der gegenüberliegenden Wand ein kleiner Glastisch, ein Zweisitzer-Ledersofa. Ein Fenster, vor dem ein schwerer, blickdichter, roter Vorhang hing. In der Ecke ein kleines Waschbecken. Ein Schrank. An den Wänden Fotografien von weiblichen Genitalien in Großaufnahme.

„Ich schätze mal, du hast dich weder verlaufen noch warst du gerade zufällig in der Gegend ..."

Er schüttelte den Kopf.

„Und? Wie geht's jetzt weiter?"

Er zuckte mit den Schultern. Realisierte, dass sie nach Honig und Sommer roch.

„Was auch immer es sein wird, ich hab gerade ein kleines Problem ..."

„Wenn deine Tür zu ist, bist du für andere nicht verfügbar. Und verdienst dann auch keine Kohle", ergänzte Andersen.

Sie nickte.

„Kein Ding." Er zückte sein Portemonnaie. „Wie viel?"

„Viertel Stunde, halbe Stunde oder Stunde?"

„Viertel Stunde."

„Dreißig."

Er drückte ihr drei Zehner in die Hand. Sie packte die Kohle in ihre Handtasche.

„Soll ich mich ausziehen?"

„Nicht nötig. Ich will nur ... reden."

„Kommt mir entgegen", meinte sie lächelnd.

„Kann man hier rauchen?", fragte er, obwohl er die Antwort aufgrund seiner langjährigen Erfahrung im Rotlichtmilieu natürlich wusste.

„Klar." Sie schwebte zu dem kleinen Glastisch und kam mit einem Aschenbecher zurück, den sie zwischen sich und ihm aufs Bett stellte. Er steckte sich eine an und hielt ihr das Päckchen hin. Sie zögerte.

„Sorry. Du wolltest ja aufhören."

„Scheiß drauf", sagte sie und griff sich eine. Andersen gab ihr Feuer.

Schweigend nahmen sie ein, zwei Züge.

„Darf ich dich was fragen?", unterbrach er die Stille.

„Logisch. Hast ja dafür bezahlt."

„Wie lange ..." Er brach ab.

„Wie lange ich das schon mache?"

Er nickte.

„Fünf Jahre."

Ihm lag die Frage nach dem Warum auf der Zunge, aber die Frage war komplett bescheuert, da es immer gute Gründe gab, sein Geld auf diese Art zu verdienen. Und abgesehen davon, war er sowieso der Letzte, der so eine Frage stellen sollte, da er schließlich einer von denen war, die von Frauen wie Steffi profitierten. Er entschied sich deshalb für die Frage, die sie ihm Samstagnachmittag im Café Central nicht wirklich beantwortet hatte.

„Hattest du was mit Trautmann?"

„Warum schlafende Hunde wecken? Er ist unter der Erde, das ist alles, was zählt."

„Er war ein Scheißarschloch, stimmt's?"

„Wenn du's genau wissen willst: Ja, war er."

„Und du glaubst wirklich, Leiser hat ihn umgebracht?"

Sie nickte. „Letztlich ist es mir aber scheißegal, wer ihn auf dem Gewissen hat. Ich weiß nur, dass er es verdient hat." Sie drückte ihre Kippe aus.

„Und wieso?"

Sie lachte auf.

„Was ist so lustig an der Frage?"

„Du weißt nichts, gar nichts."

„Ich weiß. Deshalb frag ich ja dich."

Ein Lächeln umspielte ihre Mundwinkel. „Irgendwie bist du süß."

Sie legte eine Hand auf seinen Oberschenkel.

„Nicht halb so süß wie du", erwiderte er heiser.

„Hast du noch 'ne Kippe?", fragte sie und zog die Hand von seinem Oberschenkel weg. Er kramte fahrig seine Kippen aus der Hosentasche und drückte sie ihr in die Hand. „Geschenk des Hauses."

„Oh. Danke."

Sie steckte sich eine an.

„Wo warst du eigentlich in der Tatnacht?"

„Hier."

„Wie oft bist du hier?"

„Meistens von Samstag bis Montag. Manchmal auch von Donnerstag bis Samstag. Die anderen Tage arbeite ich in der Zuckermodder."

„Hast du Schulden? Oder so hohe laufende Kosten, dass du beide Jobs machen musst?"

„Nein. Nur 'ne Mutter." Sie lächelte traurig, erklärte aber nicht weiter, was sie damit meinte und er hakte nicht nach, weil: Klang irgendwie ungut und nach Drama. Und sein Bedarf an unguten Dingen und Dramen war durch die letzten 20 Jahre für den Rest seines Lebens gedeckt. Sie zog den Rauch tief in ihre Lunge, drückte die Kippe halb geraucht im Aschenbecher aus und sah dabei auf ihre Armbanduhr. „Die Viertelstunde ist gleich rum."

Andersen nickte und erhob sich. Sie brachte ihn zur Tür.

„Kommst du mich die Tage mal in der Zuckermodder besuchen?“

„Wenn du vorher Leiser und seine Kumpels rauswirfst, gerne.“

„Mal sehen, was sich machen lässt“, meinte sie grinsend. Dann schloss sie auf und verabschiedete sich mit einem Küsschen auf seine Wange. Wie einen guten alten Freund. Oder wie einen Freier, der zwar gezahlt hatte, aber nicht zu einem happy ending gekommen war.

Life's a piece of shit, when you look at it, dachte Andersen. Manchmal ist es echt von Vorteil, nicht hinzusehen. Theoretisch machbar, in der Praxis selten umsetzbar.

17
MUSENSAAL

Andersen hatte sich ein Bier geöffnet und saß jetzt auf der Couch in der Einliegerwohnung. Vor ihm auf dem Tisch die Akte des Mordfalls Trautmann. Er betrachtete die Fotos von Trautmanns Leiche, die er in schlechterer Qualität auch schon von den Handyfotos von Lothar Zirkel kannte.

Laut Obduktionsbericht waren Hirnblutungen aufgrund massiver stumpfer Gewalteinwirkung im Schädelbereich – Zertrümmerung des vorderen Schädeldachs, des Stirn- und Nasenbeins, des Jochbeins sowie des Ober- und Unterkiefers – die Todesursache. Es gab keinerlei Anzeichen, dass sich Trautmann gewehrt hatte. Kein fremdes Blut, keine Hautreste unter den Fingernägeln, keine Spuren eines Kampfes. Die Kastration hatte dem Bericht der Pathologie zufolge post mortem stattgefunden und war mit einem handelsüblichen scharfen Messer mit langer Klinge ausgeführt worden, das bis jetzt aber nicht gefunden werden konnte. Im Gegensatz zu dem Tatwerkzeug, mit dem Trautmanns Gesicht zu Brei geschlagen worden war: Ein Luftgewehr, das aus der gleichen Serie stammte wie die Luftgewehre aus dem Schießwagen der Schausteller und das in der Nähe des Tatorts gefunden wurde. Fingerabdrücke: Die von Sindelar und weiteren, aber unbekannten Personen, mutmaßlich den Gästen der Kerwe, die damit geschossen hatten. Weiterhin gab es seitenweise Zeugenaussagen zu den Ereignissen, die sich Samstagabend auf dem Dorfplatz zugetragen hatten. Allen gemeinsam war der Tenor, dass die Aggression eindeutig von Sindelar ausgegangen war und Trautmann, Leiser, Wagner und Groß letztlich nur aus Notwehr gehandelt hätten. Nicht vollständig geklärt werden konnten allerdings – wie Andersen schon von Schilling wusste – die Ereignisse im Sportheim kurz vor dem Mord. Festzustehen schien, dass Trautmann, neben dem Inhaber Emil Lösch, der letzte Gast an dem Abend gewesen war. Und dass sein Mörder irgendwo in der Nähe des Sportheims auf ihn gewartet haben musste.

Er klappte die Akte zu.

Ich brauche einen Drink, dachte er. Jetzt.

Gegen 22 Uhr hatte er die Akte durch.

Sein Magen knurrte, sein Kopf war vom Whiskey benebelt. Er versuchte die ganzen Informationen zu verarbeiten. Vor allem diese eine Info bezüglich Sindelar, die ihn gerade – unabhängig vom Whiskey und neben der bereits von Schilling angedeuteten Info, dass man bei einem Haartest bei Trautmann eine sehr hohe Restkonzentration von Kokain entdeckt hatte, was auf einen langjährigen Missbrauch hindeutete – komplett aus der Bahn zu werfen drohte.

Sein Blick fiel auf die Konzerttickets, die wild durcheinander neben den alten Band-T-Shirts auf der Couch lagen. Obenauf das Ticket des Gillan-Konzerts vom 11. März 1982 im Mannheimer Musensaal. Er betrachtete es einige Sekunden lang.

Die Dämmerung und der Nebel kriechen wie ein verliebtes Pärchen Hand in Hand über den leeren Dorfplatz. Ich sitze fröstelnd auf dem Geländer des Gehwegs, der die Pirminiusstraße mit dem Dorfplatz verbindet, streiche mir die langen Haare hinter die Ohren, krame meine Kippen aus der Lederjacke und stecke mir eine an. Dann entdecke ich sie. Sie kommt aus Richtung Pirminiusstraße. Blonde lange Haare. Scharf geschnittener Pony. Jeans. Stiefel. Pullover. Braune Lederjacke.

Meine Agnetha Fältskog.

Leider ist sie aber auch Sindelars Agnetha Fältskog.

Beziehungsweise dessen Ellen Foley.

Nicht dass einer von uns diesen Anspruch aufgrund solcher unzweideutigen Ereignissen wie Zungenküsse, Petting oder Ficken ableiten kann, denn Claudia hat sich in der Hinsicht bis jetzt immer sehr geschickt einer Entscheidung für einen von uns beiden entzogen.

„Claudi."

„Mark."

Sie nimmt mir lächelnd die Kippe aus dem Mund und drückt mir einen schmatzenden, feuchten Kuss auf die Lippen. „Hast du die Karten?"

„Ist der Papst katholisch?"

„Schätze schon."

Ich ziehe die drei Tickets, die ich über den Pop-Shop bestellt habe, aus der Jackentasche und zeige sie ihr.

„Cool", meint sie und gibt sie mir zurück. „Wo ist Stefan?"

„Noch nicht da. Schätze, der rubbelt sich noch einen ab."

„Man soll nicht immer von sich auf andere schließen."

Sie knufft mich mit der Faust gegen die Schulter.

„Hey!"

Sie grinst und knufft mich erneut.

„Ich warne dich. Noch einmal und …"

„Und was?"

Wirst du zwangsgevögelt, denke ich, sage aber: „Wirst du zwangsgekitzelt."

Sie grinst erneut und knufft mich.

„Okay. Du hast es nicht anders gewollt …"

Ich lasse mich vom Geländer gleiten und schnappe sie mir. Sie quiekt, schreit und kiekst, wehrt sich aber nur halbherzig. Ich schleppe sie ein paar Meter weiter in Richtung Dorfplatz und werfe sie mit dem Rücken auf den von Raureif überzogenen, feuchten Rasen. Setze mich auf sie und beginne, sie im Hüftbereich zu kitzeln. Sie kichert und versucht nach mir zu schlagen. Ich weiche den Schlägen aus und kitzele sie weiter. Sie prustet, giggelt, schlägt erneut nach mir, woraufhin ich ihr die Arme auf den Boden drücke.

„Genug?"

Sie japst kichernd nach Luft.

„Genug?"

„Jaaaaaaaa!"

Ich lasse sie los. Sie lächelt mich an. Dann schließt sie die Augen und verschränkt die Arme hinter dem Kopf. „Ich wette, du traust dich nicht ..."

„Was trau ich mich nicht?"

Sie stützt sich auf die Ellbogen und streckt mir ihren Oberkörper entgegen. Trotz des Pullovers zeichnen sich deutlich ihre Brüste darunter ab. Kein BH.

Ich zögere.

„Feigling", sagt sie und grinst breit. Ohne nachzudenken lege ich meine Hände auf ihre Brüste. Ein Schauer durchläuft mich. Ich kann ihre Brustwarzen spüren. Die Rundungen ihrer kleinen, festen Brüste. Ihre Wärme. Ich drücke sanft zu. Sie schnappt nach Luft. Dann hören wir das typische Dröhnen von Jaggers Yamaha XT 500. Ich äuge über die Schulter. Jagger und Ellen. Sie kommen direkt auf uns zugefahren. Claudia sieht sie ebenfalls. Eilig nehme ich die Hände von ihren Brüsten und stehe auf. Reiche ihr die Hand und ziehe sie hoch. Jagger bringt die XT mit quietschenden Reifen vor uns zum Stehen.

„Hey."

„Hey."

„Was macht ihr?"

„Ficken", antworte ich, woraufhin Claudia mir gegen mein Schienbein tritt und richtigstellt: „Auf Stefan warten."

Ellen steigt vom Sozius und begrüßt Claudia mit Küsschen.

„Und selbst?", frage ich.

Jagger wuchtet seinen Schwabbelkörper von der Enduro. „Fahren so rum. Vielleicht später noch ins Provinz."

„Was für'n Film?", will Claudia wissen.

„‚Der letzte Tango in Paris'", sagt Ellen.

„Der steht auch noch auf unserer Liste."

„Vielleicht auf deiner und Stefans", korrigiert Claudia.

„Habt ihr schon was vor?", fragt Ellen.

Claudia nickt. „Konzert in Mannheim."

„Wer denn?"

„Kennste eh nicht", sage ich. Ellen zieht eine Schnute. Dann taucht Sindelar auf. Er hat einen Rucksack mit einem Sixpack Bitburger dabei. Wir verabschieden uns knapp von Jagger und Ellen und machen uns auf den Weg zur Barbarossastraße. Wie immer schicken wir Claudia vor, die den Daumen rausstreckt und halten uns im Hintergrund. Kein zehn Minuten später hält ein Mercedes 280 SE mit einer mittelalten Frau am Steuer, die uns bis zur Auffahrt der A6 nach Mannheim mitnimmt. Kurz darauf werden wir von einem Ehepaar um die 50 in einem Audi 200 mit Mannheimer Nummernschild aufgegabelt und in Mannheim an der Uni rausgeworfen. Von der Uni bis zum Rosengarten sind es nur ein paar Minuten zu Fuß. Sindelar fummelt ein Bitburger aus seinem Rucksack und reicht es mir. Ich öffne die Flasche mit seinem Feuerzeug. „Hau weg den Scheiß."

Ich nehme einen Schluck und drücke Sindelar das Bier in die Hand. Beäuge dabei verstohlen Claudia aus den Augenwinkeln. Versuche in ihrem Verhalten, ihren Gesten, ihrer Körpersprache Hinweise darauf zu finden, dass sich irgendetwas durch die Aktion auf dem Dorfplatz zwischen uns geändert hat.

Finde keine.

Vor dem Rosengarten wartet die übliche Mischung aus Kuttenträgern, langhaarigen Rockerbräuten in engen Jeans und Lederhosen und kurzgeschorenen, schon reichlich angesoffenen Soldaten der US-Army auf Einlass. Kurz darauf stehe ich mit Claudia in der Nähe des Merchandise-Standes im hinteren Teil des schlauchförmigen Musensaals. Wir teilen uns ein Bier. Sindelar ist nach vorne gestürmt, da Tygers Of Pan Tang gerade die Bühne geentert haben.

Claudia trinkt das Bier aus und lässt den Becher zu Boden fallen. Dann nimmt sie meine Arme und legt sie sich über die Schultern. Umfasst mit beiden Händen meine Hüfte und sieht mir in die Augen.

„Will he offer me his mouth?“, brüllt sie gegen die Lautstärke an.

Ich nicke.

„Will he offer me his teeth?“

Ich nicke.

„Will he offer me his jaws?“

Ich nicke.

„Will he offer me his hunger?“

Ich nicke.

„Again. Will he offer me his hunger?“

Ich nicke.

„And will he starve without me?“

Ich nicke.

„And does he love me?“

Ich zögere. Kurz. Sehr kurz. Dann nicke ich.

„Das ist gut“, brüllt Claudia und lächelt dabei. Dann küsst sie mich mit Zunge und hält mich mit beiden Händen an der Hüfte umarmt. Ich lege ihr die Hände in den Nacken und knabbere an ihrer Oberlippe. Spüre ihre Zunge auf meiner Unterlippe. Ihre Hände wandern unter mein Shirt. Dann löst sie sich von mir.

„Das ist gut“, brüllt sie erneut, „das ist sehr gut.“

Ob sie das auf das Meat-Loaf-Zitat und die Beantwortung der Frage, ob der Typ sie lieben würde, oder auf den Zungenkuss bezieht, wird nicht wirklich deutlich. Sie sieht über meine Schulter. Ihr Lächeln wirkt plötzlich gequält.

Ich folge ihrem Blick. Hinter mir steht Sindelar, in seiner Hand ein Bierbecher. Sein Blick eine Mischung aus Verblüffung und Wut. Er starrt Claudia an. Dann mich. Claudia greift sich seine Hand und zieht ihn zu sich ran. Nimmt sein Gesicht in ihre Hände und küsst ihn so, wie sie mich geküsst hat. Sindelar schließt die Augen. Seine freie Hand legt sich auf ihre Hüfte. Claudias Hand findet gleichzeitig meine Hand. Drückt sie, hält sie fest, während sie Sindelar küsst. Ich nehme Sindelar den Bierbecher aus der Hand und trinke ihn aus. Dann beuge ich mich zu den Küssenden und rülpse ihnen ins Ohr. Sindelar und Claudia lösen sich voneinander. Müssen grinsen.

„Ich hol mal Nachschub", meint Claudia und verschwindet in Richtung Bierstand. Sindelar sieht fragend zu mir. Ich zucke mit den Schultern.

Als Ian Gillan – schwarze Lederhose, weißes T-Shirt, ärmellose blaue Kutte – und seine Band – Towns, McCoy, Underwood, Gers – eine halbe Stunde später mit ‚Secret of the Dance' ihr Set eröffnen, stehen wir halblinks vor der Bühne, keine zwei Meter von ihm entfernt. Claudia steht zwischen uns, in ihrer Hand ein Bierbecher. Sie bangt im Takt der Musik und lässt ihre langen Haare fliegen. Sindelar reckt die Faust nach oben und grölt den Song mit. Ich greife mir Claudias Bier und nehme einen Schluck. Ich stehe so dicht vor dem Helden meiner Kindheit, dem Mann, der ‚Highway Star' gesungen hat und den ich nun zum ersten Mal live erlebe, und habe nur Augen für sie. Zermartere mir das Hirn über das, was heute zwischen ihr und mir passiert ist. Was zwischen ihr und Sindelar passiert ist. Was zwischen uns allen passiert ist. Werde nicht schlau daraus.

Seit Jahren habe ich von diesem Kuss geträumt, mir ausgemalt, wie es sein würde, wie sie schmecken würde, was danach passieren würde. Und was passiert danach? Nichts, was vorher nicht auch passiert wäre. Dicke Freunde, beste Kumpels. Der altbekannte Scheiß. Zu wenig zum Leben, zu viel zum Sterben. Und jetzt steht sie neben mir, lächelnd den Blick auf Ian Gillan gerichtet, mit dem Kopf im Takt des Songs headbangend. Kein Händchenhalten, kein Körperkontakt, keine verliebte Blicke. Nicht der geringste Hinweis darauf, dass wir jetzt zusammen sind.

Unisono mit Ian Gillan brüllt mir Sindelar ins Ohr. „I was getting loaded, so I touched her and exploded. That was it, I knew my life would never be the same!"

Wir sehen zu Claudia, die uns angrinst. Unverfänglich. Wie immer.

Nach ‚Smoke on the Water', der letzten Zugabe und dem einzigen Purple-Song des Abends, stehen wir vor dem Rosengarten. Sindelar, einen schwarz-weißen Gillan-Schal um den Hals, reicht

Claudia den Bierbecher. Ich stecke mir eine an. Die Konzertbesucher stehen in Grüppchen zusammen, palavern, trinken, grölen ‚Smoke on the Water'.

„Wir sind fucking zu spät geboren", meint Sindelar. „Nichts gegen Gers, Towns, Underwood und McCoy, aber eigentlich sollten auf der Bühne neben Gillan doch Blackmore, Glover, Lord und Paice stehen, oder?"

„Paice steht nicht, du Nase", korrigiere ich. „Oder hast du schon mal einen Drummer im Stehen spielen sehen?"

Sindelar haut mir gegen den Hinterkopf.

„Wie spät isses?", fragt Claudia und steckt sich eine an.

Sindelar checkt seine Uhr. „Kurz nach elf."

„Heim?"

Sindelar und ich nicken. Auf dem Weg zurück zur Uni legen wir noch einen Zwischenstopp an einer Imbissbude ein, besorgen uns ein paar Bier für unterwegs und teilen uns zwei Currywürste mit Pommes. Auf der Straßenseite in Richtung Ludwigshafen schicken wir wieder Claudia vor, die routiniert ihren Daumen unter einer Straßenlaterne in die Luft hält, während Sindelar und ich nebeneinander im Gebüsch stehen und pissen. Ich erledige das freihändig, da ich zusätzlich zu meiner Bierdose auch noch Sindelars halten muss.

„Smörre?"

Ich sehe meinen Freund von der Seite an.

„Warum tut sie das?"

„Warum tut sie was?", frage ich, obwohl ich genau weiß, was er meint.

„Warum küsst sie uns beide?"

Er lässt abtropfen und packt sein Ding zurück in die Hose. Ich zucke mit den Schultern und reiche ihm die Bierdosen. Während ich abtropfen lasse und einpacke, sehe ich über die Schulter zu Claudia, die an der Straße steht und keck mit dem Daumen wackelt, während die Autos an ihr vorbeirasen.

„Meinst du, das ist so was wie 'n Spiel für sie?"

„Keine Ahnung."

Er gibt mir meine Bierdose zurück.

„Komm schon, Alter. Was denkst du?"

„Vielleicht liebt sie uns beide."

„Und kann sich nicht entscheiden, oder was?"

Ich zucke mit den Schultern. Wir sehen zu Claudia. Ein blauer Mercedes Benz 280 SE hält direkt neben ihr. Die Beifahrertür wird von innen geöffnet. Claudia beugt sich ins Innere des Wagens und redet mit dem Fahrer. Dann dreht sie sich zu uns um und winkt uns zu sich.

Sie sitzt auf dem Beifahrersitz, ich neben Sindelar auf der Rückbank. Der Fahrer, ein gutaussehender Mann mit Dreitagebart, einem hellen Jackett und Jeans, den ich auf Mitte 30 schätze, schiebt eine Kassette in die Anlage des Benz. „Mögt ihr Miles Davis?", fragt er, während wir den Rhein überqueren.

„Klar", erwidert Sindelar, der hinter dem Fahrer sitzt und aus dem Seitenfenster starrt. „Ungefähr genauso wie Pickel auf der Nille."

Claudia und ich kichern.

„Soll ich etwas anderes einlegen?"

„Schon okay", meint Claudia. „Kein Problem. Wir sind hart im Nehmen."

Der Fahrer lächelt sie an. „Ich bin übrigens Andreas."

„Claudia."

„Schöner Name", meint der Fahrer. Er sieht in den Rückspiegel. „Und ihr?"

„Willy Wichsknödel", sagt Sindelar.

„Adolf Goebbels", sage ich.

Claudia kichert.

„Aha", sagt der Fahrer. „interessant."

Er dreht die Lautstärke hoch und Miles Davis' Trompete fräst sich in unsere Gehörgänge.

Als wir auf die A61 auffahren, höre ich, wie der Fahrer Claudia fragt, wie alt sie sei.

„16. Werd im August 17."

„Nettes Alter", meint er lächelnd. Ich reiche Sindelar die Bierdose, der sie austrinkt, mit einer Hand zerdrückt und in den Fußraum pfeffert. Der Fahrer dreht sich zu ihm um.

„Irgendein Problem, Meister?", zischt Sindelar.

„Nein. Fühlt euch wie zu Hause."

Auf der A6, kurz hinter Grünstadt, beugt sich der Fahrer zu Claudia. Ich glaube zu verstehen: „Ist einer von denen dein Freund?"

„Was gibt's da zu tuscheln?", mischt sich Sindelar ein.

Der Fahrer wirft ihm einen kurzen Blick über die Schulter zu. „Alles easy, junger Mann, keine Panik."

„Ich hab keine Panik. Ich will nur wissen, was es da zu tuscheln gibt."

Der Fahrer lacht auf. „Wer bist du? Ihr Beschützer, oder was?" Er legt Claudia eine Hand auf den Oberschenkel und sieht sie an. „Ich glaube, du kannst ganz gut selbst auf dich aufpassen, nicht wahr?"

Was dann passiert, passiert schnell.

So schnell, dass ich erst nach ein paar Sekunden der Schockstarre realisiere, dass es passiert. Sindelars Hand krallt sich in die Haare des Fahrers und drischt dessen Kopf mehrmals gegen den oberen Teil des Lenkrads. Blut spritzt. Ein ekelhaftes Knacken übertönt die Trompete von Miles Davis. Der Wagen kommt ins Schlingern. Claudia schreit. Ich beuge mich instinktiv über die Mittelkonsole nach vorne, greife ins Lenkrad und reiße es nach rechts. Der Benz schlittert auf den Standstreifen, prallt gegen die Leitplanke und schrammt an ihr entlang. Das Knirschen von Metall auf Metall. Dann wird der Motor abgewürgt. Der Wagen macht einen Satz nach vorne und kommt abrupt zum Stehen. Bevor ich reagieren kann, reißt Sindelar die Tür auf und stürzt zur Fahrerseite. Zerrt den wimmernden Fahrer, dessen blutiges Gesicht eine einzige Fratze des Schmerzes ist, an den Haaren vom Sitz und schleift ihn um den Wagen herum, nach vorne zur Motorhaube. Ich schalte das Warnblinklicht des Benz ein und stürze zusammen mit Claudia aus dem Wagen. Wir kriegen mit, wie Sindelar dem Fahrer, der in gekrümmter Haltung auf dem

Boden liegt und versucht, seinen Kopf zu schützen, immer und immer wieder tritt. In die Nieren. Den Bauch. Den Rücken. Gegen den Kopf. Dabei brüllt er wie von Sinnen: „Du Stück Scheiße! Du Scheißwichser! Ich mach dich kalt!"

„Stefan! Hör auf!", brüllt Claudia panisch über den Lärm der vorbeirasenden Autos hinweg. „Du bringst ihn um!"

Sindelar scheint sie nicht zu hören und tritt weiter auf den am Boden liegenden Mann ein. Ich stürme auf ihn zu und schubse ihn mit beiden Händen gegen den Brustkorb. Er torkelt nach hinten, kann sich gerade noch auf den Beinen halten.

„Hast du sie noch alle? Was soll der Scheiß, Mann?", schreie ich. Sindelar legt den Kopf schief und beäugt mich, als wäre er gerade aus einem tiefen Traum erwacht. Dazu passend reibt er sich kurz die Augen. „Wieso schubst du mich, du Arsch?"

„Willst du mich verarschen, du Penner?"

„Nein. Ich ...", stammelt er. Er wirkt völlig neben sich stehend.

„Du dummes Arschloch! Du scheißdummes Arschloch! Du bist doch komplett durchgeknallt!"

Sindelar sieht mich an. In seinem Blick Unverständnis, Verwirrung. Er scheint nicht zu kapieren, um was es geht. Wirkt wie autistisch.

„Alter, ich fass es nicht! Du hättest ihn fast umgebracht!"

„Mark?"

Ich drehe mich zu Claudia um. Im Licht der Scheinwerfer des Benz sehe ich, wie sie bei dem Fahrer kniet, der sich eingerollt hat, seine Knie mit beiden Händen umfasst hält und unkontrolliert am ganzen Körper zittert. Sein helles Jackett ist blutverschmiert. Auf seinen Jeans, auf Höhe der Lenden, zeichnet sich ein dunkler Fleck ab.

„Scheiße", stammelt sie. „Was machen wir jetzt?"

Ich atme tief durch und lege den Kopf in den Nacken. Es ist bewölkt. Keine Sterne. Kein Mond. Ich spüre, wie das Adrenalin in Schüben durch meinen Körper pumpt und alle Konturen und die Gedanken schärft, während die Autos auf der A6 an uns vorbeirasen.

„Wir rufen einen Krankenwagen. Da vorn ist 'ne Notrufsäule."

„Und was wollen wir denen erzählen?", fragt Claudia. „Dass sich der Kerl selbst so zugerichtet hat, oder was?"

„Bis die hier sind, sind wir längst weg."

„Zu Fuß?"

„Nein, mit seinem Benz."

„Und wer fährt?"

„Ich krieg das hin."

Ich sehe zu Sindelar, der auf der Leitplanke sitzt, seinen Kopf mit beiden Händen abgestützt hat und wie in Trance ins Nichts starrt.

Den Benz stellen wir später im Wald zwischen dem Geltерswoog und Helltal ab. Ich wische noch Lenkrad, Armaturenbrett, sämtliche Türgriffe und den Knopf des Warnblinklichts mit Sindelars Gillan-Schal ab, dann stolpern wir durch die Dunkelheit entlang der L472 die drei Kilometer zurück nach Helltal. Sindelar spricht während der ganzen Zeit kein Wort. Zurück in der Einliegerwohnung legt er sich im Wohnzimmer aufs Sofa und pennt innerhalb von Minuten ein. Claudia breitet eine Decke über ihn. Sie und ich sitzen danach noch in meinem Zimmer auf dem Boden, trinken Bier und Batida de Coco, rauchen und reden. Über Musik, Bücher, Filme, Konzerte. Sindelar und das, was er getan hat, ist kein Thema. Genauso wenig wie die Aktion auf dem Dorfplatz und unser Kuss während des Gillan-Konzertes. Irgendwann nehme ich ihre Hand und lasse sie bis zum Morgengrauen nicht mehr los. Ein paar Tage später erfahren wir aus der Zeitung, dass der Fahrer des Benz mit schweren Kopfverletzungen und mehreren gebrochenen Rippen überlebt hat und es keine Hinweise auf den oder die Täter gibt ...

Andersen nahm einen Schluck Whiskey.

Wie hatte er das alles so gründlich verdrängen können? Und wieso konnte er es jetzt nicht mehr verdrängen? Über Jahrzehnte war es ihm gelungen, die Erinnerung an dieses Ereignis wegzusperren. Doch jetzt waren die Bilder zurück. Und er ahnte, dass sie gekommen waren, um zu bleiben. Er hatte damals Helltal und die Pfalz verlassen, um zu vergessen. Und hatte vergessen. Und jetzt war er zurück und wühlte – wie Claudia vorhergesagt hatte – in Sindelars, Claudias und seiner Vergangenheit. Zerrte Dinge ans Tageslicht, die nicht dafür gedacht waren, ans Tageslicht gezerrt zu werden. Dinge, die seinen Glauben an Sindelars Unschuld im Mordfall Trautmann sturmreif schossen. Wie zum Beispiel die Frage, ob sich Menschen ändern können oder ob sich Geschichte in einer Endlosschleife immer und immer wieder wiederholt.

Er nahm einen weiteren Schluck, griff dann zum Handy und wählte Sindelars Nummer. Nach mehrmaligem Klingeln nahm er ab. „Hey, Bruder."

„Weißt du, was für ein Auto Trautmann fährt?", blaffte Andersen los.

„Bitte was?"

„Einen weißen Scirocco GT, Baujahr 1986!", gab Andersen ihm die Antwort. „Bist du schon mal in dem Wagen mitgefahren?"

„Alter, was soll der Scheiß? Nein, natürlich nicht."

„Wie kann es dann sein, dass eine Zigarettenkippe mit deiner DNA darin sichergestellt wurde?"

„Was?"

„Hast du was an den Scheiß-Ohren? Es wurde eine Scheiß-Kippe mit deiner Scheiß-DNA im Wagen von Trautmann gefunden!"

„Woher ... weißt du das?"

„Aus der Akte des Mordfalls."

„Du hast die Akte des ...?"

„Wo warst du in der Nacht von Samstag auf Sonntag zwischen ein und zwei Uhr?"

„In meinem Wohnwagen, verdammt! Das weißt du doch. Ich war nicht in dem Auto von dem Scheißkerl. Weder Samstagnacht noch sonst irgendwann! Und selbst wenn ich drin gewesen wäre: Glaubst du echt, ich bin so bescheuert und lass da eine Kippe von mir liegen?"

Andersen nahm einen weiteren Schluck Whiskey.

„Was wurde in dem Wagen sonst noch gefunden? Noch irgendwas von mir? Fingerabdrücke, Haare, Faserspuren?"

„Nein."

„Dann gehe ich mal davon aus, dass der Täter akribisch darauf geachtet hat, keine Spuren zu hinterlassen, oder?"

„Gut möglich."

„Und dann soll er so nachlässig gewesen sein und eine Kippe mit seiner DNA in Trautmanns Wagen vergessen haben?"

„Keine 50 Meter vom Tatort entfernt hat man das Tatwerkzeug gefunden. Ein Luftgewehr aus euren Beständen. Mit deinen Fingerabdrücken drauf!"

„Trautmann wurde mit einem Luftgewehr erschossen?"

„Nein, erschlagen. Mit dem Kolben. Und danach kastriert."

Er schwieg.

„Gibt es noch andere Spuren außer meiner DNA?"

„Eine unbekannte DNA. Wurde außerhalb des Wagens am Tatort sichergestellt."

Schweigen.

„Du hast einen blauen Corrado, richtig?"

„Ja, hab ich. Und?"

„Was nicht in der Akte steht, ich aber rausgefunden habe: In der Nacht des Mordes parkte ein blauer Corrado in der Nähe des Sportheims. Ich hab zwar kein Nummernschild, aber der Wagen gehörte definitiv keinem der Besucher des Sportheims."

„Das war nicht meiner!"

„Wem gehörte er dann?"

„Woher soll ich das denn wissen?"

„Hatte noch jemand einen Schlüssel für deinen Wagen?"

„Fischer. Für alle Fälle."

„Wann hast du deinen Corrado in der Nacht das letzte Mal gesehen?"

„Als Fischer und ich vom Krankenhaus aus Landstuhl zurückgekommen sind. Muss so gegen elf gewesen sein. Danach hab ich mich in den Wohnwagen verzogen."

„Und am Sonntag? Stand er immer noch da, wo du ihn abgestellt hattest?"

„Ja, Mann!"

Andersen schwieg, während er in Richtung Küche stapfte.

„Kapierst du nicht, was da abgeht, Smörre? Irgendjemand will mir den Mord in die Schuhe schieben."

„Ja klar, der große Unbekannte, der dich so sehr hasst, dass er dafür einem Unbeteiligten die Fresse zertrümmert und ihn kastriert, nur um dich zu ficken! Wer hasst dich so sehr, Sindelar, dass er zu so etwas fähig wäre?"

Er schwieg.

Andersen klemmte sich das Handy mit der Schulter gegen sein Ohr und goss sich im Stehen einen weiteren Whiskey ein. „Wer hasst dich, Sinde? Wen hast du dir zum Feind gemacht? Und vor allem durch was?"

„Ich weiß es nicht, verdammt!"

„Dann denk drüber nach! Und wenn du damit fertig bist, will ich einen Scheißnamen. Ansonsten muss ich nämlich davon ausgehen, dass du mich die ganze Zeit verarscht hast und du der Mörder von Trautmann bist."

„Hör zu, Bruder. Ich weiß nicht, was da abgeht, aber ich schwöre beim Leben meiner Tochter, dass ..."

„Nicht schwören, Sinde. Tu's einfach nicht, okay?"

„Ich hab nichts damit zu tun, Smörre. Ich weiß nicht, wie eine Kippe mit meiner DNA im Wagen von Trautmann gelandet ist. Ich weiß nicht, ob jemand meinen Corrado geknackt und damit in der Nacht zum Sportheim gefahren ist und wie derjenige in den Besitz eines unserer Luftgewehre gekommen ist."

Andersen warf Eiswürfel in das zum Whiskeyglas umfunktionierte Weinglas und kippte den Whiskey auf ex. „Dein Corrado ist nicht geknackt worden. Laut Akte gab es keine Beschädigungen oder sonstige Spuren an den Türschlössern. Auch nicht am Zündschloss. Es deutet nichts darauf hin, dass außer dir jemand den Wagen gefahren hat." Er goss sich noch einen ein. „Ich muss nachdenken. Wir sprechen später."

„Du musst mir glauben, Smörre. Ich …"

„Einen Scheißdreck muss ich!", brüllte Andersen ins Handy, klappte es zu und schaltete es aus. Ging zurück ins Wohnzimmer und setzte sich mit dem Whiskey auf die Couch. Nahm einen weiteren Schluck, stellte das Glas ab und legte sich mit dem Rücken aufs Sofa. Starrte an die Decke. Erinnerte sich an eine Geschichte aus der Bibel. Die Geschichte von Lots Frau, die sich trotz der Warnungen ihres Mannes umdreht und zurücksieht und daraufhin zur Salzsäule erstarrt.

Zurücksehen ist Blut, Tränen und Tod, dachte er.

Er schloss die Augen. Wollte nur noch schlafen und nie wieder aufwachen.

18
ZUVERLÄSSIGE QUELLEN

Sie öffnete die Tür. In ihrer Hand ein Joghurt.

„Hi", murmelte Andersen. „Ist deine Mutter da?"

„Nee", meinte Lucie und nahm einen Löffel Joghurt. „Die is Einkaufen. Keine Ahnung, wann sie zurück ist."

Sie musterte Andersen von oben bis unten: Tarnfarbene, fadenscheinige Cargohose. Ausgelatschte Adidas-Basketballschuhe. Schwarze Lederjacke. Lange, strähnige Haare. Nicht gerade das, womit man einen Teeny übermäßig beeindrucken konnte, schätzte er, was ihm auch ihr Gesichtsausdruck bestätigte: desinteressiert bis gelangweilt.

„Du bist 'n Freund meiner Eltern, stimmt's?"

Er nickte.

„Wie heißten?"

„Mark."

„Ich bin Lucie."

Ich weiß, wollte er sagen, nickte aber nur.

„Woher kennsten Mama und Papa?"

„Wir waren zusammen in der Grundschule."

„In einer Klasse?"

Er nickte. Lucie kniff die Augen zusammen.

„Oma meint, du hast Papa vor kurzem noch gesehen ..."

Andersen starrte sie an. Woher wusste sie, dass Sindelar und er sich in Berlin getroffen hatten? Konnte es sein, dass seine Mutter ...?

„Wie geht's ihm?", unterbrach Lucie seine Gedanken.

„Ganz okay."

„Kommt er bald wieder zurück?"

„Das weiß ich nicht."

„Kannst du ihm was von mir ausrichten?"

Andersen zögerte kurz. „Sollte machbar sein."

„Sag ihm, dass ich Masters of Puppets spielen kann. Na ja, fast jedenfalls."

„Master of Puppets? Von Metallica?"

„Ja, klar, von Metallica. Von wem sonst?"

Sie kicherte.

„Wie spielen? Auf der Gitarre, oder was?"

„Drums. Papa hat mir doch zu Weihnachten ein Tama geschenkt. Hab ich mir gewünscht. Lars Ulrich spielt doch auch so eins. Kannst du ihm das ausrichten?"

Er nickte. „Kannst du Claudia sagen, dass ..." Er brach ab. „Egal. Ich ruf sie an."

„Okay."

„Bis dann. Mach's gut."

„Du auch."

Er wandte sich ab und ging zum 928, der gegenüber parkte.

„Mark?"

Er blieb stehen und drehte sich zu ihr um.

„Papa soll sich keine Sorgen machen. Wir kommen schon klar."

Er nickte fahrig und schloss den Porsche auf, während Lucie zurück ins Haus ging und die Tür zuknallte. Er wollte gerade über den Beifahrersitz einsteigen, als ein schwarzer Toyota Avensis Kombi auf den Hof der Gundalls fuhr. Claudia stieg aus. Sie trug Jeans, einen dicken Pullover, darüber einen Mantel und hatte die Haare zu einem Zopf gebunden. Sie sah kurz in seine Richtung, sah wieder weg, ging um den Wagen herum und öffnete den Kofferraum.

Er ging auf sie zu. „Hey."

„Was willst du?", knurrte sie und nahm zwei Einkaufstüten aus dem Kofferraum des Avensis.

„Was los? Sauer, oder was?"

„Was willst du, Mark?"

„Können wir kurz reden?"

„Über was?"

Sie knallte den Kofferraum zu und ging mit den Tüten auf den Eingang des Hauses zu. Er folgte ihr. „Claudia, bitte ..."

Sie blieb stehen und sah ihn an. „Über was willst du reden, Mark? Über die Vergangenheit? Über Stefan? Den Mord an Egon und alles, was eventuell damit zusammenhängen könnte? Über meine Albträume? Meine Narben? Den Baggersee?"

Narben? Baggersee? Andersen hatte nicht die leiseste Ahnung, wovon sie redete.

„Über Rush und die guten alten Zeiten?" Sie wandte sich ab, stellte die Tüten neben der Haustür ab und kramte in den Taschen ihres Mantels nach dem Schlüssel. „Ja klar, super Themen, immer wieder gerne genommen. Krieg ich gar nicht genug von."

„Claudi, hör zu, ich ..."

„Ich will nichts mehr davon hören, Mark. Nie wieder. Lass mich einfach in Ruhe. Ich will nicht mehr an das erinnert werden, was passiert ist. Die Vergangenheit ist vorbei. Und mit ihr auch mein Leben als Claudia Sindelar. Ich will einfach wieder Claudia Gundall sein. Du wirst weder Stefan noch mich retten können, also spar's dir einfach."

Dass er ihr hatte mitteilen wollen, dass er seinen Job in Helltal als beendet ansah und das alles genauso sah wie sie, spielte offensichtlich keine Rolle mehr. Es war vorbei. Auf allen Ebenen.

„Okay", murmelte er, „dann spar ich's mir."

Er wandte sich ab und ging auf den Porsche zu. In seinem Rücken hörte er die Haustür ins Schloss knallen.

„Ich bin raus. Morgen fahr ich zurück nach Berlin."

Fischer starrte fassungslos von Andersen zu den Geldscheinen, die auf der Ablage des Kassenhäuschens lagen, und dann wieder zurück zu Andersen.

„4.523 Euro. Das ist der Rest von den fünftausend, die Sindelar mir gegeben hat. Hundertfünfzig Euro hab ich als Benzingeld für den Rückweg behalten."

„Das ist nicht dein Ernst …", stammelte er.

„Na ja, der Porsche schluckt schon einiges. Ich kann froh sei, wenn …"

„Warte. Moment. Einen Moment", unterbrach er Andersen, griff sich die Scheine und schob die Scheibe des Kassenhäuschens zu. Andersen sah zu dem Pappkarton mit Sindelars Sachen, der vor dem Kassenhäuschen auf dem Boden stand, als Fischer neben ihm auftauchte. „Wir müssen reden."

Er zog ihn am Arm weg vom Autoscooter. Dabei rief er einem Angestellten zu, er solle sich um die Kasse kümmern, es würde nicht lange dauern. Er schleifte Andersen in Richtung Schießwagen, in dem Fischers Sohn Andi arbeitete.

„Das kannst du nicht bringen, Mark. Du bist Stefans einzige Hoffnung!"

Er stopfte ihm die Geldscheine zurück in die Jackentasche.

„Ich bin der Falsche für den Job", entgegnete Andersen, nahm die Geldscheine aus der Jackentasche und drückte sie Fischer wieder in die Hand. „Leider bin nicht sicher, ob es dafür überhaupt einen Richtigen gibt."

„Warum, Mark?", fragte Fischer mit heiserer Stimme. Sein Blick der eines getretenen Hundes. Andersen hasste lose Enden, aber manchmal ließen sie sich wohl nicht vermeiden. Denn wie hätte er ihm erklären sollen, dass es von Anfang an ein Fehler gewesen war, diesen wahnwitzigen Auftrag anzunehmen und zurück nach Helltal zu gehen? Dass Sindelars Gewaltausbruch beim Gillan-Konzert nur die Spitze des Eisbergs war und er sich nur allzu deutlich vorstellen konnte, dass dieser durch seine Unbeherrschtheit zum Mörder geworden war? Wie hätte er ihm erklären sollen, dass es besser war, die Vergangenheit ruhen zu lassen?

„Sag Sinde, dass es mir leidtut."

Er wandte sich ab und ging auf den 928 zu, der am Rande des Kirchheimbolandener Dorfplatzes stand. Als er auf die A63 in Richtung Kaiserslautern auffuhr, brach die Sonne durch die schmutziggrauen Wolken und blendete ihn. Er klappte die Sonnenschutzblende nach unten und steckte sich eine an. Versuchte zu ergründen, ob er sich erleichtert fühlte, jetzt, da die Entscheidung gefallen war, musste sich aber eingestehen, dass er nichts fühlte. Gar nichts. Nicht das Geringste. Nur ein diffuses Gefühl der Leere und des Ausgehöhltseins. Er war ein entkerntes Gebäude. Ohne Fundament, ohne tragende Pfeiler. Ein Flüchtling. Ein Vertriebener. Immer noch, immer wieder.

Sein Handy, das auf dem Beifahrersitz lag, klingelte. Er sah aufs Display: Alex Lifeson. Er drückte das Gespräch weg und schaltete das Handy aus.

Zurück in der Einliegerwohnung packte er den Colt und seine ungewaschenen Klamotten in die Sporttasche. Grübelte, ob er seine Eltern über seine Abreise informieren sollte, entschied sich dann aber dagegen. Er würde gehen, wie er gekommen war: ohne Vorwarnung, ohne Ankündigung. Wie ein Geist. Ein Gespenst. Ein Schatten. Er roch an einem der T-Shirts und stopfte es eilig in die Tasche, als es an der Terrassentür schabte und kratzte. Er ließ Gingi rein. Sie strich um seine Beine, wobei sie maunzte. Er ging in die Hocke und streichelte sie hinter den Ohren. „Tja, Süße, das war's dann wohl. War nett mit dir, auch wenn ich inzwischen ziemlich sicher bin, dass du nicht Püppi bist."

Sein Blick fiel auf einen Briefumschlag, der halb unter dem Fußabtreter vor der Terrassentür lag. Er griff ihn sich, während Gingi schnurstracks auf die Schlafcouch zutrottete und es sich dort bequem machte. Auf dem Umschlag stand handschriftlich sein Name. Er öffnete ihn. Darin ein gefaltetes DIN-A4-Blatt. Er klappte es auf. Ein Computerausdruck.

Ich weiß, wer Trautmann ermordet hat.

Und ich habe Beweise! Ich habe keine andere Wahl als dich auf diese Art zu kontaktieren da es für mich sonst zu gefährlich

wäre. Die Beweise werde ich dir übergeben.
Treffpunkt: heute Abend (Dienstag) um 20 Uhr auf der Hochebene in der Nähe des Windrads.

Ein Freund

Er saß an einem Tisch im Bergers in der Nähe des Eingangs und las zum wiederholten Mal den Ausdruck durch, konnte aber immer noch keine Hinweise auf den Absender entdecken. Außer, dass dieser offensichtlich keine Ahnung hatte, dass es in der deutschen Grammatik auch Kommas gab.

Neuer Ansatz: Wer wusste, dass er in der Einliegerwohnung seiner Eltern untergekommen war? Vermutlich ganz Helltal.

Er faltete das Blatt zusammen, steckte es in die Innentasche seiner Lederjacke und nahm einen Schluck Bier, als sich die Eingangstür öffnete und Martin Wagner zusammen mit Thomas Groß den Gastraum betrat. Er sah hoch. In Wagners Augen blanker, unverhohlener Hass. Er prostete den beiden mit seinem Bier zu. Die beiden gingen wortlos an seinem Tisch vorbei, wobei sie Ellen kreuzten, die mit einem Teller Schweinebraten mit Knödel zu Andersen kam und ihn vor ihm abstellte. Er begann zu essen, während sie sich ihm gegenüber setzte und beäugte. „Du siehst ziemlich fertig aus."

„Ich bin fertig", meinte er und schnitt ein Stück Schweinebraten ab. „Und zwar im wahrsten Sinne des Wortes"

„Und wieso?"

Er ließ Messer und Gabel sinken und sah sie an. Auch wenn es jetzt keinen Unterschied mehr machte, er musste diese Frage stellen. Und sei es auch nur aus Neugier, ob seine Recherchen der Wahrheit entsprachen.

„Hattest du was mit Trautmann?"

„Bitte was?"

„Du hast mich genau verstanden."

Ihr Mund formte ein perfektes O.

„Spinnst du?", stammelte sie. „Wie kommst du da drauf?"

„Ich schätze, es hat damit zu tun, dass diverse Quellen unabhängig voneinander genau das behaupten."

„Was für Quellen?"

„Zuverlässige Quellen."

„Weißt du, wo du dir deine zuverlässigen Quellen hinschieben kannst?"

Dazu brauchte es nicht allzu viel Fantasie.

„Das heißt, die Antwort ist Ja und du hattest was mit ihm. Weiß Jagger davon?"

„Du bist so ein ..."

Sie stand auf und verschwand in Richtung Küche. Er nahm einen langen Schluck von seinem Bier und sah ihr hinterher. Ein unheimliches Gefühl der Entfremdung kroch plötzlich aus seinem Bauch in Richtung seines Herzens. Eine Entfremdung, die alles und jeden miteinschloss. Er hatte kurz das Gefühl, als würde er die Entfernung, die ihn vom Rest der Welt trennte, niemals überwinden können.

Nebel kroch über die Hochebene. Die tief über dem Horizont stehende Sonne war eine silbern schimmernde Münze hinter schiefergrauen Wolken. Der Herbst hatte sich eingenistet.

Mark Andersen lehnte an der Motorhaube des 928, der an der Kreuzung zweier asphaltierter Feldwege stand, und trank Bier. Auf der Motorhaube ein Sixpack Bitburger, auf den Feldern hinter und neben ihm Krähenschwärme, in seinem Rücken ein einsames Windrad. Er setzte sich die Flasche an den Hals, als zu seiner Linken – keine zehn Meter entfernt – ein Bussard auf dem verwitterten Wegweiser, auf dem Ortsmitte stand, landete und ihn misstrauisch beäugte.

„Was?", knurrte Andersen.

Der Raubvogel legte den Kopf schief und beäugte ihn weiter. Andersen ignorierte ihn und steckte sich eine an. Die Dämmerung nahm die Hochebene zusehends in Besitz, die Konturen der Landschaft verschwammen. Er sah auf sein Handy. 20.17 Uhr. Der Anonymous hatte sich für 20 Uhr angekündigt. Es begann zu regnen. Er zog den Reißverschluss seiner Lederjacke bis zum Kinn hoch. Das war's, dachte er. Abflug. Zurück in der Einliegerwohnung seiner Eltern würde er das Sixpack und den Rest des Whiskeys vernichten, sich den Wecker für auf 7 Uhr stellen, irgendwann stockbesoffen ins Bett fallen und morgen früh aus Helltal verschwunden sein. Ohne Abschied, ohne einen Blick zurück. Es war vorbei. Endgültig.

Er nahm einen letzten Zug und schnippte die Kippe gegen den Wegweiser, an dem sie abprallte und ins feuchte Gras fiel, was der Bussard interessiert beäugte. Andersen trank das Bier aus, ließ sich von der Motorhaube gleiten und warf die Flasche in Richtung des kleinen Wäldchens direkt vor ihm. Im gleichen Moment stieß sich der Raubvogel mit kräftigen Flügelschlägen vom Wegweiser ab und erhob sich beinahe lautlos in den trüben, wolkenverhangenen Himmel. Andersen sah ihm hinterher, grüßte dabei mit der flachen Hand an der Stirn und murmelte: „Flieger, grüß mir die Sonne."

Der Bussard antwortete mit: „Sollte machbar sein."

Andersen drehte sich überrascht zum Raubvogel, als ein Schuss die Stille zerriss. Die Krähen auf den Feldern stoben kreischend und zeternd auseinander. Er wurde am linken Oberarm erwischt, herumgerissen und knallte neben dem Vorderreifen des Porsche auf den Feldweg. Instinktiv griff er unter die Achsel, wo sein Colt im Schulterhalfter stecken sollte. Erinnerte sich, dass er diesen zusammen mit der Munition und der Dreckwäsche in seine Sporttasche gepackt hatte. Und die befand sich in der Einliegerwohnung seiner Eltern.

Ein zweiter Schuss fiel. Das Sixpack auf der Motorhaube zerplatzte.

Andersen zog den Kopf ein. Bier und Glassplitter regneten auf ihn. Er drückte sich mit dem Rücken gegen den Kotflügel, presste die rechte Hand auf die Wunde an seinem Oberarm. Die Lederjacke war an der Stelle zerfetzt. Blut strömte zwischen seinen Fingern hindurch. Viel Blut. Er sah sich um. Knapp 500 Meter westlich verlief die kurvige und enge Landesstraße, die von Helltal in Richtung Weselberg, Oberarnbach und Bann führte. Aber: keine Bäume, keine Büsche, keine Deckung.

Der nächste Schuss fiel und ließ den linken Vorderreifen des 928 wie eine überreife Melone zerplatzen. Andersen spähte über die Motorhaube. Es gab nur ein mögliches Versteck für den Schützen: ein kleines Wäldchen in etwa 200 Metern Entfernung, das im Osten durch einen Feldweg begrenzt wurde, der ins Tal führte. Was für eine Waffe hatte er? Ein Gewehr. Höchstwahrscheinlich ein Jagdgewehr. Bei einem Mehrlader musste der Schütze das neue Magazin erst nach acht bis zehn Schüssen wechseln, bei einem Einzellader nach jedem Schuss. Wie viel Zeit war zwischen den Schüssen vergangen? Er war sich sicher, dass bis jetzt keine zwei Schüsse direkt hintereinander gefallen waren. Ein Einzellader. Damit hatte er zwischen den Schüssen mindestens zehn Sekunden Zeit.

Andersen drückte sich flach auf den Boden. Er musste weg von hier. Und zwar schnellstens. Der Weg in den Porsche führte aber nur über die Beifahrertür, da sich die Fahrertür wegen des abgebrochenen Schlüssels im Schloss nicht von außen öffnen ließ. Was war der kürzeste Weg zur Beifahrertür? Vorne rum, um die lange Schnauze des Porsche? Hintenrum? Übers Dach? Über die Motorhaube?

Komm schon, Mann. Gib mir zehn Sekunden. Schieß, verdammt!, murmelte Andersen.

Nichts passierte. Ohne seinen linken Arm und die Schulter allzu sehr zu belasten, rollte er sich auf die Seite und spähte unter dem Wagen hindurch, in Richtung des Wäldchens. Es dauerte einen Moment, bis er begriff, was er sah: Zwei Füße, die in schweren Arbeiterstiefeln steckten, kamen durch den dichter werdenden Nebel direkt auf ihn zugestampft! Dann fiel ein weiterer Schuss und zerfaserte die Windschutzscheibe in tausend feine Linien.

Zehn Sekunden!

Er hechtete auf die Motorhaube und schlitterte darüber hinweg. Nahm dabei aus den Augenwinkeln wahr, dass der Schütze eine olivfarbene Regenjacke trug, die Kapuze tief ins Gesicht gezogen hatte und sich gerade bückte, um etwas aufzuheben. Erst kapierte Andersen nicht, dann wurde ihm klar, dass es sich dabei um die ausgeworfene Patronenhülse handelte. Er knallte neben der Beifahrertür auf den Asphalt und schrie auf. Sah wie durch einen Schleier, dass der Schütze eine neue Patrone in den Lauf schob und erneut durchlud. Er riss die Beifahrertür auf. Die Kugel durchschlug die Seitenscheibe. Er schützte sein Gesicht mit dem Unterarm gegen die auf ihn niederprasselnden Glassplitter, während er auf den Beifahrersitz hechtete und die Tür ran zog. Der Rest der Scheibe zersplitterte und regnete auf seine Oberschenkel. Er kletterte über die Mittelkonsole weiter auf den Fahrersitz, kramte hektisch in den Taschen seiner Cargo. Fand den Autoschlüssel. Sah verschwommen durch die zerfaserte Scheibe, wie der Schütze erneut anlegte. Zog den Kopf ein. Der Schuss zerbröselte die Windschutzscheibe. Tausend kleine Glassplitter rieselten ins Innere des Porsche. Er wischte sich die Splitter aus den Haaren und von der Jacke, rammte den Schlüssel ins Zündschloss und drehte ihn. Der Porsche erwachte mit einem heiseren Röhren zum Leben. Er ließ die acht Zylinder aufheulen und die Kupplung kommen. Der 928 schlingerte auf den zerschossenen Vorderreifen wie ein besoffener Seemann in Richtung des Landwirtschaftsweges, der ins Tal führte.

Der Schütze befand sich jetzt zu seiner Linken und hatte das Gewehr wieder schussbereit.

Noch knapp hundert Meter bis zum Feldweg.

Er schaltete hoch, als er einen Knall hörte. Einer der hinteren Reifen zerbarst. Die Alufelge krachte funkensprühend auf den Asphalt. Der Porsche stellte sich quer, schlitterte über den Rand einer Wiese, riss dabei den Begrenzungspfosten eines Zauns um und schlingerte weiter in Richtung des steil abfallenden Landwirtschaftsweges. Der Schmerz, der von seiner linken Schulter ausging, zog sich inzwischen bis in die Fingerspitzen. Er bremste, bekam den 928 wieder halbwegs unter Kontrolle, konnte den Weg ins Tal keine 50 Meter vor sich erkennen. Im Rückspiegel sah er den Schützen, der sich als schwarze, unbewegliche Silhouette, das Gewehr lässig gegen die Hüfte gestemmt, vor der Kuppe des Hügels hinter ihm abzeichnete. Der Fahrtwind und die eisigen Regentropfen, die ihm durch die fehlende Windschutzscheibe ins Gesicht peitschten, trieben ihm Tränen in die Augen. Es war inzwischen so dunkel, dass er nur schemenhaft erkennen konnte, dass der Feldweg ins Dorf eine leichte Linkskurve beschrieb und nur zum Teil asphaltiert war. In der Mitte ein breiter Streifen Gras. Überall nasses, schmutzig gelbes Laub. Links eine bewaldete Böschung, rechts ein steiler Abhang.

Drei sich überlappende Gedanken in seinem Kopf: Ich bin zu schnell. Ich muss das Licht einschalten. Ich bin nicht angeschnallt.

Er stieg in die Eisen. Auf dem glitschigen Laub griffen die Bremsen nicht, der Porsche schlitterte direkt auf den Abhang zu.

Er riss das Steuer nach links.

Teil 3:
WITCH HUNT

The righteous rise
With burning eyes
Of hatred and ill-will
Madmen fed on fear and lies
To beat, and burn, and kill

(RUSH: Witch Hunt)

19
DIE KLIPPE

Wir sitzen im Kreis um das von Sandsteinen eingefasste Feuer und grillen auf Äste gespießte Würstchen. Claudia schlingt die Arme um die Knie, während ich ihr eine bereits angesteckte Kippe reiche. Aus den Boxen des tragbaren Kassettenrecorders plärrt ‚Burnin' for you' von Blue Öyster Cult, während im Westen der rot-orange glühende Feuerball tief über den Wipfeln der Bäume hängt.

Der Blick von der flachen Kuppe der Sandsteinklippe über die Landschaft und den riesigen Baggersee, der zehn Meter unter uns träge im letzten Licht der untergehenden Mai-Sonne glitzert, ist atemberaubend.

Sindelar und ich hatten in den letzten Wochen Claudia gegenüber schon mehrfach angekündigt, dass wir spätestens zu ihrem Geburtstag auf das abgesperrte, mit Stacheldrahtzaun gesicherte Gelände des ehemaligen Steinbruchs im Wald zwischen Helltal und Bann, der Anfang der 70er Jahre aufgegeben und geflutet wurde, gelangen wollten. Sie hatte nur gelacht und uns als ‚Spinner' tituliert. Als Sindelar dann vor ein paar Stunden Steinchen an ihr Fenster im ersten Stock des Gundallschen Hauses warf, sie den Rollladen hochzog und wir ihr flüsternd mitteilten, dass wir einen Weg auf das Gelände gefunden hatten, lachte sie wieder, titulierte uns dieses Mal aber als ‚Bekloppte'. Dennoch zog sie sich ihr langärmliges helles Sommerkleid an und schlich sich wie üblich über die leerstehende Einliegerwohnung in den Garten. Entweder, weil sie neugierig war und herausfinden wollte, ob wir sie verarschten, oder – wie Sindelar und ich vermuteten – weil sie es einfach nur liebte, sich nachts aus ihrem Elternhaus zu schleichen, um mit uns Scheiße zu bauen. Wir hatten alles organisiert: Bier, Chips, Batida de Côco, Sekt, Zigaretten, Würstchen, Musik. Sie musste nichts weiter tun, als uns durch das Gestrüpp, Wurzelwerk und Dickicht des Waldes zu folgen, geduckt durch den von uns durchtrennten Stacheldrahtzaun zu kriechen, um dann mit dieser unfassbaren Aussicht belohnt zu werden.

Es ist kurz nach zehn und noch erstaunlich hell, was an der im letzten Jahr eingeführten Sommerzeit liegt. Es ist unser dritter gemeinsamer Sommer. Vor zwei Jahren habe ich meinen Eltern klargemacht, dass ich keinen Bock mehr auf Familienurlaube habe und lieber zu Hause bleiben wolle, was uns seit 1979 für jeweils drei Wochen im Sommer eine sturmfreie Einliegerwohnung in der Sickingenstraße eingebracht hat. Offiziell hätten es Claudias Eltern zwar nie erlaubt, dass sie sich mit Sindelar und mir trifft, aber inoffiziell ist sie immer bei Ellen, die eingeweiht ist und bis jetzt dichtgehalten hat.

Sie nimmt einen Schluck Batida und mustert Sindelar und mich. Lächelt. Sindelar fasst das als Aufforderung auf, kommt zu ihr gerobbt, lehnt seinen Kopf gegen ihre Schulter, hebt den Blick, klimpert comicmäßig mit den Augen und meint: „Ficken heute?"

Sie lacht und schubst ihn weg. Er rollt sich geschmeidig wie ein Raubtier ab, wobei er wolfmäßig „I'm burnin', I'm burnin', I'm burnin' for you!" jault. Dann geht er in die Hocke, umschlingt die Knie mit den Armen und sieht Claudia an. „Was ist so falsch daran, dass ich dich vögeln will?"

„Vögeln is nicht."

„Warum nicht? Liebst du mich nicht?"

„Wieso sollte ich einen fucking Spinner wie dich lieben?"

„Oh, da wüsste ich tausend Gründe."

„Nenn mir einen."

„Ich hab 'nen riesigen Schwanz!"

„Er lügt", bemerke ich sachlich. Claudia prustet los, während mir Sindelar einen grimmigen Blick zuwirft.

„Und wenn du mir nur einen runterholst?", lässt er nicht locker.

„Es reicht jetzt, Sinde!"

„Was denn?" Er sieht mich an. „Einen runterholen wär doch okay. Dazu muss man ja nicht verliebt sein, oder?"

Claudia prustet erneut los. Ich haue Sindelar mit der flachen Hand gegen den Hinterkopf, woraufhin dieser theatralisch zu Boden geht und die perfekte Imitation eines geprügelten Hundes abgibt.

Die restlichen Stunden bis Mitternacht verbringen wir mit Musik hören, Bier und Batida de Côco trinken, rauchen und Würstchen vertilgen. Um Mitternacht singen wir ihr, schon reichlich angesäuselt, ein schräges ‚Happy birthday' – wobei Sindelar das Wort ‚birthday' ohne Absprache mit mir gegen ‚fuckday' austauscht –, köpfen eine Flasche Sekt und überreichen ihr unsere eingepackten Geschenke. Von mir bekommt sie den ‚Steppenwolf' von Hermann Hesse und von Sindelar das Debütalbum von Asia, der neuen Supergroup mit Ex-Mitgliedern von ELP, YES und King Crimson, das sie sich gewünscht hat. Sindelar kann sich den Kommentar nicht verkneifen, dass das zwar ‚schwule Pop-Scheiße' sei, aber für Claudia würde er eine Ausnahme machen. Sie bedankt sich bei uns beiden mit Küsschen auf die Wange und einer langen Umarmung.

„Zu doof, dass wir die nicht gleich hören können."

Sindelar und ich grinsen.

„Was denn? Ist doch so. Oder habt ihr irgendwo 'nen Plattenspieler mit Boxen versteckt und heimlich Strom verlegt?"

Triumphierend ziehe ich eine Kassette aus der Sporttasche.

„Hab ich dir schon überspielt."

„Haben wir dir überspielt", korrigiert Sindelar. Sie grinst und umarmt uns nochmal. Danach hören wir die Platte. Bei ‚Wildest Dreams', bei dem sie mit mir Rücken an Rücken sitzt, während Sindelar seinen Kopf auf ihre Oberschenkel gebettet hat, kommt von ihm wieder das Angebot, das sie bis jetzt immer abgelehnt hat.

„Schwimmen?"

Sie verzieht das Gesicht.

„Ja, okay, ich weiß, du stehst nicht auf Menschenmassen in 'nem Schwimmbad, aber das hier ist ja wohl was anderes."

„Hab keine Badeklamotten dabei", murmelt sie und steht auf, um weitere Holzscheite, die Sindelar mithilfe eines Beils kleingehackt hat, aufs Feuer zu legen.

„Wir doch auch nicht."

Sie schweigt.

„Komm schon, Claudi. Wir gucken dir auch nichts weg."

„Ich weiß nicht ..." Sie späht angespannt über den Rand der Klippe. Ebenso wie ich. Das Wasser unter uns sieht aus wie geschmolzener Stahl, durchschnitten von kalkweißen Streifen aus Mondlicht.

„Selbst wenn ich wollte; wie bitteschön sollen wir da runterkommen?"

„Na, springen", erwidert Sindelar.

„Das sind mindestens zehn Meter. Und danach sitzen wir alle im Rollstuhl, weil das Wasser nur 'n paar Zentimeter tief ist ..."

„Haben wir schon gecheckt. Ist tief genug."

„Und wie kommen wir wieder hoch?"

„Es gibt 'nen Weg, knapp 50 Meter von hier, direkt durch die Pampa und über die Felsen." Er deutet nach links. „Steil, aber machbar."

„Was ist mit Handtüchern?"

Er kramt drei Handtücher aus der Sporttasche und wirft ihr eins zu.

„Ich weiß nicht. Das Wasser ist doch bestimmt Scheiße kalt ..."

„Nicht wirklich."

Claudia zögert weiterhin. Sindelar schenkt ihr seinen besten Hundeblick.

„Komm schon, das wird voll lustig. Ich meine, hey, du bist gerade 16 geworden, es sind immer noch ungefähr, äh, 20 Grad und wir haben den ganzen See für uns."

„Lass sie doch", meine ich. „Wenn sie nicht will, will sie nicht."

„Sie will. Sie weiß es nur noch nicht."

Er sieht wieder zu ihr. Sie hat den Kopf in den Nacken gelegt und starrt in den wolkenlosen, sternenklaren Himmel, der von einem unfassbar hell strahlenden Vollmond beherrscht wird. Wortlos zieht sich Sindelar sein Rainbow-Shirt über den Kopf, schält sich aus den Jeans und steht dann nur noch in seiner weißen, engen Unterhose vor ihr. Ich wende mich ab und werfe das Asia-Tape aus dem Kassettenrecorder.

„Kneifen is nicht", grinst er, während aus dem Kassettenrecorder der Anfang von ‚Loving is easy' von Barclay James Harvest ertönt. Ich weiß, dass das einer ihrer absoluten Lieblingssongs ist. Ich äuge über die Schulter zu ihr. Sie lächelt schüchtern. Dann atmet sie tief durch, zieht sich ihr Kleid über den Kopf und lässt es zu Boden fallen. Steht im gleißenden Licht des Vollmonds nur noch in BH und Slip vor uns. Ich starre fassungslos auf ihren linken Unterarm. Sindelar folgt meinem Blick.

„Ach, du Scheiße", murmelt er. „Was ist das denn?"

Ihr Unterarm ist vom Handgelenk bis zum Ellbogen mit unzähligen schmalen Narben übersät. Manche schimmern im Licht des Vollmonds rötlich, andere milchig weiß. An anderen wiederum sind noch Reste von Schorf zu sehen. Sie ziehen sich so dicht über ihren Unterarm, dass kaum noch ein Stück unversehrter Haut zu erkennen ist.

„Nichts", murmelt Claudia und öffnet den Verschluss ihres BHs. Uns stockt der Atem. Sie lässt ihn zu Boden fallen und steigt aus ihrem Slip.

„Ich wär dann soweit", sagt sie, ohne uns anzusehen.

Als wir nackt, mit Claudia in der Mitte und Hand in Hand, auf den Rand der Klippe zurennen, wird ihr Schrei beim Absprung von den Sandsteinfelsen auf der gegenüberliegenden Seite des Baggersees als tausendfaches Echo zurückgeworfen ...

... ging nahtlos in das dreimalige Schlagen der Kirchturmglocken über.

In seinem Mund ein metallischer Geschmack.

Er öffnete schwerfällig die Augen.

Über ihm der Himmel. Kein Mond, keine Sterne, nur archaische, alles verzehrende Dunkelheit. Offensichtlich lag er auf dem Rücken. Und lebte.

Sein linker Oberarm ein einziger pochender, brennender Schmerz. Ebenso seine Hüfte, der rechte Ellbogen und die rechte Schulter. Er tastete mit zitternden Fingern sein Gesicht ab. Etwas auf der Wange und der Nase, das sich wie Schnittwunden anfühlte. Er versuchte, sich zu bewegen, aber sein Fuß wurde von etwas festgehalten. Er tastete in der Dunkelheit danach und zuckte zurück. Stacheldraht. Mit spitzen Fingern befreite er seinen Fuß. Dann befühlte er mit der rechten Hand durch die zerfetzte Lederjacke die Wunde auf seinem linken Oberarm. Warm und feucht. Er blutete immer noch. Mit einer Hand versuchte er ein Stück seines T-Shirts abzureißen. Der Schmerz in der Schulter ließ ihn fast wieder bewusstlos werden. Er kramte in den Taschen der Jacke nach seinem Handy, fand es aber nicht. Tastete blind im nassen Gras um sich. Nichts.

Er versuchte, sich zu orientieren. Auf der Kuppe des Hügels zur Linken das gleichmäßige rote Blinken des Windrads, zur Rechten der erleuchtete, über Helltal thronende Kirchturm. Der Rest wurde vom Nebel und der Dunkelheit verschluckt.

Er versuchte, sich mit einer Hand am Begrenzungspfahl des Stacheldrahtzauns hochzuziehen, als der Schockzustand einsetzte und seine Beine und Hände unkontrolliert zu zittern begannen. Er ließ sich zurück ins Gras fallen. Tastete zitternd seine Hosentaschen und die Lederjacke ab, in der vagen Hoffnung, beim Sturz den Abhang hinunter neben seinem Handy nicht auch noch die Kippen verloren zu haben. Fand das Marlboro-Päckchen in der Innentasche der Jacke. Danke, Gott, dachte er. Oder Satan. In gewissen Situationen konnten die Unterschiede da schon mal verschwimmen. Er nestelte eine Zigarette zusammen mit dem Feuerzeug heraus und steckte sie an. Starrte in die sternenlose, schwarze Leere des Himmels.

Irgendwann – Nach zehn Minuten? Einer Stunde? Er hätte es nicht sagen können; sein Zeitgefühl war komplett zerschossen – ließ das Zittern nach. Zeitgleich hörte er das aufgeregte Krächzen mehrerer Krähen. Er wandte den Kopf in die Richtung. Schemenhaft konnte er ihre Umrisse erkennen. Die Flatterviecher stritten sich keine zehn Meter entfernt im Hang oberhalb von ihm zeternd um etwas, das vor ihnen im Gras lag. Plötzlich gab die vermeintliche Beute einen lauten, mehrfachen Warnton von sich und die Viecher flatterten erschrocken auf. Ihm war der Ton nur allzu vertraut. Aus Erfahrung wusste er, dass er jetzt noch knapp drei akustische Warnungen im Abstand von ungefähr einer Minute hatte, bevor der Akku komplett leer war.

Er setzte sich aufrecht und begann auf allen Vieren durch das nasse, glitschige Gras den Hang in Richtung des Handys hochzukriechen.

Das regelmäßige lautlose Flackern des Blaulichts tauchte den Landwirtschaftsweg am Ziegelberg in ein gespenstisches Licht.

Durch die offenen Hecktüren des RTW konnte er den 928 sehen, der sich in knapp zehn Metern Entfernung mit der Schnauze voran in die Böschung links von ihm gegraben hatte. Die vorderen Reifen waren platt, ebenso der Reifen hinten rechts. Die Windschutzscheibe und die Scheibe der Beifahrertür fehlten und die lange Motorhaube sah komplett verzogen aus. Der Wagen erinnerte ihn an ein tödlich verwundetes Tier kurz vor dem Gnadenschuss.

Ein Mitarbeiter der Spurensicherung in einem weißen Ganzkörperschutzanzug und mit einer Taschenlampe in der Hand kniete auf dem Beifahrersitz. Young und Kretschmer untersuchten den Kofferraum und die Fahrerseite, während zwei Streifenbeamten den Weg in Richtung Höh hinaufgingen und dabei mit Taschenlampen den Boden ableuchteten.

„So eine Scheiße. Weißt du wie lange ich den schon fahre?"

Er saß mit freiem Oberkörper auf der Bahre im RTW. Die Schmerzmittel begannen langsam zu wirken.

„Nein. Woher soll ich das wissen?“, meinte Schilling.

„Seit 93. Ich hab den damals supergünstig von einem Kollegen bekommen, dessen Frau schwanger war und auf einem Kombi bestanden hatte.“

Einer der beiden Rettungssanitäter, ein junger drahtiger Mann mit Pferdeschwanz, desinfizierte die Wunde an seinem Oberarm, während der andere, ein Älterer mit Schnurrbart, die Schnittwunden in seinem Gesicht und auf der Stirn säuberte.

„Und weiter?“

„Wie weiter? Der 928 ist ein verdammter Teil von mir. Ihn jetzt so zu sehen ... Scheiße. Ist wohl Totalschaden ...“

„Ihre Wunde zum Glück nicht“, bemerkte der Pferdeschwanz-Sani sachlich und begann, die Wunde an seinem Oberarm provisorisch zu verbinden. „Muss aber genäht werden. Ich befürchte, da sind auch noch Splitter von dem Projektil drin.“

„Das heißt?“

„OP.“

Er stöhnte, während ihm Pflaster auf die Schnittwunden im Gesicht geklebt wurden.

„Letzte Tetanusimpfung?“

Er hob die Schultern. Der Sani zog eine Spritze auf.

„Ist Ihnen schwindelig?“

„Nein.“

„Sind Sie müde?“

„Nein.“

„Spüren Sie Brechreiz?“

„Nein. Aber falls Sie weiter so bescheuerte Fragen stellen, kann ich nicht garantieren, dass dieser Zustand von Dauer ist.“

„Ich versuche lediglich eine Gehirnerschütterung auszuschließen.“

„Ich hab keine Gehirnerschütterung“, erklärte Andersen. „Das würde ich ja wohl noch merken.“

„Erzähl weiter", drängte Schilling. „Was ist passiert, nachdem du den Wagen in die Böschung gesetzt hast?"

„Ich bin über die Beifahrertür raus. Die Fahrertür ließ sich nach dem Crash auch von innen nicht mehr öffnen."

„Auch von innen? Was heißt das? Dass sie sich vorher auch von außen nicht öffnen ließ?"

Andersen nickte. „Schlüssel im Schloss abgebrochen."

„Und dann?"

„Hab ich mich über den Zaun gehievt."

Er nickte in Richtung des Zauns, der den Feldweg rechts zum Abhang hin abgrenzte. Schilling sah über die Schulter den grasbewachsenen Abhang hinunter. Viel war aufgrund der Dunkelheit nicht zu sehen, aber dass der Hang steil war - sehr steil - konnte er wahrscheinlich erkennen.

„Besser gebrochene Knochen als 'ne Kugel im Hirn, oder?", meinte Andersen.

„Und der Schütze?", fragte Schilling.

„Hatte wahrscheinlich keine Taschenlampe dabei. Sonst hätte er mich da unten bewusstlos am Stacheldrahtzaun entdeckt und seinen Job zu Ende gebracht."

Der Sani überprüfte die Spritze und suchte eine passende Stelle in seinem Unterarm. „Wird jetzt ein bisschen wehtun."

„Unter ‚wehtun' verstehe ich was anderes als 'ne beschissene Spritze", murmelte Andersen. Der Sani ging nicht darauf ein und injizierte ihm den Inhalt. Er zuckte kurz zusammen.

„Wie bescheuert kann man sein?", meinte Schilling, „und sich ohne Absicherung mit irgendeinem anonymen Briefeschreiber zu treffen."

„Typischer Anfängerfehler, denke ich."

Young und Kretschmer kamen an den RTW.

„Da muss jemand aber richtig sauer auf dich gewesen sein", meinte Kretschmer und hielt Andersen eine durchsichtige Plastiktüte hin, in der ein Projektil zu sehen war. Die Spitze war komplett deformiert und aufgepilzt. „Teilmantelgeschoss.

8 Millimeter. Typische Jagdmunition. Hat in der Kopfstütze des Fahrersitzes gesteckt."

„Das war keine Warnung, das war shoot to kill", ergänzte Young. „Glück gehabt, dass der Scheißkerl so ein mieser Schütze war."

„Irgendeine Idee, wem du bei deinen Ermittlungen ans Bein gepinkelt haben könntest?", wollte Schilling wissen.

Wahrscheinlich allen, dachte Andersen, zuckte aber nur mit den Schultern.

„Stillhalten", sagte der Sani, der seine Wunde verband.

„Komm schon, Mark. Du musst doch einen Verdacht haben. Vielleicht Trautmanns Mörder, dem du zu nahe gekommen bist?"

„Oder das Attentat hatte gar nichts mit dem Mord zu tun", spekulierte Young, „und du hast einfach jemanden verärgert, den man besser nicht hätte verärgern sollen."

Wen hatte er verärgert? Ellen? Eindeutig. Aber erst nachdem er die Einladung auf die Höh erhalten hatte. Jagger? Ja, hatte er auch verärgert. Leiser? Sowieso. Wagner? Irgendwie auch. Wenn er auch nicht wirklich wusste, durch was genau.

„Komm schon. Gib uns einen Namen", blieb Schilling hartnäckig. „Kennst du jemanden, der im Schützenverein ist?"

Er erinnerte sich an Gebbis Worte: „Kochen ist mein Hobby. Neben Gitarre spielen, dem Schützenverein und Fußball."

„Harry Leiser", murmelte Andersen stattdessen.

„Leiser ist Mitglied im Schützenverein?"

„Weiß ich nicht. Aber ich bin sicher, das lässt sich als Vertreter der Staatsmacht ziemlich schnell rausfinden."

„Okay, wir kümmern uns darum", meinte Schilling und wandte sich an Young und Kretschmer. „Ihr habt Leisers Adresse?"

Die beiden nickten.

„Versucht es lieber zuerst im Sportheim oder der Zuckermodder", meinte Andersen. „Er fährt 'nen gelben Ford Capri mit schwarz lackierter Motorhaube."

„Sportheim?" Young sah auf seine Uhr. „Es ist nach zwei."

„Einen Versuch ist es wert", entschied Schilling. „Haltet mich auf dem Laufenden. Ich komme so schnell wie möglich nach."

Young und Kretschmer nickten und gingen zu ihrem Wagen. Schilling sah ihnen hinterher. „Die beiden sind als ehemalige Beamte der Drogenfahndung eigentlich vom aktuellen Fall freigestellt", meinte er, „aber das hier ist jetzt wichtiger."

„Sie ermitteln in Richtung Trautmanns Drogenkonsum?"

Schilling nickte.

„Und? Mit Erfolg?"

„Young hat einer alten Connection aus der Drogenszene ein Foto von Trautmann gezeigt, auf dem dieser im Kreise seiner Mannschaftskameraden zu sehen ist. Seine Connection kannte zwar nicht Trautmann, aber dafür den Torwart, Martin Wagner. Anscheinend hat der vor knapp einem Jahr mal auf einer Party in Mackenbach, bei der Youngs Connection anwesend war, Koks von einem gewissen Frankie gekauft."

„Frankie? Der führerhuldigende Fascho-Dummfick mit den Wikingertätowierungen? Der war schon in den 80ern am Start."

„Keine Ahnung. Ich kenne mich in solchen Kreise nicht aus."

„Was hat das zu bedeuten? Dass Wagner der Dealer von Trautmann war?"

„Solange wir nicht Näheres wissen, sind das alles nur Spekulationen", meinte er. „Und selbst wenn wir Näheres wüssten, heißt das noch lange nicht, dass das alles im Zusammenhang mit dem Mord steht."

„Es heißt aber auch nicht, dass das alles nicht im Zusammenhang mit dem Mord steht."

Er schwieg.

„Wie vertrauenswürdig schätzt ihr Youngs Informanten ein?"

„Er meinte, der Kerl hätte keinen persönlichen Vorteil davon, dass er ihm so eine Info zukommen lässt, von daher gehe ich davon aus, dass es stimmt."

Andersen nickte und sah zum Porsche, in dem der Spusi noch immer zugange war. „Was wird mit ihm? Wollt ihr ihn mitnehmen?"

„Ich kläre das", murmelte Schilling. Er kletterte aus dem Rettungswagen und ging auf den Spusi zu, der gerade aus dem Wagen stieg und seine Gummihandschuhe abstreifte. Der Sani verschloss den Verband um Andersens Oberarm und die Schulter. „Das war's. Wir sollten dann mal."

Andersen schlüpfte mit Hilfe des Sanis vorsichtig in T-Shirt und Lederjacke. Dabei sah er, wie der Spusi Schilling etwas in die Hand drückte, woraufhin der zurück zum Krankenwagen kam. „Wir haben so weit alles, was wir brauchen." Er reichte Andersen den Schlüsselbund des Porsche, den er einsteckte. „Soll ich mich um einen Abschleppwagen kümmern?"

„Nicht nötig. Ich hab eigene Connections."

Er nickte, als die beiden Streifenbeamten dazukamen. „Und?"

„Nichts", meinte der ältere der beiden. „Vielleicht sollten wir das Gelände morgen bei Tageslicht nochmal absuchen."

„Das wird nichts bringen", meinte Andersen. „Soweit ich das mitbekommen habe, hat der Kerl nach jedem Schuss die Patronenhülsen eingesammelt und eingesteckt."

„Danke, Jungs." Schilling nickte den Streifenbeamten zu, die zurück zu ihrem Wagen gingen.

„Ich melde mich morgen", meinte er, „vielleicht wissen wir dann schon mehr."

20
PRIVATAUFNAHMEN

Er stand vor dem überdachten Eingang des St.-Johannis-Krankenhauses in Landstuhl, rauchte und trank Kaffee. Sein Kopf dröhnte und er fühlte sich von den Schmerzmitteln benebelt. Sein linker Oberarm war verbunden, der Arm auf Bauchhöhe mit einer breiten, blauen Schlaufe fixiert.

Er legte den Kopf in den Nacken und sah in den Himmel. Im Osten versuchte sich die Sonne erfolglos durch die grauen, dicht über den Baumkronen des Pfälzerwaldes hängenden Wolken zu quälen.

Sein Handy klingelte. Er fummelte es aus der Hosentasche. Eine der Schwestern war so zuvorkommend gewesen und hatte es ihm während der OP aufgeladen. Nach einem Blick aufs Display nahm er ab.

„Schilling. Wie sieht's aus?"

Schilling ließ Andersen wissen, dass Young und Kretschmer gestern Nacht Leisers Ford Capri vor dem Sportheim entdeckt hatten. Der Kofferraum war offen gewesen. Darin: ein Jagdgewehr mit Zielfernrohr – quasi noch warm –, das sich nach der Untersuchung bei der Ballistik als die Waffe herausgestellt hatte, mir der auf ihn geschossen worden war. Im Sportheim war der harte Kern der Fußballer anwesend gewesen, inklusive Wagner, Scheller und Groß, aber exklusive Leiser. Der hatte sich offensichtlich wenige Minuten zuvor durch den Notausgang hinter dem Tresen verpisst. Als Young und Kretschmer durch ebendiesen Notausgang nach draußen stürmten, sahen sie gerade noch, wie Leiser in den Wald rannte und augenblicklich von den Schatten der Nacht und den Bäumen verschluckt worden war. Keine Chance für eine Treibjagd. Nicht nachts um halb drei im Pfälzerwald. Zumal Leiser – im Gegensatz zu den Sokos – den Wald rund um Helltal wahrscheinlich wie seine Westentasche kannte. Als Schilling, der in der Zwischenzeit ebenfalls am Sportheim angekommen war, zusammen mit Young und Kretschmer zurück ins Sportheim kam, war auch Wagner verschwunden. Seitdem lief eine Großfahndung nach den beiden. Nach Leiser wegen des versuchten Mordes an Andersen und nach Wagner wegen des Verdachts, der Dealer von Trautmann gewesen zu sein. Das Sportheim war vorübergehend geschlossen worden und der Rest der Fußballer – inklusive Emil Lösch, des Pächters – wurde seit ein paar Stunden auf dem Revier in einem Verhörmarathon in die Mangel genommen. Die Staatsanwältin hatte einen Durchsuchungsbeschluss für die Wohnungen von Leiser und Wagner erwirkt, die gerade von Young, Kretschmer und der Spurensicherung auf den Kopf gestellt wurden. Weder auf dem DIN-A4-Ausdruck noch auf dem Umschlag, den Andersen auf der Terrasse gefunden hatte, konnten Fingerabdrücke sichergestellt werden.

„Was glaubst du, wo Leiser und Wagner sind?", fragte Andersen.

„Nicht weit weg. Wo sollten sie auch länger untertauchen? Die sind nicht wie dein Freund Sindelar, die haben ihre Wurzeln in Helltal."

„Sindes Wurzeln liegen auch in Helltal."

„Menschen wie Stefan Sindelar haben keine Wurzeln. Nirgendwo."

„Woher willst du das wissen?"

„Sindelar tickt wie du. Und wie du tickst, weiß ich schon lange."

Bevor sie auflegten, versprach Schilling noch, ihn auf dem Laufenden zu halten. Er drückte die Zigarette im Aschenbecher aus. Nahm einen letzten Schluck Kaffee, entsorgte den Becher im Abfalleimer und griff sich erneut sein Handy, das ihm gestern Nacht das Leben gerettet hatte. Wenn er näher darüber nachdachte, waren wahrscheinlich aber eher die Pfälzer Krähen dafür verantwortlich. Er wählte Jaggers Nummer. Nach zweimaligem Klingeln nahm er ab. „Was gibt's?"

„Hab ich dich geweckt?"

„Nein. Was willst du?"

„Ich brauch 'nen Abschleppwagen. Mein Porsche steht auf dem Landwirtschaftsweg den Ziegelberg hoch, ist nicht zu verfehlen. Ich komm später in die Werkstatt, okay?"

Schweigen.

„Jagger?"

„Das wird dich aber einiges kosten."

„Zahlt meine Versicherung", behauptete Andersen, wobei ihm ein Anruf bei dieser natürlich noch bevorstand.

„Okay", erwiderte Jagger knapp.

„Danke. Bis dann, ich meld mich."

Er klappte das Handy zu, als ein dunkelblauer Mercedes-E-Klasse-Kombi – W 210 – mit PS-Kennzeichen vor dem Eingang zum Stehen kam. Er griff sich seine Lederjacke und schlurfte auf die Beifahrertür zu, die Fischer von innen öffnete. Er musterte befremdet die Schlaufe, in der sich Andersens Arm befand und die diversen Pflaster auf dessen Schnauze.

„Was zum Teufel ist passiert?"

„Erklär ich dir auf dem Weg", meinte Andersen, während er einstieg und die Lederjacke auf den Rücksitz warf. „Jetzt will ich nur noch nach Hause."

„Definiere ‚zu Hause'."

„Sickingenstraße 4, Helltal."

Fischer zog eine Augenbraue hoch.

„Dinge ändern sich", meinte Andersen.

„Und je mehr sie sich ändern, desto mehr bleiben sie gleich."

„So sieht's aus."

Er schnüffelte in Andersens Richtung. „Du riechst."

„Keine Zeit zum Duschen gehabt. Weil: dreistündige OP."

„Das erklärt und entschuldigt natürlich alles."

Er legte den ersten Gang ein und gab Gas. Durch die Seitenscheibe entdeckte Andersen einen großen, kräftigen Mann in engen Jeans und einem schwarzem Cowboyhut, der durch die automatisch öffnenden Türen des Krankenhauses trat. Über seiner Schulter hing eine Sporttasche. Trotz des kühlen, regnerischen Wetters trug der Cowboy ein enges, weißes Muscle-Shirt.

„Fucker", murmelte Andersen.

„Was?"

„Nichts. Fahr mich einfach nach Helltal. Ich muss duschen, was essen und dann dringend ein paar Stunden pennen."

Er sah über die Schulter. Ian Mitchell, der zukünftige Ex seiner Schwester, stakste breitbeinig zur Bushaltestelle links des Eingangs und studierte den Fahrplan.

Schilling stand übermüdet und unrasiert mit einer Tasse Kaffee in der Hand am offenen Fenster, als Andersen ohne anzuklopfen reinkam. Wortlos stellte er sich neben ihn und sah ebenfalls nach draußen. Der Himmel war strahlend blau, kleine Schäfchenwolken zogen träge ihre Bahnen. Er musterte Schilling von der Seite. „Nachtschicht?"

Schilling nickte. „Kaffee?"

„Du meinst diese ekelhafte Bullenplörre?"

„Gewöhn dich dran oder stell uns eine Espressomaschine hin."

„Ich tendiere spontan zur ersten Alternative."

Schilling ging zur Küchenzeile und goss eine Tasse ein, während Andersen sich auf einen der Stühle vor Schillings Schreibtisch setzte und sich eine ansteckte.

„Du weißt schon, dass hier Rauchverbot ist?"

„Du weißt schon, dass mich das einen Dreck interessiert?"

„Was macht die Schulter?", fragte er, während er ihm die Tasse hinstellte.

„Geht so."

Schilling setzte sich Andersen gegenüber und nippte an seinem Kaffee.

„Wir haben in Wagners Wohnung an die 200 Gramm Koks, 50 Gramm Ketamin und knapp 100 Gramm Crystal Meth gefunden."

„Klingt nach Eigengebrauch."

Schilling ging nicht darauf ein. „Bis jetzt keine Spur von Wagner und Leiser."

Andersen deutete auf seine Kippe. Schilling holte einen Aschenbecher aus einer seiner Schreibtischschubladen und stellte ihn Andersen hin.

„Habt ihr mit ihren Eltern gesprochen?"

Schilling nickte. „Selbst wenn die wüssten, wo sich ihre Söhne aufhalten; Eltern liefern ihre Kinder nicht ans Messer."

„Habt ihr 'ne Möglichkeit, die Wohnungen der beiden zu überwachen?"

„Kein Personal."

„Videoüberwachung? Handyüberwachung seiner Eltern und Kumpels?"

„Müssten wir beantragen, ist aber unrealistisch, dass wir sie durchbekommen. Außerdem haben wir gar nicht die personellen Kapazitäten, um die Aufnahmen auswerten zu können."

„Angenommen, Leiser war wirklich der Schütze", meinte Andersen, während er abaschte, „kann es sein, dass er wirklich so unfassbar bescheuert ist und das Jagdgewehr, mit dem er auf mich geschossen hat, im offenen Kofferraum seines Wagens liegen lässt und dann seelenruhig mit seinen Kumpels im Sportheim einen saufen geht?"

„So ganz offen war der Kofferraum nicht, wie wir inzwischen wissen."

„Bitte was?"

„Die Spusi hat Spuren entdeckt, die auf eine Manipulation hindeuten. Dass bedeutet, dass der Kofferraum sehr wahrscheinlich geknackt worden ist – sehr fachmännisch übrigens – und der Täter dann das Gewehr, mit dem auf dich geschossen wurde, dort deponiert hat."

„Irgendeinen Verdacht?"

„Nein. Du?"

Andersen schüttelte den Kopf. Auch wenn er bei der Formulierung „fachmännisch geknackt" kurz an seinen Schrauberkumpel Jagger hatte denken müssen.

„Das ist alles einen Tick zu offensichtlich. Das passt vorne und hinten nicht zusammen."

„So, als habe jemand versucht, Leiser den Anschlag auf mich in die Schuhe zu schieben."

Schilling nickte.

„Wie laufen die Verhöre mit den Fußballern?"

„Geben sich gegenseitig Alibis für die Zeit des Attentats."

„So ist das, wenn man sich als Team definiert. Einer für alle, alle für einen." Er drückte seine Kippe aus und steckte sich die nächste an. „Wolltest du mir nicht noch was zeigen?"

Schilling nickte, schob eine DVD in das Computerlaufwerk A, stand auf und bot Andersen seinen Stuhl an. Andersen nahm den Aschenbecher und die Kaffeetasse mit und setzte sich. „Was ist das?"

„Sieh's dir einfach an."

Er griff nach der Maus und drückte ‚Play', während Schilling zur Küchenzeile ging und neuen Kaffee aufsetzte. Die DVD hatte keinen Originalton, stattdessen war SOS von ABBA über die Szene gelegt. Eine Frau mit Augenmaske und in einer langärmeligen Lederkorsage, die ihre Brüste freiließ, – kein Slip, keine Schuhe – lag mit dem Rücken auf einer Matratze in einem undefinierbaren Raum. Die Wände waren mit weißen Stoffbahnen verhängt, der Boden mit schwarzer Folie ausgelegt. Um die Frau herum knieten in einem Halbkreis an die zehn Männer. Alle trugen Schweinemasken, waren nackt und rubbelten sich vor dem Gesicht der Frau, ihrem Mund, ihrer Augenmaske, ihrer rasierten Muschi und ihren kleinen Brüsten mit den harten, rosa Brustwarzen die Schwänze. Einer der Männer spritzte auf ihren halbgeöffneten Mund ab. Das Sperma troff über die Lippen der Frau und aus ihrem Mundwinkel. Der Nächste ergoss sich über ihre Stirn und ihre Augenmaske.

„Was soll der Scheiß, Schilling? Bin gerade echt nicht in Stimmung für irgendwelche Privatpornos."

„Einen Moment noch. Gleich nimmt ihr einer der Männer die Augenmaske ab."

„Ja und?"

„Sieh's dir einfach an, Mark."

Andersen sah es sich an. Eine Hand kam ins Bild und zog der Frau die Augenmaske weg.

„Scheiße. Ach, du Scheiße", stöhnte er und sah zu Schilling, der einen frischen Filter in die Kaffeemaschine einsetzte. „Das ist ..."

„... Claudia Sindelar."

Andersen starrte wieder auf den Monitor. Wollte sich vergewissern, dass es sich wirklich um Claudia handelte. Sie hatte zwar schwarz gefärbte, kürzere Haare, aber sie war es. Unverkennbar. Sie sah mit offenen, aber leeren, wie tot wirkenden Augen an die Decke, als wäre dort eine Leinwand, auf der ein Film ablaufen würde, wirkte völlig unbeteiligt und abwesend, so, als wäre sie sediert oder auf irgendwelchen Drogen. Sie zuckte nicht mal zusammen, als ihr einer der Männer seine Ladung in die Haare spritzte und der nächste sich auf ihre Brüste ergoss. Die Kamera zoomte auf ihr Gesicht, ihren Mund, ihre mit Sperma verklebten Lippen. Zeitgleich spritzten weitere Männer direkt in ihr Gesicht ab.

Andersen klickte mit der Maus die ‚Stop'-Taste. Das Bild fror ein. Ihm war kotzübel. Mit zitternden Fingernd drückte er die Kippe aus.

„Woher habt ihr das?", fragte er mit trockener Kehle.

„Aus Leisers Wohnung. War in einem abschließbaren Aktenschrank. Zusammen mit ungefähr hundert weiteren DVDs ähnlicher Machart."

„Hundert? Alle mit Claudia als Hauptdarstellerin?"

„Die ich bis jetzt gesehen habe, ja. Auf einigen wird sie von mehreren Männern nacheinander und teilweise auch gleichzeitig penetriert und ..."

„Hör auf, ich will den Scheiß nicht hören." Seine Gedanken fuhren Achterbahn. „Warum zeigst du mir das? Glaubst du, das steht im Zusammenhang mit dem Mord?"

„Eventuell."

„Und wie?"

„Was wenn Claudia Sindelar genug von diesen Demütigungen hatte und sich an dem Mann, der sie dazu genötigt hat, gerächt hat?"

„Du glaubst, Trautmann steckt hinter den Aufnahmen?"

„Wer sonst?"

„Wer sind die Arschlöcher?"

„Wissen wir noch nicht, aber ich schätze die Fußballer."

Andersen warf die DVD aus und las die Beschriftung: 12.5.2007. Zu der Zeit war Claudia schon ein, zwei Jahre mit Trautmann zusammen.

„Wo, glaubst du, wurde das aufgenommen? Im Haus der Gundalls?"

„Das kann überall aufgenommen worden sein."

„Kann es nicht. Die haben bei der Menge an Videos doch nicht jedes Mal die Möbel rausgetragen, die Wände verhängt und den Boden mit Folie ausgelegt. Das wäre doch aufgefallen."

Schilling zuckte mit den Schultern.

„Habt ihr Kopien der DVD auch bei Wagner gefunden?"

„Nein. Aber dafür das hier."

Er kam zu Andersen und legte eine weitere DVD ein.

„Kannst du mir nicht einfach erzählen, was drauf zu sehen ist?"

Er zögerte kurz. „Trautmann hat sich selbst dabei gefilmt, wie er Steffi Becker, die wir bis vor kurzem nicht auf dem Schirm gehabt haben, auf dem Stammtisch der Fußballer in der Zuckermodder vergewaltigt."

Andersen lief es eiskalt den Rücken runter.

„Die Aufnahme ist vom 13. April dieses Jahres. Das Ganze muss nach Feierabend passiert sein. Bis auf Trautmann und Steffi Becker ist niemand zu sehen. Die Kamera lag auf einem Barhocker."

Andersen zögerte, ‚Play' zu drücken. Dann atmete er tief durch und startete die Wiedergabe. Nach endlos erscheinenden quälenden fünf Minuten stoppte er die Aufnahme, die glücklicherweise keinen Originalton hatte. Es war fürchterlich und schwer bis gar nicht zu nicht zu ertragen: Steffi, die mit heruntergezerrten Jeans auf dem Bauch auf dem Stammtisch lag, die Hände hinter dem Rücken mit Gaffa-Tape zusammengebunden, ihr Mittag- oder Abendessen – oder beides – über den Rand des Stammtischs kotzend, während Trautmann, eine Hand brutal in ihre wundervollen langen schwarzen Haare verkrallt, ihren Kopf nach hinten zerrt und ihr mechanisch wie ein Fickroboter sein Gerät in den Anus rammt. Andersen hatte keine Ahnung, wie lange das noch so weitergangen wäre, aber er schätzte, noch eine ganze Weile. Er hatte genug gesehen, um zu verstehen, was Trautmanns Mörder gefühlt haben musste, als er zum ersten Mal das Video gesehen hatte. Vermutlich das gleiche wie er. Hilflosigkeit. Verzweiflung. Und Wut. Wut, die in Hass umschlägt. Hass von der Sorte, der einen ans Töten denken lässt. Und zwar an ein Töten, bei dem das Opfer so lange wie möglich leidet und der Tod letztlich eine Erlösung wäre. Wie zum Beispiel Kastration bei lebendigem Leib.

„Seid ihr sicher, dass Trautmann erst post mortem kastriert worden ist?"

„Laut Dr. Halter, unserer Pathologin und Leiterin der Rechtsmedizin, besteht daran kein Zweifel. Auch wenn der zeitliche Abstand zwischen Trautmanns Exitus und der Kastration nicht sehr groß gewesen sein kann. Wieso fragst du?"

„Dir ist klar, was das bedeutet?"

Mit spitzen Fingern, so als sei sie toxisch, nahm Andersen die DVD aus dem Laufwerk und legte sie auf den Schreibtisch.

„Dass auch Steffi Becker ein Mordmotiv gehabt hätte", erwiderte Schilling. „Rache für die Vergewaltigung. Dass Trautmann kastriert wurde, würde auf jeden Fall dazu passen."

„Steffi? Nein, Quatsch. Derjenige, der heimlich in sie verliebt war und durch die DVD von der Vergewaltigung erfahren hat."

Schilling zog fragend eine Augenbraue hoch.

„Martin Wagner."

„Und wie ist er an die DVD gekommen? Trautmann wird sie ihm ja wohl kaum selbst in die Hand gedrückt haben."

„Doch. Er wollte ihn demütigen und klarmachen, dass er der Boss ist und sich alles nehmen kann, wonach ihm der Sinn steht. Unter anderen eben auch Steffi."

Schilling strich sich nachdenklich durch die Haare, als es an der Tür klopfte.

„Ja?"

Ein Beamter in Zivil trat ein und zog einen mit Handschellen gefesselten Mann an dessen Arm mit sich ins Büro. „Der junge Mann hier hat sich eben beim Pförtner gestellt. Ich gehe davon aus, dass er dringenden Redebedarf hat."

Martin Wagner wich Schillings und Andersens Blick aus.

„Bring ihn einen freien Verhörraum", meinte Schilling, „ich bin gleich da."

„Freier Verhörraum? Äh ..."

„Sag Thomas und Frank Bescheid, dass wir dringend einen brauchen."

Der Beamte nickte und schleppte Wagner aus dem Büro.

„Ich will dabei sein", meinte Andersen.

„Vergiss es. Wir müssen uns an die Spielregeln halten."

„Ich bin kein Beamter mehr, ich muss mich an gar nichts halten. Schon gar nicht an irgendwelche Spielregeln."

Schilling schloss kurz die Augen. „Bist du sicher, dass Wagner in Steffi Becker verliebt ist?"

Andersen nickte.

Schilling atmete tief durch. „Okay. Du kannst dabei sein. Aber überlass mir die Führung, okay?"

Andersen nickte vage. Schilling stand auf und kam um den Schreibtisch herum. „Ich hab übrigens noch etwas ..." Er kramte mehrere zusammengeheftete Blätter aus einem Aktenordner und legte sie vor Andersen auf den Schreibtisch. „Die Helltaler Schützenkönige der letzten vier Jahre."

„2009: Egon Trautmann", las Andersen.

„Knapp vor Harry Leiser", ergänzte Schilling. „Darf ich weiterhin deine Aufmerksamkeit darauf lenken, dass dein alter Schulkamerad Manfred Jäger sowohl 2005, 2007 als auch 2008 jeweils Dritter geworden ist?"

Schilling saß Wagner am Tisch des kleinen Verhörraums gegenüber, während Andersen Wagners Handschellen aufschloss. Wagner rieb sich die Handgelenke und warf Andersen einen Blick zu, den mit ‚hasserfüllt' zu beschreiben wahrscheinlich die Untertreibung des Jahres gewesen wäre. Andersen legte die Handschellen auf den Tisch und setzte sich neben Schilling, der das Aufnahmegerät startete.

„Verhör Martin Wagner am 29. Oktober 2009 durch Kriminalhauptkommissar Jürgen Schilling und dem", er zögerte kurz, „externen Berater der Soko Mark Andersen." Er wandte sich an Wagner. „Warum haben Sie sich in der Nacht von Mittwoch auf Donnerstag einer Befragung durch meine Kollegen, die Kriminalkommissare Young und Kretschmer, entzogen, obwohl diese Sie gebeten hatten, im Sportheim auf sie zu warten?"

„So lange der dabei ist", er nickte in Andersens Richtung und verschränkte die Arme vor der Brust, „sag ich gar nichts."

Schilling stoppte das Aufnahmegerät. „Muss ich Sie wirklich darauf hinweisen, dass Sie nicht in der Position sind, irgendwelche Forderungen zu stellen?"

„Was Kriminalhauptkommissar Schilling sagen will", erklärte Andersen an Wagner gewandt. „Dass du dich freiwillig gestellt hast, ändert nichts daran, dass du in der Scheiße steckst. Und zwar richtig. Und wenn man in der Scheiße steckt, ist das Zauberwort ‚demütig'. Ich gehe mal davon aus, dass dir als Fußballer und Helltaler die Bedeutung dieses Wortes unbekannt ist, deshalb hier eine Definition, die selbst jemand wie du verstehen sollte: Antworte, wenn wir dir eine Frage stellen. Ansonsten: U-Haft. Und zwar sofort."

Wagner schien zu überlegen, abzuwägen. Dann nickte er. Wenn auch zögerlich. „Stellen Sie Ihre Fragen."

Schilling startete wieder das Aufnahmegerät. „Warum haben Sie sich Mittwochnacht im Sportheim dem Verhör durch seine Kollegen entzogen?"

„Ich hatte Schiss, denke ich."

„Vor was?"

„Dass mir was angehängt werden soll, mit dem ich nichts zu tun habe."

„Wie zum Beispiel 200 Gramm Kokain, 50 Gramm Ketamin und 100 Gramm Crystal Meth, das wir in Ihrer Wohnung gefunden haben?"

„Das meine ich. Keine Ahnung, wem das Zeug gehört, mir jedenfalls nicht."

„Warum haben Sie sich jetzt gestellt?"

„Ich hatte Mittwochabend schon ein paar Bier und ein oder zwei Schnäpse intus. Dass ich abgehauen bin, war 'ne Scheißidee. Das ist mir leider erst danach klargeworden. Ich hab ja nichts zu verbergen."

„Wissen Sie, wo sich Harry Leiser aufhält?"

„Nein."

„Um wie viel Uhr tauchte Harry Leiser gestern Abend im Sportheim auf?"

„Weiß ich nicht. Als ich gegen elf ankam, war er schon da."

„Wo waren Sie vor 23 Uhr?"

„Zuhause."

„Zeugen?"

Wagner schüttelte den Kopf.

„Wussten Sie etwas über ein geplantes Attentat auf Mark Andersen?"

Er lachte auf. „Attentat? Auf den da?" Er nickte in Andersens Richtung. „Wieso sollte irgendjemand versuchen, diesen Amateur aus dem Weg zu räumen?"

„Beantworten Sie bitte die Frage, Herr Wagner."

„Nein, davon wusste ich nichts."

Andersen trommelte mit den Fingern einen langsamen Rhythmus auf die Tischplatte.

„Wie kamen Sie an die DVD, auf der die Vergewaltigung von Steffi Becker durch Egon Trautmann zu sehen ist?"

Wagner reagierte kurz verunsichert, riss sich aber sofort wieder zusammen. „Weiß ich nicht mehr."

„Du hast sie von Trautmann", sagte Andersen.

„Wie gesagt, weiß ich nicht mehr, Schnüffler."

Andersen stoppte das Aufnahmegerät, was sowohl Schilling als auch Wagner irritiert registrierten. „Du liebst sie. Träumst davon, sie zu besitzen, sie zu vögeln. Volles Programm und so. Problem bei der Sache ist: sie lässt dich nicht ran."

Wagner fixierte Andersen mit zu Schlitzen verengten Augen. Andersen stand auf und ging neben ihm in die Hocke, wobei er sich mit den Unterarmen auf der Tischplatte abstützte. „Dabei lässt sie doch sonst fast jeden ran. Sogar deinen inzwischen zu seinen Ahnen abgerittenen Capitano Trautmann. Na ja, so ganz freiwillig schien sie ihn zwar nicht rangelassen zu haben, aber das macht keinen Unterschied. Er hatte sie, du nicht."

Wagner starrte Andersen an. Der Wunsch, zu töten – Andersen zu töten –, doch recht deutlich in seinen Augen. „Was soll die Scheiße? Das muss ich mir nicht anhören."

„Doch, musst du, Alter. Und weißt du warum? Weil das alles im Zusammenhang mit dem Mord an deinem Ex-Capitano steht."

Wagner schwieg.

„Worum ging es bei der Schlägerei zwischen dir und Trautmann vor der Zuckermodder? Um Steffi?"

„Ich will einen Anwalt", murmelte Wagner.

„Beantworte die Frage, Arschloch!", brüllte Andersen ihm ins Ohr.

„Mark!"

Andersen ignorierte Schilling. „Ging es dabei um Steffi, du Penner?“, brüllte Andersen erneut in Wagners Ohr und drosch zeitgleich auf den Tisch.

Wagner zuckte zusammen.

Dann nickte er. Zögerlich. Sehr zögerlich.

„Was ist passiert an dem Abend?“

„Er hat mich provoziert“, murmelte Wagner, „hat darauf rumgehackt, dass Steffi es mit allen treiben würde, nur nicht mit mir.“

Andersen sah kurz zu Schilling, der ihm fast unmerklich zunickte.

„Wer hat gestern Abend auf mich geschossen? Du? Leiser?“

Wagner war anzusehen, dass er den starken Impuls unterdrückte, Andersen an die Gurgel oder sonst wohin zu gehen. „Wer auch immer es war; schade, dass er dir nicht das Hirn rausgepustet hat.“ Er sah Schilling an. „Ich kenne meine Rechte, ich weiß, dass mir ein Anwalt zusteht. Ich sage jetzt gar nichts mehr, bis ich ...“

Andersen realisierte erst, was er getan hatte, als Blut auf Schillings weißes Hemd spritzte und das vorausgegangene Knacken – das sich anhörte, als trete man auf einen trockenen Zweig und das Wagners Geschwafel von wegen ‚Anwalt‘ und ‚Ich kenne seine Rechte‘ abrupt beendete – wie ein entferntes Echo in seinen Ohren nachhallte.

„Mark! Scheiße!“, brüllte Schilling.

Andersen starrte auf seine Hand, die immer noch in Wagners gegelten Haaren verkrallt war. Dass Schilling auf ihn zustürzte, nahm er wie durch einen Schleier wahr. Auch dass er ihn von Wagner wegriss, der sich wimmernd die blutende, zertrümmerte Nase hielt.

„Bist du völlig durchgeknallt? Das kann doch nicht wahr sein!“

Andersen befreite sich aus Schillings Griff, wandte sich wortlos ab und knallte mit der Tür. Auf dem Flur konnte er Wagners Gejammer hören.

„Er hat mir die Nase gebrochen. Der Scheißkerl hat mir die Nase gebrochen!"

Er saß auf der Motorhaube eines Streifenwagens im Hof des Reviers und steckte sich mit zitternden Fingern eine Zigarette an. Versuchte das eben Geschehene zu analysieren und in eine Form zu bringen, die irgendeine Art von Sinn machte. Es machte keinen Sinn. Irgendwas in seinem Kopf hatte klick gemacht und er hatte Mark Andersen dabei zusehen dürfen, wie der seine Hand in Wagners Haare verkrallt und dessen Kopf mehrmals auf die Tischplatte gedroschen hatte. Selbst wenn er versucht hätte, Mark Andersen davon abzuhalten, wäre es ihm nicht gelungen, weil: klick. Hatte Sindelar sich auch so gefühlt, als er den Benz-Fahrer nach dem Gillan-Konzert fast zu Tode geprügelt hatte? Hatte davor in seinem Kopf auch irgendwas klick gemacht? Hätte er zum Mörder werden können, wenn Andersen nicht dazwischen gegangen wäre? Hätte Andersen zum Mörder werden können, wenn Schilling nicht dazwischen gegangen wäre?

Er inhalierte und behielt den Rauch länger als nötig in den Lungen, als Schilling aus dem Seiteneingang auf ihn zukam. „Ich wusste es ...", knurrte er und setzte sich neben ihn auf die Motorhaube.

„Was wusstest du?", fragte Andersen, obwohl er sehr genau wusste, was Schilling meinte.

„Dass du uns nichts als Ärger machen würdest!"

„Ohne meine Ermittlungen wärt ihr immer noch auf dem Stand, dass Sindelar der Mörder ist."

Schilling nahm ihm wortlos die Kippe aus dem Mund und inhalierte.

„Seit wann rauchst du wieder?"

„Seit eben." Er hustete und gab sie Andersen zurück. „Ich habe Wagner klargemacht, was passieren wird, falls er irgendjemand etwas über den Vorfall erzählen sollte. Offiziell hat er sich die Verletzungen selbst zugefügt, um uns zu schaden. Ich habe leider nicht die geringste Ahnung, ob er dichthält. Falls nicht, habe ich ein Problem. Ein Riesen-Problem. Aber wenn es hart auf hart kommt, werde ich den Teufel tun und meinen Kopf für dich hinhalten, dann springst du über die Klippe."

„Soweit wird es nicht kommen. Ihr habt da oben den mutmaßlichen Mörder von Trautmann sitzen. Alles andere ist zweitrangig."

„Erklär das mal der Internen."

„Komm schon, Schilling. Er war es. Und das weißt du."

„Und das Tatmotiv?"

„Wie oft denn noch: Rache für die Vergewaltigung seiner großen Liebe Steffi Becker."

„Bold, Groß und Scheller haben ausgesagt, dass Wagner in der Nacht des Mordes vor ihnen vom Parkplatz des Sportheims gefahren ist."

„Er war alleine in seinem Wagen und es gibt keine Zeugen, die bestätigen können, dass er auf direktem Weg nach Hause gefahren ist, richtig?"

Schilling nickte. „Gleiches Spiel wie bei Leiser."

„Also wäre es ihm theoretisch möglich gewesen, seinen Wagen irgendwo in der Nähe zu parken – versteckt natürlich – und in aller Ruhe auf Trautmann zu warten."

Andersen fragte sich, was für einen Wagen Wagner fuhr und ob es sich zufällig um einen Corrado handelte. „Was für einen Wagen fährt der Kerl eigentlich?"

„Golf."

Aus automobiltechnischer Sicht passte das leider nicht zu den Beobachtungen von Strasser in der Nacht des Mordes. Oder war Strasser so hackedicht gewesen, dass er auch einen roten Audi Q7 für einen blauen Corrado hätte halten können?

„Wagner ist sowohl der Mörder von Trautmann als auch für das Attentat auf mich verantwortlich. Die Manipulationen am Kofferraum von Leisers Wagen gehen ebenfalls auf sein Konto. Er hat versucht, Leiser das Attentat in die Schuhe zu schieben."

„So wie er versucht hat, den Mord an Trautmann Stefan Sindelar in die Schuhe zu schieben?“

Andersen nickte.

„Wir müssen mit Steffi Becker reden, sie ist der Schlüssel zur Lösung des Falls. Nein, falsch“, korrigierte Schilling sich. „Ich muss mit ihr reden.“

„Was soll das heißen? Dass ich mich raushalten soll?“

„Genau das. Stefan Sindelar ist nicht mehr Haupttatverdächtiger. Glückwunsch. Damit ist dein Job hier erledigt. Alles andere hat dich nicht mehr zu interessieren.“

Andersen hielt ihm die Kippe hin. Schilling zögerte kurz. Dann steckte er sie sich zwischen die Lippen und inhalierte tief.

„Kann ich mir wenigstens noch Leisers Bude ansehen, bevor ich zurück nach Berlin fahre?“

„Wozu? Das haben Thomas, Frank und die Spusi doch schon erledigt.“

„Komm schon, Schilling. Tu mir den Gefallen. Danach bin ich raus. Versprochen.“

„Setz dich mit Thomas in Verbindung“, murmelte Schilling. „Er hat die Schlüssel.“

21
ZURÜCKSEHEN IST BLUT, TRÄNEN UND TOD

Sie lag mit angezogenen Knien auf der Seite auf dem Bett und blätterte in einem Magazin. Sie trug Pumps, ein enges schwarzes Kleid aus Latex und hatte ihre langen Haare zu einem Zopf gebunden. Sie sah zauberhaft aus.

Andersen klopfte gegen den Türrahmen. Sie sah zur Tür und lächelte.

„Ich glaube, wir hatten ein Date", meinte er.

„Komm rein."

Sie legte das Magazin zur Seite, stand auf, küsste ihn auf die Wange und schloss die Tür hinter ihm ab.

„Setz dich."

Er zog vorsichtig seine Lederjacke aus, wobei sie ihm half, warf sie auf einen der Sessel und setzte sich aufs Bett.

„Viertelstunde?", fragte sie grinsend und setzte sich neben ihn.

Andersen schüttelte den Kopf. „Volles Programm."

Steffis Gesichtsausdruck lag irgendwo zwischen überrascht und amüsiert. Er griff in seine Hosentasche und fummelte einen 100-Euro-Schein hervor.

„Reicht das für 'ne Stunde?"

„Dicke", murmelte sie und verstaute den Schein in ihrer Handtasche. Er steckte sich eine an und hielt ihr das Päckchen hin. Sie bediente sich. Er gab ihr Feuer, stand auf und kam mit dem Aschenbecher, der auf dem kleinen Glastisch stand, zurück zum Bett.

„Wagner hat sich vorhin gestellt."

Sie legte den Kopf in den Nacken und inhalierte. „Ich weiß."

„Was? Woher?"

„Er hat mich heute Mittag angerufen und mir gesagt, dass er das vorhat."

„Hat er sonst noch was gesagt?"

„Dass er Scheiße gebaut hat und es ihm leid tut. Und dass er hofft, dass wir uns bald sehen. Und dass ich auf mich aufpassen soll."

„Auf dich aufpassen? Wieso das? Gibt es irgendjemanden, der dich bedroht und von dem er weiß?"

„Keine Ahnung. Das hat er schon öfter gesagt. Ist wohl so eine Art Ritual für ihn."

„Wusstest du, dass er mit Drogen dealte? Koks und Crystal Meth ..."

„Martin? Ein Dealer?" Sie lachte auf. „Du verarschst mich ..."

Andersen schüttelte den Kopf. Sie wirkte erschüttert.

„Der heimgekehrte Sohn vom Andersen erklärt der Heimatforscherin, was in Helltal abgeht. Unfassbar ..." Sie drückte ihre halbgerauchte Kippe im Ascher aus und starrte auf ihre lackierten Fingernägel. Dann musterte sie ihn von der Seite. „Sonst noch irgendwas?"

Andersen zögerte. „Es gibt eine DVD, auf der zu sehen ist, wie Trautmann dich in der Zuckermodder ..."

„Weiß ich", unterbrach sie, „ich war ja dabei."

„Wusstest du auch, dass die DVD bei der Hausdurchsuchung bei Wagner gefunden wurde?"

Sie strich sich fahrig eine Haarsträhne hinters Ohr. „Martin kannte die Aufnahmen?"

„So sieht's aus."

„Scheiße. Was für eine Scheiße ..."

Sie griff sich das Kippenpäckchen und das Feuerzeug, das neben Andersen auf dem Bett lag, und steckte sich die Nächste an.

„Woher weißt du das alles? Bist du doch noch Bulle?"

„Nein. Aber ich arbeite seit ein paar Tagen mit der Soko zusammen."

Schweigen.

„Auf jeden Fall kannst du dich schon mal auf ein paar unangenehme Nachfragen von denen einstellen. Sie spekulieren, dass du aufgrund des ... Vorfalls in der Zuckermodder ein Mordmotiv gehabt haben könntest."

„Was? Nee, oder?"

„Ich gehe aber davon aus, dass die Befragung reine Routine ist. Ich denke, sie haben den Mörder."

„Und zwar?"

„Wagner."

„Warum hätte Martin Trautmann ermorden sollen?"

„Er ist nicht damit klargekommen, dass Trautmann dich ..."

Andersen brach ab. Sie schwieg. Starrte auf die Kippe zwischen ihren Fingern.

„Wieso hast du Trautmann damals eigentlich nicht angezeigt?"

Sie warf ihm einen Seitenblick zu. „Dreimal darfst du raten ..."

„Du hattest keine Beweise", murmelte Andersen. „Es hätte dir niemand geglaubt. Trautmann hätte alles abgestritten und dich als verlogene Schlampe hingestellt. Und du hättest gleich aus Helltal wegziehen können."

„Dem ist nichts hinzufügen." Sie drückte ihre Kippe im Ascher aus.

„Mit dem Video von Wagner hättest du einen Beweis gehabt. Wieso hat er dir nicht gesagt, dass er im Besitz der Aufnahmen war?"

Sie zuckte mit den Schultern. „Hat man das Video auch bei Trautmann gefunden?"

„Soweit ich weiß, nicht, nur bei Wagner."

„Wieso hatte Wagner das Video, aber offenbar nicht Trautmann, der es aufgenommen hat?"

Andersen erinnerte sich, dass die Soko laut Akte des Mordfalls in Trautmanns Arbeitszimmer im Haus der Gundalls auf keinen Computer gestoßen war. Alles, was man gefunden hatte, waren Kontoauszüge, Rechnungen, Fußballmagazine und Autozeitschriften, aber keine Spur von Büchern, DVDs,

Fotoalben, Videos, einer Kamera oder sonstigen privaten Dingen.

„Gute Frage", meinte Andersen und machte sich geistig eine Notiz.

Sie legte eine Hand auf seinen Oberschenkel.

„Das alles tut mir so leid. Wenn ich geahnt hätte, dass ..."

Sie brach ab.

„Wenn du was geahnt hättest?"

„Dass Martin eifersüchtig auf dich war und versuchen würde, dich umzubringen."

„Du glaubst, er war der Attentäter, nicht Leiser?"

Sie nickte.

„Und sein Motiv war nicht Angst, dass er als Mörder von Trautmann entlarvt werden könnte, sondern Eifersucht auf mich?"

Sie nickte. Ihre Hand lag noch immer auf seinem Oberschenkel.

„Lief eigentlich mal was zwischen dir und Wagner?"

Sie schüttelte den Kopf. „Er ist für mich nur ein Kumpel. Und das weiß er. Sexuell ist er überhaupt nicht mein Typ."

„Was ist denn sexuell so dein Typ?"

Sie lächelte, während ihre Hand langsam von seinem Oberschenkel zwischen seine Beine wanderte. „Dreimal darfst du raten ..."

„Wie lange bleibst du eigentlich noch in der Gegend?"

Sie stand mit dem Rücken zu ihm vor dem kleinen Spiegel über dem Waschbecken und zog ihren Lippenstift nach, während er sich im Stehen seine Cargo zuknöpfte. „Bis Sinde offiziell entlastet ist."

„Sinde?"

„Stefan Sindelar."

Er setzte sich aufs Bett, schlüpfte in Socken und Schuhe und zog sein Shirt an. Sie packte ihren Lippenstift zurück in die Handtasche und wandte sich zu ihm um. „Dann könntest du mich die Tage doch mal zum Essen ausführen", meinte sie kokett lächelnd. „Ich kenn da 'ne nette Pizzeria in Landstuhl. Hast du Samstag schon was vor? Da hab ich mir in der Zuckermodder frei genommen. Wollte mal einen Abend zu Hause sein und die Beine hochlegen. Aber mit der Aussicht auf ein Essen mit dir könnte ich das natürlich verschieben."

„Verschieb es."

„Ist verschoben."

Sie setzte sich neben ihn aufs Bett und legte eine Hand auf seine.

„Nicht dass du denkst, du hättest dafür bezahlt. Die Kohle war nur für die Zimmermiete."

„Schon klar", murmelte er und stand auf. Sie brachte ihn zur Tür.

„Wissen Wagner und seine Kumpels eigentlich, dass du hier arbeitest?"

Sie zögerte. „Leiser war mal hier. Letzten Monat. Er stand in der Tür, hat gegrinst, aber kein Wort gesagt. Dann ist er weiter zu Michelle."

„Glaubst du, er hat das Wagner und den anderen erzählt?"

„Dass er zu Nutten geht? Nee, eher weniger. Hoffe ich jedenfalls. Wenn sich in Helltal rumspricht, dass ich hier arbeite ... das wäre das mein Ende. Dann könnte ich auch gleich nach Berlin ziehen."

„Beste Stadt der Welt. Du würdest da gut hinpassen."

„Schon möglich. Aber ich hab hier Verpflichtungen."

Er hakte nicht nach, denn es war ihm klar, dass sie nicht näher auf das Thema eingehen würde.

„Dann bis Samstag."

Er legte eine Hand auf ihre Hüfte und küsste sie kurz auf den Mund. Sie schloss die Tür auf. Er ging, ohne sich noch einmal umzusehen, da ihm plötzlich wieder die Geschichte von Lots Frau im Kopf herumspukte. Zurücksehen ist Blut, Tränen und Tod. Immer und immer wieder.

Er parkte den Polo auf dem Bürgersteig vor Leisers Elternhaus und stieg aus. Alle Rollläden waren runtergelassen, auch die der Einliegerwohnung. Er zückte sein Handy.

„Young."

„Andersen hier."

„Was gibt's?"

„Schilling meinte, du hättest die Schlüssel für Leisers Butze."

„Da hat er recht. Und?"

„Ich brauch die."

„Wozu?"

„Was glaubst du, wozu?"

„Keine Ahnung. Vielleicht willst du sie dir in den Arsch schieben und darauf hoffen, dass dir dabei einer abgeht."

„Ich wollte sie eigentlich dir in den Arsch schieben. Und zu hoffen gibt's da nichts. Dabei wird dir hundertpro einer abgehen."

Young lachte. Laut und schallend. „Träum weiter, Bullensohn."

„Komm nach Helltal und lass es auf einen Versuch ankommen."

„Was willst du da? Wir haben die Wohnung doch schon komplett auf den Kopf gestellt."

„Vielleicht habt ihr was übersehen. Passiert selbst den besten Bullen mal."

„Und was sollte das sein?"

„Das weiß ich erst, wenn ich's gefunden habe."

Schweigen. Kürzer als erwartet.

„Gib mir 20 Minuten."

Young schloss die Tür zur Einliegerwohnung auf, misstrauisch beäugt von Leisers Vater, einem vierschrötigem Glatzkopf mit dem gleichen vorspringenden Kinn wie sein Sohn.

„Sunscht hannerwohl nix ze du", blaffte er, während er Andersen und Young in die Wohnung seines Sohnes folgte. Es war stockdunkel und roch nach körperlichen Ausdünstungen und dreckiger Wäsche.

„Nein, haben wir nicht. Aber Sie doch bestimmt, oder?", meinte Young und schaltete das Licht ein. Leisers Vater schien kurz zu überlegen, ob er a) Young anblöken, b) ihn rassistisch beschimpfen, c) anblöken und rassistisch beschimpfen, d) ihm ohne Beschimpfung gleich in die Fresse hauen oder e) sich einfach kommentarlos verpissen sollte. Er entschied sich nach kurzem Zögern für Möglichkeit e).

Young zog die Rollläden hoch. „Na, dann mal los, Supercop", meinte er und warf Andersen ein Paar Gummihandschuhe zu, wobei er ihm in die Augen sah. Augen, die seit mindestens achtundvierzig Stunden, wenn nicht noch länger, offen waren. Augen, die sich zu Schlitzen verengten, als die Helligkeit den Raum überflutete. Grund: Pupillen von der Größe einer Traube.

„Tu dir keinen Zwang an", meinte Andersen grinsend.

„Was?"

„Du weißt genau, was ich meine."

„Äh, nein."

„Wenn du Bock hast, nachzulegen: nur zu. Da geht die Arbeit doch gleich viel leichter von der Hand."

Young starrte Andersen an, der das Rattern in Youngs seit mehreren Tagen auf Hochtouren vor sich hin rödelndem Hirn quasi hören könnte.

Youngs Zunge fuhr hektisch über die Oberlippe. Dann lachte er. Laut und schallend. „Du bist echt 'n Komiker."

„Menschen zum Lachen zu bringen, ist eine Gabe Gottes", meinte Andersen und fügte mit ernstem Gesichtsausdruck hinzu: „Und Drogen definitiv eine Erfindung des Teufels."

Young hörte auf zu lachen, starrte Andersen an.

Andersen starrte zurück, verzog keine Miene.

Dann gackerten die beiden los und Young hackte eine Line.

„Auch eine?"

Andersen zögerte. War sich nur allzu bewusst, was passieren würde, wenn er ja sagen würde.

„Danke, aber nein."

„Wie du meinst."

Young sniefte die Line, zog lautstark die Nase hoch und verrieb die übriggebliebenen Krümel auf dem Zahnfleisch, was Andersen dazu veranlasste, ihm den Unterschied zwischen Koks und Speed darzulegen, der – unter anderem – darin bestand, dass man die sedierende Wirkung, die Koks auf das Zahnfleisch ausübte, Speed definitiv nicht zuschreiben konnte. Young meinte, das sei ihm egal. Sich irgendwelche übriggebliebenen Krümel aufs Zahnfleisch zu schmieren, war in seinen Augen gute alte Tradition und einfach fucking Pflicht. Dann fühlte er sich noch bemüßigt, Andersen en detail zu erklären, dass er Speed aus ‚rein beruflichen Gründen' konsumiere, da er seit Sonntag mehr oder weniger vierundzwanzig Stunden am Tag am Start gewesen sei, er normalerweise auf diese ‚kleinen Hilfsmittel' natürlich nicht angewiesen sei und sie schon gar nicht ‚brauche', dass alles eine ‚extreme Ausnahmesituation' sei und Andersen deshalb bloß die ‚fucking Klappe' halten sollte. Andersen versprach das.

Dann begannen sie zu suchen. Bewegliche Teile. Leicht zugängliche Teile. Teile, die in einer Wohnung nicht weiter auffallen, aber an die im Fall der Fälle leicht ranzukommen war. Jedenfalls für denjenigen, der gewisse Dinge darin versteckt hatte. Das Thema ‚Fußball' schien offensichtlich auch in Leisers Privatleben eine große Rolle zu spielen. Neben den beiden anderen großen Themen alleinstehender Männer Mitte 20: nackte Weiber und Sportwagen. Jedenfalls den Postern an den Wänden nach zu urteilen. Andersen blätterte durch Leisers Fußballmagazine, während Young die rückwärtige Holzverkleidung der TV-Bank abriss, wobei ihm anscheinend ein paar äußerst interessante Gedanken durch den Kopf schossen. Gedanken von der Sorte, die man augenblicklich und unbedingt mit jemandem teilen musste, bevor man sie vergaß. „Die Frage ist doch: Ist Heimat gleichbedeutend mit Herkunft?"

Andersen sah vom Studium der Fußballmagzine hoch.

„Wie du weißt, stammt mein Vater ja aus New Jersey und ..."

„Nee, wusste ich bis jetzt nicht. Aber danke für die Info."

„Keine Ursache", meinte Young und fuhr fort. „Bedeutet das, New Jersey ist meine Heimat? Auch wenn ich noch nie da war? Was genau ist Heimat? Jeder verbindet doch was anderes damit. Für den einen ist es was Abstraktes, ein Gefühl, aber kein konkreter Ort. Für den anderen ist Heimat nicht von dem Ort zu trennen, an dem er aufgewachsen ist und wahrscheinlich immer noch lebt. Weißt du, was ich glaube? Heimat ist kein Ort, sondern ein state of mind. Wie viel Helltal steckt noch in dir, nach so vielen Jahren Berlin? Hast du Helltal manchmal vermisst?"

„Eher weniger."

Young schien Andersens Antwort nicht wirklich registriert zu haben, denn er fuhr ungerührt fort: „Was genau hast du vermisst? Menschen? Orte? Die Plätze der Vergangenheit? Gerüche? Geräusche? Ein bestimmtes Essen vielleicht? Deine alten Freunde? Deine Kindheit?"

Meine Kindheit ganz sicher nicht, dachte Andersen. „Warum interessiert dich das?"

„Ich will mir meine Theorie bestätigen lassen."

„Was für 'ne Theorie?"

„Dass man Heimat nie wirklich los wird. Beziehungsweise, dass Heimat einem nie wirklich loslässt. Auch wenn sie nichts mehr mit dem zu tun hat, was man jetzt ist und in Zukunft sein wird." Er tastete den mit Kabeln vollgestopften Hohlraum der TV-Bank ab. „Wo wir gerade dabei sind ... Was ist eigentlich typisch deutsch? Gibt es so was wie ein deutsches Gen, das über Generationen weitergeben wird und in dem die traumatischen Erlebnisse des Ersten Weltkriegs, der Weimarer Republik, der Nazidiktatur und des Zweiten Weltkriegs gespeichert sind?"

Andersen stellte die Ohren auf Durchzug. Konzentrierte sich auf seinen Job. Thema: Fußball. Pokale im Regal. Daneben ein nagelneuer Lederfußball von Adidas. Ein paar Urkunden an der Wand. Er nahm sich die Pokale vor, drehte sie um, schüttelte sie, versuchte dabei auf Geräusche zu achten, die man gemeinhin als untypisch beim Pokalschütteln bezeichnen würde. Nichts schlackerte, nichts klackerte.

„Dazu fällt mir eine Geschichte ein", meinte Young. „An der Grenze zwischen der Tschechoslowakei und Bayern gibt es eine Rotwildpopulation, deren Futtersuche zu Zeiten des kalten Krieges immer an den Grenzanlagen des Eisernen Vorhangs endete. Die Grenzbefestigungsanlagen sind jetzt seit 20 Jahren verschwunden. Die Nachkommen des Rotwilds von damals hätten also die Möglichkeit, mal eben einen Abstecher nach Deutschland zu machen." Er ließ eine Kunstpause. „Machen sie aber nicht. Selbst mehrere Generationen später gehen ihre Nachkommen niemals weiter als bis zu der Stelle, an der die Grenze war."

„Willst du jetzt auf Rehforscher umschulen, oder was?"

„Das sind existentielle Fragen, Mann. Und irgendwann sollte man die für sich beantworten."

„Was für Fragen?"

„Wer bin ich? Woher komme ich? Wohin gehe ich?"

Andersen griff sich den Fußball und dozte ihn auf. Müsste mal aufgepumpt werden, dachte er, während Young weiterlaberte. „Weißt du eigentlich, was der grundlegendste Unterschied zwischen Amerikanern und Deutschen ist? Wenn du in den US of A einen Anhalter mitnimmst, fragst du ihn als Erstes Where you heading?, also ‚Wo soll's hingehen?'. In Deutschland wird der Anhalter gefragt, wo er herkommt." Kunstpause. „Denk mal drüber nach."

Ganz sicher nicht, dachte Andersen, während er den Lederball betatschte. Und stutzte. Irgendwas stimmte nicht mit den Nähten.

Er schloss die Augen ...

„Aber unabhängig davon ..."

„Halt einfach mal zwei Minuten die Fresse, ich muss mich konzentrieren."

... und fuhr mit den Fingern über die Nahtstellen des Balles. Eine Stelle fühlte sich definitiv anders an als der Rest. Er öffnete die Augen und betrachtete sie. Young war dazugetreten und äugte auf den Ball in seinen Händen. „Ein Fußball. Interessant."

Andersen zeigte ihm die Nahtstelle. „Wie nachträglich eingefügt, oder?"

Young nickte.

„Taschenmesser?"

Young schüttelte den Kopf, sah sich um und entdeckte eine Schere auf Leisers Schreibtisch, mit deren Hilfe er die Naht auftrennte. Eingepackt in mehrere Lagen Verpackungsmaterial entdeckte er eine unbeschriftete 2 GB SD-Card. „Ich wette, die passt in die Spiegelreflexkamera, die wir hier gefunden haben."

„Und wo ist die jetzt?"

„Liegt zusammen mit den anderen Sachen von hier in 'nem Karton in meinem Büro."

„Dann los."

Andersen zog die Gummihandschuhe aus, während Young die Speicherkarte wieder mit dem Verpackungsmaterial umwickelte und sie sich in die Jackentasche steckte. „Gute Arbeit. Also für einen Ex-Bullen, mein ich."

„Ich weiß", sagte Andersen, als Youngs Handy klingelte. Er nahm nach einem Blick aufs Display ab. „Ja, Chef? – Zusammen mit dem Ex-Bullen in Leisers Wohnung. Wir wollten aber gerade zurück nach Lautern. Haben was entdeckt." Seine Miene verfinsterte sich. „Was? Scheiße ..." Er schloss kurz die Augen, kratzte sich am Hals und atmete tief durch. „Alles klar, wir sind auf dem Weg."

Er beendete das Gespräch und sah Andersen an.

„Es gab einen Mord. Ich soll dich mit zum Tatort nehmen."

„Wieso das?"

„Schilling meinte, du kennst das Opfer."

22
BÜCHSE DER PANDORA

Als Young am Einsiedlerhof links in Richtung McDonald's abbog und dann die erste rechts in Richtung Eros-Center nahm, wurde Andersens Vorahnung zur Gewissheit. Krampfhaft versuchte er das Zittern seiner Hände zu unterbinden. Erfolglos.

Young warf ihm einen Seitenblick zu. „Alles okay?"

„Nicht wirklich ..."

„Willste jetzt vielleicht 'ne Line?"

Alles in Andersen schrie ‚ja', aber er schüttelte den Kopf.

„Aber ich brauch noch eine."

Young zerhackte auf einer CD auf der Mittelkonsole das Speed und sniefte es. Andersen starrte aus dem Seitenfenster. In seinem Kopf nichts als Leere.

Das Gelände des Eros-Centers war großräumig abgesperrt. Hinter dem rot-weißen Flatterband lungerten mehrere Fotografen, in der Hoffnung auf ein reißerisches Foto und nähere Infos herum. Young parkte den Vectra auf dem Bürgersteig gegenüber. Die beiden stiegen aus – Andersen mit weichen Knien – und gingen auf den von zwei mobilen Scheinwerfen hell erleuchteten Parkplatz zu, darauf bedacht, den Fotografen aus dem Weg zu gehen, die aber kein Interesse an ihnen zeigten. Auf dem Parkplatz standen mehrere Streifenwagen, ein Leichenwagen und diverse Zivilfahrzeuge der Soko-Mitarbeiter. Young zeigte dem Beamten am Absperrband seinen Ausweis.

„Schilling erwartet uns."

Der Beamte überprüfte den Ausweis, nickte und gab den Weg frei. Das ‚Eros Center – Open'-Neonschild blinkte unbeeindruckt über der Tür, so als wäre nichts geschehen, so als wäre alles wie immer. Aber nichts war wie immer. Gar nichts. Sie war tot. Und Andersen wusste, dass es seine Schuld war. Auf halben Weg die Treppe hoch musste er innehalten und sich am Geländer abstützen. Sein Herz raste, er schnappte nach Luft und hatte das Gefühl, zu ersticken.

„Kommst du klar?"

„Ich brauch ein paar Minuten", japste er.

Young ging weiter. Es dauerte gefühlte fünfzehn Minuten, in denen er versuchte, sich bewusst zu machen, dass er nicht ersticken würde und dass das alles nur in seinem Kopf stattfand. Als er sich wieder halbwegs gefangen hatte, wischte er sich den kalten Schweiß von der Stirn und schleppte sich weiter die Treppe nach oben. Durch die offene Tür des ersten Zimmers entdeckte er Young, der bei Kretschmer stand, welcher gerade seinen Notizblock zuklappte. Auf dem Bett saß eins der Mädchen. Leichenblass. Trotz der Solariumbräune.

Er ging auf Steffis Zimmer zu, vorbei an offenen Türen, vorbei an weiteren Beamten, die weitere Mädchen befragten. In der Nähe des Zinksarges, der neben der Tür zu ihrem Zimmer hochkant an der Wand lehnte, standen zwei Bestatter in schwarzen Anzügen, die sich leise unterhielten. Ihm wurde übel und er schaffte es nur unter Aufbietung seiner letzten Energiereserven sein Mittagessen nicht neben die Tür zu reihern.

Dann betrat er das Zimmer. Schilling stand mit einem Beamten der Spurensicherung beim Bett und redete mit ihm. Im hinteren Teil war ein weiterer Spusi bei der Arbeit. Steffi lag auf dem Rücken, direkt neben dem kleinen Tisch, dessen Glasplatte zersplittert war. Um ihren Kopf herum ein Heiligenschein aus Blut. Ihre Augen weit geöffnet. Sie starrte an die Decke, an einen imaginären Punkt, den nur sie sehen konnte. Ihre linke Wange war gerötet, ihr schwarzes Latexkleid bis über die Hüften nach oben gerutscht, ihr Slip zerrissen. Eine Brust war freigelegt. Bei ihr kniete eine große, schlanke Frau mit Betty-Page-Frisur und einem Piercing in der Unterlippe, die gerade ihre Gummihandschuhe auszog.

„Mark ..."

Andersen sah zu Schilling.

„Irgendwelche Spuren?", fragte er und versuchte das Zittern in seiner Stimme zu kontrollieren.

„Mehrere benutzte Kondome. Massig Faserspuren. Fingerabdrücke auf dem Aschenbecher, auf mehreren Kippen und dem Glastisch."

„Kann ich dich kurz sprechen?",

Schilling ging mit ihm vor die Tür.

„Die Fingerabdrücke auf dem Aschenbecher und den Kippen sind meine. Und eins der Kondome auch."

Schillings Miene verfinsterte sich. „Wann warst du hier?"

„Direkt nach dem Verhör von Wagner."

„Ich hab dir doch gesagt, du sollst dich da raushalten, du Idiot! Verdammt, Mark!"

Andersen senkte den Blick und starrte auf seine Turnschuhe.

„Ist dir irgendetwas aufgefallen? Irgendein Wagen auf dem Parkplatz, der dir bekannt vorkam?"

Andersen schüttelte den Kopf, als die große, schlanke Frau mit dem Piercing in der Unterlippe, in der Hand ihren Untersuchungskoffer, aus dem Zimmer kam.

„Dr. Petra Halter, unsere Rechtsmedizinerin", stellte Schilling vor. „Mark Andersen, unser externer Berater."

Petra Halter nickte ihm knapp zu.

„Was hast du?", fragte Schilling.

„Es hat ein Kampf stattgefunden. Unter ihren Fingernägeln konnte ich Hautreste ihres mutmaßlichen Mörders sichern."

Oder meine Hautreste, dachte Andersen. Von meinem von ihr zerkratztem Rücken.

„Im Laufe des Kampfes muss sie nach hinten gefallen oder geschubst worden sein und muss dann mit dem Hinterkopf gegen die Kante des Glastisches geprallt sein. Darauf deuten sowohl Haut- als auch Blutspuren an der Kante des Tisches hin sowie die Verletzung an ihrem Hinterkopf. Ich gehe davon aus, dass sie an massivem Blutverlust in Verbindung mit der schweren Kopfverletzung gestorben ist. Raubmord können wir ausschließen. Tasche, Bargeld, Portemonnaie, Handy – alles noch da. Den Todeszeitpunkt würde ich nach jetzigem Stand auf 17, 18 Uhr datieren. Des Weiteren hatte sie kurz vor oder nach ihrem Tod ungeschützten Geschlechtsverkehr. Mit ein bisschen Glück landen wir einen Treffer in der DNA-Datenbank. Alles weitere nach der Obduktion."

„Glaubst du, du schaffst das bis morgen früh?"

„Ich versuch mein Bestes." Sie wandte sich an die beiden Bestatter. „Ihr dürft."

Die Bestatter trugen den Zinksarg ins Zimmer.

Andersen schloss die Augen.

„Wer hat sie gefunden?"

Er stand mit Schilling und Young vor dem Eingang des Eros-Centers.

„Eine Kollegin von ihr, die sich gewundert hat, dass ihre Tür verschlossen war, obwohl ihr Kunde gerade gegangen war", erklärte Schilling, während ihm Young Feuer gab.

„Konnte sie den Mann beschreiben?"

„Basecap, Glatze, Sonnenbrille, Armyhosen, Armyjacke", meinte Young. „Sie glaubte sich zu erinnern, dass der Kerl schon mal als Kunde bei ihr war."

„Heißt sie Michelle?"

Young checkte seine Notizblock. Dann nickte er.

„Leiser", murmelte Andersen. „Steffi meinte, er war schon mal hier. Er ist dann aber zu dieser Michelle gegangen." Er starrte auf die Glut seiner Kippe. „Steffi hatte ihn von Anfang an als Mörder von Trautmann im Verdacht."

„Und sie musste sterben, weil er wusste, dass sie Beweise dafür hatte?", fragte Schilling.

„Das weiß ich nicht. Sie meinte, sie habe keine, wisse aber, dass es Leiser war."

Schilling sah Young an. „Wir durchsuchen Steffi Beckers Haus. Vielleicht werden wir ja fündig."

„Dann solltet ihr euch beeilen“, meinte Andersen. „Leiser könnte versuchen, die Beweise, falls es sie wirklich geben sollte, verschwinden zu lassen.“

„Ich kümmere mich darum“, sagte Young.

„Nimm Frank mit.“

Young nickte und verschwand im Eros-Center.

„Warum wurde im Haus der Gundalls keine Videokamera von Trautmann gefunden?“

„Keine Ahnung“, erwiderte Schilling. „Vielleicht hat er sich eine ausgeliehen.“

„Ein Amateur-Regisseur, dessen Werk aus über hundert Filmen besteht, hat keine eigene Videokamera?“

„Macht nicht wirklich Sinn, stimmt.“

„Genauso wenig wie der Fakt, dass bei ihm kein Computer gefunden wurde. Wie hätte er ohne Computer seine Filme schneiden und mit Musik unterlegen können?“

Schilling blies schweigend den Rauch in die kalte Nachtluft. „Glaubst du wirklich, der Mord an Steffi steht im Zusammenhang mit dem Mord an Trautmann?“

„Du nicht?“

„Vielleicht ist sowohl der Anschlag auf dich als auch ihr Tod nur die Konsequenz aus der Tatsache, dass du durch deine Ermittlungen die Büchse der Pandora geöffnet hast.“

„Schnappt euch endlich Leiser, bevor ich es tue“, sagte Andersen. „Denn dann kann ich für nichts mehr garantieren.“

„Die Fahndung läuft auf Hochtouren. Wir haben sämtliche ...“

„Jaja, wie auch immer“, unterbrach er ihn. „Ich will jetzt alleine sein. Wir sprechen morgen.“

Er schnippte die Kippe in Richtung der beiden Scheinwerfer, die den Parkplatz in gleißend helles Licht tauchten.

Es war kalt, dunkel und diesig. Außer ihm war niemand auf den nachlässig beleuchteten nächtlichen Straßen von Helltal unterwegs. Er zog sich die Kapuze des Sweatshirts tief ins Gesicht und steckte sich eine an.

Sickingenstraße, Bruchstraße, Bachstraße, Waldstraße, Hauptstraße, Hesselandstraße. Wie oft waren Sindelar und er diesen Weg schon gegangen? Damals in den Sommerferien fast jede Nacht. Dabei hatten sie aus guter alter Tradition immer ein 0,5er-Bier vernichtet und die leere Dose dann kichernd durch einen Vollspannschuss in einem der Gärten entsorgt. Meistens in den Garten vom Scherer Ernst, einem Nachbarn der Gundalls.

Er bog von der Waldstraße in die Hauptstraße ab. Zur Rechten das Eckhaus der Zuckermodder. Kein Ford Capri mit schwarz lackierter Motorhaube vor der Tür. Natürlich nicht.

Er ging die Hauptstraße weiter nach links und erreichte nach wenigen Metern die Hessenlandstraße. Das Haus der Gundalls kam in Sicht.

Er hatte Schilling gegenüber zwar geäußert, dass er alleine sein wollte, aber das war gelogen. Er wollte nur weg. Weg vom Tatort, weg von Steffis Leiche, weg von allem. Problem: Wo hätte er hingehen sollen? Damals hätte er eine Antwort auf die Frage gehabt: Zu Sindelar und Claudia. Nach Kolberg konnte er aus naheliegenden Gründen nicht. Blieb nur noch Claudia. Leider hatte diese ihm bei ihrem letzten Aufeinandertreffen unmissverständlich klargemacht, dass sie nie wieder etwas mit ihm zu tun haben will. Doch das war ihm gerade egal. Er brauchte sie. Jetzt.

Er schnippte die Kippe weg und nahm den kleinen unbefestigten Fußweg zwischen den Häusern vom Schmidt und vom Becker, der zu einem vom Waldrand und einer Weide begrenzten Feld hinter der Hessenlandstraße führte. Von hier aus war es ein Leichtes, sich ungesehen zur rückwärtigen Seite von Claudias Elternhaus zu schleichen, über den hüfthohen Zaun zu klettern, sich an der Einliegerwohnung im Untergeschoss vorbeizuschleichen, um dann direkt unter Claudias Zimmerfenster im ersten Stock zu stehen. Damals war immer Sindelar derjenige gewesen, der kleine Steinchen an den Rollladen ihres Fensters geworfen hatte, jetzt war es an ihm, die passenden Steinchen zu finden und das Fenster zu treffen.

Er legte den Kopf in den Nacken und sah zum ersten Stock hoch.

Zwei Fenster. Bei beiden waren die Rollläden runtergelassen.

Er versuchte, sich zu erinnern, welches Fenster das Richtige war, als er ein energisches Hämmern gegen einen Rollladen hörte. Das Geräusch kam aus Richtung der Einliegerwohnung, an der er gerade erst vorbeigehuscht war. Er schlich gebückt zur Ecke und spähte zur Terrasse der Wohnung, die von einer funzeligen Außenbeleuchtung spärlich erhellt wurde. Genug, um den Mann mit dem Cowboyhut, dem weißen Muscle-Shirt und den stoppelkurzen blonden Haaren erkennen zu können.

„Open the fucking door!" Mitchell hämmerte erneut gegen den Rollladen. „Wir mussen sprechen. Now!"

Kasia machte keine Anstalten den Rollladen hochzuziehen, weshalb Mitchell erneut dagegen drosch. „Open the fucking door!"

Dann wurde der Rollladen hochgezogen und die Tür geöffnet. Mitchell stürmte in die Einliegerwohnung. Hinter ihm wurde die Terrassentür wieder geschlossen. Andersen schlich näher ran. Eins der Fenster war gekippt, sodass er hören konnte, was drinnen abging.

„Ich habe dir schon gesagt an Telefon: unser Date Samstag!"

„I want you to pay your fucking debts! Now! I need the money! My car is broken. I had an accident. I had to come by bus!"

„Ian ..."

„I won't leave before you pay me, hear me?"

Er spähte durch die Eingangstür, aber keine Chance; die blickdichte Gardine war vorgezogen.

„Okay. Du bekommst dein Geld. Aber nicht alles. Nur Hälfte."

„What?"

„Du nimmst Hälfte und gehst. Und niemals come back. Oder du nimmst Hälfte nicht und gehst auch. Wenn du nicht gehst, I will call police."

„You don't dare to call the police! You know why!"

„I will call them!"

Kasia zog in Erwägung, die Polizei einschalten, was Mitchell aber nicht glaubte, da er dachte, sie schieße sich damit ins eigene Bein? Wer hat da jetzt wen in der Hand?, fragte sich Andersen. Und vor allem womit?

„Why only half?"

„Du weißt genau."

„I don't fucking know, goddammit!"

„Then think about it."

„I don't fucking know! Just tell me!"

In diesem Moment hörte er, wie links von ihm der Rollladen der Terrassentür im Erdgeschoß hochgezogen und die Tür geöffnet wurde. Licht flutete einen Teil des Gartens vor der Einliegerwohnung. Geduckt schlich er an der Einliegerwohnung vorbei in Richtung Wald.

Auf dem Rückweg zur Sickingenstraße versuchte er, aus dem eben Gehörten schlau zu werden. Kasia hatte sich offensichtlich von Mitchell Kohle geliehen. Wie viel und weswegen? Und wieso ausgerechnet bei Mitchell? Ein ehemaliger Angestellter der US-Army, der aktuell seine Brötchen durch DJ-Jobs verdiente, ist nicht wirklich die erste Anlaufstelle, wenn man knapp bei Kasse war. Woher kannten sich die beiden? War Kasia eventuell Mitchells Geliebte? War Kasia die Frau, deretwegen Lene ihren Mann rausgeworfen hatte?

Auf Höhe der Zuckermodder griff er zum Handy und rief Lene an.

„Hey, Bruderherz."

„Kurze Frage, kurze Antwort: Kennt dein zukünftiger Ex-Mann Kasia Grabowska?"

„Kasia? Die Altenpflegerin, die bei den Gundalls in der Einliegerwohnung wohnt?"

„Genau die."

„Nee, nicht das ich wüsste. Wie kommst du da drauf?"

„War nur so 'ne Idee. Ich meld mich."

Zurück in der Einliegerwohnung goss er sich einen Whiskey ein und kippte ihn auf ex. Gingi, die sich auf der Schlafcouch putzte, hielt kurz inne und äugte in seine Richtung. Dann schüttelte sie sich und widmete sich wieder ihrer Fellpflege. Er goss sich den nächsten ein und versuchte, nicht an Steffi zu denken, als es an der Terrassentür klopfte. Dreimal kurz, zweimal lang, dreimal kurz. Er ging hin, zog die Gardine beiseite und öffnete die Tür. Davor stand ein unrasierter Mann mit kurzen, schwarzen Haaren, der sich gerade seine Wollmütze vom Kopf zog. Über der Schulter trug er einen olivfarbenen Seesack. „Hey, Smörre. War gerade in der Gegend und dachte, sag mal hallo."

Andersen starrte ihn fassungslos an. Dann zerrte er ihn hektisch in die Wohnung und ließ eilig sämtliche Rollläden runter.

„Bist du bekloppt, Alter? Was soll der Scheiß? Was willst du hier?"

„Ganz schön viele Fragen auf einmal."

„Mann, du Arsch! Du hast doch nicht mehr alle Murmeln im Becher!"

„Gut möglich", erwiderte Sindelar grinsend. „Aber so neu ist die Erkenntnis ja auch nicht, oder?"

Kurz darauf saßen sie am kleinen Tisch in der Küche. Sindelar schlürfte Kaffee und aß ein mit Schinken und Käse belegtes Brot, während Andersen sich an seinem Whiskeyglas festhielt.

„Mein letzter Stand war, dass du den Job hingeworfen hast", sagte Sindelar mit vollem Mund, „hauptsächlich wohl aus dem Grund, weil ich einen blauen Corrado fahre, soweit ich das am Telefon verstanden habe. Tja, aber das konnte ich nicht zulassen, wie du dir vielleicht denken kannst."

„Hat sich erledigt", murmelte Andersen.

„Ich weiß. Fischer hat mich auf Stand gebracht. Auch über das Attentat auf dich."

Andersen nahm schweigend einen Schluck.

„Aber da war ich schon nach Berlin getrampt. Dort habe ich mehr oder weniger eine direkte Mitfahrgelegenheit nach Frankfurt und von dort aus nach Lautern bekommen."

„Wo hat dich dein Fahrer abgesetzt?"

„Fahrerin. Barbarossastraße/Ecke Hauptstraße."

„Kanntet ihr euch?"

Er schüttelte den Kopf. „Die war aus Zweibrücken."

„Und dann bist du hierher gelaufen?"

Er nickte.

„Hat dich jemand gesehen?"

„Es war schon dunkel. Und ich hatte seine Wollsocke auf. Glaub nicht, dass mich jemand erkannt hat."

Andersen starrte schweigend in seinen Whiskey.

„Willst du mir nicht erzählen, was du rausgefunden hast?"

„Nein", sagte Andersen und trank aus.

„Komm schon, Smörre, das bist du mir schuldig."

„Einen Scheißdreck bin ich dir schuldig!"

Er stand auf und ging ins Wohnzimmer, wo er sich einen weiteren Whiskey eingoss. Sindelar setzte sich neben ihn.

„Du hast recht. Keiner von uns ist dem anderen irgendwas schuldig. Wir sind quitt. Waren immer schon quitt. Es war 'ne komplette Scheißidee, dich auf den Fall anzusetzen. Ich hätte mir irgendeinen Privatschnüffler besorgen sollen, der nichts mit Helltal und den Leuten hier zu tun hat, den nichts mit dem Kaff verbindet. Und den vor allem nichts mit mir verbindet."

„Hätte, hätte ... haste aber nicht." Er zog seine Sporttasche ran, durchsuchte sie und fand den Drumstick von Neil Peart, den er Sindelar in die Hand drückte.

„Danke."

„Bitte."

Sindelar ließ den Drumstick durch seine Finger gleiten. „Komm schon, Bruder. Erzähl mir, was passiert ist und du rausgefunden hast. Und vor allem, warum jemand auf dich geschossen hat."

Andersen trank seinen Whiskey aus, atmete tief durch und begann zu erzählen. Anfangs hatte Sindelar noch Zwischenfragen gestellt und nachgehakt, war dann aber zunehmend einsilbiger geworden. Als Andersen ihm vom Mord an Steffi erzählt und die Vermutung geäußert hatte, dass Leiser dahinter steckte und ihr Tod im Zusammenhang mit seinen Ermittlungen stand, war Sindelar gänzlich verstummt. Als Letztes drückte Andersen ihm das zerknitterte Foto der Meistermannschaft von 1982 in die Hand und brachte ihn bezüglich der Schicksale seiner ehemaligen Mitspieler auf Stand. Mitgenommen starrte Sindelar auf das Foto in seinen Händen.

„Ich weiß nicht, wie du das siehst, aber ich brauch 'n Whiskey."

Den ersten kippte er auf ex. Ebenso den zweiten. Dann steckte er sich eine an und sah zu Gingi, die ungerührt auf der Schlafcouch pennte.

„Ist das die Katze deiner Eltern?"

Andersen nickte. Sein Bedürfnis, ihm von der verblüffenden Ähnlichkeit mit Püppi zu erzählen, hielt sich in Grenzen.

„Glaubst du wirklich, Steffi Beckers Tod steht im Zusammenhang mit dir und deinen Ermittlungen?"

Andersen nickte.

„Das heißt, letztlich bin ich schuld an ihrem Tod. Ich meine, wenn ich dich nicht gedrängt hätte, zurück nach Helltal zu gehen und ... Scheiße, Mann. Es tut mir leid. Ich weiß gar nicht, was ich sagen soll ..."

„Ich hätte deinen Auftrag ja auch ablehnen können."

„Haste aber nicht."

„Nee, hab ich nicht."

Schweigend tranken sie die Whiskeys.

„Wagner als Mörder von Trautmann und als Attentäter. Ist das realistisch?"

„Er hätte ein Motiv gehabt und auch die Möglichkeit. Sowohl für das Attentat als auch für den Mord."

„Aber warum hätte er versuchen sollen, ausgerechnet mir den Mord in die Schuhe zu schieben? Er kennt mich nicht, wir haben keine gemeinsame Geschichte und vor der Eskalation auf dem Dorfplatz auch keinen Stress miteinander gehabt."

„Aber er hätte Samstagabend ziemlich leicht in den Besitz eines Luftgewehrs vom Schießwagen kommen können. Wäre bei der ganzen Hektik doch wahrscheinlich nicht weiter aufgefallen."

Sindelar nickte. „Und er hätte sogar eine von mir gerauchte Kippe einstecken und diese dann im Wagen von Trautmann deponieren können."

„Trotzdem. Irgendwas ist an der ganzen Sache unrund."

„Lass mich die Akte lesen. Vielleicht stolpere ich über was, was euch entgangen ist."

„Ja, klar."

„Ein frischer Blick auf die Dinge ist nie verkehrt."

„Frischer Blick mein Arsch."

„Komm schon, Smörre."

Andersen stöhnte und reichte ihm die Akte. Sindelar begann zu lesen. Zwei Stunden später, in denen Andersen sinnlos Whiskey in sich reingeschüttet hatte, klappte Sindelar den Aktenordner zu. Er sah blass aus. Andersen goss ihm nach. Er trank. Sah ihn an. „Ich will sie sehen."

„Was? Wen?"

„Du weißt wen..."

Sie.

Natürlich.

„Sonst noch was?"

„Nein."

„Sinde ..."

„Ich will sie sehen."

„Dann ruf sie an."

„Ich hab nicht ihre neue Handynummer."

Dass Andersen sie hatte verschwieg er ihm. „Dann versuch's über Festnetz. Vielleicht hast du ja Glück und sie geht direkt ran."

„Du musst sie herholen, Smörre."
„Schon mal in Erwägung gezogen, dass sie dich vielleicht gar nicht sehen will?"
„Hab ich. Ist mir aber egal. Ich muss sie sehen. Und wenn sie nicht will, musst du sie überzeugen."
„Du meinst ‚entführen'."
„Notfalls ja."
„Sinde, ihr hattet seit Jahren keinen Kontakt mehr. Und soweit ich das verstanden habe, ging die Initiative dazu von ihr aus. Glaubst du ernsthaft, dass sich daran was geändert hat?"
„Die Umstände haben sich geändert."
Andersen seufzte, kippte den Whiskey und griff sich seine zerfetzte Lederjacke.

23
REUNION

Zum zweiten Mal in dieser Nacht schlich er sich durch den Gundall'schen Garten und vorbei an Kasias Einliegerwohnung. Der Rollladen war wieder geschlossen. Durch das gekippte Fenster konnte er den Fernseher hören. Mitchell schien sich verpisst zu haben. Ob mit oder ohne Kohle, würde er ein anderes Mal herauszufinden versuchen.

Er schlich weiter um die Ecke, sah zum ersten Stock hoch und versuchte erneut, sich zu erinnern, welches Fenster das Richtige war. War sich dann ziemlich sicher, dass es das Linke war. Dann fiel ihm ein, dass er Sindelar gar nicht gefragt hatte, ob Claudia überhaupt noch in dem gleichen Zimmer wie damals schlief. Vielleicht war es inzwischen ja Lucies Zimmer. Er fummelte sein Handy aus der Hosentasche und tippte eine SMS: „Welches Fenster ist Claudias Fenster?"

Er wartete. Keine Antwort. Er ging in die Hocke und leuchte mit dem Display des Handys den Rasen ab. Suchte kleine Steine. Fand ein paar und steckte sie sich bis auf einen in die Hosentasche. Zielte und warf einen Stein gegen das linke Fenster. In dem Moment, als er gegen den Rollladen prallte, meldete sein Handy den Eingang einer SMS: „Rechtes Fenster - 1. Stock! Bei meinem Auszug hat sie da jedenfalls noch gewohnt ..."

Andersen drückte sich gegen die Hauswand, darauf hoffend, dass der Rollladen des Fensters über ihn nicht hochgezogen und Claudias Mutter oder Lucie einen Blick in der Garten werfen würde. Doch nichts passierte. Er atmete durch, kramte einen weiteren Stein aus der Hosentasche und wiederholte das Gleiche beim rechten Fenster. Keine Reaktion. Er warf noch ein

Steinchen. Nichts. Er warf zwei auf einmal. Endlich wurde der Rollladen hochgezogen. Das Fenster öffnete sich und Claudia blickte verwundert zu ihm runter. „Mark? Hast du sie noch alle? Was soll der Scheiß? Es ist nach zwölf!"

„Ich weiß, wie spät es ist. Hab ich dich geweckt?"

„Nein."

„Fein. Dann zieh dich an und komm runter."

„Den Teufel werd ich tun! Hau ab!"

Sie schloss das Fenster und ließ den Rollladen wieder runter. Andersen zückte sein Handy und leuchtete erneut die Umgebung ab. Fand einen faustgroßen Stein. Wog ihn in der Hand und warf ihn dann mit aller Kraft gegen den Rollladen ihres Fensters. Der Rollladen wurde hochgezogen und das Fenster aufgerissen. „Verpiss dich, Mark Andersen. Ich will nicht mir dir reden!"

„Sollst du auch nicht."

„Was laberst du da für eine Scheiße?"

„Es geht nicht um mich ..."

„Was?"

„Glaubst du echt, ich würde hier stehen, wenn es um mich gehen würde?"

Sie schwieg.

„Jetzt beweg deinen Mittvierziger-Knackarsch endlich hier runter, es ist scheiße kalt!"

Zehn Minuten später tauchte sie auf. Sie trug Jeans, einen dicken Rollkragenpullover und hatte die Arme vor der Brust verschränkt. Andersen hatte am Waldrand auf sie gewartet, zwischen der abgezäunten Weide und dem Feldweg, der tief in den Wald hinein führte, genau an der Stelle, an der Sindelar und er auch damals immer auf sie gewartet hatten.

„Was gibt's?", knurrte sie.

„Ich muss dir was zeigen."

„Deinen Schwanz, oder was?"

„Vielleicht später. Aber erst mal was anderes."

„Und das hat nicht Zeit bis morgen, nehme ich an ..."
„Nein." Er ließ die Zigarette ins feuchte Gras fallen und hielt ihr seine Hand hin. Sie zögerte.
„Vertrau mir."
„Warum sollte ich jemandem vertrauen, der sich 1984 einfach so verpisst hat und 25 später plötzlich wieder auftaucht?"
„Na, ja, ganz so freiwillig habe ich mich damals nicht verpisst."
„Was?"
„Du hast dich damals für Sinde entschieden. Was für eine Wahl hatte ich denn? Zu bleiben und mir euer Liebesglück reinziehen? So von wegen Two out of three ain't bad? Two out of three ist der letzte Dreck, glaub's ..."
„Ich hatte mich erst für Stefan entschieden, nachdem du weg warst, du Idiot!"
„Was?"
„Ich wollte von Anfang an euch beide. Und erst als du weg warst ..."
„Das ist albern, Claudia."
„Ist es nicht!"
„Ist es wohl!"
„Ist es nicht!"
Andersen atmete tief durch. „Egal jetzt. Komm mit." Er hielt ihr erneut seine Hand hin. „Alles wird gut."
„Das bezweifele ich."
„Ich auch. War aber einen Versuch wert, oder?"
Sie lächelte. „Spinner."
Sie boxte ihm gegen den linken Oberarm. Er zuckte zusammen.
„Ah, Scheiße. Überall hin, nur nicht auf die Stelle."
„Sorry, tut mir leid", murmelte sie. „Dann stimmt es also, dass auf dich geschossen wurde?"
„Hat sich also schon rumgesprochen."
„Hallo? Das ist Helltal. Natürlich hat sich das rumgesprochen."
Er war kurz davor zu fragen, ob sich auch der Mord an Steffi schon rumgesprochen hatte, beschloss aber, das Thema erst

mal auszuklammern. Nicht zuletzt, weil er nicht daran erinnert werden wollte.

„Komm jetzt."

„Wohin?"

„Zurück in die Zukunft."

Sie nahm seine Hand.

Er klopfte gegen den Rollladen der Terrassentür. Dreimal kurz, zweimal lang, dreimal kurz. Der Rollladen wurde hochgezogen und die Tür geöffnet. Sindelar und Claudia starrten sich sprachlos an. Andersen drängte sich mit Claudia an der Hand an Sindelar vorbei in die Wohnung, schloss eilig die Tür und ließ den Rollladen runter. Claudia und Sindelar standen sich wie paralysiert gegenüber.

„Was ... machst du hier? Warum bist du ..." Sie brach überfordert ab.

„Wird er dir gleich alles in Ruhe erklären", meinte Andersen, während er die Lederjacke auszog und auf die Couch warf. „Und jetzt umarmt euch endlich, verdammt."

Als hätte es lediglich seiner Aufforderung bedurft, fielen sich die beiden in die Arme.

„Ich hab dich so vermisst", schluchzte sie.

„Ich dich auch", flüsterte er und drückte sie an sich.

Andersen ließ sich auf die Couch fallen und goss sich einen Whiskey ein. Sah, wie Sindelar Claudia zärtlich eine Haarsträhne aus dem Gesicht strich. Sie vergrub ihr Gesicht an seinem Hals und schluchzte. Sindelar sah über ihre Schulter zu Andersen. „Komm", flüsterte er und streckte ihm seine Hand entgegen.

„Was?"

„Mach schon, Mann."

Sindelar hielt weiter seine Hand in Andersens Richtung ausgestreckt. Andersen nahm einen Schluck Whiskey, stand auf und nahm Sindelars Hand. Sindelar zog ihn zu sich und Claudia ran und die drei bildeten einen Kreis. Jeder hielt den anderen umarmt.

„You can choose a ready guide in some celestial voice ...", begann Sindelar zu flüstern.

„If you choose not to decide you still have made a choice...", ergänzte Andersen wie automatisch.

„You can choose from phantom fears and kindness that can kill...", fuhr Sindelar fort und sah Claudia in die Augen.

„I will choose a path that's clear, I will choose free will ...", beendete sie leise und stockend. Dann atmete sie tief durch. Sah ihre beiden Männer an. Lächelte. „Danke."

„Weswegen?", fragte Andersen und tupfte die Tränen auf ihrer Wange mit dem Ärmel seines Kapuzenshirts weg.

„Dass es euch gibt."

Sie sah von Andersen zu Sindelar und zurück zu Andersen. Löste sich aus der Umarmung, nahm Andersens Gesicht in ihre Hände und küsste ihn auf den Mund. Dann wandte sie sich Sindelar zu, küsste ihn ebenfalls. Andersen presste sein Gesicht gegen ihren Hals. Schloss die Augen und ließ ihren Geruch all seine Sinne benebeln. Sie roch nach frischem Stroh, nach Sommer, Sonne, blauem Himmel.

Steffi hatte auch so gerochen.

Der Gedanke an sie versetzte ihm einen Stich, wurde aber von Claudias Hand verdrängt, die unter sein Shirt kroch und ihm zärtlich über den von Steffi zerkratzten Rücken streichelte. Er ließ seine Hand unter ihren Pullover wandern. Streichelte ihre weiche, warme Haut, genau an der Stelle zwischen Poansatz und Rücken. Streifte dabei Sindelars Hand, die tiefer wanderte und Claudias Pobacken drückte. Sie stöhnte leise auf und legte mit geschlossenen Augen den Kopf in den Nacken. Sindelar bedeckte ihren Hals mit Küssen, während Andersens Zunge mit ihrem Ohrläppchen spielte. Gleichzeitig fand seine Hand ihren Weg unter ihren Pullover und zu ihren Brüsten.

Sie trug keinen BH.

Es war kurz nach Mitternacht, als er auf den Terrassenstufen saß, rauchte und den Geräuschen des nächtlichen Gartens lauschte. In seiner Hand ein Whiskey auf Eis. Durch die halb offene Tür konnte er Sindelar und Claudia sehen, die sich Arm in Arm auf die Schlafcouch gekuschelt hatten. Zu ihren Füßen Gingi, die die Anwesenheit der beiden Fremden nicht allzu sehr zu stören schien. Er schnippte die Kippe in Richtung Garten und steckte sich die Nächste an. Er fröstelte, was weniger an den Temperaturen lag als an der zurückgekehrten Erinnerung an ihr ‚erstes Mal', das sie jetzt, 27 Jahre später, wiederholt hatten. Davon ausgehend, dass man ein ‚erstes Mal' wiederholen konnte. Seltsamerweise hatte er keine Bilder dazu im Kopf. Er wusste nur, dass es auf der Klippe im Wald zwischen Bann und Helltal stattgefunden hatte.

Er nahm einen weiteren Schluck, als Gingi neben ihn auftauchte und sich an seinen Beinen rieb. Er streichelte sie zwischen den Ohren, was sie sichtlich genoss und ihn natürlich wieder an seinen Verlust erinnerte. Plötzlich hörte sie ein Geräusch und richtete ihre Ohren in die Richtung aus. Schlich lautlos in den Garten und verschwand zwischen den Schatten. Zeitgleich tauchte Claudia neben ihm auf. Sie war immer noch im Slip und hatte sich ihren Pullover übergezogen.

„Na?"

„Na?", erwiderte er und äugte über die Schulter zur Couch. Sindelar lag mit hinter dem Kopf verschränkten Händen auf dem Rücken und starrte an die Decke. Claudia setzte sich neben ihm und griff nach seinem Whiskey.

„Als du Steinchen an mein Fenster geworfen hast, wusste ich, dass Stefan zurück ist", meinte sie, nachdem sie eine langen Schluck genommen und ihm das Glas wieder in die Hand gedrückt hatte.

„Ah ja? Und wieso?"

„Ohne seine Hilfe hättest du nicht gewusst, welches mein Zimmer ist."

„Stimmt."

„Wusste ich. Du bist nicht jemand, der sich erinnert, du bist eher ein Verdränger und Vergesser."

„Und selbst?“, fragte Andersen.

„Ich wohl auch, schätze ich.“

Er schwieg. Sie schnappte sich eine Kippe von ihm. Er gab ihr Feuer. Eine Weile sahen sie schweigend in die Dunkelheit des Gartens. Er blies den Rauch aus, legte den Kopf in den Nacken und sah in den sternenlosen, wolkenverhangenen Himmel. Überlegte kurz, sie auf die Videos mit ihr als Hauptdarstellerin anzusprechen, entschied sich dann aber dagegen. Das hier war nicht der richtige Moment dafür. Damit würde er alles kaputt machen. Und das war das Letzte, was er wollte. Wobei er sich nicht wirklich sicher war, ob er durch seine Ermittlungen, sein Wühlen in der Vergangenheit, nicht schon längst alles kaputt gemacht hatte.

Er trank seinen Whiskey aus und musterte sie lächelnd von der Seite.

„Was?“

„Nichts. Ich freu mich einfach.“

„Worüber?“

„Dass das Trio von damals wieder zusammen ist.“

„Wenn auch nur temporär.“

„Scheißegal.“

Claudia schnappte sich Andersens Glas. Realisierte, dass es leer war.

„Hast noch welchen da?“

„In der Küche.“

Sie stand auf und verschwand in der Einliegerwohnung. Andersen nahm einen letzten Zug von seiner Zigarette und schnippte diese dann in Richtung Garten.

„Und wie geht's jetzt weiter?“

Sindelar und Andersen saßen nebeneinander auf dem Sofa, tranken Kaffee und rauchten. Claudia war gegen 6 Uhr abgehauen, hatte sich wie ein Dieb über die Terrasse und den Garten nach Hause geschlichen.

„Du wolltest Claudia sehen, du hast sie gesehen. Ich fahr dich nach dem Frühstück zur Autobahn und du trampst zurück nach Kolberg", erwiderte Andersen.

„Vergiss es."

„Sinde. Der Fall ist noch nicht aufgeklärt. Offiziell bist du immer noch Hauptverdächtiger."

„Hauptverdächtige sind jetzt Wagner und Leiser, wenn ich dich richtig verstanden habe."

„Du willst es echt drauf anlegen ..."

„Ich will einfach da sein, wo ich hingehöre."

„... sagte der Mann, der seine Familie verlassen und sich freiwillig Schaustellern aus Pirmasens angeschlossen hatte."

Sindelar wandte den Blick ab und starrte auf die Glut seiner Kippe. „Ich geh nicht mehr zurück nach Kolberg."

Andersen rieb sich die Schläfen. „Okay, dann bleibst du eben erst mal hier. Es sei denn, du hast 'ne bessere Idee. Fischer vielleicht?"

„Zu gefährlich, weil zu naheliegend."

„Und ich bin nicht naheliegend, oder was?"

Er zuckte mit den Schultern.

„Um Essen und alles andere kümmere ich mich, du gehst nicht raus, nicht mal auf die Terrasse. Die Vorhänge bleiben zu. Und gegen Abend alle Rollläden runter, verstanden?"

„Und falls deine Eltern hier auftauchen?"

„Ich stelle die Klingel ab. Die Tür zum Treppenhaus ist schon abgeschlossen."

„Und wenn sie 'nen Zweitschlüssel haben?"

„Haben sie ganz sicher. Wird ihnen aber nichts nützen, der Schlüssel steckt von innen. Und da bleibt er auch. Wenn ich weg muss, gehe ich über die Terrasse und wenn ich zurückkomme klopfe ich."

„Unser Geheimklopfen ..."

Andersen nickte.

„Musst du heute noch was erledigen? Ich meine, ich will dich ja nicht von der Arbeit abhalten."

Er überlegte, seinen alten Freund auf die Privatpornos mit Claudia als Hauptdarstellerin anzusprechen und ihm seine damit zusammenhängende Theorie bezüglich des Mordes zu erklären, entschied sich dann aber dagegen. Es gab für ihn erst mal nichts mehr zu ermitteln. Er konnte nur warten, was Schilling und die Soko aus Wagner herausbekommen würden. Und hoffen, dass sie endlich Leiser schnappten.

„Ich hab heute frei", meinte er.

Sindelar nickte und nahm einen Schluck Kaffee. Andersen musterte ihn von der Seite und atmete tief durch. „Ich soll dir übrigens was von deiner Tochter ausrichten ..."

Sindelar starrte ihn an.

„Sie meinte, sie kann inzwischen Master of Puppets spielen. Und sie vermisst dich. Und du sollst dir keine Sorgen um sie und Claudia machen. Sie kämen schon klar."

Sindelar starrte mitgenommen in seine Kaffeetasse. „Ist das normal?"

„Was?"

„Dass zwölfjährige Mädchen so was sagen?"

„Keine Ahnung. Kenn keine zwölfjährigen Mädchen." Andersen stand auf. „Ich besorg uns Frühstück. Irgendwelche Sonderwünsche?"

„Kippen, der Kicker und das RockHard wären nicht schlecht."

„Kein Problem. Kann ich meinem Auftraggeber gegenüber ja als Spesen absetzen. Kannst du in der Zeit frischen Kaffee aufsetzen?"

Er nickte, als die Klingel der Einliegerwohnung losschellte.

„Erwartest du jemand?"

Andersen schüttelte den Kopf. Es klingelte erneut.

„Rühr dich nicht", flüsterte er.

Er trat auf den Flur und zog die Tür des Wohnzimmers hinter sich ran. Schemenhaft konnte er durch die Milchglastür am anderen Ende des Flurs eine Gestalt erkennen. Er schloss die Tür auf und öffnete. Davor stand sein Vater. Sein Gesicht ein einziges Fragezeichen. „Seit wann schließt du ab?"

„Man hört und liest ja so einiges", erwiderte Andersen. „Nepper, Schlepper, bauernfängertechnisch, du weißt schon ..."

„Nein, weiß ich nicht."

„Ich will nur auf Nummer Sicher gehen, dass hier niemand einbricht."

„Und du glaubst, ein Einbrecher würde sich von einer abgeschlossenen Glastür aufhalten lassen?"

„Wenn ich das nicht glauben würde, würde ich wohl kaum abschließen."

Sein Vater rückte sich die Brille zurecht. „Wir fahren Einkaufen fürs Wochenende. Brauchst du irgendetwas. Vielleicht ein paar Tiefkühlsachen?"

„Ich hab alles, danke."

Er spähte an seinem Sohn vorbei in den Flur der Einliegerwohnung. Sah, dass die Tür zum Wohnzimmer geschlossen war. „Ist Gingi bei dir?"

„Nicht mehr. Sie ist irgendwann heute Nacht raus."

„Dann bis später."

Er wandte sich ab und ging die Treppe hoch. Andersen stellte die Klingel ab, schloss die Tür und versicherte sich mehrfach, dass auch wirklich abgeschlossen war.

Während Andersen den Frühstückstisch deckte und Brötchen auspackte und Sindelar die Einkäufe in den Kühlschrank räumte, nickte dieser in Richtung des Päckchens John Player auf dem Küchentisch. „Sie hat mal wieder was vergessen."

„Wieder?"

„Irgendwann 82, kurz nach dem Gillan-Konzert in Mannheim, hat sie nach einer unserer Englischstunden ihr Tagebuch liegen lassen. Unter deinem Bett."

Andersen erinnerte sich. „Du hast es gefunden, heimlich eingesteckt und zu Hause gelesen. Am nächsten Tag wolltest du, dass ich es auch lese, ich hab mich aber geweigert."

„Bis ich dir klargemacht hab, dass es wichtig ist."

„Weißt du noch, was drin stand?"

„Du nicht mehr?"

Andersen schüttelte den Kopf.

„Bist du sicher?"

Andersen war sich nicht sicher.

„Sie hat nie danach gefragt und es auch nie wieder zurückverlangt?"

„Nein."

„Sie wollte, dass wir es finden, lesen und behalten."

„Davon gehe ich aus", meinte Sindelar.

„Dann müsste das Teil doch noch in einem meiner Kartons sein."

Nach dem Frühstück wurde Andersen in einem der Kartons aus seinem alten Zimmer, auf dem handschriftlich „Mark: Diverses' stand, fündig. Sindelar und er saßen nebeneinander auf der Couch im Wohnzimmer. Sindelar hielt das kleine schwarze Buch mit den roten Ecken in der Hand und strich nachdenklich mit einem Finger darüber.

„Wenn du dich wirklich nicht mehr daran erinnerst, ist es vielleicht besser, du packst es wieder ungelesen zurück in den Karton."

„Geht es nicht immer darum, die Leerstellen zu füllen?"

„Und was, wenn man in einen Abgrund starrt?"

„Könnte der Abgrund zurückstarren ..."

„Korrekt. Und? Könntest du damit umgehen?"

„Keine Ahnung. Frag mich nochmal, wenn ich es gelesen habe."

Sindelar drückte Andersen Claudias Tagebuch in die Hand und verzog sich mit dem RockHard auf die Schlafcouch. Andersen klappte das Tagebuch auf und begann zu lesen. Schon nach den ersten Seiten wünschte er, er hätte auf Sindelar gehört. Er versuchte, das Buch wegzulegen, schaffte es aber nicht. Vielleicht weil ihm klar wurde, dass er keine Wahl hatte. Ebenso wie Sindelar und Claudia musste er diesen Weg erneut bis zum Ende gehen. Den gleichen Weg, den er damals schon zu Ende gegangen war.

Er las gerade den letzten Eintrag von der Nacht auf Claudias 16. Geburtstag, den sie zusammen auf der Klippe verbracht hatten, als ein Klopfen und Kratzen von der Terrassentür zu hören war. Er sah zu Sindelar.

„Kannst du sie reinlassen?"

Sindelar stand auf und öffnete Gingi die Tür. Sie strich um seine Beine und maunzte. „Hast du Fressen für sie?"

„In der Küche."

„Komm mit, Süße."

Er ging in Richtung Küche, wobei ihm Gingi folgte. Andersen las weiter. Claudias letzter Eintrag endete damit, dass sie beschrieb, wie es sich angefühlt hatte, zusammen mit Andersen und Sindelar nackt und Hand in Hand auf den Rand der Klippe zuzurennen und dann ins bodenlose Schwarz des Baggersees zu fallen. Wie viel Vertrauen dazu gehört hatte. Wie viel Angst sie dabei gehabt hatte. Wie stolz sie auf sich gewesen war, dass sie es dennoch getan hatte.

Andersen klappte das Tagebuch zu und legte es auf den Couchtisch. Er hatte in den Abgrund gestarrt und der Abgrund hatte zurückgestarrt. Er hatte eine Leerstelle aus der Vergangenheit gefüllt und gleichzeitig die Leere in sich vergrößert. Er war erschrocken über das Ausmaß von Claudias Leiden. War fassungslos, dass er das alles vergessen hatte. Fühlte sich schuldig, dass er das alles vergessen hatte. Der Inhalt ihres Tagebuchs war damals nie ein Thema zwischen ihnen gewesen. War er jetzt ein Thema? Oder sollte man die Vergangenheit wirklich besser ruhen lassen? Müßig, sich darüber den Kopf zu zerbrechen, denn seit seiner Rückkehr nach Helltal lag diese Entscheidung nicht mehr in seinen Händen. Alles war wieder hochgekommen, ohne dass er irgendetwas dafür oder dagegen hätte tun können. Die Vergangenheit war inzwischen ein lebender, bösartiger Organismus, der sich gnadenlos seinen Weg durch ihre Gegenwart fraß und nichts als Leere hinterließ.

Sindelar kam mit Gingi aus der Küche zurück und legte sich auf die Schlafcouch. Gingi sprang zu ihm.

„Und?“

„Was und?“

„Hast du zu Ende gelesen?“

„Ich muss noch was erledigen“, meinte Andersen, zog sich die Lederjacke an und öffnete die Terrassentür. Dann hielt er inne. „Was heißt ‚Wiem, co robiliście‘?“

Sindelar starrte ihn an.

„Was heißt das, Sinde?“

„Ich weiß, was ihr getan habt“, erklärte er zögernd. „Wo hast du das denn aufgeschnappt?“

„Das hat deine Mutter zu Claudia und mir gesagt, als wir bei ihr in der Klinik waren. Was meinte sie damit? Was genau haben wir getan?“

„Nichts haben wir getan. Was sollten wir getan haben? Mutter ist alt und verwirrt. Sie weiß nicht, was sie redet. Vergiss es einfach, okay? Es hat nichts zu bedeuten.“

24
DIE KOLLEKTE

Er war zu Fuß in Richtung Friedhof unterwegs. In seinem Kopf die Bilder, die Claudia durch ihre Tagebuchaufzeichnungen in ihm heraufbeschworen hatte. Als wären sie schon immer da gewesen und hätten nur darauf gewartet, in sein Bewusstsein vorzudringen. Die Bilder von ihr als zehnjähriges Mädchen, wie sie alleine im Bett auf der Seite liegt, kurz vor dem Einschlafen. Wie sich plötzlich die Tür öffnet und er ins Zimmer geschlichen kommt. Wie er leise die Tür hinter sich ranzieht, abschließt und zu ihr unter die Decke kriecht. Sich an ihren Rücken drückt. Ihr ins Ohr flüstert: „Wenn du schreist, bist du tot."

Hätte sich das zehnjährige Mädchen, das sie damals gewesen ist, überhaupt wehren können? Nein. Zehnjährige Mädchen wehren sich nicht gegen ihren Papa. Zehnjährige Mädchen wollen von ihrem Papa geliebt werden. Und wenn das Geliebtwerden das Schweigen über das alles beinhaltet, so schweigen sie.

Dann der Tag eine Woche nach ihrem dreizehnten Geburtstag. Ihre Mutter ist mit ihrer Oma und deren Freundinnen in Landstuhl. Außer ihm und ihr ist niemand im Haus. Er hat schon seit Mittag mit dem Saufen angefangen. Sitzt im Wohnzimmer. Hört in brüllender Lautstärke deutschen Schlager. Sie steht in der Küche und wärmt Milch in einem Topf auf, während sie ein Brötchen auseinanderrupft. Ihr Lieblingsessen. Über die in der warmen Milch aufgelösten Brötchenteile wird sie später Zucker streuen, sich mit der Tasse auf die Terrasse in die Sonne setzen und das neue YPS lesen, das sie von Oma geschenkt bekommen hat. Kurz bevor die Milch überkocht nimmt sie den Topf vom Herd und schaltet ihn aus. Gießt die Milch über die Brötchenstücke, die sie bereits in die Tasse geworfen hat. Fehlt nur noch der Zucker. Sie geht zum Küchenschrank, um das Zuckerdöschen zu holen, als er plötzlich im Türrahmen steht. Seine Augen glasig, sein Blick leer. Ein Speichelfaden hängt ihm aus dem Mundwinkel. Sie will etwas sagen, ihn beruhigen, da sie spürt, dass er wieder kurz davor ist auszuflippen. Warum auch immer. Vielleicht wegen der Uhrzeit. Oder dem Wochentag, seinem Bierkonsum oder etwas völlig anderem. Dann bemerkt sie das kurzstielige Beil in seiner Hand. Sie versucht, sich ihr Erschrecken nicht anmerken zu lassen, wendet sich ab und greift nach der Zuckerdose.

„Wo ist die Sau?“, lallt er.

Sie geht mit der Zuckerdose zum Tisch, auf dem ihre Milchtasse steht.

„Was meinst du?“

„Du weißt genau, was ich meine! Wo ist deine Scheißmutter?“

In Landstuhl, will sie sagen. Zusammen mit Oma und ihren Freundinnen, will sie sagen. Schafft es aber nicht. Sagt stattdessen: „Weiß ich nicht.“

Er wedelt mit dem Beil vor ihrem Gesicht herum. „Wo hat die dumme Scheißsau sich verkrochen? Sag’s mir, oder du kannst was erleben!“

Er darf nicht die Kontrolle verlieren, denkt sie. Das darf nicht passieren, denkt sie. Dann bin ich tot, denkt sie. Wenn ich jetzt aber weine, wird er die Kontrolle verlieren. Ich darf nicht weinen, denkt sie. Ich muss ihn beruhigen, denkt sie. „Papa, bitte. Tu mir nichts. Ich kauf dir morgen ganz viel Bier. Das wollte ich sowieso. Ich wollte dich damit überraschen.“

Er legt den Kopf schief und sieht sie mit seinen rotunterlaufenen Augen an. Sie sehen aus, als würden sie bluten. Er hebt die Hand mit dem Beil. Sie schließt die Augen. Denkt, dass es jetzt vorbei ist. Komischerweise empfindet sie keine Angst, nur Erleichterung. Dann hört sie sein Schluchzen.

Sie öffnet die Augen. Er heult. Rotz läuft ihm aus der Nase.

„Irgendwann werd ich nicht mehr da sein. Und dann merkt ihr, was ihr an mir habt", greint er. „Aber dann ist es zu spät, dann könnt ihr euch einen anderen Blöden suchen!"

Er lässt das Beil zu Boden fallen und greift mit beiden Händen nach ihren Händen. Sie erstarrt. Traut nicht, sich zu bewegen, da sie glaubt, dass die Gefahr noch nicht vorbei ist. „Dann hast du keinen Papa mehr", brabbelt er, während er den Rotz in der Nase hochzieht.

Sie starrt auf das Beil auf dem Küchenboden und hofft, dass es bis zu diesem Tag nicht mehr allzu lange dauern wird ...

Andersen bog hinter dem Friedhof in Richtung Waldrand ab und fragte sich, warum die Erinnerung an den Inhalt ihres Tagebuchs bis eben vollständig und rückstandslos ausgelöscht gewesen war. Warum hatte er all die Jahre nicht ein einziges Mal daran gedacht? Wie hatte er das alles vergessen können? Den Missbrauch, die Misshandlungen, die Demütigungen? War es Claudia gelungen, das alles zu vergessen, zu verdrängen? Hatte sie ihren Frieden damit gemacht? Konnte man mit so etwas überhaupt jemals Frieden machen?

Zu viele Fragen, zu wenige Antworten. Wie immer.

Strassers Anwesen kam in Sicht. Wie bei seinem letzten Besuch stand sein Wagen, ein Opel Ascona, wieder nicht vor dem Wohngebäude. Hatte er den etwa verkauft? Er schlich um die Scheune herum und lugte um die Ecke. Strasser hatte das Loch mit einer grünen Plane abgedeckt und diese an den Rändern mit Ziegensteinen beschwert. Das Loch war jetzt eindeutig breiter. Und mutmaßlich auch tiefer, wenn er den mannshohen Aushub aus Erde daneben richtig deutete. Er näherte sich dem Loch, dabei immer das Wohnhaus im Blick. Als er es erreicht hatte, kniete er sich hin, nahm ein paar Ziegelsteine von der Plane und lupfte diese. Das Loch war geschätzte drei Meter breit, zwei Meter lang, eineinhalb Meter tief und bis zur Hälfte gefüllt: Handgranaten. Gewehre. Munition. Pistolen. Militäruniformen und Militärabzeichen. Und etwas, das aussah wie Dynamitstangen.

Eilig legte er die Ziegelsteine wieder auf die Plane, als jemand hinter ihm murmelte: „Das ist die Sammlung meines Papas."

Er fuhr herum. Strasser. Er stand keine zwei Meter entfernt, hatte eine Hand in der Tasche seiner Latzhose vergraben, in der anderen hielt er eine Dose Bier. Er sah kein Stück alarmiert oder panisch aus. Eher traurig.

„Nach seinem Tod von mir erweitert und vervollständigt."

„Wieso bist du hier? Wo ist dein Ascona?"

„Den hat sich Leiser ausgeliehen."

„Was?"

„Er hat mich erpresst. Mit dem da." Er nickte zu dem abgedeckten Loch. „Das da ist nicht mal die Hälfte. Den Rest hab ich in der Scheune gebunkert."

„Moment, warte, ganz langsam. Leiser war hier? Wann?"

„Vorgestern Nacht. Er hat mich angerufen. Ich sollte ihn am Gelterswoog abholen. Hab ich dann auch gemacht. Hatte ja keine Wahl. Ansonsten hätte er mich auffliegen lassen."

„Woher wusste er von deiner kleinen Sammlung?"

„Er ist irgendwann letztes Jahr hier aufgetaucht. Zusammen mit Trautmann, Scheller, Bold und Groß. Meinte, sie wollten mal checken, was an den Gerüchten über diverse Waffen aus dem Zweiten Weltkrieg in meiner Scheune so dran ist."

„Und wo ist der Scheißkerl jetzt?"

„Weiß ich nicht. Ich hab ihn gestern gegen Abend rausgeworfen. Ich will mich nicht mehr erpressen lassen. Deshalb hab ich angefangen, das da", erneutes Nicken in Richtung Loch, „zu entsorgen."

„Ich muss mal kurz telefonieren."

„Mit den Bullen schätze ich."

„Was dagegen?"

„Solange du mich da raushältst."

„Sollte machbar sein. Dein Kennzeichen?"

„KL-MA-707."

Er nahm einen Schluck aus seiner Bierdose, während Andersen ein paar Schritte in Richtung Waldrand ging und dabei sein Handy zückte. Schilling ging nach einmal Klingeln dran. Andersen teilte ihm mit, dass Leiser mit einem roten Opel Ascona mit dem amtlichen Kennzeichen KL-AM-707 unterwegs sei.

„Woher weißt du das?"

„Ich weiß es einfach."

„Mark Andersen und sein berühmt-berüchtiges Insiderwissen, vermute ich."

„Da vermutest du richtig."

„Wem gehört der Wagen?"

„Anton Strasser."

„Und Leiser hat ihm den geklaut?"

„Strasser hat den Schlüssel im Schloss stecken lassen. War besoffen. Kann passieren."

Schilling schwieg. Aber nur kurz. Dann meinte er, er werde eine Fahndung nach dem Wagen rausgeben. Andersen wollte wissen, ob Young schon dazu gekommen wäre, die bei Leiser gefundene Speicherkarte zu checken, was Schilling verneinte. Young und Kretschmer seien noch immer am Mordfall Steffi Becker dran und damit mehr als ausgelastet.

Der Mordfall Steffi Becker. Danke fürs Erinnern, dachte Andersen.

„Meld dich, wenn ihr was habt."

Er klappte sein Handy zu und ging zurück zu Strasser.

„Was macht dich so sicher, dass ich dich wegen dem da", er nickte in Richtung des Loches, „nicht verpfeife?"

Strasser zog überraschend schnell – um nicht zu sagen blitzschnell – eine Pistole aus der Seitentasche seiner Latzhose und drückte sie Andersen gegen die Stirn. Andersen äugte über die Nase auf die Waffe.

„Walther Kaliber 9 mm, soweit ich das erkennen kann. Standard-Dienstpistole der deutschen Wehrmacht. Gutes Argument gegen Verpfeifen. Sogar ziemlich gutes Argument."

„Ja, ne?" Er ließ die Walther wieder in seiner Latzhose verschwinden. „Gehörte meinem Großvater. Wunderschöne Waffe. Viel zu schön, um sie zu entsorgen."

„War die geladen?"
„Was ist der Sinn einer ungeladenen Pistole?"
„Geht in Richtung alkoholfreies Bier, schätze ich ..."
„Korrekt."
„Trotzdem. Du hast einen gesuchten Mörder gedeckt, hortest illegale Waffen und ..."
„Gesuchter Mörder?", unterbrach Strasser. „Leiser?"
Andersen erzählte ihm, was passiert war und die Soko und er bis jetzt wussten, beziehungsweise vermuteten. Strasser starrte ihn an. Wortlos. Fassungslos. „Das ist nicht wahr. Nicht Steffi. Nein, nicht Steffi", stammelte er. „Scheiße. Verdammte Scheiße ..." Er starrte eine Zeitlang schweigend auf seine Schuhe. „Er hat sie gewürgt ..."
„Was?"
„In der Zuckermodder. Vor ein paar Tagen. Kurz nachdem Steffi aufgeschlossen hatte. Sie waren alleine. Er hat sie über den Tresen hinweg mit einer Hand gewürgt, als ich reingekommen bin. Hab noch mitgekriegt, wie er sie angebrüllt hat und wissen wollte, auf welcher Seite sie steht. Ich meinte, er soll sie loslassen. Hat er dann auch getan. Ich meinte, wenn er das noch einmal machen würde, bringe ich ihn um."
Andersen bot ihm eine Kippe an, die Strasser wortlos nahm und sich ansteckte.
„Sieh zu, dass du deinen Scheiß verbuddelt bekommst. Je schneller das Zeug unter der Erde ist, desto besser."
Strasser nickte. Andersen klopfte ihm aufmunternd auf die Schulter und ging.
„Andersen?", rief er ihm hinterher. Andersen drehte sich um.
„Sag deinen Bullenkumpels, dass sie sich beeilen sollen, Leiser zu finden. Denn wenn ich ihn vorher erwische ist er tot."
Andersen nickte. Wusste, dass Strasser es ernst meinte und nichts und niemand ihn davon abhalten würde.

Er bog hinter dem Wasgau rechts in die Hauptstraße ab. Der zerfledderte Kerwestrauß am Bergers hatte inzwischen die gleiche blassgraue Farbe wie der Himmel. Dann sah er sie. Lange schwarze Arbeitsschürze, wilde Locken, weiße Bluse. Sie stand mit dem Rücken zu ihm unter dem Vordach des Eingangs und rauchte. Er blieb stehen, überlegte kurz, wieder zurückzugehen und den Schweinebraten Schweinebraten sein zu lassen, als sie sich umdrehte und ihn entdeckte. Ihre Mundwinkel sanken nach unten und sie wandte sich eilig wieder ab. Er schloss die Augen, zählte innerlich bis zehn und ging dann auf sie zu.

„Hey, Ellen."

Sie wandte mir weiter den Rücken zu.

„Wegen Dienstagabend ..."

Sie äugte misstrauisch über die Schulter. Wirkte müde, übernächtigt und mitgenommen.

„Ich ... wollte dich nicht beleidigen. Es war nicht so gemeint. Echt nicht. Sorry. Tut mir leid. Ich bin ein Arschloch, ich weiß."

Sie lächelte gequält und drückte ihre Kippe aus. Dann kamen die Tränen. Sie drückte ihr Gesicht an seine Schulter und schluchzte hemmungslos, weinte, flennte Rotz und Wasser.

„Alles ist gut", murmelte er, nahm sie linkisch in den Arm und streichelte ihr über den Kopf.

„Gar nichts ist gut", schluchzte sie und zog den Rotz hoch. Er gab ihr ein Papiertaschentuch. Sie putzte sich die Nase, wischte sich die Tränen aus den Augen und von den Wangen. „Sorry. Ich bin gerade ein bisschen durch den Wind."

„Was ist passiert?"

„Er hat mich verraten und verkauft", sagte sie und steckte sich die nächste Kippe an.

„Was? Wer?", hakte Andersen nach, obwohl er natürlich wusste, dass man sich zumeist vom eigenen Partner verraten und verkauft fühlte.

„Manfred."

Aka Jagger.

„Es war nie um mich gegangen. Nie ..." Sie zog an ihrer Zigarette. Ihr Blick verlor sich irgendwo hinter dem Turm des Heimatmuseums, gegenüber dem Bergers.

„Sondern?“

Sie lachte bitter auf. „Um wen hat sich denn immer alles gedreht damals? Bei dir, Stefan und Manfred? Und um wen geht es immer noch?“

„Keine Ahnung.“

„Um sie!“, zischte Ellen.

Auf dem Rückweg zur Einliegerwohnung – in seiner Hand eine Plastiktüte mit zwei Styroporverpackungen; zweimal Schweinebraten mit Knödel – rief ihn Schilling an, um ihm die vorläufigen Ergebnisse der KTU bezüglich der in Steffis Zimmer im Eros-Center gefundenen Spuren und der Obduktion durchzugeben: In einem der benutzten Kondome im Mülleimer konnten DNA-Spuren isoliert werden. Sie stammten erwartungsgemäß von Andersen. Im Gegensatz zu den DNA-Spuren in Steffis Vagina. Diese konnten eindeutig Leiser zugeordnet werden. Ebenso wie die Hautreste unter Steffis Fingernägeln.

Andersen kämpfte mühsam den Würgereiz in seiner Kehle nieder, während Schilling weiterredete. Dr. Halter hatte ihre Theorie über die Todesursache revidieren müssen. Steffi war nicht aufgrund der Kopfwunde gestorben, sie war erstickt worden. Mutmaßlich mit einem Kissen. Was das Tatmotiv betraf, tappte die Soko immer noch im Dunkeln. Young und Kretschmer hatten noch in der Tatnacht Steffis Haus durchsucht, aber es gab keinerlei Hinweise auf einen Einbruch und schon gar nicht darauf, dass Unterlagen, die Leiser in irgendeiner Form in Bezug auf den Mord an Trautmann hätten belasten könnten, existierten bzw. entwendet wurden. Bei der Gelegenheit waren die beiden Kommissare dann auch auf Steffis seit Jahren bettlägerige, kranke Mutter Emma gestoßen.

Der eben erst mühsam niedergerungene Brechreiz in seiner Kehle meldete sich erneut mit aller Macht zurück. Er beendete das Gespräch ziemlich abrupt und bog um die Ecke in die Pirminiusstraße ein. Ein etwa zwölfjähriger Junge stand bei seinem Rad neben dem Eingang des Wasgau und riss die Verpackungen von Panini-Fußballklebebildern auf. Irgendwie kam er Andersen bekannt vor. Als er an ihm vorbeiging, grüßte der Junge.

„Hallo, Herr Andersen."

Andersen musterte ihn irritiert. Dann erinnerte er sich. „Daniel, richtig?"

Daniel Gebert, Gebbis Sohn, nickte.

Andersen, dankbar über die willkommene Ablenkung vom Thema ‚Steffi', deutete auf die Klebebilder. „Darf ich?"

Daniel reichte ihm einen Stapel Bilder, den er mit einer Hand durchblätterte. „Die hab ich damals auch gesammelt. Fehlen dir noch viele?"

„Geht so."

„Lieblingsmannschaft?"

„Lautern natürlich. Die sind da aber nicht dabei. Nur Bundesliga."

„Glaubst du, sie steigen auf?"

„Klar. Wir gehören in die Bundesliga. Zweite Liga ist doch für'n A ...", er korrigierte sich eilig, „... ist doch blöd."

Andersen lächelte und gab ihm die Klebebilder zurück.

„Haben Sie eine Uhr?"

„Du kannst mich ruhig duzen. Ich bin Mark." Er sah am Wasgau vorbei zur Kirche. „Kurz vor vier. Wann musst du zu Hause sein?"

„Erst später. Wir haben aber gleich Messdiener-Treffen."

„Ich war auch mal einer."

Daniel sah ihn erstaunt an.

„Nicht lange. Aber an eine Sache werde ich mich wohl ewig erinnern. Ich stand während einer Messe mit dem Kollektenkorb im Mittelgang, als ich plötzlich ein uraltes Zwei-Mark-Stück im Korb entdeckte. Ich wusste, dass die richtig viel Kohle wert ist und hab überlegt, ob ich die Münze einfach aus dem Korb nehme und einstecken sollte. Ich dachte, danach wäre ich ein gemachter Mann."

„Und? Hast du?"

„Nein. Hab mich nicht getraut. Ganz schön blöd, ne?"

„Nein. Verstehe ich total", meinte Daniel ernst. „So was Ähnliches ist mir vor ein paar Wochen auch passiert."

Andersen sah ihn fragend an.

Daniel begann zu erzählen.

Er fummelte fahrig den Haustürschlüssel aus der Hosentasche, als die Haustür von innen geöffnet wurde. Seine Mutter. Sie hatte den Schlüssel des Polo in der Hand. Ihr Blick wanderte zu der durchsichtigen Plastiktüte in seiner Hand, in der sich deutlich die Umrisse von zwei Styroporverpackungen abzeichneten.

„Schweinebraten. Aus dem Bergers. Auf Vorrat", erklärte er, bevor sie nachhaken konnte. „Noch Termine?"

„Friedhof."

„Du hast einen Termin auf dem Friedhof? Mit wem? Den Toten, oder was?"

„Auch. Aber hauptsächlich mit Maria."

Maria Gundall, ihre beste Freundin. Maria Gundall, die Mutter von Claudia.

Maria Gundall, die Dienstagabend, eine Woche vor der Kerwe auch bei dem Gottesdienst dabei gewesen war, wie er gerade eben von Daniel Gebert erfahren hatte.

„Wo warst du eigentlich Dienstagabend, eine Woche vor der Kerwe?"

„Was?"

„Du erinnerst dich nicht mehr?"

„Nein. Nicht wirklich. Wieso fragst du?"

„Du warst beim Gottesdienst. Zusammen mit deiner Freundin Maria und deren Untermieterin Kasia Grabowska. Ihr habt in der letzten Reihe gesessen. Auf der anderen Seite des Gangs saß Dr. Hahnemann, euer Hausarzt. Es waren noch an die fünfzehn Frauen anwesend. Freundinnen von dir und Maria. An dem Abend gab es eine Kollekte. Eine Kollekte, bei der an die zwanzigtausend Euro zusammengekommen sind. Wenn nicht noch mehr. Maria Gundall hat sie aus dem Kollektenkorb genommen und eingesteckt."

Katharina Andersen starrte ihn sprachlos an.

„Wofür war das Geld bestimmt?"

„Von was zum Teufel redest du?"

„Ich weiß aus sicherer Quelle, dass ihr ..."

„Von wem?"

„Spielt keine Rolle."

„Für mich schon."

„Sag mir einfach, was ihr mit dem Geld gemacht habt."

„Ich weiß nicht, wo du diesen Unsinn aufgeschnappt hast, aber ..."

„Daniel Gebert. Er war Messdiener an dem Abend."

Katharina Andersen lachte auf. „Und das glaubst du? Dass es eine Kollekte gab, bei der über zwanzigtausend Euro zusammengekommen sind, die Maria dann eingesteckt hat?"

Er nickte.

„In welcher Welt lebst du eigentlich? Wir sind in Helltal, nicht in einem Kinofilm oder Kriminalroman. Daniel Gebert hat eine unfassbar blühende Fantasie. Er denkt sich gerne Geschichten aus. Manchmal verliert er dabei leider den Bezug zur Realität. Das ist nichts Neues. Du warst früher übrigens auch nicht viel anders. Tagelang hast du dich in deinem Zimmer verkrochen und in deinen Fantasiewelten gelebt."

„Hab ich das?"

Sie nickte. „Bis zu dem Tag, an dem Stefan Sindelar dein Freund wurde. Danach warst du ja eher selten zu Hause." Sie sah auf ihre Uhr. „Ich muss jetzt los."

„Kein Stress. Die Toten rennen dir nicht mehr weg."

Sindelar räumte schmutziges Essgeschirr in die Spüle, während Andersen Kaffee aufbrühte.

„War echt lecker", meinte Sindelar, „Schweinebraten haben die im Bergers echt drauf."

Andersen nickte stumm. Sindelar musterte ihn nachdenklich. „Alles okay?"

Andersen schüttelte den Kopf.

„Was ist?"

Andersen fragte sich, wo er anfangen sollte. Mit seiner immer noch anhaltenden Erschütterung über den Fakt, dass der weibliche Part ihres Trios seit sie neun war von ihrem Vater missbraucht worden war, ohne dass es irgendjemand gewusst, geschweige denn ihr geholfen hätte, und er das alles komplett verdrängt hatte? Mit Jaggers niemals abgeschickten Liebesbriefen, die Ellen heute in Jaggers Spind in dessen Fitnessraum im Keller, der bis dahin immer abgeschlossen war, entdeckt hatte? Mit den drei Frauen in der Kirche, für die die Gottesdienstbesucher und der Dorfarzt während einer Kollekte an die zwanzigtausend Euro gespendet hatten? Mit der Frage, wofür das Geld bestimmt war, und der damit Hand in Hand einhergehenden Frage, ob das im Zusammenhang mit dem Mord an Trautmann stehen könnte? Mit Jaggers ausnahmslos guten Platzierungen bei den Schützenfesten der letzten Jahre und der ebenfalls damit Hand in Hand einhergehenden Frage, ob das im Zusammenhang mit dem Anschlag auf ihn stehen könnte?

„Smörre?"

Andersen riss sich aus seinen Gedanken und sah Sindelar an. „Sie wurde jahrelang von ihrem Vater, eurem Trainer, missbraucht und niemand hat es mitbekommen. Nicht einmal wir. Warum nicht, Sinde?"

„Weil sie nicht wollte, dass es irgendjemand mitbekommt. Im Verstecken von Gefühlen war sie schon immer ein Profi."

„Und ihre Narben? Sie hat sich über Jahre den linken Unterarm aufgeschlitzt. Das war doch eindeutig."

„Nein, Smörre, war es nicht. Sie hat immer langärmelige Sachen angehabt, weißt du doch."

„Aber doch nicht 24 Stunden am Tag. Es muss doch Situationen gegeben haben, bei denen das auffiel. Was weiß ich, beim Arzt, beim Sport ..."

„Uns ist es ja auch nicht aufgefallen."

„Bis zu der Nacht auf der Klippe ..."

Sindelar begann abzuwaschen. „Katzen merkt man auch nicht an, wenn sie sich verletzt haben. Die jammern nicht rum. Es sei denn, sie haben sich wirklich richtig schwer verletzt."

„Claudi ist keine Katze."

„Du weißt, was ich meine. Es gibt Wesen, die leiden einfach innerlich, nur für sich selbst. Die Vorstellung, ihre Probleme jemandem gegenüber zu offenbaren ist für die der totale Horror."

„Redest du von Claudi oder von dir?"

Sindelar wich seinem Blick aus und wusch weiter ab.

„Ich hab die ganzen Jahre nicht einmal an das alles gedacht. Als ich nach Lautern gezogen bin, war alles weg, einfach so. Und später in Berlin sowieso. So, als wäre es nie passiert."

„Sei froh, dass du es vergessen hast, ich hab das nie geschafft."

„Was habe ich noch alles vergessen?"

„Das was damals passiert ist, hat nichts mehr mit dem zu tun, was wir jetzt sind", meinte Sindelar, ohne Andersen anzusehen. „Irgendwann sollte man mit den Dingen von damals abschließen, nach vorne sehen und einfach weitermachen."

„Hast du mit der Vergangenheit abgeschlossen?"

„Auf eine Art schon."

„Glaubst du, Claudia hat mit ... dieser Sache abgeschlossen?"

Er zuckte mit den Schultern, trocknete sich mit einem Spültuch die Hände ab und setzte sich zu Andersen an den Küchentisch. „Wie der Professor schon sagte: Each of us a cell of awareness, imperfect and incomplete ... Das ist, was wir sind, Smörre. Wir glauben zu wissen, wie der Hase läuft, wo der Frosch die Locken hat und der Bartel den Most holt, aber wir wissen nichts, gar nichts."

Der Kaffee war fertig. Andersen goss ihnen ein.

„Jagger war damals in Claudia verliebt."

„Ich weiß. Und?"

„Du wusstest das?"

„Wie er sie immer angesehen hat ... Für mich war das ziemlich eindeutig, auch wenn er es wahrscheinlich abgestritten hätte."

„Weißt du auch, dass er immer noch in sie verliebt ist?"

„Was? Das ist jetzt Verarsche ...?"

Andersen erzählte ihm von den Liebesbriefen, die Ellen in Jaggers Spind gefunden hatte. Keiner davon war jemals abgeschickt worden. Sie reichten zurück bis ins Jahr 1980. Jagger hatte fast jeden zweiten Tag einen geschrieben. An die Frau, die er liebte. Die Frau, die er von Anfang an geliebt hatte. Und vermutlich immer lieben würde.

„So ganz dicht ist der auch nicht, oder?", murmelte Sindelar.

„Wahrscheinlich nicht. Aber welcher Torhüter ist das schon?"

Sindelar lachte auf. Kurz. Sehr kurz.

„Kannst du dir vorstellen, dass Jagger etwas mit dem Mord zu tun hat?"

„Und das Motiv?"

„Wie wär's damit", sagte Andersen. „Er wollte Claudia für sich alleine haben. Aber dafür musste er Trautmann und dich aus dem Weg räumen. Und wie würde ihm das am Effektivsten gelingen?"

„Keine Ahnung."

„Indem er Trautmann ermordet und dir den Mord in die Schuhe schiebt."

Sindelar rieb sich über den Schädel. „Jagger ein Mörder? Ich weiß nicht. Der kann doch keiner Fliege was zu Leide tun."

„Damals vielleicht nicht. Aber da war er auch noch fett, unsicher und phlegmatisch."

„Innerlich ist er immer noch fett, unsicher und phlegmatisch."

Andersen nahm einen Schluck Kaffee. „Kannst du dir vorstellen, wozu deine Schwiegermutter zwanzigtausend Euro brauchte? Hatte sie Schulden?"

„Nein, nicht dass ich wüsste."

„Und Claudia?"

„Auch nicht. Wie kommst du auf zwanzigtausend Euro? Was ist das denn für eine Geschichte?"

Andersen hörte ein Kratzen und Schaben an der Terrassentür. Er ging ins Wohnzimmer und öffnete Gingi die Tür. Sie hatte eine tote, halb zerfetzte, blutige Maus im Maul, die sie vor der Tür ablegte. Dann strich sie ihm um die Beine. Er streichelte sie und betrachtete die tote Maus. Nahm sie am Schwanz hoch und präsentierte sie Sindelar, der aus dem Flur ins Wohnzimmer kam. „Noch Hunger?"

„Wenn du sie marinierst ..."

Andersen betrat die Wohnung seiner Eltern, um seine Mutter nach dem Polo zu fragen, da er morgen zu Schilling nach Lautern fahren wollte. Er hörte Stimmen aus der Küche. Schlich über den Flur näher ran.

„... der Kommissar meinte, mehr er nicht kann sagen."

Kasia.

„Was haben wir getan?" Die Stimme seiner Mutter klang heiser. „Das ist alles unsere Schuld."

„Das stimmt doch nicht, Katharina, und das weißt du."

Eine männliche Stimme. Vermutlich Dr. Hahnemann.

„Ich habe meinen Sohn auf Wagner und Steffi aufmerksam gemacht." Wieder seine Mutter. „Und jetzt ist Steffi tot. Das alles wäre nie passiert, wenn wir nicht ..."

Sie brach ab und begann zu schluchzen.

„Alles wird gut, Katharina, alles wird gut."

Maria Gundall.

„Nein, Maria", schluchzte sie, „das wird es nicht und das weißt du."

Andersen hatte genug gehört und trat leise den Rückzug an.

Sindelar duschte, als er zurück in die Einliegerwohnung kam. Er setzte sich zu Gingi auf die Schlafcouch und betrachtete sie. Sie lag auf der Seite, döste, sah völlig entspannt aus. Für Katzen gab es kein Gestern, kein Morgen, nur das Jetzt und Hier zählte. Und jetzt und hier relaxte sie. Er beneidete sie. Ein lautes Klopfen am Rollladen der Terrassentür ließ ihn zusammenzucken.

Gingi hob nur kurz ein Auge und döste dann weiter.

Er ging zur Tür ging und zog den Rollladen hoch. Seine Mutter.

Er öffnete die Tür. „Was gibt's?"

Ihre Augen waren rotgeweint. Sie hatte die Arme vor dem Oberkörper verschränkt und machte keine Anstalten ins Wohnzimmer zu kommen.

„Ich will, dass du gehst", sagte Katharina Andersen mit zitternder Stimme.

„Bitte was?"

„Du bringst nur Unglück über uns alle. Geh zurück nach Berlin und komm nie wieder zurück."

Er war einen Moment so irritiert, dass er den Sinn ihrer Worte nicht verstand. „Du wirfst mich raus, oder was?"

Sie nickte. Er atmete tief durch. „Vervollständige bitte folgenden Satz: ‚Das alles wäre nie passiert, wenn wir nicht …?'"

Sie starrte ihn an.

„Was wäre nie passiert, Mutter? Was habt ihr getan? Du, Maria, Kasia und Dr. Hahnemann?"

Katharina Andersens Augen verengten sich zu Schlitzen. „Verschwinde von hier, Mark. Für immer. Ich will ich dich nie wieder sehen."

Sie wandte sich ab und war verschwunden. Er schloss die Terrassentür. Sindelar kam aus dem Bad ins Wohnzimmer. Er hatte ein Badetuch um die Hüften und rubbelte sich mit einem weiteren Handtuch die Stoppeln auf dem Kopf trocken. Andersen sah auf sein Handy: 19:13 Uhr.

„Ich geh noch mal raus."

„Wo willsten hin?"

„In die Zuckermodder. Vielleicht ist Strasser da, mit dem wollte ich eh noch mal reden."

„Weißt du, wie wir Strasser damals immer genannt haben?"

Er schüttelte den Kopf.

„Rotzfotze."

„Ah ja? Und wieso?"

„Ihm lief der Rotz immer in Strömen aus der Nase, er hat ihn aber nie weggewischt, sondern einfach immer wieder hochgezogen und gesammelt. Und in einem vom Schiedsrichter unbeobachteten Moment hat er den ganzen Schmotz dem gegnerischen Stürmer in den Nacken gerotzt. Oder wenn er besonders gut drauf war, mitten in die Fresse."

Andersen musste lächeln. Trotz allem.

„Echt genialer Torwart. Ohne ihn wären wir nie Meister geworden."

„Ohne dich wärt ihr nie Meister geworden."

„Fußball ist ein Mannschaftssport. Was nützt der beste Spielmacher und Torjäger, wenn hinten keiner die Bude sauber hält?"

Keine zehn Meter von der Zuckermodder entfernt fiel ihm plötzlich die Frage wieder ein, die er Sindelar schon die ganze Zeit hatte stellen wollen, die aber aufgrund der aktuellen Entwicklungen irgendwie verschüttgegangen war. Und zwar die, wie er sich seine Knieverletzung, die letztlich zum Ende seiner Karriere führte, zugezogen hatte. Er machte sich eine Notiz im Kopf, ihn morgen danach zu fragen, als er hektisches, gedämpftes Stimmengewirr vor dem Eingang der Zuckermodder hörte.

„Sei doch vernünftig, Strasser."

„Halt's Maul!"

„Hör zu, wir können doch ..."

„Halt dein Scheißmaul, Scheller!"

Er befand sich auf der Waldstraße, die vom Eingang der Zuckermodder nicht einsehbar war. Er drückte sich gegen die Hauswand der Kneipe und spähte um die Ecke. Strasser stand mit dem Rücken zu ihm vor der Zuckermodder. Vor ihm Scheller, Bold und Groß. In Strassers Hand eine Pistole – mutmaßlich die ihm bereits bekannte Walther –, mit der er die Fußballer in Schach hielt.

„Los jetzt, Abmarsch", blaffte Strasser. Bold, Scheller und Groß setzten sich zögerlich die Hauptstraße in Richtung Dorfplatz in

Bewegung. Er wechselte die Straßenseite und folgte Strasser und den Fußballern, indem er dem Licht der wenigen Straßenlaternen auswich und sich durch die Schatten der einsetzenden Nacht in die Hauseingänge der Häuser der Hauptstraße drückte. Nach knapp fünfzig Metern bog die Truppe links in die Klosterstraße ab, die hoch zum Ziegelberg führte. Er rannte die letzten Meter und spähte um die Ecke. Konnte gerade noch sehen, dass die vier gleich wieder links in die Seitenfeldstraße einbogen.

Er erinnerte sich an die Akte des Mordfalls und die Adresse von Scheller: Seitenfeldstraße 14. Geduckt legte er die wenigen Meter zur Ecke zurück und sah, wie die Gruppe vor dem Haus mit der Nummer 14 zum Stehen kam. Strasser fuchtelte mit der Walther herum, woraufhin Scheller seine Schlüssel aus der Hosentasche kramte und die Haustür aufschloss. Die vier verschwanden im Haus. Er wusste, dass Scheller – ebenso wie Leiser und Wagner – Single war und in der Einliegerwohnung im Haus seiner Eltern wohnte.

Er schlich zu dem weiß verputzten zweistöckigen Haus und schlug sich links vom Haupteingang in den Garten. Hinter einer hüfthohen Hecke am Rande des Gartens, von der aus er den Eingang der Einliegerwohnung im Blick hatte, ging er in Deckung. Alle Rollläden des Hauses, inklusive der Einliegerwohnung, waren runtergelassen. Er hatte nicht die geringste Ahnung, was Strasser vorhatte, war sich aber ziemlich sicher, dass es auf etwas extrem Ungutes hinauslaufen würde. Er fragte sich, ob er nicht vielleicht doch Schilling Bescheid sagen sollte, als er einen Wagen hörte, der vor dem Haus zum Stehen kam. Der Motor erstarb. Der Fahrer schlug die Tür ins Schloss. Dann hörte er Schritte auf dem Kiesweg, der um das Haus herum zum Garten führte. Eine bullige Gestalt latschte zielstrebig zum Garteneingang der Einliegerwohnung und klopfte gegen den Rollladen. Als dieser von innen hoch gezogen wurde und Licht aus dem Wohnzimmer die Gestalt erhellte, erkannte Andersen, um wen es sich handelte.

Irgendetwas in seinem Hirn machte klick.

Das Nächste, an das er sich erinnerte, war dass er zusammen mit Leiser durch die Glastür der Einliegerwohnung krachte und ihm dabei immer und immer wieder in die Fresse drosch. Er ignorierte die Glassplitter in seinen Händen, seinem Gesicht, seinem Mund, die Schmerzen im linken Arm, blendete alles aus und fokussierte seine Kraft und Energie auf das, was er vorhatte: Leiser zu töten. Selbst wenn er dabei draufgehen sollte. Er war kein menschliches Wesen mehr, er war ein auf Töten programmierter Killer-Cyborg.

Als der Schmerz an seinem Hinterkopf sein adrenalinübersäuertes Hirn erreichte und die Welt um ihn herum schwarz wurde, wurde ihm bewusst, dass es keine auf Töten programmierte Killer-Cyborgs gab.

Teil 4:

FREE WILL

You can choose a ready guide
In some celestial voice
If you choose not to decide
You still have made a choice
You can choose from phantom fears
And kindness that can kill
I will choose a path that's clear
I will choose free will

(RUSH: Free Will)

25
DER MENSCH AN SICH IST WIDERSTANDSFÄHIGER, ALS MAN GLAUBEN KÖNNTE

„Richtich in die Kacke jeritten würd ick ma sajn, wa? Wie hasten ditte hinjekriegt? Bondage für Anfänger oder was?"

Er versuchte, die Augen zu öffnen. Versuchte herauszufinden, ob er träumte. Beides misslang ihm.

„Hey, du, Meester! Ick hab dir 'ne Fraje jestellt!"

Ein kurzer stechender Schmerz auf seinem Oberschenkel. Wie der Stich einer Nadel. Oder eines spitzen Schnabels. Was natürlich das ‚Kra-krächz-kicher-kicher-krächz' erklären würde. Halbwegs jedenfalls.

Er zwang sich, die Augen zu öffnen.

Kein Unterschied zu vorher. Tiefschwarze Dunkelheit. Wo zum Teufel war er? Er versuchte, den Rest seiner Sinne auf die Umgebung zu konzentrieren. Es war kalt. Richtig kalt. Der Wind zerrte an seinen Haaren. Es roch nach Wald. Ein Geräusch wie Meeresrauschen drang an seine Ohren.

„Meeresrauschen. Quatsch mit Soße, du Kamuffel. Dit is der Wind in de Bäumen, du Nullchecker."

Hatte er seine Überlegungen verbal geäußert? Nein, hatte er nicht. Woher wusste dann der Quatschkopp - wer immer er auch war - was er dachte?

„Macht keenen Unterschied für mich, ob du was denkst oder, wie du es nennst, ‚verbal äußerst'."

Er versuchte, seinen Hinterkopf zu betasten, die Quelle allen Schmerzes. Ging nicht. Seine Hände waren gefesselt. Hinter seinem Rücken. Und dazwischen ein Baumstamm.

„Wo bin ich?", fragte er.

„Na, tief im Herzen vom Pfälzerwald, wo sonst?“
„Und wer bist du?“
„Eener der Ritter, die nie nie sagen.“
Kra-krächz-kicher-kicher-krächz.
„Super lustig, echt. Ich pisse mich ein vor Lachen.“
„Fein. So war dit jedacht. So, und nu ma Tacheles: Wie bisten hierher jekommen?“
Die Stimme kam rechts von ihm. Er drehte den Kopf. Es dauerte einen Moment, bis sich seine Augen an die Dunkelheit gewöhnt hatten. Dann erkannte er die Quelle des Gequatsches: eine Krähe. Sie saß direkt neben ihm auf dem Waldboden und starrte ihn mit schief gelegtem Kopf an. Dafür gibt es nur eine Erklärung, dachte er. Das muss ein Traum sein. Jede andere Erklärung wäre irgendwie ungut, dachte er.
Er biss sich auf die Unterlippe. Schmeckte Blut.
Also kein Traum.
„Wieso verstehe ich, was du sagst?“
„Könnte eventuell daran liejn, dass ick mir klar und deutlich zu artikulieren weeß.“
„Bist du hier aus der Gegend?“
„Logisch, Meester.“
„Und wieso berlinerst du dann?“
„Mir ist manchmal einfach so danach“, meinte die Krähe, dieses Mal in reinstem Hochdeutsch. „Irritiert dich das?“
„Es gibt gerade ein paar Dinge, die mich definitiv mehr irritieren als dein Berlinerisch.“
„Ah ja? Was denn? Warum ich nicht pfälzere? Oder vielleicht die Frage, ob ich eine Krähe oder ein Rabe bin?“
„Ja, unter anderem.“
„Dachte ich mir. Da bist du nicht der Erste. Was glaubst du, was ich bin?“
„Eine Amsel“, versuchte er sich halbherzig an einem Scherz, woraufhin ihm die Krähe in den Oberschenkel pickte. „Nicht lustig, du Mensch“, krächzte sie abfällig. „Nochmal!“

„Krähe?"

„Korrekt. Danke. Sonst noch irgendwelche, dir auf den Nägeln brennenden Fragen? Vielleicht die, wie du hiergekommen bist und warum man dich mit Klebeband an einen Baum gefesselt hat?"

„Zum Beispiel", meinte er, immer noch recht verwundert über die Tatsache, dass er sich gerade mit einer Krähe unterhielt.

„Kannst du dich nicht mehr erinnern?"

Er versuchte, sich zu erinnern. Strasser. Die Walther P38. Die Fußballer. Schellers Einliegerwohnung. Leiser, der an die Tür der Einliegerwohnung klopft. Sein Hirn, das klick machte. Die Schmerzen an seinem Hinterkopf ...

„So halb", murmelte er.

„Wer auch immer dich hier hergebracht und an einen Baum gefesselt hat; derjenige scheint richtig sauer auf dich gewesen zu sein. Ich meine, wir sind hier mitten im Nirgendwo. Die nächste Straße ist ... Egal, jedenfalls ziemlich weit weg. Irgendwo in die Richtung." Sie nickte mit dem Schnabel in eine Richtung. „Nee. Stimmt nicht. Ich glaube, die ist irgendwo da." Sie nickte schnabeltechnisch indifferent in eine andere Richtung.

Plötzlich erinnerte er sich an das, was er über den Pfälzerwald wusste: Dass es das größte zusammenhängende Waldgebiet Deutschlands war. Dass ein Drittel der Pfalz Wald war. Dass das Areal dünn besiedelt war. Dass 76 Einwohner auf einen Quadratkilometer kamen ...

Zufällig würde ihn hier niemand finden, so viel war klar. Nicht um diese Jahreszeit. Nicht hier, vermutlich weit abseits eines Wander- oder sonstigen Weges. Es sei denn als tiefgefrorene Leiche. Es war schweinekalt und er trug nur sein Longsleeve, die Cargohosen und seine für den Wald definitiv zu dünnen Turnschuhe. Die Lederjacke hatte man ihm abgenommen. Na ja, nicht ‚man', sondern höchstwahrscheinlich Leiser und seine Kumpels. Die Frage blieb, warum sie ihn nicht gleich richtig entsorgt hatten. Ein gut platzierter Kopfschuss und fertig. Nein, das wäre dämlich gewesen, weil: Mord. Leiser hatte auch so schon genug

Stress am Hals. Deswegen der Wald. Der würde ihm die Drecksarbeit abnehmen. Ein zwei Tage und Nächte bei Temperaturen knapp über dem Gefrierpunkt, gefesselt an einen Baum, ohne Wasser, ohne Essen, ohne alles. Die logische Folge: Dehydrieren. Verdursten. Verhungern. Erfrieren. Reihenfolge egal.

„Wie auch immer. Auf jeden Fall habt ihr beiden richtig die Arschkarte gezogen", meinte die Krähe. „Ohne Scout findet ihr hier nie wieder raus."

„Wir beiden?"

„Das Mäneken da drüben gehört doch zu dir, oder?"

Er folgte dem Blick der Krähe. Entdeckte in einiger Entfernung eine massige Gestalt, die genau wie er mit hinter dem Rücken gefesselten Händen an einen Baum saß.

„Strasser?"

Strasser äugte in seine Richtung. „Andersen?"

„Bist du okay?"

„Geht so."

„Was ist passiert? Wer hat uns hierher gebracht?"

„Leiser, Scheller, Groß und Bold, schätze ich mal."

„Haben die dich auch überwältigt?"

„So sieht's aus."

„Aber du hattest doch die Walther."

„Aber nur kurz. Als du mit Leiser durch die Glastür gekracht bist, war ich so abgelenkt, dass Scheller mir die Knarre aus der Hand schlagen konnte. Dir haben sie 'nen Stuhl über die Rübe gezogen und mir dann die Walther. Danach weiß ich nichts mehr."

„Was zum Geier hattest du vor?"

„Ich hab in der Zuckermodder ein Handygespräch von Scheller mitbekommen. Klang so, als wäre Leiser dran. Er wollte sich anscheinend mit denen treffen. Also hab ich mir die drei geschnappt und wollte in Schellers Wohnung auf Leiser warten."

„Um was genau zu tun? Ihn umbringen?"

„Wenn du nicht aufgetaucht wärst, hätte ich das auch geschafft."

Die Krähe lachkrächzte.

„Halt die Klappe."

„Geht nicht. Weil: Schnabel."

„Mit wem redest du da?", rief Strasser.

„Mit irgend so 'ner Krähe."

„Bist du auf irgendwelchen Drogen, oder was?"

„Nein. Leider ..."

„Gibt's hier eigentlich Wölfe oder Bären?", fragte Strasser.

„Eher weniger", meinte die Krähe, „aber dafür Luchse. Hinweise auf die liegen seit 1980 vor. Bis 1997 sind 188 Meldungen erfasst worden, die sich im Wesentlichen auf den mittleren und nördlichen Teil des Pfälzerwaldes konzentrieren."

„Und wo genau sind wir hier?"

„Im mittleren Teil. Glaub ich. So richtig firm war ich in Geografie noch nie. Mir genügt es, zu wissen, dass ich da bin, wo ich bin. Wo das genau ist, spielt keine Rolle."

Der Wind wurde stärker. Das Rascheln der Blätter war so laut, dass er brüllen musste. „Strasser?"

„Was?"

„Wölfe und Bären sind nicht, aber dafür eventuell ein paar Luchse."

„Woher willsten das wissen?"

„Hat mir Meister Krähe gesagt."

Kurzes Schweigen. Dann: „Du hast echt nicht mehr alle Kronen aufem Korken."

„Flatter rüber und zwitscher ihm ein paar Worte", meinte Andersen zur Krähe, „damit er mir glaubt."

„Zeitverschwendung. Er würde mich nicht verstehen."

„Ah ja? Und wieso verstehe ich dich dann?"

„Quantenphysik", erklärte die Krähe. „Informationen werden nicht von einem Teilchen zum anderen übermittelt, sondern die Wellenaspekte der Teilchen sind ..."

„Jaja, ich weiß, schon gut. Vergiss die Frage. Hilf mir lieber mal mit den Fesseln."

„Warum sollte ich?"

„Weil du eine nette Krähe bist und gerade nichts Besseres zu tun hast?", schlug er vor.

Die Krähe schwieg.

„Nein?"

„Einen Moment. Ich überlege noch."

„Ob du eine nette Krähe bist?"

„Nein. Ob es sich lohnt, über die Frage nachzudenken."

Fotze, dachte Andersen.

„Das habe ich gehört! Nicht wirklich nett, findest du nicht auch?"

„War liebevoll gemeint ..."

„Ja klar, logisch."

„Komm schon, Meister. Hack deinen Schnabel ins Klebeband, den Rest kriegen wir schon alleine hin."

„Vielleicht kannst du nachvollziehen, dass ich nicht die geringste Lust verspüre, jemandem, der mich als ‚Fotze' tituliert, in irgendeiner Form zu helfen."

„Das mit der ‚Fotze' hab ich doch gar nicht gesagt!"

„Aber gedacht!"

„Ein kleiner aber feiner Unterschied, findest du nicht auch?"

„Für mich macht das keinen Unterschied."

Ah, fick dich, scheiß Krähenvieh, dachte Andersen.

„So, das war's", meinte die Krähe, „seht doch zu, wie ihr alleine klarkommt."

Ohne weiteres Wort flatterte sie in die Dunkelheit des Waldes.

„Hey! Komm zurück!", brüllte er ihr hinterher. „Das kannst du nicht bringen! Wir werden hier verrecken!"

„Was brüllsten so?", rief Strasser.

„Vergiss es. Lass uns mal checken, ob wir dieses Klebeband nicht irgendwie durchbekommen."

„Und mit was? Hab leider gerade kein Messer zur Hand."

„Was weiß ich. Ein herausstehender Ast, ein Stein, irgendwas Scharfes."

„Hier is nix."

Andersen versuchte, seine Hände am Baumstamm auf und abzureiben, in der Hoffnung, dabei das Klebeband irgendwie aufscheuern zu können. Falls es sich wirklich um Gaffa-Tape - ein Produkt, mit dem man eine gesprungene Autoscheibe wieder vorübergehend funktionstüchtig machen konnte - handelte, war die Hoffnung auf Erfolg aber eher gering. Zumal mit auf den Rücken gefesselten Händen.

„Andersen?"

„Was?"

„Hier ist irgendwas."

„Und was genau?"

„Weiß nicht. Irgendein Vieh."

„Was macht es?"

„Es grunzt."

„Wildschwein?"

„Möglich."

„Beweg dich nicht, dann lässt es dich in Ruhe."

„Bist du sicher?"

„Nein."

Er rieb, scheuerte und zerrte weiter. Ohne Erfolg.

Dann ein Schrei. „Scheiße, das Vieh knabbert an meinem Fuß rum!"

„Sag ihm, es soll damit aufhören."

„Scheiße, Mann. Das will mich fressen!"

„Wildschweine fressen keine Menschen."

„Das hier schon!"

„Hey, Wildsau!", rief Andersen, „lass mal Onkel Strasser in Ruhe, der steht nicht drauf, von dir angeknabbert zu werden! Außerdem ist die Gefahr ziemlich groß, dass du dir 'ne Alkoholvergiftung zuziehst, wenn du sein Blut schlürfst."

Grunzen. Ob von Strasser oder der Sau war für Andersen unmöglich zu eruieren. Dann Stille.

„Strasser?"

„Ja?"

„Was ist?"

„Ich glaub, es ist weg."

„Supi. Dann ist ja alles im Lack."

„Ich brauch was zu trinken."

„Da bist du nicht der Einzige."

Gefühlte drei Stunden Scheuern und Reiben später war Andersen platt. Sowohl körperlich als auch geistig. Die Kälte kroch in die letzten Winkel seines geschundenen Körpers. Seine Arme schmerzten und wurden langsam steif, die Wunde an der Schulter meldete sich wieder zu Wort, die Wunde am Hinterkopf brannte und juckte und seine Beine begannen aufgrund der Kälte unkontrolliert zu zittern. Er schloss die Augen. Versuchte, an etwas Positives zu denken. Scheiterte kläglich. Sah vor seinem inneren Auge nur Dunkelheit und endlose Schwärze. Er wollte nur noch schlafen und nie wieder aufwachen. Aber alles, was er zustande brachte, war ein unruhiges Dösen. Ab und zu hörte er Strasser grunzen.

Irgendwann machte Strasser den Vorschlag, um Hilfe zu rufen. Andersen hatte nichts dagegen, solange Strasser sich alleine die Lunge aus dem Leib brüllte. Er für seinen Teil glaubte wie gesagt weder daran, dass um die Jahreszeit – und schon gar nicht um die Uhrzeit; er schätzte es war weit nach Mitternacht – hier in der Nähe irgendwelche Wanderer, Förster oder sonstige Naturburschen unterwegs waren, noch dass er die Kraft haben würde zu schreien. Strasser hatte sie offensichtlich noch. Er schrie, brüllte, krakelte. Eine geschlagene Stunde lang. Mindestens. Irgendwann keuchte er nur noch. Auf Andersens Nachfrage, ob er sich jetzt besser fühlen würde, beschimpfte er ihn als ‚Wichser'.

Danach war Schweigen angesagt. Andersen versuchte noch einmal halbherzig, seine Fesseln am Baumstamm zu scheuern, brach den Versuch aber ab, als er spürte, dass er nichts mehr spürte. Also in den Händen und Fingerspitzen. Was er jedoch sehr wohl noch spürte, war das Bedürfnis, zu trinken, zu essen, eine zu rauchen und sich einen Whiskey hinter die Binde zu kippen.

„Was machen wir denn jetzt?", greinte Strasser.

Elendig verrecken, dachte Andersen, als er ein Flattern hörte und direkt vor ihm die Krähe landete.

„Unsinn", meinte sie, wobei sie den Kopf schief legte und ihn beäugte, als habe sie es mit einem komplett Debilen zu tun. „Der Mensch an sich ist widerstandsfähiger, als man glauben könnte."

„Hör mal, Herr Krähe", säuselte Andersen, „was ich vorhin gesagt habe ..."

„Herr? Entschuldigen Sie, aber Sie sprechen mit einer Dame!", korrigierte ihn das Federvieh.

Oha. Ungeahnte Möglichkeiten tun sich auf, dachte Andersen.

„In Bezug auf was genau?", wollte Frau Krähe, die offensichtlich auch recht gut seine Gedanken lesen konnte, wissen.

„Nichts", meinte er, „war nur so dahingedacht."

„Mit wem quatschst du denn jetzt schon wieder?", kam es von Strasser.

„Ich bin gerade mitten in wichtigen Vertragsverhandlungen und würde mir wünschen, dass du einfach mal ein, zwei Minuten die Fresse hältst. Glaubst du, das ist machbar? Zwei Minuten wären aber auf jeden Fall besser als eine!"

Frau Krähe flatterte hoch und ließ sich auf Andersens Schulter nieder, wobei sie ihre Krallen in seine Schusswunde schlug. Er biss die Zähne zusammen und unterdrückte einen Aufschrei. „Würde es Ihnen etwas ausmachen, sich auf die andere Schulter zu setzen?"

„Wieso? Ich finde es ganz nett hier", erwiderte Frau Krähe und kackte auf sein Shirt.

Er atmete tief durch. „Wäre es Ihnen eventuell möglich, das Gaffa-Tape, mit dem meine Hände hinter dem Baum gefesselt sind, durchzuhacken? Natürlich wäre ich auch bereit, mich angemessen für diesen Dienst zu revanchieren."

„Was genau meinen Sie mit ‚angemessen revanchieren'?

Er drehte leicht den Kopf. Frau Krähe sah ihm direkt in die Augen.

„Ich würde Ihnen einen langgehegten Wunsch erfüllen. Einen Wunsch, den Ihnen nur ein Mensch erfüllen kann."

Frau Krähe überlegte. Dann: „Doch, da wäre schon etwas. Wobei ich ehrlich gesagt bezweifele, dass Sie dazu in der Lage sind."

„Was ist Ihr Begehr, Mylady?"

„Ein Porsche. Am Liebsten den 928. An den habe ich ausschließlich wundervolle Erinnerungen."

„Und was genau wollen Sie damit machen, Mylady?"

„Na, fahren."

„Mitfahren, meinen Sie?"

„Natürlich, mitfahren. Was dachten Sie denn? Dass ich ihn selbst lenke?"

„Andersen?"

„Was?"

„Ich muss mal."

„Lass dir was einfallen, ich bin gerade beschäftigt."

Er sah zu Frau Krähe. „Das geht in Ordnung, Sie bekommen eine Fahrt in einem 928. Und jetzt würde ich Sie bitten, Ihr Schnäbelchen in das Gaffa-Tape zu hacken."

„Woher weiß ich, dass Sie nicht vorhaben, mich hinters Licht zu führen?"

„Können Sie nicht wissen, Mylady. Ein Restrisiko besteht immer."

„Eine Antwort nach meinem Geschmack", krächzkicherte Frau Krähe und machte sich an die Arbeit. Keine fünf Minuten später waren seine Hände frei. Er stand auf. Wacklige Knie, steife Arme, steifer Nacken, taube Hände und Finger; das volle Invalidenprogramm. Er tastete seine Hosentaschen ab – Handy: negativ, Schlüsselbund komischerweise positiv – während Frau Krähe auf seinen Kopf flatterte und nach unten äugte. „Zufrieden?"

Er schielte sie über die Nase hinweg an.

„Angesichts der Umstände außerordentlich", meinte er und rieb sich die schmerzenden Handgelenke. „Wissen Sie, wo Helltal liegt?"

„Nein, ich kann mich aber durchfragen. Wieso?"

„Weil wir uns dort die Tage sehen werden. Sickingenstraße 4."

„Da steht der 928?"

„Ja", log er und hoffte, nicht zu denken, dass er log.

„Andersen? Was zum Geier ist da los bei dir?"

„Ich bin gleich bei dir. Hast du dein Pissproblem gelöst?"

„Ja. Schon irgendwie", kam es kleinlaut zurück.

Nachdem er Strassers Gaffa-Tape mit einem spitzen Stein durchtrennt und Frau Krähe erneut versichert hatte, dass sie ihn in der Sickingenstraße antreffen könne - gesetzt den Fall, sie kämen aus dem Wald raus -, woraufhin diese sich mit den Worten „Wenn Sie versuchen mich zu verballhornen, gehört mir Ihr Erstgeborener!" verabschiedet hatte, half er Strasser auf die Beine.

„Wird's gehen?"

„Muss ja."

Sie setzten sich in Bewegung, wobei Andersen mit einem kleinen Problem konfrontiert war: Wo zum Teufel war hier der Ausgang? Nichts als Dunkelheit, Bäume, Wind, Kälte und seltsame Geräusche, die ihn an Geschichten von Stephen King denken ließen.

„Hast du dein Handy noch?", fragte er Strasser.

„Hatte nie eins."

„Irgendeine Ahnung, in welche Richtung?"

„Nicht die geringste."

Davon ausgehend, dass die Fußballer sie wohl kaum mehrere Kilometer zu Fuß in den Wald geschleift hatten, sollte sich in der Nähe doch irgendeine Form von Weg oder Straße finden lassen. Fand sich aber nicht. Jedenfalls nicht in der Richtung, in der sie jetzt seit einer gefühlten Stunde stolperten, wobei der Wald immer dichter und undurchdringlicher zu werden schien.

„Hier is nix."

„Hier is ganz schön viel", meinte Andersen, „Bäume, Wald, Gestrüpp, steile Abhänge, Büsche, Laub, Felsen, Steine, komische Geräusche."

„Lustig. Echt."

„Ja, ne?"

„Ja. Ändert aber nichts daran, dass wir am Arsch sind."

„Lass uns kurz Pause machen. Ich muss dringend mal für kleine Jungs."

„Ich check noch kurz, wo's da vorne hingeht", meinte Strasser und nickte dabei in Richtung eines Abhangs. „Vielleicht hat man von da 'nen Überblick über diese Scheiße."

„Tu dir keinen Zwang an."

Andersen stellte sich an einen Baum und erleichterte sich, als er ganz in der Nähe eine Eule zu hören glaubte. Gefolgt von etwas, das wie Knurren klang. Dann hörte er Strasser in seinem Rücken grunzen. Es hörte sich wie „Scheißdreck" an. Kurze Stille. Dann ein Schrei.

Er packte eilig ein und stürzte in die Richtung des Schreies. Am Rand des Abhangs äugte nach unten. Knapp fünf Meter unter ihm lag Strasser auf dem Rücken, beide Hände um seinen rechten Knöchel. Und immer noch schreiend.

„Ist gut, Alter, ich bin ja da. Alles wird gut."

Strasser schien das zu bezweifeln, denn er brüllte weiter. Als Andersen den Abhang mehr oder weniger wohlbehalten bewältigt hatte, wurde ihm der Grund für Strassers Gekreische klar. Sein Fuß stand in einem doch recht unnatürlich wirkenden Winkel ab. Sah nicht gut aus. Sah gar nicht gut aus. Sah eher gebrochen aus.

„Wir müssen hier raus, Andersen", keuchte Strasser. „So schnell wie möglich!"

„Meinst du, du kannst gehen, wenn ich dich stütze?"

„Hab ich 'ne Wahl?"

„Na ja, ich kann dich auch hier liegen lassen und versuchen ..."

„Geht schon. Hilf mir hoch."

Andersen half ihm hoch, legte sich seinen Arm über die Schulter und stützte ihn.

„Welche Richtung?"

„Entscheide du."

Andersen entschied, sich nicht zu entscheiden, und humpelte einfach los.

Keine halbe Stunde später erreichten sie einen Waldweg. Zeitgleich begann es zu dämmern. In einiger Entfernung entdeckte er etwas, dessen Umrisse entfernt an einen Wegweiser erinnerten. Erst als er direkt davor stand, gelang es ihm, die Beschriftung zu lesen: ‚Waldgaststätte Taubensuhl Forsthaus – 1 km'.

„Wir haben's geschafft, Mann", meinte er zu Strasser und klopfte ihm auf den Rücken. Außer einem matten Lächeln brachte er nichts mehr zustande.

Der Rest war ein Kinderspiel. Von der Waldgaststätte aus, die gerade öffnete, rief Andersen Schilling an, der ihnen einen Streifenwagen – für Andersen – und einen Krankenwagen – für Strasser – schickte. Die Frage des Notarztes – nachdem er die Wunde an Andersens Hinterkopf gesäubert und ihn mit einem Turban verunstaltet hatte –, ob er sicher sei, dass er nicht vielleicht doch mit ins Krankenhaus fahren wollte, beantwortete er jesuslike mit einem Gleichnis:

„Was juckt ein Wildschwein, wenn sich ein Baum an ihm reibt?"

Weder der Notarzt noch dessen Kollege und schon gar nicht die Bullen oder Strasser verstanden, was er damit sagen wollte. Scheiß drauf, dachte Andersen. Man muss die Gleichnisse feiern, wie sie fallen.

26
WALTHER P38

Er saß vor Schillings Schreibtisch und hielt sich an einer Tasse mit Bullenplörre fest.

Schilling war so nett gewesen und hatte Young losgeschickt, der mit einer Riesentüte von McDonalds zurückgekommen war, die Andersen innerhalb weniger Minuten geleert hatte. Für Schilling und Kretschmer, der neben ihm saß, waren nur noch eine mickrige Apfeltasche und eine halbe Portion Pommes übergeblieben.

„Okay, nochmal von vorne ...", meinte Kretschmer. „Du und Strasser habt zufällig mitbekommen, dass Scheller in der Zuckermodder mit Leiser telefoniert hat. Dann ist Scheller zusammen mit Groß und Bold abgezogen, woraufhin ihr beiden ihnen bis zu Schellers Einliegerwohnung gefolgt seid, weil ihr dachtet, sie würden sich mit Leiser treffen. Dann habt ihr vom Garten aus die Einliegerwohnung observiert. Irgendwann ist dann Leiser aufgetaucht. Der hat euch entdeckt, zusammen mit seinen Kumpels überwältigt und euch im Wald ausgesetzt."

„So sieht's aus."

Andersen hielt Schilling seine leere Tasse hin, der sie wieder füllte.

„Wie hast du dir die Platzwunde am Hinterkopf zugezogen?", wollte er wissen.

„Im Wald. Bin gestolpert."

„Gestolpert ...", echote Kretschmer. „Und bist dann nicht nach vorne gefallen, sondern nach hinten, oder was?"

„Wir waren gerade dabei, einen Hügel hochzuklettern."

Kretschmer lehnte sich in seinem Stuhl zurück und verschränkte die Arme vor der Brust. „Hm."

„Was ‚hm'?"

„Irgendwie klingt das alles ein wenig ... seltsam."

Andersen ahnte, welche Formulierungen Kretschmer während seines Zögerns auf der Zunge gelegen hatten: Bescheuert. Unglaubwürdig. Absurd. Abgefahren. Gelogen. Hirngespinstig. Noch hirngespinstiger würde es für ihn und Schilling wahrscheinlich klingen, wenn sie wüssten, dass Leiser jetzt im Besitz von Strassers Walther P38 war. Was natürlich Fragen nach sich ziehen würde. Wie zum Beispiel die, wie Strasser in den Besitz der Walther gekommen war und was er damit vorgehabt hatte.

„Was ist mit Strassers Ascona, den Leiser ihm geklaut hat?"

„Wurde gestern Nacht in der Nähe von Annweiler gefunden, auf einem Waldweg", meinte Schilling. Offensichtlich waren Leiser und die Fußballer mit zwei Autos unterwegs gewesen, als sie Strasser und dich im Wald ausgesetzt hatten.

„Aber weiterhin keine Spur von dem Arschloch nehme ich an ..."

„Das nimmst du richtig an."

„Was ist mit Wagner?"

„Schweigt", meinte Kretschmer.

„Auch bezüglich seiner gebrochenen Nase?"

Er stutzte. „Woher weißt du von seiner gebrochenen Nase?"

Schilling sprang Andersen bei. In seinem eigenen Interesse, schätzte Andersen. „Mark war doch bei dem Verhör dabei. Das hab ich dir doch erzählt."

„Hast du das?"

Schilling nickte. Kretschmer schwieg.

„Was ist mit Scheller, Groß und Bold?"

„Sind auf dem Weg hierher."

„Keiner hat versucht, wie die Sportsfreunde Wagner und Leiser unterzutauchen?"

Schilling schüttelte den Kopf.

„Schon Nachrichten von Strasser?"

„Er hat sich mehrfach den Knöchel gebrochen und wird ein paar Tage im Krankenhaus bleiben müssen."

„Was ist mit der Speicherkarte, die Young und ich bei Leiser gefunden haben?"

„Da fragst du am besten Thomas."

„Zimmernummer?"

„212."

Andersen stand auf.

„Er führt im Moment aber gerade ein Verhör."

„Was für ein Verhör? Wagner, oder was?"

Schilling schüttelte den Kopf, wobei er Andersens Blick auswich.

„Stefan Sindelar", erklärte Kretschmer süffisant lächelnd.

„Was? Du verarschst mich ...?", stammelte Andersen.

Kretschmer schüttelte den Kopf. Das Lächeln blieb.

Andersen sah zu Schilling, der erneut seinem Blick auswich.

„Wo habt ihr ihn geschnappt?"

„Du weißt, wo."

Andersen starrte Schilling an. „Woher wusstet ihr ...?"

„Anonymer Tipp."

Anonym, mein Arsch, dachte Andersen.

Es konnte nur eine Person geben, die dafür verantwortlich war.

Er saß in seinem klobigen Schreibtischstuhl, als sein Sohn ohne Anklopfen hereinplatzte. Der wuchtige Schreibtisch aus Eiche war rund um die Arbeitsunterlage mit Aktenordnern und Papierstapeln vollgestellt. Ein Schutzwall, der ihn wie einen müden alten König wirken ließ, der sich hinter dicken Festungsmauern verschanzt hatte, um für immer vor dem Bösen da draußen geschützt zu sein.

„Warum hast du das getan?"

Er drehte sich widerwillig auf seinem Stuhl zu ihm um und rückte sich linkisch die Brille zurecht. Den Verband um den

Kopf seines Sohnes schien er gar nicht wahrzunehmen. Vielleicht nahm er ihn wahr, hielt ihn aber nicht für wichtig genug, um nachzuhaken. Er räusperte sich, murmelte dann: „Du weißt warum ..."

„Nein, weiß ich nicht, verdammt!"

„Er ist perfekt."

„Was?"

„Stefan Sindelar ist der perfekte Sündenbock, der perfekte Täter."

„Was redest du da für eine Scheiße?", blaffte Andersen. Sein Vater wandte sich ab und begann, seine Unterlagen zu sortieren. Andersen zwang sich zur Ruhe und atmete mehrmals tief durch.

„Woher wusstest du es?"

„Ich habe mitbekommen, wie sie frühmorgens aus der Einliegerwohnung kam. Und dass sie nicht deinetwegen, sondern wegen ihrem Ex-Mann da war, war mir nur allzu bewusst."

Andersen war kurz sprachlos.

„Okay, um was geht es hier wirklich?"

Sein Vater drehte sich erneut in seinem Schreibtischstuhl zu ihm um und sah ihm in die Augen. In seinem Blick unendliche Traurigkeit. „Worum geht es immer, Mark?"

„Weißt du, wo du dir deine beschissenen Gegenfragen hinstecken kannst?"

„Worum geht es immer, Mark?"

„Das weiß ich nicht und will es auch gar nicht wissen!"

„Um Familie", sagte sein Vater leise. „Es geht immer um Familie."

„... versucht mir der Mann zu erzählen, der bis zu seiner Rente mit der Arbeit verheiratet war."

Sein Vater zog fast unmerklich eine Augenbraue hoch. Dann richtete er wieder seine Nickelbrille aus. „Falls du es immer noch verstanden haben solltest: Ich versuche, jemanden zu schützen."

„Und zwar wen?"

„Du weißt, wen …"

„Nein, verdammte Scheiße! Das weiß ich nicht!"

„Auch wenn du sonst nichts weißt, Mark, das weißt du."

Andersen hatte nicht die geringste Ahnung, wovon sein Vater redete. Gleichzeitig befürchtete er, dass er ganz genau wusste, wovon er redete.

Das SEK hatte ganze Arbeit geleistet.

Das Glas der zersplitterten Terrassentür verteilte sich über fast den ganzen Boden, das Fenster rechts der Eingangstür war ebenfalls zu Bruch gegangen, der Tisch war umgeworfen, der Couchsessel in seine Einzelteile zerlegt. Sah so aus, als hätte Sindelar erheblichen Widerstand geleistet.

Als er vom Duschen mit einem Handtuch um die Hüften und dem durchweichten Turban um den Kopf zurück ins Wohnzimmer kam, waren zwei Glaser mit der Wiederherstellung der Terrassentür und des Fensters beschäftigt. Beide warfen ihm einen Blick zu, den er nicht wirklich deuten konnte. Ging aber irgendwie in Richtung ‚Abscheu'. Wahrscheinlich weil inzwischen wohl ganz Helltal wusste, dass er einen gesuchten Mordverdächtigten gedeckt hatte.

Er warf die Handwerkerclowns raus, zog sich an und machte sich auf den Weg. Kurz darauf stand er vor dem, mit der grünen Plane abgedeckten und an den Ecken mit Ziegensteinen beschwerten, Loch hinter Strassers Scheune. Bevor er es richtig realisierte, hatte er mehrere Ziegelsteine zur Seite gelegt, die Plane an zwei Ecken zurückgelegt und eine Schaufel in den Händen. Offensichtlich hatte er beschlossen, auf Nummer Sicher zu gehen und erst mal das Loch wieder zuzuschütten, bevor er sich den Waffen und dem ganzen Zweiter-Weltkriegs-Dreck in der Scheune widmen würde.

Nach knapp zehn Minuten angestrengten Schaufelns, hörte er eine Stimme hinter sich, die ihm nur allzu bekannt vorkam.

„Schau an, der Sohn vom Bullen. Ein richtiges Stehaufmännchen."

Er bemühte sich redlich, Hochdeutsch zu sprechen. Andersen hörte zu schaufeln auf. Zögerte den Moment, in dem er sich umdrehen musste, so lange wie möglich hinaus.

„So was in der Richtung hab ich mir schon gedacht, deshalb wollte ich dir eigentlich gleich bei Scheller die Lichter ausblasen, aber die anderen meinten, das wär keine so gute Idee. Ich finde, es war die beste Idee, die ich seit Jahren hatte. Aber wie das so ist mit Ideen. Die meisten scheitern an der Umsetzung."

Die Sau lachte. Laut und dröhnend. Mit beiden Händen auf die Schaufel gestützt, drehte sich Andersen langsam um. Harry Leiser trug wie Andersen tarnfarbene Armyhosen. Dazu Springerstiefel und einen schwarzen Pullover unter einer speckigen Armyjacke. Auf seiner Glatze wie üblich die Lonsdale-Kappe. Seine Wangen waren mit Kratzern übersät, für die mutmaßlich Steffi verantwortlich war. Und in seiner Hand die Walter P38 von Strasser. Entsichert, soweit Andersen das erkennen konnte. Und auf Andersens Kopf gerichtet. Nicht zum ersten Male fragte er sich, wozu er eigentlich seinen Colt aus Berlin mitgebracht hatte, wenn dieser jedes Mal wenn es darauf ankam, in seiner Sporttasche vor sich hin gammelte.

„Was machst du hier?"

„Was glaubst du, was ich hier mache?"

„Du dachtest, dass Strasser und ich den Wald eh nicht überleben würden und hast dich beim ihm eingenistet. Clever. Echt clever. Wer käme schon auf die Idee, dich ausgerechnet hier zu suchen?"

„Niemand", meinte Leiser, während er auf das Loch zuging und kurz hineinäugte, wobei er die Walther weiterhin auf Andersens Kopf gerichtet hielt. Andersens Hände krampften sich um den Griff der Schaufel.

„Warum, Steffi, du Wichser? Was hat sie dir getan?"

„Was sie getan hat? Nichts. Und genau das war ihr Fehler", meinte Leiser sachlich. „Ich wollte nur für ein paar Tage bei ihr und ihrer Mutter unterkommen, das wäre das perfekte Versteck gewesen. Aber sie hat sich geweigert. Dann hab ich versucht, ihr klarzumachen, dass ich von ihrem kleinen Privatvideo mit Trautmann in der Zuckermodder weiß und dass das die Bullen interessieren könnte. So von wegen, wer hätte alles einen Grund gehabt, Trautmann zu ermorden, aber sie meinte nur, das wüssten die Bullen schon. Dann hab ich ihr eine gescheuert. Sie hat um sich geschlagen, mich getreten und gekratzt, ich hab sie geschubst. Sie ist mit dem Hinterkopf auf den Glastisch geknallt. Ich hab gedacht, das war's. Aber das war's noch nicht. Aber da war ich schon dabei, es ihr richtig zu besorgen. Tja, dumm gelaufen. Aber geht doch nichts über ein weiches, knuffiges Kissen. Du glaubst gar nicht, was man damit alles anstellen kann."

Andersen riss die Schaufel hoch und versuchte, Leiser die Walther aus der Hand zu schlagen. Leiser machte blitzschnell einen Schritt rückwärts. Andersen schlug wie in Zeitlupe ins Leere und legte sich geschmeidig auf die Fresse. Mit dem Fuß kickte Leiser die Schaufel außerhalb von Andersens Reichweite.

„Du bist echt 'n Komiker", meinte Leiser ohne zu lächeln, die Walther immer noch auf Andersens Kopf gerichtet. Andersen zog sich schwerfällig in eine sitzende Position hoch und klopfte sich den Dreck aus den Klamotten.

„Warum musste Trautmann sterben?"

„Ob du's glaubst oder nicht; Ich weiß es nicht."

„Wagner?"

„Nein."

„Woher willst du das wissen?"

„Er hätte es uns gesagt."

„Ja, klar."

„Wir hatten keine Geheimnisse voreinander."

„Ihr vielleicht nicht vor ihm. Aber er vor euch. Oder wusstest du, dass er in Steffi verliebt war?"

„Wer war das nicht?"

„Wenn es nicht Wagner war und du auch nicht, wer dann?"

„Weiß ich nicht, interessiert mich auch nicht."

„Hast du mich zur Höh bestellt und dann versucht, mich zu erschießen?"

„Nein. Aber wer auch immer es war: Er war ein Scheißamateur. Ich hätte dir mit dem ersten Schuss das Hirn rausgeblasen."

„Und jetzt? Was hast du vor? Wie geht's weiter?"

Leiser neigte den Kopf leicht zur Seite. „Für dich gar nicht."

„Du hast schon einen Menschen auf dem Gewissen und ..."

„Nein, nur 'ne Nutte", unterbrach Leiser.

„Du wirst wegen Mordes gesucht. Ewig kannst du dich nicht verstecken. Früher oder später kriegen sie dich. Und ich schätze, eher früher. Und dann bist du mit zwei Morden richtig am Arsch."

„Die Bullen kriegen mich nicht. Und weißt du, warum? Weil ich vorher den hier mache ..."

Er hielt sich kurz den Lauf der Walther in den Mund.

Andersen schluckte. Ihm wurde bewusst, dass Leiser es ernst meinte.

Todernst.

Leiser nahm die Walther aus dem Mund und zielte erneut auf Andersens Kopf. „Gute Reise, Schnüffler", meinte er und drückte ab.

Was dann passierte, war so nicht unbedingt zu erwarten gewesen. Es sei denn, man war Experte in Sachen ‚Pistolen der Wehrmacht'. War Andersen nicht. Jedenfalls nicht so weit, dass er hätte ahnen können, wie launisch und zickig eine Walther P38 sein konnte, die wahrscheinlich seit Jahrzehnten nicht mehr benutzt, geschweige denn gereinigt und gewartet worden war.

Das Geräusch ähnelte auf eine Art einem Schuss, aber noch viel mehr einem explodierendem Böller. Instinktiv zog Andersen den Kopf ein und warf sich zur Seite. Spürte einen brennenden Schmerz in der Wange. Als er benommen die Augen öffnete, bot sich ihm ein bizarrer Anblick: Leiser stand knapp zwei Meter von ihm entfernt, direkt am Rande des Loches, in seiner Hand immer noch die Walther. Beziehungsweise das, was von ihr übrig war. Viel war es nicht. Der Großteil der Pistole befand sich nämlich in Leisers Hirn – wobei Andersen sich nicht sicher war, ob Hirn der angemessene Begriff für das Ding zwischen Leisers Ohren war – beziehungsweise in dem, was von diesem Ding zwischen Leisers Ohren noch übrig war. Viel war es nicht. Der Unterkiefer war von der Wucht der in seiner Hand explodierten Waffe weggerissen worden. Ebenso ein Ohr, der größte Teil der Nase, sein linkes Auge und ein Stück Schädeldecke. Andersen konnte Hirnmasse erkennen. In Leisers Hals, aus dem sich einem Sturzbach gleich Blut ins Gras ergoss, steckte ein Metallsplitter der Walther. Sein rechtes, noch halbwegs intaktes Auge starrte auf die Reste der Pistole in seiner Hand.

Er röchelte. Blut rann aus seinen Mundwinkeln und ließ ihn wie einen traurigen Vampir erscheinen. Dann zuckte sein noch intaktes Auge und er kippte gänzlich unspektakulär und ohne letzte Worte seitlich ins Loch.

Andersen kroch auf allen Vieren hin und lugte über den Rand. Leiser lag auf dem Rücken, starrte mit seinem offenen Auge in den Himmel. Rührte sich nicht. Atmete wahrscheinlich auch nicht mehr. Empfand Andersen irgendetwas außer Erleichterung, dass es Leiser und nicht ihn erwischt hatte? Überlegte er kurz, Schilling Bescheid zu sagen?

Auf alle Fragen ein klares Nein.

Er sah sich nach der Schaufel um. Entdeckte sie ein paar Meter entfernt im Gras. Nachdem er die Reste von Leisers Schädeldecke sowie Hirnmasse, Knochensplitter und kleinere Haut- und Fleischfetzen die sich im Umkreis von mehreren Metern verteilt hatten, im Loch entsorgt, dieses zugeschüttet, mit der Plane abgedeckt und mit Autoreifen getarnt hatte, machte er sich auf den Rückweg in die Einliegerwohnung. Leisers Blut auf seinen Klamotten und sein eigenes im Gesicht hatte er sich notdürftig an einem kleinen Regenwassertümpel hinter der Scheune abgewischt. Er wollte nur noch schlafen. Mindestens eine Woche am Stück. Traumlos, wenn möglich.

Als er die Tür zum Wohnzimmer öffnete, wusste er, dass er das knicken konnte.

„Ah, der Herr Privatdetektiv. Wo waren wir denn?" Young hatte sich in den noch intakten Sessel gefläzt und drückte gerade seine Kippe aus.

„Muss ich mich seit Neuestem bei euch abmelden, oder was?", erwiderte Andersen und ließ sich aufs Sofa fallen.

„Hättest du vor eurem kleinen Abstecher in den Wald mal besser machen sollen."

„Fick dich, KOK Young."

„Lass mal, dafür sind andere zuständig."

„Zum größten Teil wahrscheinlich Menschen mit X-Chromosom und großen Brüsten, nehme ich an."

Young lachte auf. „Nicht so abwegig."

Andersen steckte sich eine an. „Wie bist du überhaupt hier reingekommen?"

„Hab geklingelt. Dein Vater hat mich reingelassen."

„Was ist mit Sinde? Habt ihr ihn so richtig rangenommen?"

„Hatten wir vor."

„Aber?"

„Hat nicht funktioniert. Der schweigt wie ein Grab. Hat sich nicht mal zu seinen Personalien geäußert."

Ein Lächeln umspielte Andersens Lippen.

„Jaja, schon klar, er war's nicht, wissen wir ja jetzt inzwischen. Ändert aber nichts daran, dass er offiziell immer noch Hauptverdächtiger ist."

„Warst du dabei, als er festgenommen wurde?"

Young nickte.

„Er hat sich richtig gewehrt, ne?"

Wie erwartet ging Young nicht darauf ein. „Warum ich hier bin; Schilling meinte, du hast wegen der Speicherkarte aus Leisers Wohnung nachgefragt. Soll ich dir sagen, was drauf ist oder willst du's dir selbst ansehen?"

Er zog sein Handy aus der Hosentasche und packte es vor Andersen auf den Tisch.

„Erzähl's mir einfach." Andersen drückte sich in die Polster des Sofas und rieb sich mit zwei Fingern die Augen.

„Nacktfotos", meinte Young, während er sein Handy wieder einsteckte.

„Von wem?"

„Der Tochter von Claudia und Stefan Sindelar."

Augenblicklich war Andersen wieder hellwach. „Von Lucie? Leiser hatte Nacktfotos von Lucie?"

Young nickte knapp.

„Nur Nacktfotos, oder auch ...?"

‚Missbrauch' war das Wort, das er aber nicht auszusprechen wagte.

„Nein, nur Nacktfotos. Keine Spielzeuge, keine Hilfsmittel, keine fremden Männer, keine Penetration, nur sie wie Gott sie schuf."

„Konntet ihr rausfinden, wo die Aufnahmen gemacht wurden?"

„Höchstwahrscheinlich im gleichen Raum, in dem auch die Videos mit Claudia Sindelar entstanden sind. Die Matratze, die weißen Stoffbahnen an den Wänden, der mit schwarzer Folie abgedeckte Fußboden ..."

„Woher hatte Leiser die Fotos?"

„Neben Leisers Fingerabdrücken befanden sich auf der Speicherkarte auch die von Trautmann."

27
RICHTER UND HENKER

Katharina Andersen war in der Küche mit der Zubereitung eines Kranzkuchens beschäftigt, als er frisch geduscht im Türrahmen erschien. Sie sah kurz zu ihm. In ihrem Blick nichts, das ihn Rückschlüsse auf ihren Gemütszustand hätte ziehen lassen können.

„Hättest du jetzt vielleicht Lust, folgenden Satz zu beenden? ‚Das alles wäre nie passiert, wenn wir nicht ...?'"

Sie wandte den Blick ab, ignorierte ihn.

„Okay, dann beende ich ihn für dich: ‚Das alles wäre nie passiert, wenn wir nicht Ian Mitchell engagiert hätten, um Egon Trautmann zu töten.'"

Sie starrte ihren Sohn sprachlos an.

„Tatmotiv: Trautmann hatte nicht nur Claudia für seine Pornos missbraucht, sondern sich irgendwann auch noch an Lucie rangemacht und damit eine Grenze überschritten."

Katharina Andersen schwieg.

„Bingo!", sagte Andersen. „Erzähl ..."

Sie griff nach einem Geschirrtuch und wischte sich die Hände ab. Setzte sich an den Küchentisch. Andersen setzte sich ihr gegenüber. Bemerkte, dass ihre Hände zitterten.

„Wer hat das mit den Videos und Fotos rausgefunden? Maria? Kasia?"

Sie räusperte sich. „Niemand von uns. Eines Tages lag eine DVD mit den Aufnahmen von Claudia und den Fotos von Lucie in Marias Briefkasten. Kein Absender."

Wagner, dachte Andersen. Natürlich. Er wollte sich damit an Trautmann für die Vergewaltigung von Steffi rächen, ohne sich selbst in Gefahr zu bringen. Hatte gehofft, dass das Video von Claudia und die Fotos von Lucie in den Händen der richtigen Menschen Trautmanns Ende bedeuten würde. Blieb die Frage, wie er an die Fotos von Lucie rangekommen war. Vermutlich über Leiser, der für Trautmann offensichtlich so etwas wie ein Vertriebspartner gewesen war.

„Wie lief das alles ab? Hat Trautmann Claudia sediert, um diese Videos drehen zu können? Mit einer gerade angesagten Partydroge wie Propofol oder Ketamin. Und das Zeug hat ihm Wagner, der schon länger Trautmanns Koksdealer war, besorgt?"

„Dazu waren keine Drogen von Trautmann nötig", meinte Katharina Andersen matt und ohne ihren Sohn anzusehen. „Um das Sedieren hat sich Claudia schon selbst gekümmert. Antidepressiva, Schlaftabletten, Bier, Whiskey, Joints. Phasenweise war sie über Wochen nicht ansprechbar. Sie hat nur noch vor sich hin gedämmert. Meistens mit Wein vor dem Fernseher."

Sie sah Andersen an. In ihrem Blick nichts als eine unendliche Müdigkeit. „Woher weißt du es? Hat Claudia ...?"

„Claudia hat gar nichts. Ich bin selbst drauf gekommen."

Sie nickte, wandte den Blick ab. Starrte schweigend auf ihre gefalteten Hände.

„Erzähl mir alles von Anfang an."

Katharina Andersen atmete tief durch und erzählte. Begann mit dem Abstellraum im Keller der Gundalls, in dem Maria bis zum Einzug von Trautmann alte Möbel gelagert hatte. Irgendwann hatte Trautmann zusammen mit den anderen Fußballern damit begonnen, den Raum zu entrümpeln und zu renovieren. Sie verlegten Teppichboden, dämmten die Wände mit Eierkartons, schleppten eine Matratze, Tisch, Stühle, ein Sofa, einen Laptop und einen Kühlschrank an. Und zogen eine Stahltür ein. Es gab nur einen Schlüssel dafür und den hatte Trautmann. Er nannte den Raum seine ‚Homebase' und traf sich dort regelmäßig nach dem Training und den obligatorischen Abstechern in die Zuckermodder und dem Sportheim mit Leiser, Scheller,

Wagner und den anderen Fußballern. Weder Maria noch Kasia wussten, was die Männer in dem Raum trieben, da er immer abgeschlossen war, wenn sie da waren. Zu hören war auch so gut wie nichts, da sie bei der Dämmung offensichtlich ganze Arbeit geleistet hatten. Auch Claudia schien kein Interesse daran gehabt zu haben, die regelmäßigen Nachfragen ihrer Mutter bezüglich Trautmanns ‚Homebase' zu beantworten. Erst als Maria vor knapp einem halben Jahr die DVD, auf der der Missbrauch der Fußballer an Claudia zu sehen war, in ihrem Briefkasten gefunden hatte, wurde ihr und Kasia klar, dass Trautmann der ‚Antichrist' – Zitat Maria Gundall – war. Die Frauen mussten handeln und Trautmann stoppen, bevor die Familie noch mehr in Mitleidenschaft gezogen werden konnte.

„Und dann haben die beiden dich eingeweiht?"

Seine Mutter nickte.

„Wie kam Dr. Hahnemann ins Spiel?"

„Das war meine Idee. Er ist ja Claudias Arzt. Wir brauchten jemanden, dem wir vertrauen und der uns helfen konnte."

„Wobei? Die Kollekte zu organisieren?"

Sie nickte und nahm einen Schluck Kaffee. „Er hat im Vorfeld bei unseren Freundinnen, die ja alle seine Patientinnen sind, vorgefühlt."

„Ob sie von dem Missbrauch an Claudia wussten und eventuell gewillt wären, etwas dagegen zu tun?"

Katharina Andersen nickte.

„Hat Hahnemann auch bei Pfarrer Lanz, der ja sehr wahrscheinlich auch ein Patient von ihm ist, vorgefühlt? Ich meine, so eine Kollekte, wie ihr sie organisiert habt, wäre wohl kaum ohne das Wissen des Pfarrers möglich gewesen, oder?"

„Ja", meinte sie knapp.

„Und alle waren bereit, euch zu helfen?"

Sie nickte.

„Warum in der Kirche? Warum so ein Aufwand? Hätten euch eure Freundinnen nicht einfach die Kohle nach Hause bringen können?"

„Maria und ich bekommen nicht so häufig Besuch. Wie hätte das ausgesehen, wenn uns plötzlich alle unsere Freundinnen – zusammen oder einzeln; das hätte keinen Unterschied gemacht – besucht hätten, um uns das Geld zu bringen?"

„Der Rest des Dorfes hätte sich das Maul darüber zerrissen. Und gewisse Schlussfolgerungen gezogen. Nach dem Mord wahrscheinlich sogar die richtigen."

Sie nickte. „Wir mussten einen Ort finden, an dem eine Spende völlig normal erscheint. Die Kirche war natürlich das Naheliegendste."

Was seine Mutter und ihre Freundinnen nicht hatten einplanen können: Sie waren an dem Abend nur fast unter sich gewesen. Der Messdiener Daniel Gebert war Zeuge der Kollekte geworden und hatte es Andersen wissen lassen. Ohne diesen Puzzlestein, wäre Andersen vielleicht nie auf die Lösung gekommen.

„Habt ihr im Vorfeld des Mordauftrags mal mit Claudia über die Videoaufnahmen gesprochen?"

„Nein, natürlich nicht."

„Was machte euch dann so sicher, dass sie keinen Spaß an der ganzen Sache hatte?"

Seine Mutter starrte ihn an. „Dieses Schwein hat sie missbraucht, benutzt und gedemütigt. Genau wie ihr Vater damals. Wir konnten doch nicht zulassen, dass sich das alles nochmal wiederholt und ..."

„Halt, warte. Moment."

Andersen rieb sich mit zwei Fingern die Augen.

„Du wusstest, was Claudias Vater ihr damals angetan hat?"

Sie zögerte. Dann nickte sie.

„Wer wusste noch davon? Maria?"

Sie nickte erneut.

„Sonst noch jemand?"

„Unsere Freundinnen."

„Die Frauen, die bei der Kollekte waren?"

Sie nickte.

„Und keiner von euch hat damals etwas gegen den Missbrauch unternommen?"

„Was hätten wir denn tun sollen? Selbst wenn wir mit unserem Wissen zum Jugendamt oder zur Polizei gegangen wären. Der Trainer der ersten Mannschaft des FC Helltal missbraucht seine eigene Tochter? Das hätte uns niemand geglaubt. Olaf war ein Held, unantastbar."

Genauso wie Trautmann, dachte Andersen.

„Wusste Dad davon? Hätte er euch nicht helfen können?"

Sie lachte bitter auf. „Selbst wenn wir ihn informiert hätten: Dein Vater hatte zu der Zeit eigene Probleme. Wie immer eigentlich ..."

Sie starrte kurz abwesend auf ihre Hände.

„Olaf hätte jedenfalls alles abgestritten und als Hirngespinste irgendwelcher durchgeknallter, frustrierter, männerhassender Frauen hingestellt." Sie starrte auf ihre Kaffeetasse. „Das waren die Siebziger, Mark. Das war damals kein Thema, bei dem man auf Hilfe von außen hoffen konnte. Und ist es heute immer noch nicht. Jedenfalls nicht in einem Dorf wie Helltal."

Andersen schwieg. Befürchtete, dass sie recht hatte.

„Als er dann 1982 spurlos verschwand, haben Maria und ich dafür gebetet, dass er niemals zurückkommt. Und unsere Gebete wurden erhört. Damals haben wir uns geschworen, so etwas nie wieder zuzulassen. Als wir dann das Video von Claudia und die Fotos von Lucie gesehen hatten, war uns klar, dass wir handeln mussten. Mit aller Härte. Ohne Mitleid. Wir hatten keine Wahl. Niemand sonst würde uns helfen, niemand. Wir waren wie damals auf uns allein gestellt."

„Ihr wart die Richter und Mitchell der Henker ..."

Katharina Andersen nickte.

„Und eure Freundinnen waren natürlich auch sofort bereit, euch zu helfen. Vermutlich, weil sich ihnen dadurch die Chance bot, Buße zu tun. Dafür, dass sie damals, bei dem ersten Missbrauch an Claudia durch ihren Vater, von dem sie auch alle gewusst haben, nichts getan hatten."

„Ja, möglich."

„Warum der zukünftige Ex-Mann deiner Tochter?"

„Das war meine Idee. Ich wusste ja um seine Vergangenheit bei der Army. Er war in Afghanistan und im Irak stationiert gewesen und schien nicht einer von denen zu sein, die nach solchen Einsätzen psychologische Hilfe benötigt hätten. Ich wusste von Lene, dass sie ihn rausgeworfen hatte und er finanziell nicht gerade gut gestellt war. Er war für unsere Zwecke perfekt."

„Zumal seine Fingerabdrücke und seine DNA als Angehöriger, beziehungsweise Ex-Angehöriger der US-Army, nicht in der Datenbank des LKA gespeichert waren und etwaige Spuren, die er am Tatort hinterlassen würde, für die Bullen nicht zuzuordnen wären."

Katharina Andersen sah ihren Sohn fragend an.

„Egal. Den Kontakt zu ihm hat dann Kasia hergestellt, nehme ich an."

„Mit meiner Hilfe. Aber weder Maria noch ich durften in diesem Zusammenhang auftauchen."

„Warum wolltet ihr Mitchell nur die Hälfte des Geldes bezahlen?"

„Das weißt du auch?"

Andersen nickte. Sie räusperte sich. „Wir hatten eine klare Abmachung mit ihm. Maria bestand darauf, dass Trautmann kastriert wird und Mitchell ihn dann verbluten lässt. Aber so wie es aussieht, war Trautmann schon tot, als er kastriert wurde."

Woher weiß sie das?, fragte sich Andersen. Das konnte sie nicht wissen.

Es sei denn ...

„Du hast die Akte des Mordfalls gelesen?"

„Ich wollte dein Bett machen und deine Sachen waschen. Dabei hab ich die Akte auf der Couch liegen sehen."

„Was glaubst du, warum Mitchell sich nicht an eure Vorgabe gehalten hat?"

Sie zuckte mit den Schultern.

„Kannst du dir vorstellen, dass ein anderer einfach schneller war?"

Sie sah ihn irritiert an.

„Angenommen, es gab zwei Mörder. Der, der Trautmann mit dem Kolben des Luftgewehrs getötet und Mitchell, der ihn postmortem kastriert hat."

„Ein zweiter Mörder? Nein, kann ich mir nicht vorstellen?" Sie nahm einen Schluck Kaffee. „Wie auch immer. Mitchell hat seinen Job nur zur Hälfte erledigt, also stand ihm auch nur die Hälfte des Geldes zu."

„Wie hat er darauf reagiert?"

„Laut Kasia war er nicht übermäßig begeistert."

„Das kann ich bestätigen. Aber er hat die Hälfte genommen und ist abgezogen?"

Sie nickte.

„So wie ich den Kerl kennengelernt habe, glaube ich kaum, dass er sich einfach so mit der Hälfte abspeisen lässt."

Sie antwortete nicht, starrte düster auf die Hände um ihre Kaffeetasse.

„Wusste Dad von eurem Plan?"

„Offiziell nicht, aber ich glaube, er hat es geahnt."

„Hat er definitiv."

Sie sah ihn fragend an.

„Er hat Sinde an die Soko verraten, um dich zu schützen."

„Bitte?"

„Sinde wohnte seit ein paar Tagen bei mir in der Einliegerwohnung. Dad hat das mitbekommen und seinen alten Kollegen einen Tipp gegeben."

„Und du glaubst, er hat das getan, um von mir, Maria, Hahnemann und Kasia abzulenken?"

Andersen nickte.

Seine Mutter schwieg.

„Was habt ihr mit Trautmanns Laptop und dem Rest seiner Sachen gemacht?"

„Entsorgt. Hahnemann hatte sich einen Hänger geliehen und wir haben alle mit angepackt. Der Laptop, die Matratze im Keller, der Schreibtisch, die Stühle, die Couch, der Kühlschrank, Trautmanns Videosammlung und seine Kamera; alles wurde noch in der Nacht des Mordes auf dem Recyclinghof in Kindsbach zerschreddert. Hahnemann hatte einen der Angestellten, einen Patienten von ihm, dazu überreden können."

Das erklärte für Andersen dann auch, warum die Soko keinen Computer und keine sonstigen privaten Dinge von Trautmann im Haus der Gundalls gefunden hatte.

„Während Hahnemann Samstagnacht in Kindsbach war, haben Maria, Kasia und ich damit begonnen, Trautmanns ‚Homebase' zu einem Proberaum für Lucie und ihr Schlagzeug umzugestalten. Als die Polizei Sonntagabend bei Maria aufgetaucht ist, war alles fertig." Sie nahm einen Schluck Kaffee und musterte ihn angespannt. „Was hast du jetzt vor?"

„Versuchen, Mitchell aufzutreiben, schätze ich."

„Dir ist klar, was das bedeutet ..."

„Er wird Kasia als seine Auftraggeberin ans Messer liefern."

„Glaubst du wirklich, die Polizei ist so naiv und glaubt, dass Kasia alleine dahintersteckt?"

Bevor Andersen antworten konnte, klingelte es an der Wohnungstür.

„Entschuldige." Sie stand auf und ging zur Tür. Er konnte Maria Gundalls Stimme über die Gegensprechanlage hören. Aufgeregt. Angespannt. „Katharina. Es ist was Schreckliches passiert. Wir müssen ..."

„Komm erst mal rein", unterbrach seine Mutter. Er trank seinen Kaffee aus, als sie mit Maria und Kasia in die Küche kam. Maria verspannte sich sichtlich bei seinem Anblick.

„Er weiß Bescheid", meinte Katharina Andersen matt.

„Sie hat mir nichts erzählt", erklärte Andersen, „ich hab's selbst rausgefunden."

Maria sah hilfesuchend zu Kasia.

„Wie auch immer; im Moment wir haben andere Probleme ..."

„Und zwar?"

Sie kramte ihr Handy aus der Hosentasche und zeigte Andersen eine MMS. Danach sah er es genauso.

28
COWBOY SONG

Er saß am Steuer des Polo seiner Mutter. Unter der Lederjacke sein Schulterhalfter mit dem Colt. Für alle Fälle. In seiner Hosentasche der Zweitschlüssel von Mitchells Bungalow in Weltersbach, den er von Lene ausgehändigt bekommen hatte, wenn auch unter der misstrauischen Nachfrage, was er dort wollte. Recherche, hatte er erwidert. Was für eine Recherche, hatte sie wissen wollen. Undercoverrecherche, hatte er gelogen. So richtig zufrieden war sie mit der Erklärung nicht, das war ihr anzusehen gewesen.

Nachdem Kasia ihm die MMS von Mitchell mit dem Foto der gefesselten und geknebelten Lucie gezeigt hatte, war klar, dass es hier um nicht weniger als das Leben der Tochter seiner beiden besten Freunde ging. Auf dem Foto war kein Hintergrund zu erkennen gewesen – zu dunkel, zu unscharf –, aber nicht so abwegig, dass es sich dabei um ein Zimmer in Mitchells Bungalow in Weltersbach handelte. Wobei der Afghanistan- und Irakveteran schon richtig saudumm sein musste, die entführte Lucie ausgerechnet dort festzuhalten. Oder er war richtig clever, da er davon ausging, dass alle glaubten, niemand könne so saudumm sein und die entführte Lucie ausgerechnet dort festhalten. Und er wäre noch saudümmer, diese Möglichkeit auszuschließen.

Mitchell wollte den Rest der ihm versprochenen Kohle – 10.000 Euro –, dann würde er Lucie freilassen. Er hatte Kasia bis heute Abend Zeit gegeben, das Geld aufzutreiben, und wollte sich wegen des Orts der Übergabe nochmal melden. Was Mitchell nicht wusste: Die Kohle musste nicht aufgetrieben werden, da sie komplett bei der Kollekte zusammengekommen war. Andersens Mutter, Maria und Kasia wären bereit gewesen, Mitchell das fehlende Geld auszuhändigen, aber auf Andersens Intervention hin hatten sie von dieser Idee vorerst Abstand genommen.

Andersen sah auf die Uhr des Polo. Es war kurz nach 16 Uhr. Er hatte also noch genügend Zeit, Lucie vor dem Ablauf der Frist zu lokalisieren.

Alle Rollläden des Bungalows waren unten.

Er überprüfte kurz den Colt, bevor er aus dem Polo stieg und so unbeteiligt wie möglich auf den Eingang zuschlenderte. Er fummelte den Schlüsselbund aus der Hosentasche, steckte ihn ins Schloss und schloss vorsichtig die Haustür auf. Sie war nicht abgeschlossen. Er fragte sich, ob das jetzt ein gutes oder schlechtes Zeichen war.

Er zog den Colt aus dem Schulterhalfter und schob mit dem Fuß langsam und leise die Tür auf. Beide Hände um die Waffe betrat er den dunklen Bungalow, von dem er durch Lenes Schilderungen wusste, dass dieser nicht ganz so gepflegt war, aber auf den Geruch, der ihm entgegenschlug – kalter Rauch, Erbrochenes, Hundescheiße, Dreckwäsche, verdorbenes Fleisch und einem Hauch von Etwas, von dem er sich lieber nicht vorstellen mochte, um was es sich handelte – war er nicht wirklich vorbereitet. Er unterdrücke den Würgereiz und schloss mit dem Fuß die Haustür hinter sich. Leise. Ganz leise. Wartete, bis sich seine Augen an die Dunkelheit gewöhnt hatten. Er hielt den Atem an und lauschte in die Dunkelheit, aber es gab nichts zu lauschen, es war still wie in einem Grab. Er tastete die Wand rechts von sich nach einem Lichtschalter ab. Entdeckte zwei und entschied sich für den Oberen. Das fahle Licht erhellte den Eingangsbereich. Überall lagen Berge von Dreckwäsche herum. Dazwischen Hundedecken, leere Bierdosen, Schnapsflaschen, Pizzaverpackungen. Er wartete, lauschte, aber es war nichts zu hören. Mit der Waffe im Anschlag spähte er in jedes Zimmer, aber der Bungalow war leer.

Als er wieder auf die Straße trat und die Haustür hinter sich ranzog, bemerkte er einen Nachbarn von Mitchell, einen aufgedunsenen blassen Mann Mitte 50 mit spärlichem Resthaar, der vor dem Eingang seines Mehrfamilienhauses stand und rauchte.

„Moin, Meister", meinte Andersen und tippte sich mit dem Zeigefinger an die Schläfe. „Ich suche den Sportsfreund, der hier wohnt. War der heute schon da?"

„Weeß isch ned", erwiderte der Mann in einwandfreiem Pfälzisch. „Woheer soll'n isch dess ah wisse? Der hott doch de ganze Daah die Rollläddde unne. Angscht vor Derroraschleech. Amis halt. Alles Paranojiker. Der bei unns unne wohnt ah. Indärressierd mich awer ah ned. Haubdsach, die zahl'n ehr Miehd. Krijense jo sowieso alles bezahld vunn de Army. Aach wennses ned vadient han. Awer des steht uff 'nem annere Stern"

‚Blatt, Alter, Blatt!', bekämpfte Andersen das dringende Bedürfnis nieder, ihn zu korrigieren. Scheiß drauf, lass den Eingeborenen doch einfach ihre Metaphern, dachte er. Objektiv gesehen war es nun wirklich nicht seine Aufgabe, Nachbarn von Mitchell die Feinheiten der deutschen Sprache näherzubringen. Andererseits: War es seine Aufgabe, die Scheiße, die seine Mutter, Maria Gundall, Hahnemann und Kasia gebaut hatten, auszubügeln?

Als er das Ortschild von Helltal passierte, entdeckte er ihn. Sein rechter Fuß inklusive Knöchel war großflächig vergipst und er humpelte mithilfe zweier Krücken den steilen Weg westlich des Friedhofs hoch. Andersen stieg in die Eisen, legte eine Kehrtwende hin, scheuchte den Polo den Hügel hinauf, kam neben ihm zum Stehen und ließ die Seitenscheibe runter.

„Strasser."

„Andersen."

„Wieso bist du nicht mehr im Krankenhaus?"

„Hab mich selbst entlassen. Krankenhäuser sind für'n Arsch."

„Seh ich genauso. Steig ein."

Er stieg ein und Andersen fuhr ihn zu seinem Gehöft.

„Besser, du buddelst ein neues Loch für die restlichen Sachen in der Scheune," gab er Strasser noch mit auf den Weg, als dieser ausstieg.

„Wieso das?"

„Das erste Loch ist voll. Ich musste es zuschaufeln und mit Reifen tarnen."

„Voll? Wieso voll?"

„Nicht nachdenken, mach einfach. Gut möglich, dass die Bullen wegen der Geschichte mit den Fußballern demnächst bei dir aufkreuzen. Und wenn die dann den ganzen Mist in der Scheune entdecken ..."

Strasser nickte. Wenn auch zögerlich.

„Kriegst du das alleine hin? Ich bin nämlich gerade anderweitig beschäftigt."

„Hab ich 'ne Wahl?"

„Nein, hast du nicht." Keiner von uns hat die, dachte Andersen. „Beeil dich damit. Wenn auch nur eine Granate oder sonst was gefunden wird, bist du am Arsch."

„Ist mir klar."

„Dann rinjehaun."

„Hä?"

„Sagt man so in Berlin und Brandenburg."

„Aha."

Er knallte die Beifahrertür des Polo ins Schloss und krückte auf den Eingang seines Anwesens zu. Andersen startete den Polo, der sich gemächlich tuckernd zurück zur Arbeit meldete. Langweilige, spießige VW-Scheiße, dachte er. Er vermisste den 928.

„Nein, auf keinen Fall. Das ist keine Option."

Dr. Hahnemann, der während Andersens Ausflugs nach Weltersbach zu den Frauen in der Küche gestoßen war, gab den Bedenkenträger.

„Und was wäre Ihrer Meinung nach eine Option? Mitchell auszahlen und den Tod von Lucie in Kauf nehmen?"

„Wenn er das Geld hat, wird er sie gehen lassen."

„Einem Mann, der Claudias Peiniger das Gemächt abgeschnitten und an die Schweine verfüttert hat, mit solch einem Gottvertrauen zu begegnen, ist löblich aber leider nicht sehr realitätsbezogen."

Das mit den Schweinen hatte Andersen vor seiner Abfahrt nach Weltersbach von Maria erfahren. Mitchell war instruiert worden, die Genitalien von Trautmann an die Schweine eines Bauernhofs ganz in der Nähe des Sportheims zu verfüttern. Der Bauernhof gehörte Hans Bold, dem Sohn von Anna Bold, einer der Frauen, die bei der Kollekte dabei gewesen waren. Ihr Sohn hatte natürlich nicht die geringste Ahnung, dass sich seine Schweine in der Nacht des Mordes am Gemächt der Nummer 10 des FC Helltal gütlich getan hatten.

„Vielleicht haben Sie recht", murmelte Hahnemann in seinen nicht vorhandenen Bart hinein.

„Du", meinte Andersen. „Mark. Angenehm."

Sie schüttelten Hände. Hahnemann strich sich durch die perfekt sitzenden schulterlangen, schwarzen Haare. „Was wäre die Alternative? Die Polizei hinzuziehen fällt ja wohl aus."

„Korrekt. Aber ich hab 'ne Idee, wie ich Lucie befreien und euch aus der ganzen Sachen raushalten kann."

Kasias Handy klingelte. Sie sah aufs Display und versteifte sich.

„Mitchell ..." Sie sah zu Andersen. „Was soll ich sagen?"

„Dass du das Geld hast und ihn auszahlen wirst", meinte Andersen. Er sah zu Hahnemann, der nickte. „Stell auf Lautsprecher."

Kasia stellte auf Lautsprecher und nahm das Gespräch an.

„Hi, Ian."

„Got the money?"

„Yes."

„Okay. We meet tonight at eight o'clock at the Windrad on one of the hills outside Helltal. Direction Weselberg."

Kenn ich, dachte Andersen.

„Sickinger Höh, you know?"

„Ja, ich weiß", sagte Kasia.

„You come alone, hear me? If not, she will die."

Er legte auf.

„Alles gut", meinte Andersen. „Keine Panik, ich krieg das hin, versprochen."

Den mimischen Reaktionen seiner Gegenüber nach schienen diese das zu bezweifeln.

„Warum gehst du damit nicht zu den Bullen?"

Andersen war klar gewesen, dass die Frage gestellt werden würde, wenn er auch nicht unbedingt Gebbi als Fragesteller, sondern eher Fischer oder Jagger erwartet hätte.

Sie saßen an einem Tisch im hinteren Teil des Bergers. Eine der Bedienungen stellte ihnen vier Biere auf den Tisch.

„Mann, Mädels. Jetzt macht's doch nicht so kompliziert", meinte er und stieß mit den dreien an. „Fakt ist: Lucie wurde entführt und wir sind die Einzigen, die sie retten können. Den Bullen die ganzen Zusammenhänge zu erklären, dauert zu lange. Außerdem würden die das alles eh nicht raffen."

„Was genau würden die nicht raffen?", hakte Gebbi nach.

„Es ist was Privates zwischen Mitchell und Kasia. Er will sich an ihr rächen."

„Indem er die Tochter von Claudia und Stefan entführt?"

Andersen nickte.

„Steht das alles irgendwie im Zusammenhang mit dem Mord an Trautmann?", fragte Jagger.

„Nein", log Andersen. Die Reaktion der drei fiel mehr als nur ein wenig skeptisch aus.

„Ich bin dafür, dass du die Bullen einschaltest", meinte Fischer.

„Mitchell meinte: ‚Keine Bullen, sonst ist Lucie tot.'"

„Ach was, der blufft nur", meinte Gebbi.

Andersen trank sein Bier aus und erhob sich. „Danke für eure Hilfe, ihr Schwuchteln. Macht euch 'nen netten Abend, ich komm schon alleine klar."

Er nahm einen letzten Schluck Bier, packte einen Zwanzig-Euro-Schein auf den Tisch und ging. Keiner versuchte ihn aufzuhalten.

Er saß auf der Motorhaube des Polo, der auf einem asphaltierten Feldweg stand. In seinem Rücken das Windrad. Der Umschlag mit Mitchells Kohle – für alle Fälle – in der Hose, das Schulterhalfter mit dem Colt in der Achselhöhle. Er hörte ein dumpfes grollendes Bollern. Ein schwarzer Pick-up kam in Sicht. Soweit er das bei der einsetzenden Dunkelheit und dem Nebel erkennen konnte, handelte es sich um das gleiche Modell wie das, das Mitchell in die Leitplanken der A61 gesetzt hatte. Mitchell brachte den Wagen in angemessener Entfernung zum Stehen, schaltete Licht und Motor aus.

„Where's Kasia?", blaffte er beim Aussteigen. „What the fuck are you doing here?"

Er trug Jeans, das obligatorische weiße Unterhemd, den weißen Cowboyhut und wie üblich Cowboystiefel. Keine Waffen, soweit Andersen das erkennen konnte.

„Kasia ist verhindert. Hat ihre Tage bekommen. Liegt im Bett und leidet wie ein Hund."

„What the fuck are you talking about?"

„Endometriose. Kannst du ja bei Gelegenheit mal googeln. Ich kann dir aber auch gerne die Kurzfassung ..."

„Shut up!", zischte er. „You got the money?"

Andersen nickte. „Wo ist Lucie?"

Mitchell ging um den Pick-up herum, ohne Andersen aus den hektisch hin und her zuckenden Augen zu lassen, riss die Beifahrertür auf und zerrte Lucie von der Rückbank. Ihre Hände waren hinter ihrem Rücken gefesselt, quer über ihren Mund ein Streifen Gaffa-Tape.

„Bist du okay?"

Sie nickte zaghaft.

„Show me the money."

Andersen griff in die Innentasche seiner Lederjacke, holte den Umschlag hervor und wedelte damit in Mitchells Richtung.

„The money, asshole!"

Andersen öffnete den Umschlag und zeigte ihm die Geldscheine.

„Lay it down."

„Mach ich. Wenn du Lucie rübergeschickt hast."

„Speak english!"

„Lern deutsch!"

Er lachte kurz auf. Aber nur ganz kurz.

„Warum hast du dich Kerwesamstag nicht an die Vorgaben gehalten?", fragte Andersen. „Warum hast du deinen Job nur zur Hälfte gemacht?"

Mitchell betrachtete ihn eingehend.

„Du versteht sehr wohl Deutsch, ne?"

„I understand what I need to understand."

„Dann erzähl mir, warum du deinen Job nicht gemacht hast."

„There was nothing left for me."

„What do you mean, there was nothing left?"

Mitchell erzählte, was Samstagnacht passiert war. Er war von Kasia – im Auftrag von Maria Gundall – instruiert worden, beim Sportheim auf Trautmann zu warten. Erfahrungsgemäß war der nämlich so gut wie immer der Letzte, der ging. Er hatte sich für den Abend eine Yamaha Enduro geliehen, mit der er weniger auffiel als mit einem Auto. Irgendwann war Trautmann aufgetaucht. Wie zu erwarten als Letzter. Und wie zu erwarten stockbesoffen. Doch bevor Mitchell dazu kam, seinen Job zu erledigen, war ein Mann in einem weißen Ganzkörper-Overall wie aus dem Nichts aufgetaucht und hatte Trautmann mit einem Taser außer Gefecht gesetzt, gerade als dieser in seinen Scirocco gestiegen war. Der Mann zerrte Trautmann auf den Beifahrersitz, setzte sich selbst ans Steuer des Sciroccos und fuhr damit in den Wald. Mitchell folgte zu Fuß. Doch als er am späteren Tatort ankam, war der Mörder verschwunden und Trautmann tot.

„Enough of that now", meinte Mitchell, „Lay down the money and step back."

„Erst schickst du Lucie rüber!"

„Lay the fucking money down and step back!"

„Erst schickst du Lucie rüber!"

Mitchell griff in seinen rechten Stiefel und hatte plötzlich ein Messer in der Hand, das er Lucie von hinten an die Kehle drückte. „Lay the fucking money down! Now!"

Andersen hob beschwichtigend die Arme. „Ist ja gut, hab's kapiert, Arschloch. Easy. Everything's alright. No need to hurt her."

Er legte eilig den Umschlag mit der Kohle auf den Feldweg und ging ein paar Schritt zurück, in Richtung Windrad. Mitchell steckte das Messer zurück in seinen Stiefel und zerrte Lucie an einem Oberarm mit sich auf den Umschlag zu. Andersen überlegte, ob er schnell genug den Colt ziehen und schießen konnte, aber Mitchell hielt Lucie zu dicht bei sich, das Risiko war zu groß. Mitchell krallte sich den Umschlag und zählte das Geld nach. Dann steckte er den Umschlag ein. „Not bad, it's definitely a start."

„Bitte was?"

„Another ten thousand euro and I'll let her go. We'll meet at sunrise."

Andersen hatte das dringende Bedürfnis, nach seinem Colt zu greifen und dem Arschloch jetzt und hier die Birne wegzupusten, wurde aber vom tackernden Diesel eines Benz abgelenkt, dessen Scheinwerfer wenige Augenblicke später die zunehmende Dunkelheit durchschnitten. Dem Benz folgten ein roter Corrado und ein Citroën-Kombi.

Fischer, Jagger und Gebbi.

Mitchells Kopf fuhr hektisch herum. Die Wagen kamen direkt auf ihn zu. Und zwar auf dem Feldweg, auf dem Mitchell zum Treffpunkt gekommen war. Nach vorne versperrte ihm jetzt der Polo den Weg, nach hinten die drei Wagen. Als sei ihm das gerade bewusst geworden, riss er Lucie an einem Arm mit sich in Richtung des Pick-ups. Andersen stürzte hinterher und bekam gerade noch so Lucies anderen Arm zu fassen. Mitchell brüllte ihn an, drohte, fluchte, trat nach ihm, aber Andersen war klar, dass es hier um alles ging, weshalb er nicht vorhatte, Lucie loszulassen.

Dann ließ eine gewaltige Detonation aus Richtung Helltal die Höh unter ihren Füßen erbeben und sie zusammenzucken. Zeitgleich stieg ein gigantischer Feuerball in der Nähe des Friedhofs auf.

Andersens erster Gedanke war: „The golden light above you shows me where you from." Der zweite: Flugzeugabsturz. Der dritte: Terroranschlag. Und zwar einer von der Sorte, den man in einem Kriegsgebiet im Nahen Osten und nicht in Helltal erwarten würde. Der vierte: Mitchell ist abgelenkt. Er nutzte den kurzen Moment, riss Lucie zu sich ran, zerrte sie hinter seinen Rücken, zog fast zeitgleich den Colt aus dem Schulterhalfter und zielte auf Mitchells Kopf, während dieser blitzschnell das Messer zog.

„Ist das das Teil, mit dem du ihm die Kronjuwelen abgeschnitten hast?", nickte Andersen in Richtung des Messers. Mitchells Blick ging hektisch zwischen der Rauchsäule im Dorf, Andersens Colt und den sich nähernden Wagen hin und her.

„Get the fuck outta here", brüllte Andersen ihn an, „und lass dich hier nie wieder blicken! Haste das geschnallt, Pisskopf, oder muss ich übersetzen?"

Musste er nicht, denn Mitchell steckte das Messer weg, wobei er zischte:

„You're dead! You're fucking dead!"

Er machte auf dem Absatz kehrt, stürzte zum Pick-up und wuchtete sich auf den Fahrersitz. Die Scheinwerfer flammten auf und blendeten Andersen. Bevor er sich wieder orientieren konnte, war Mitchell schon dabei, das Monstrum zu wenden. Fischers Benz und Gebbis Citroën kamen zehn Meter entfernt zum Stehen. Beide stürzten aus ihren Wagen. In Gebbis Händen ein Baseballschläger, in Fischers ein Luftgewehr. Mitchell bretterte über ein abgeerntetes Weizenfeld an ihnen vorbei, wobei die hinteren Räder des Pick-ups feuchte Erdklumpen und Steine in Andersens Richtung schleuderten. Jagger wendete den Corrado und nahm die Verfolgung des Pick-ups auf.

„Bist du okay?", fragte Andersen Lucie und riss ihr das Tape vom Mund.

„Aua!", kreischte sie.

„Ja, ich weiß. Scheiß-Gaffa-Tape. Kann man nichts machen. Hör zu, das hier ist nie passiert, verstehst du?"

„Was?"

„Es gab keine Entführung. Du warst bei einer Freundin. Und ich bin nur ein Geist."

Sie starrte ihn an, als sei er wirklich einer, als Gebbi und Fischer bei ihnen auftauchten.

„Alles okay bei euch?", keuchte Fischer. Andersen nickte und sah über die Schulter. Jagger hatte den Corrado inzwischen seitlich zu Mitchells Pick-up gebracht und versuchte, diesen abzudrängen.

„Was zum Geier hat dieser Idiot vor?" Gebbi meinte Jagger.

Die gleiche Frage ging Andersen auch gerade durch den Kopf. Als der Corrado den Pick-up seitlich von hinten rammte, ahnte Andersen die Antwort. Die roten Rücklichter des Pick-ups und des Corrados starrten sie aus der Dunkelheit wie die Augen von zwei Kreaturen aus der Hölle an. Dann war von einem Moment auf den anderen eins der Augenpaare verschwunden und sie hörten das Knirschen und Bersten von Blech und Metall, gefolgt von einem dumpfen Aufprall.

„Scheiße. Der Ami hat den Abflug gemacht", stammelte Gebbi.

„Bist du sicher, dass das nicht Jagger war?"

Gebbi war sich nicht sicher.

„Bring Lucie nach Hause", meinte Andersen zu Fischer. „Um den Rest kümmere ich mich."

Fischer nickte. Die Rauchsäule am westlichen Rand von Helltal hatte sich inzwischen in eine riesige orange und rot leuchtende Feuersäule verwandelt, die die Nacht erhellte. Wie in Trance starrte Gebbi in Richtung Tal.

„Fahr nach Hause, Gebbi. Falls dir die Bullen auf den Zahn fühlen, lass dir was einfallen, wo du dich in der letzten Stunde rumgetrieben hast, okay?"

Gebbi nickte zögerlich und eilte mit seinem Baseballschläger zurück zum Citroën, während Fischer Lucie zu seinem Benz führt. Andersen rannte zum Polo, schwang sich hinters Steuer und raste – sofern man mit einem Polo rasen konnte – auf die Stelle zu, an der die Augenpaarrücklichter verschwunden waren. Er kam am Rand des steil abfallenden Abhangs zum Stehen und stieg aus. Der Begrenzungszaun war auf voller Breite durchbrochen. Andersen sah nach unten. Schemenhaft konnte er das Wrack des Pick-ups erkennen. Keine Explosion, kein Feuer, kein Rauch, nur toter Stahl und deformiertes Blech. Sah nicht danach aus, als hätte der Fahrer irgendeine Chance gehabt. Es sei denn, es war ihm vor dem Abflug des Wagens noch irgendwie gelungen, den Absprung zu schaffen. Andersen sah zu Jagger, der entspannt auf der Motorhaube seines roten, quer zum Hang stehenden Corrado saß und rauchte. Der vordere rechte Kotflügel war eingedellt. Ebenso der Kotflügel rechts hinten. Das hintere rechte Rücklicht war zersplittert.

„Hat er überlebt?"

„Keine Ahnung, war noch nicht unten. Hab ich auch nicht vor."

Andersens Bedürfnis, ihm seine beschissene Gleichgültigkeit aus der Fresse zu prügeln war übermächtig.

„Du hast seinen Wagen abgedrängt, du Arschloch! Du hast in Kauf genommen, dass er dabei draufgeht! Warum, Jagger? Warum, verdammt nochmal?"

Jagger zuckte mit den Schultern.

Der Corrado, schoss es Andersen durch den Kopf. Jagger ist mit seinem roten Corrado gekommen. Er hat noch einen. Einen blauen. Plötzlich machte alles Sinn und Andersen wusste, warum Jagger Mitchells Pick-up abgedrängt und dessen Tod in Kauf genommen hatte.

Ihm lief es eiskalt den Rücken runter.

„Verpiss dich, du Scheiß-Arschloch!", brüllte er Jagger an.

„Sag mir nicht, was ich zu tun habe!"

„Verpiss dich, Jagger, sonst vergess ich mich!"

„Wer hat uns denn auf Knien angebettelt, ihm zu helfen? Dann helfen wir dir, aber das ist dann auch falsch. Entscheide dich mal, was du eigentlich willst."

Er schnippte die Kippe in Andersens Richtung. Sie landete direkt neben seinen Füßen und verglühte mit einem leisen Zischen im feuchten Gras. Dann stieg er in den Corrado, ließ die acht Zylinder aufheulen und raste davon. Andersen sah ihm hinterher, bis das einzelne Rücklicht in der Dunkelheit verschwunden war. Dann machte er sich an den Abstieg. Das Gras war nass und glitschig, aber schließlich kam er wohlbehalten unten an. Der Pick-up hatte sich um eine mächtige, alte Eiche gewickelt. Die Fahrerkabine war als solche nicht mehr zu erkennen. Er inspizierte gerade den hinteren Teil des Wagens, als er leises Stöhnen wahrnahm. Es kam von unterhalb des Wracks. Er kroch auf allen Vieren in die Richtung. Dann sah er ihn. Er lag auf dem Rücken, halb gegen einen Baum gelehnt. Sein Gesicht war aufgrund unzähliger blutender Schnitte kaum zu erkennen. Ein Bein war in einem unnatürlichen Winkel verdreht. Ebenso ein Arm.

„Fuck", röchelte er. „Fucking shitfuck."

Er hustete, spuckte Blut in dicken Klumpen ins Gras. Dann sah er Andersen an. In seinen Augen das Bewusstsein, dass es vorbei war.

„Take care of ... Bowie."

Andersen zögerte.

„Promise me ... please ... you gotta ... promise ..."

Mitchell nickte, lächelte kurz, hustete mehrmals und wechselte auf die andere Seite.

In einiger Entfernung entdeckte Andersen Mitchells Cowboyhut. Er kroch hin, griff ihn sich und setzte ihn Mitchell auf den Kopf. Dann schloss er ihm die Augen und durchsuchte die Taschen seiner Jeans, fand den Umschlag mit der Kohle und steckte ihn ein. Er fummelte fahrig eine Kippe aus seinem Päckchen, steckte sie an und legte sich auf den Rücken ins nasse Gras. Er sah in den Himmel. Kein Mond, keine Sterne. Die tiefhängenden Wolken waren orange-rot erleuchtet. Aus Richtung Helltal waren Martinshörner zu hören. Blaulicht zuckte durch die nächtlichen Straßen. Er zermarterte sich das Hirn, was er jetzt tun sollte. Jagger wegen der Aktion mit Mitchell ans Messer liefern? Nein, das war keine Option. Wenn er mit seiner Theorie richtiglag, wäre die Gefahr zu groß, dass die Bullen über Jagger auch ziemlich schnell seiner Mutter, Maria und Kasia auf die Spur kommen würden. Ihm blieb nur eine Wahl, wollte er die Auftraggeber des Mords aus allem heraushalten.

Er setzte sich auf, schnippte die Kippe in Richtung Tal und rief Schilling mit seinem brandneuen Handy an, das er sich am Tag seiner Rettung aus den Klauen des Pfälzerwaldes im Wasgau besorgt hatte.

„Hey, Holmes, Andersen hier. Stör ich?"

Er versuchte, seine Stimme so klingen zu lassen, wie Schilling erwarten würde, dass Mark Andersens Stimme klang.

„Was gibt's?"

„Ich hab den Mörder von Trautmann. Also den Richtigen, meine ich. Und die Gefahr, dass er sich spontan absentiert ist doch äußerst gering. Interesse?"

Kurzes Schweigen. Dann: „Wo bist du?"

„Helltal, wo sonst?", erwiderte Andersen. „Lass mein Handy orten, dann hast du meinen aktuellen Standort. Und bring den Coroner mit. Ach ja, THW und der Katastrophenschutz wären auch nicht schlecht. Die Feuerwehr ist zwar schon unterwegs, aber ich befürchte, deren Kapazitäten werden in Anbetracht dessen, was hier in der Nähe des Helltaler Friedhofs passiert ist, bei weitem nicht ausreichen."

„Was?"

Andersen beendete die Verbindung. Plötzlich war ihm kotzübel, was eindeutig durch die von ihm verwendete Formulierung ‚in der Nähe des Helltaler Friedhofs' hervorgerufen worden war. Denn diese Formulierung ließ nur einen Schluss zu. Und zwar den, dass für die Explosion höchstwahrscheinlich der ehemalige Torwart der Meistermannschaft von 1982 verantwortlich war.

29
DER BLAUE CORRADO

Es war kurz nach Mitternacht. Auf dem Parkplatz der Werkstatt stand nur Jaggers Touareg. Das Wrack des 928 hatte er offensichtlich schon in die Halle oder auf den Hof der Werkstatt verfrachten lassen. Er parkte den Polo neben dem Touareg und stieg aus. Selbst von Weselberg aus war das rot-orange glühende Feuer über Helltal noch zu sehen.

Das Büro war dunkel aber hinter den Milchglasscheiben der Rolltore brannte noch Licht. Er ging auf das linke Rolltor zu, wobei er den Sitz seines Colts im Schulterhalfter überprüfte, und klopfte.

Hatte er einen Plan? Ja, hatte er. Genau wie knapp zwei Stunden zuvor, als Schilling, Young, Kretschmer, zwei Leichenbestatter sowie mehrere Streifenbeamte bei ihm am Wrack von Mitchells Pick-up aufgetaucht waren.

„Was ist passiert?"

„Wie sieht das für dich aus?"

„Sag mir einfach, was passiert ist, Mark", meinte Schilling matt.

Andersen deutete auf den toten, am Baum lehnenden Mitchell, „Das da ist der zukünftige Ex meiner Schwester und der Mörder von Trautmann."

„Bitte was?"

„Welchen Teil hast du nicht verstanden? Den mit dem Mörder oder den mit ..."

„Mark! Komm zum Punkt."

Andersen steckte sich eine an und kam zum Punkt. Über Umwege und Ausschmückungen. Und natürlich ein paar Auslassungen. Wie zum Beispiel die, dass Jagger Mitchells Pick-up abgedrängt und gerammt hatte. Oder die, dass Fischer, Gebbi und Lucie ebenfalls dabei gewesen waren. Oder die, dass Mitchell Lucie entführt hatte. Im Prinzip ließ sich seine Story in wenigen Sätzen zusammenfassen: Ex-Soldat der US-Army tötet und kastriert erfolgreichen und beliebten Helltaler Fußballer. Ein Privatdetektiv aus Berlin mit Helltaler Wurzeln wird für ihn zur Bedrohung, weshalb er ihn mit einem Jagdgewehr erschießen will, was aber in die Hose geht. Der zweite Mordversuch geht ebenfalls in die Hose, da der Privatdetektiv den Ex-Soldaten in die Flucht schlagen kann. Bei ebenjener Flucht mit dem Pick-up katapultiert der Ex-Soldat sowohl den Pick-up als auch sich über eine Anhöhe und kommt dabei ums Leben. Sehr wahrscheinliche Gründe: mangelnde Ortskenntnis, überhöhte Geschwindigkeit, widrige Sicht- und Bodenverhältnisse, mutmaßlich 2,0 Promille im Blut.

„Dass es um seine Fahrkünste nicht gerade zum Besten bestellt war, ist kein Geheimnis. Er hatte letzte Woche einen selbstverschuldeten Unfall auf der A61 bei der Ausfahrt Hütschenhausen."

„Wieso hast du ihn nie erwähnt?", fragte Schilling.

„Weil ich es niemals gewagt hätte, dich mit unpräzisen Informationen zu belästigen. Erst musste ich sicher sein."

„Und wann warst du das?"

„Vor knapp einer Stunde."

„Er war also auch auf das Attentat auf dich verantwortlich?", wollte Kretschmer wissen.

Andersen nickte.

„Hat er das dir gegenüber zugegeben, oder was?"

Hatte Mitchell natürlich nicht, was Andersen aber nicht davon abhielt, erneut zu nicken. Kretschmer sah fragend zu Young. Young sah fragend zu Schilling. Schilling sah fragend zu Andersen.

„Checkt seine DNA", meinte Andersen. „Es wird die gleiche DNA sein, die ihr am Fundort von Trautmanns Leiche sichergestellt habt, aber bis jetzt nicht zuordnen konntet. Weil: Ian Mitchell war US-Bürger und ehemaliger Angestellter der US-Streitkräfte. Und von denen gibt's keine Einträge in der DNA-Datenbank des LKA."

Young nickte bestätigend. „Wenn es sich wirklich um einen Ami handelt, müssen wir die US-Behörden einschalten."

„Ach ja, hier müsste noch irgendwo sein Messer rumfliegen", meinte Andersen. „Das, mit dem er Trautmann kastriert hat."

„Und sein Mordmotiv?", hakte Schilling nach.

„Ihr habt seine DNA, die Tatwaffe und mich als Zeuge für sein Geständnis; wer braucht da noch ein Mordmotiv?"

„Mark. So läuft das nicht. Wir benötigen ..."

„Irgendeins wird er schon gehabt haben", unterbrach Andersen. „Aber falls ihr es nicht findet, backt euch einfach eins. Viel Erfolg."

Nach dem dritten Klopfen hob sich das Rolltor.

Er trug einen weißen Ganzkörper-Maleroverall mit Kapuze, in seiner Hand eine Teleskopstange, gekrönt von einem Farbroller. Sein Gesicht und die Brille waren mit weißen Farbklecksern besprenkelt. Gebbi hatte Andersen heute Abend beim Rauchen vor dem Bergers und dem Warten auf Jagger und Fischer erzählt, dass Ellen ihren Mann aus dem gemeinsamen Haus geworfen hatte und er seit ein paar Tagen in der unrenovierten Dreizimmerwohnung über der Werkstatt hauste. So wie's aussah würde die Bude wohl nicht allzu lange unrenoviert bleiben.

„Woher wusstest du, dass ich hier bin?"

„Helltaler Buschtrommeln. Darf ich rein?"

Er zögerte kurz, dann ließ er Andersen vorbei.

„Bier wär nicht schlecht jetzt."

Wortlos wandte Jagger sich ab und verschwand im Büro. Andersen ging auf die restaurierten Young- und Oldtimer zu und blieb vor den beiden Corrado stehen. Einer war blau, der andere rot. Dass sich auch ein blauer Corrado in Jaggers Besitz befand, war Andersen erst bewusst geworden, als Jagger den Fehler begangen hatte, mit dem roten Corrado auf der Höh aufzukreuzen.

Als Jagger mit zwei offenen Bierdosen und ohne die Malerklamotten zurückkam, saß Andersen hinter dem Steuer des blauen Corrado.

„Sindelar fährt auch so einen", meinte er, nachdem sie angestoßen und einen Schluck genossen hatten. „Wusstest du das?"

Jagger schüttelte den Kopf.

„Auch nicht, dass am Abend des Mordes an Trautmann ein Zeuge in der Nähe des Sportheims einen blauen Corrado gesehen hat?"

Jagger schüttelte erneut den Kopf. Andersen stieg aus, knallte die Fahrertür ins Schloss und setzte sich mit dem Bier auf die Motorhaube.

„Warum seid ihr vorhin doch noch aufgetaucht?"

„Das war Fischers Idee. Er meinte, du kämst alleine nicht klar."

„Willst du nicht wissen, ob Mitchell überlebt hat?"

Jagger setzte sich auf die Motorhaube des SLC, der dem blauen Corrado knapp zwei Meter gegenüber stand. „Hat er nicht. Keiner hätte so einen Absturz überlebt."

„Hast du bei der Aktion Mitchells Tod billigend in Kauf genommen oder hast du es drauf angelegt? Wenn du es drauf angelegt hast, könnte man sich ja schon fragen, ob du irgendeinen Vorteil aus seinem Tod hättest."

„Es war ein Unfall."

Andersen atmete tief durch. „Es war einmal ein kleiner, unsicherer fetter Junge, der davon träumte, ein berühmter Fußballstar zu werden. Leider standen diesem Traum sowohl sein Körper, seine Kurzatmigkeit als auch diverse andere Kleinigkeiten im Wege."

„Was wird das? Mark Andersens Märchenstunde, oder was?"

„Halt die Fresse, Jagger, und hör einfach zu", meinte Andersen so sachlich, wie es ihm angesichts der Situation möglich war. Jagger schwieg und nahm einen Schluck Bier. Andersen fuhr fort: „Wie alle Jungs in seinem Alter bewunderte er den Jungen aus seiner Klasse mit den langen blonden Haaren, der ein wenig wie Günther Netzer aussah und dessen fußballerische Fähigkeiten einzigartig waren. Die Mädchen lagen ihm zu Füßen. Auch sie. Die Tochter des Fußballtrainers. Die große Liebe des fetten, kleinen Jungen. Auch wenn er niemals den Mut aufbrachte, es ihr oder sonst irgendjemandem zu gestehen. Und es bis zum heutigen Tag nicht geschafft hat."

Jagger schwieg und steckte sich eine an.

„Irgendwann bekam der kleine fette Junge mit, dass der blonde Fußballgott, die Tochter des Trainers sowie der Sohn der Grundschullehrerin und des Bullen eine Art von Clique bildeten. Der kleine fette Junge fand das gar nicht gut. Ganz und gar nicht. Selbst sein Versuch, über die beste Freundin an die Tochter des Trainers ranzukommen, scheiterte kläglich, denn niemand kam von außen an das Trio ran. Doch der kleine fette Junge gab nicht auf und versuchte es immer und immer wieder. Bis zum heutigen Tage. Denn er glaubt immer noch, die Tochter des Trainers würde ihm zustehen. Und dass es seine Aufgabe wäre, sie beschützen."

Jagger sah wie in Trance auf die Bierdose in seinen Händen, zeigte keine Reaktion.

„Du hast es nie verkraftet, dass sie mit Sindelar und mir zusammen war", sagte Andersen. „In deiner Welt gehörte sie dir, du hattest quasi ein natürliches Anrecht auf sie. In deiner Welt wart ihr füreinander geboren. Das Problem war nur: Das alles existierte nur in deinem Kopf. Es hatte nichts, aber auch gar nichts mit der Realität zu tun. Claudias Realität waren der blonde Fußballgott und der Sohn des Bullen. Und irgendwann nur noch der blonde Fußballgott und ihre gemeinsame Tochter."

„Ihr habt sie mir weggenommen", murmelte Jagger. „Du und Sindelar. Ihr habt sie mir weggenommen." Er hob er den Blick und sah Andersen an. „Sie gehört mir. Und nur mir."

Andersen schwieg. Musste kurz sacken lassen, dass er recht gehabt hatte und wegen dieses kranken Wichsers und seiner kranken Fantasien sowohl Trautmann als auch Steffi und Mitchell hatten sterben müssen. Er steckte sich mit zitternden Händen eine an, wobei er Jagger aus den Augenwinkeln im Blick behielt. Dessen Augen suchten sehr offensichtlich die direkte Umgebung ab. Keine zwei Meter vom SLC entfernt, auf dessen Motorhaube Jagger saß, lag auf einem kleinen Werkzeugrollwagen ein Wagenheber. Daneben mehrere Hämmer, Schraubenschlüssel und Schraubenzieher.

„Wann hattest du entschieden, dass Trautmann sterben musste?"

Jaggers Blick riss sich widerwillig von dem Rollwagen los. „Nachdem ich die Pornos mit Claudia gesehen hatte", sagte er sachlich. „Die zirkulierten unter den Fußballern wie Trophäen."

„Wie bist du an die DVDs rangekommen?"

„Über Stuppy Alfons."

„Einer der Skatspieler aus der Zuckermodder?"

Jagger nickte. „Der hat die Leiser mal im Suff für zweihundert Euro abgeschwatzt."

„Warum ausgerechnet Kerwesamstag?"

„Ich hatte alles schon länger geplant und nur auf den richtigen Zeitpunkt gewartet. Und Kerwesamstag griff dann ein Rädchen ins andere."

„Weil Sindelar an dem Abend Stress mit Trautmann hatte?"

Jagger nickte. „Ich beschloss, die Gelegenheit zu nutzen und ihm den Mord unterzuschieben. Das war zwar nicht so geplant gewesen, aber Sindelars Steilvorlage war einfach zu perfekt."

„Du hast dir eine von seinen Kippen besorgt, die Sinde ja großzügig rund um den Schießwagen verteilt hatte und diese dann später in Trautmanns Scirocco abgelegt."

Er nickte.

„Und in dem ganzen Chaos, das auf die Schlägerei zwischen ihm und Trautmann folgte, hast du eins der Luftgewehr mitgehen lassen."

Er nickte.

„Und dann?"

„Bin ich mit dem da", er nickte in Richtung des blauen Corrado, auf dem Andersen saß, „zum Sportheim gefahren, hab dort auf ihn gewartet und es zu Ende gebracht."

„Weil du wusstest, dass Sinde auch einen blauen Corrado fährt und gehofft hattest, dass keiner das Nummernschild erkennt."

Jagger nickte.

„Irgendwann nach dem Mord ist dir dann aber klar geworden, dass es noch einen zweiten Täter geben musste, da du Trautmann ja nicht kastriert hattest. Du konntest aber nicht wissen, ob der andere dich gesehen hat. Du hast ihn jedenfalls nicht gesehen. Heute Abend im Bergers wusstest du dann – oder hast es geahnt – dass Mitchell der Kastrierer war."

Jagger nickte.

„Und das Attentat auf mich geht dann auch auf deine Kappe, schätze ich."

Jagger nickte erneut, ließ seine Kippe zu Boden fallen und trat sie aus. Dann rutschte er von der Motorhaube des SLC. „War es das, was du hören wolltest? Fühlst du dich jetzt besser?"

„Fühlst du dich besser, weil du gestanden hast?"

„Nein", meinte er. „Ich werde mich erst besser fühlen, wenn ich sicher sein kann, dass du niemanden von unserem Gespräch erzählen wirst."

Er schlenderte zum Rollwagen und griff sich den darauf liegenden Maurerhammer. Andersen zog den Colt.

„Jagger! Mach jetzt keinen Fehler!"

Er zielte auf Jagger, was diesen aber nicht übermäßig zu beeindrucken schien. „Auf einen Fehler mehr oder weniger kommt es jetzt auch nicht mehr an ..."

„Alter, mach dich nicht lächerlich. Bevor du auch nur ausholen kannst, um das Teil zu werfen, hast du 'ne Kugel im Kopf."

„Hab ich nicht."

„Glaubst du, ich bin so ein schlechter Schütze?"

„Keine Ahnung", meinte Jagger. „Ich weiß nur, dass dein Colt nicht entsichert ist."

Andersen starrte auf den Colt. Realisierte, dass Jagger recht hatte. Er versuchte hektisch, mit dem Daumen den Colt zu entsichern, als er sah, dass Jagger ausholte und den Hammer warf. Andersens Hirn gab den Befehl an seine Muskeln, seinen durch Helltal doch recht in Mitleidenschaft gezogenen Körper in Bewegung zu setzen, auszuweichen, sich wegzuducken, aber die Befehle kamen nicht rechtzeitig an bzw. wurden komplett ignoriert. Was zur Folge hatte, dass ihn der Hammer mitten in der Brust erwischte. Ihm blieb die Luft weg, er kippte seitlich von der Motorhaube des Corrado und knallte mit dem Hinterkopf auf den Betonboden. Der Colt schlitterte über den Boden in Richtung Büro. Ihm wurde schwarz vor Augen. Der Schmerz in seiner Brust löschte alle anderen Gedanken aus. Er japste nach Luft, tastete panisch seinen Brustkorb ab, da er glaubte, der Hammer habe ihn mit der spitzen, scharfkantigen Seite erwischt, aber das schien nicht der Fall zu sein. Kein Blut, soweit er feststellen konnte. Erst als Jagger mit dem Maurerhammer in der Hand über ihm stand, wurde ihm wieder bewusst, dass er nicht alleine auf der Welt war.

„Tut mir leid, aber du lässt mir keine andere Wahl."

„Hör zu, Mann", keuchte Andersen. „Wenn ich mich heute Nacht nicht bei meinen Eltern zurückmelde, schicken die morgen in meinem Auftrag einen Brief an Kommissar Schilling los, in dem alles steht, was ich über dich und deine Rolle im Mordfall Trautmann weiß. Spätestens übermorgen stehen dann die Bullen bei dir auf der Matte. Und sie werden auch nach mir fragen, da ich ja spätestens dann als vermisst gelten werde."

„Keiner wird dich vermissen, Mark Andersen", meinte Jagger tonlos. „Wer sollte dich auch vermissen? Du hast keine Wurzeln, nirgends. Es macht für niemanden einen Unterschied, ob du am Leben oder tot bist. Davon abgesehen bist du nicht der Typ für Briefe. Der bin eher ich."

„Für niemals abgeschickte vielleicht."

„Auch nicht abgeschickte Briefe müssen erst mal geschrieben werden."

Ein nicht zu leugnendes Gefühl der Absurdität beschlich Andersens Denken und Fühlen und drohte, ihn vollends über die Klippe zu schubsen.

Dann sah er sie. Sie stand am Eingang zum Büro. Er versuchte, ihren Namen auszusprechen, brachte jedoch nur ein heiseres Krächzen zustande.

Jagger folgte Andersens Blick und erstarrte. „Ellen ...?"

Ellen sah ausdruckslos von Jagger zu Andersens Colt, der keinen Meter entfernt vor ihr auf dem Boden lag.

„Wie lange stehst du schon da?", stammelte Jagger.

„Lange genug, um zu wissen, was abgeht" erwiderte sie tonlos. Sie ging auf den Colt zu, bückte sich und hob ihn auf. Ihre Finger schlossen sich um den Griff und sie zielte auf Jagger.

„Ellen! Mach keinen Scheiß! Bitte! Leg das Ding weg!"

„Keine Panik", flüsterte Andersen Jagger zu, „der ist immer noch nicht entsichert."

Als habe Ellen das gehört, entsicherte sie den Colt mit einer einzigen fließenden Handbewegung.

„Sie kennt sich mit Waffen aus?", stammelte Andersen.

„Sie war 'ne Zeitlang im Schützenverein", erwiderte Jagger matt.

„Ich wollte eigentlich nochmal mit dir reden", meinte Ellen. „Über uns, Claudia und darüber, wie es jetzt weitergehen soll."

Andersen bedeutet Jagger, ihm auf die Beine zu helfen. Jagger legte den Maurerhammer ab, reichte ihm die Hand und zog ihn hoch.

„Doch jetzt ist mir klar, dass es nicht mehr weitergeht. Weder für uns und schon gar nicht für dich!"

„Nichts wird so heiß gegessen, wie es gekocht wird, Ellen", meinte Andersen und stellte sich zwischen sie und Jagger. „Morgen sieht die Welt schon ganz anders aus."

Sie ignorierte Andersen.

„Du warst damals ein Verlierer, Manfred, und bist es immer noch. Du hattest in all den Jahren nicht die Eier, es Claudia zu gestehen. Dafür hast du dich an mich rangemacht, um ihr nahe zu sein. Es ging dir nie um mich, es ging immer nur um sie."

Andersen äugte über die Schulter zu Jagger. Er stand da wie ein kleiner Schuljunge während der Gardinenpredigt seiner Mutter. Hängende Schultern. Blick auf den Boden gerichtet. Ein Häufchen Elend, das Mami zutiefst enttäuscht hatte.

„Ich ... es tut mir leid", murmelte er.

„Es tut dir leid?", keifte Ellen, „Ist das alles, was dir dazu einfällt?"

Jagger schwieg. Wich weiterhin ihrem Blick aus.

„Ich hab nicht nur einen Schlappschwanz und einen Lügner geheiratet, sondern auch einen Mörder!", brüllte sich Ellen in Rage. „Ist dir klar, was du getan hast?"

„Das was du gerade vorhast, ist auch nicht gerade das, was man landläufig als korrekt bezeichnen würde", gab Andersen zu bedenken.

„Halt du dich da raus, Klugscheißer!", brüllte sie. „Und geh mir endlich aus der Schusslinie. Das Ganze endet jetzt und hier!"

„Wird es nicht", meinte Andersen. „Du legst jetzt den Colt auf den Boden, drehst dich um, schaust nicht zurück, gehst nicht über Los und fährst auf direktem Weg nach Hause. Ich kümmere mich hier um alles."

„Den Teufel werd ich tun, du Berliner Wurst!"

„Okay", meinte Andersen, „aber dann musst du zuerst mich erschießen."

Er schlenderte langsam auf sie zu.

„Bleib stehen! Ich warne dich!" Sie umklammerte mit beiden Händen den Colt und zielte auf Andersen. Ihr Zeigefinger krümmte sich um den Abzug.

„Ellen. Leg den Colt auf den Boden. Das bringt doch ..."

Der Knall des Schusses dröhnte in seinen Ohren. Er starrte fassungslos auf den rauchenden Colt in Ellens Händen. Hinter ihm hörte er Jagger aufstöhnen. Er fuhr herum und bekam gerade noch mit, wie Jagger auf die Knie sackte, eine Hand an seiner blutenden linken Schulter.

„Scheiße, du dumme Kuh!", brüllte Andersen in Richtung Ellen. „Hast du sie noch alle? Leg den Scheißcolt weg und verpiss dich! Jetzt!"

„Erst wenn dieses Stück Scheiße für immer aus meinem Leben verschwunden ist!"

Sie zielte erneut auf Jagger.

„Bedeutet das, es würde genügen, wenn er in den Knast käme? Dann wäre er ja auch aus deinem Leben verschwunden, oder?"

„Vielleicht für ein paar Jahre. Und danach?"

„Ein paar Jahre? Na ja, auf Mord steht immer noch ..."

„Er soll weg! Das Schwein soll weg!", unterbrach sie keifend.

„Ellen, bitte", jammerte Jagger. „Ich hab das alles ..."

„Halt die Schnauze", unterbrach Andersen.

Jagger schwieg. Andersen wandte sich wieder an Ellen. „Okay, lass uns kurz zusammenfassen: Du willst ihn nicht im Knast sehen, weil er da irgendwann auch wieder rauskommt, richtig?"

„Ja, verdammt! Er soll weg, weg, weg!"

„Wäre sein Tod es wert, dass du in den Knast wanderst?"

„Was?"

„Entschuldigung, Ellen, aber was du hier vorhast ist Mord. M-O-R-D."

„Is mir scheißegal. Er muss weg, weg, weg!"

„Jaja, er kommt ja auch weg, weg, weg", meinte Andersen. „Er wird aus deinem Leben verschwinden. Für immer. So, als hätte er nie existiert, wäre nie dagewesen, wie ein Gespenst, ein Geist. Das verspreche ich dir. Aber ich mache es auf meine Art."

Sie zögerte, musterte Andersen.

„Alles, was du tun musst, ist mir zu versprechen, dass du mit niemandem – niemandem, Ellen! – über das alles sprichst. Vertrau mir. Ich mach das schon. Und jetzt gib mir den Colt."

„Ach, Scheiße", murmelte Ellen, legte den Colt auf den Boden, wandte sich ab und war verschwunden. Andersen atmete tief durch, holte sich den Colt, steckte ihn sich den Hosenbund und eilte zu Jagger, der mit dem Rücken am Rolltor saß und schwer atmete. Andersen begutachtete die Schusswunde. Sah nach einem glatten Durchschuss aus. Sie hatte ihn ziemlich genau an der gleichen Stelle an der Schulter erwischt, wie Jagger ihn bei dem Attentat auf der Höh.

„Okay, Alter, wir fahren jetzt zu Dr. Hahnemann und ich versuche ihn zu überzeugen, die Schussverletzung nicht an die Bullen zu melden. Die Chancen stehen ziemlich gut, dass mir das gelingen wird. Aber der Herr Doktor hat seinen Preis. Und den werde ganz sicher nicht ich zahlen."

Jagger sah ihn mit glasigen Augen an. Blut rann durch die Finger seiner Hand, die er auf die Wunde gepresst hatte.

„Wie viel?", krächzte er.

„Falsche Frage. Die richtige Frage lautet: Was muss ich dafür tun?"

„Ich soll aus Ellens Leben verschwinden ..."

„Nicht nur aus Ellens Lebens. Aus unser aller Leben. Und zwar für immer."

„Was heißt das konkret?"

Andersen sagte es ihm.

Jagger zögerte kurz, dann stimmte er zu.

Andersen fuhr ihn zu Hahnemann. Wie er seiner Mutter die Blutflecken auf dem Beifahrersitz des Polo erklären würde, darüber würde er sich später den Kopf zerbrechen.

30
LOS ENDOS

Dreimal kurz, zweimal lang, dreimal kurz. Gegen den Rollladen.

Er drehte sich auf der Schlafcouch um und zog sich die Decke über die Ohren.

Dreimal kurz, zweimal lang, dreimal kurz. Gegen den Rollladen.

„Ah, Dreck", fluchte er, wuchtete sich schwerfällig aus dem warmen Bett, schlüpfte in Jogginghosen und T-Shirt, zog den Rollladen der Terrassentür hoch und öffnete die Tür.

„Hey, Smörre. Ich war gerade in der Gegend und dachte ..."

„Nicht labern, Mann. Erst Koffein."

„Kein Ding. Soll ich mich kümmern?"

„Das wäre nett."

Kurz darauf saßen Andersen und Sindelar nebeneinander auf dem Sofa und hielten sich an ihren Kaffeetassen fest.

„Wie viel Uhr ist es?"

„Kurz nach zehn", meinte Sindelar.

„Morgens?"

Sindelar nickte in Richtung der Terrassentür, durch die die Sonne schien.

„Welcher Tag?"

„Mittwoch."

Andersen hatte fast 48 Stunden durchgepennt. Er nahm einen Schluck Kaffee, während Sindelar ihm erzählte, dass ihn die zuständige Staatsanwältin heute Morgen, ohne nähere Angabe von Gründen, auf freien Fuß gesetzt hatte.

„Du wirst aus der U-Haft entlassen und kommst als Erstes zu mir? Findest du das nicht ein bisschen ... schwul?"

„Ja klar, voll schwul. Aber wo sollte ich denn sonst hin?"

„Zu Fischer vielleicht und deinen Leuten?"

„Keine Ahnung, ob das noch meine Leute sind", murmelte Sindelar.

„Claudia und Lucie waren auch keine Alternative?"

Er schüttelte den Kopf. „Zu früh. Noch zu viel Ungeklärtes."

Andersen verstand und schwieg.

„Meine Freilassung hab ich dir zu verdanken, oder? Du hast den richtigen Mörder gefunden."

„So sieht's aus."

„Wer war es?"

Andersen erzählte ihm von Mitchell. Eine Story, die schon Schilling hatte schlucken müssen.

„Und das Mordmotiv des Amis?"

„Hat dich nicht zu interessieren. Freu dich einfach, dass du raus bist."

Er zögerte kurz. Dann lächelte er.

„Und jetzt? Was hast du vor? Wie soll's weitergehen?"

Er zuckte mit den Schultern.

„Ich hätte da vielleicht 'ne Idee", meinte Andersen, fummelte ein Schriftstück aus seiner Lederjacke, die über dem Stuhl hing, und drückte es Sindelar in die Hand.

„Was ist das?"

„Lies einfach."

Sindelar las. Dann starrte er Andersen an. „Das ist jetzt Verarsche ..."

„Keine Verarsche."

„Wieso sollte er das tun?"

„Man steckt in solchen Typen nicht drin", meinte Andersen schulterzuckend.

Als er mit Jagger weit nach Mitternacht vor der Praxis von Hahnemann angekommen war, waren alle Parkplätze besetzt gewesen. Weitere Wagen hatten direkt auf dem Gehweg geparkt. Offensichtlich waren sie nicht die Einzigen, die in dieser Nacht ärztlichen Beistand in Anspruch nehmen mussten. Die laut Hahnemann kurz nach der Explosion am Unfallort eingetroffenen Notarztwagen hatten nicht ausgereicht, um die Verletzten zu versorgen, weshalb er kurzfristig seine Praxis geöffnet hatte. Die Wucht der Explosion war so heftig gewesen, dass Häuser abgedeckt wurden, mehrere Dachstühle durch den Funkenflug in Flammen aufgingen, ein Haus komplett einstürzte – wobei sich die Bewohner glücklicherweise noch vorher hatten retten können –, der obere Teil des Friedhofs komplett niederbrannte, herumfliegende Trümmer und Metallsplitter parkende Autos zerstörten und mehrere Helltaler durch berstende Fensterscheiben verletzt wurden. Kurz: Es herrschte das komplette Chaos.

Während Hahnemann zwischen Wartezimmer und Behandlungsraum hin- und herhuschte, gelang es Andersen, ihm klarzumachen, dass Jaggers Verletzung und deren Behandlung absolute Priorität habe. Hahnemann schien verstanden zu haben und kümmerte sich sofort um ihn. Es war ein glatter Durchschuss, direkt unterhalb der Schulter. Hahnemann hatte Jagger zwei Packungen Schmerztabletten mitgegeben und ihm nahegelegt, sich in den nächsten Tagen regelmäßig bei seinem Hausarzt zu melden, woraufhin Jagger meinte, er habe keinen Hausarzt mehr, werde sich aber bemühen, so schnell wie möglich an seinem neuen Wohnort einen zu finden. Der Deal war nämlich folgender: Jagger würde noch in der Nacht aus Helltal verschwinden. Für immer. Vorher würde er Andersen aber noch das Schriftstück, in dem Jagger Sindelar die Werkstatt in Weselberg überschreibt, mit seinem Autogramm verzieren. Andersen meinte, falls er mitkriegen sollte, dass Jagger irgendwann zurück nach Helltal käme oder mit der Idee liebäugelte, alles den Bullen zu erzählen, würde er ihm eine Kugel in den Kopf jagen.

Jagger erklärte sich einverstanden.

Danach fuhr Andersen mit ihm zurück in die Werkstatt, wo er seine wenigen Habseligkeiten in einen Rollkoffer packte, sich den BMW 840Ci schnappte und damit vom Hof fuhr.

Andersen drückte Sindelar die Schlüssel von Jaggers Werkstatt in die Hand. „Wenn du dich dafür entscheidest, gehen wir die Tage zum Notar und bringen das Ganze in trockene Tücher."

Sindelar starrte überfordert auf den Schlüsselbund.

„Lass sacken. Du musst dich ja nicht jetzt entscheiden."

Andersen hatte nicht die geringste Ahnung, wie Sindelar sich entscheiden würde, aber er hoffte, er würde das Richtige tun. Nicht nur für sich, sondern auch für Lucie und Claudia.

„Mitbekommen, was Montagnacht hier los war?"

Sindelar schüttelte den Kopf.

Sindelar starrte fassungs- und sprachlos auf den Ground Zero von Helltal. Strassers Wohnhaus und die Scheune waren komplett abgebrannt. Teilweise schien die Asche immer noch zu schwelen. An der Stelle, an der Strasser die Munition, den Sprengstoff und die Waffen vergraben hatte – und Andersen die Leiche von Leiser – befand sich ein riesiger Krater. Das komplette Grundstück war mit Polizeiband abgesperrt.

„Wusste niemand im Dorf, dass er Waffen, Sprengstoff und Munition in der Scheune gehortet hatte?"

„Keine Ahnung. Ich wusste es nicht", murmelte Sindelar, zog sich die Kapuze seines Longsleeves ins Gesicht und vergrub die Hände tief in den Taschen seiner Lederjacke. Wie aus dem Nichts materialisierte sich plötzlich einer der Skatspieler aus der Zuckermodder neben ihnen.

„Dass es mit Strasser mal ein böses Ende nehmen würde, war irgendwie klar", meinte er. „Mit allen Spielern der Meistermannschaft von 82 hat es ein böses Ende genommen." Er sah zu Sindelar. „Mit dir fast auch."

„Knapp vorbei ist auch daneben", erwiderte Sindelar.

„Wohl wahr, wohl wahr", murmelte der Skatspieler und verschränkte die Hände hinter dem Rücken. „Die von der Rheinpfalz meinen, dass Strasser das alles in die Luft gejagt hat. ‚Erweiterter Selbstmord' meinen die."

Andersen konnte sich beim besten Willen nicht vorstellen, dass Strasser absichtlich sich, sein Anwesen und die Hälfte von Helltal dem Erdboden gleichgemacht hatte. Dafür war er nicht der Typ. Beim Abtransport der Explosiva aus der Scheune musste irgendwas schiefgegangen sein. Vielleicht war er besoffen mit der Schubkarre gestolpert oder ...

Es war müßig. Strasser war Geschichte. Genauso wie Trautmann, Leiser, Mitchell und ... Steffi. Ein gutes hatte die Explosion dennoch. Jedenfalls für Andersen. Man würde niemals Leisers Leiche finden und sie in Zusammenhang mit ihm bringen können.

„Jäger Manfred ist verschwunden", meinte der Skatspieler. „Seit zwei Tagen. Manche glauben, das steht im Zusammenhang mit dem hier." Er nickte in Richtung des Grundstücks und wandte sich dann zu Andersen um. „Steht das im Zusammenhang mit dem hier?"

„Woher soll ich das wissen? Ich bin nur zu Besuch. Ich kenne ja nicht mal die Namen der Leute, die in der Zuckermodder Skat dreschen."

Der Skatspieler zog eine Augenbraue hoch. Dann starrte er wieder auf das Grundstück. „Beerdigung ist morgen. Man sagt, der Sarg sei leer. Nichts mehr am Stück gefunden worden vom Strasser."

Er tippte sich kurz mit einem Finger gegen die Schläfe und trottete dann davon. Sindelar und Andersen sahen ihm hinterher.

„Hast du was damit zu tun?", meinte Sindelar, als der Skatspieler außer Sicht war.

„Mit was?"

„Mit Jaggers Verschwinden."

„Wie kommst du darauf?"

„Komm schon, Smörre. Was hast du da gedealt?"

„Hab nichts gedealt", meinte Andersen. Sindelar schien nicht wirklich überzeugt zu sein, hakte aber auch nicht weiter nach. Stattdessen steckte er sich eine an und ließ den Blick über den oberen Teil des Friedhofs schweifen. Das Areal war zum größten Teil nichts weiter als verbrannte Erde. Selbst von der Leichenhalle standen nur noch die Grundmauern.

„Das Grab vom Gundall ist übrigens auch leer …"

Es dauerte einen Moment, bis Andersen verstand, dass Sindelar von Claudias Vater sprach, der seit 1982 vermisst wurde.

„Alles andere hätte mich jetzt auch gewundert."

Sindelar sah Andersen fragend an.

„Du erinnerst dich wirklich nicht mehr …"

„An was?"

„Den 8. Mai 1982."

Andersen kramte in seinen Erinnerungen, wurde aber nicht wirklich fündig – oder wollte nicht fündig werden –, weshalb er den Kopf schüttelte.

Sindelar atmete tief durch. „Du wolltest doch vor kurzem wissen, was wir getan hätten und ich meinte, wir hätten nichts getan. Tja, Alter, das war gelogen."

Andersen musterte ihn irritiert, als ein schwarzer Opel Vectra mit quietschenden Reifen direkt hinter den beiden zum Stehen kam. KOK Young stieg aus. Sindelar warf Young einen kurzen Blick zu, schnippte dann seine Kippe in Richtung von Strassers Grundstück und kletterte auf den Beifahrersitz des Polo. Young stellte sich wortlos neben Andersen, zückte seine Kippen und bot ihm eine an. Andersen bediente sich und gab ihnen Feuer. Sie bliesen schweigend eine Zeitlang den Rauch in die kalte Oktoberluft von Helltal, wobei sie auf Strassers Grundstück sahen.

„Mitchell hatte zum Zeitpunkt des Unfalls auf der Höh 2,6 Promille im Blut. Rückstände von Methamphetaminen konnten auch festgestellt werden."

„Überrascht dich das jetzt?"

Er ging nicht auf Andersens Frage ein. „Außerdem haben wir in der Nähe des Trucks das Messer gefunden, mit dem Trautmann kastriert wurde."

„Und Mitchells DNA stimmt mit der am Tatort sichergestellten überein?"

Er zögerte kurz. Dann nickte er. „Das beweist aber lediglich, dass Mitchell am Tatort war und sein Messer benutzt wurde, um Trautmann die Weichteile abzuschneiden, nicht mehr und nicht weniger."

„Bullshit. Das beweist alles. Wie sehen Schilling und die US-Behörden das alles?"

„Genauso wie du."

„Dann ist doch alles im Lack. Ihr habt euren Mörder und alle sind zufrieden."

Young rieb sich mit einer Hand den Nacken. „Und was ist mit den offensichtlichen Unstimmigkeiten und losen Enden?"

„Vernachlässigbar."

„Auch zum Beispiel die Frage, warum Ian Mitchell einen Mann getötet und kastriert hat, mit dem ihn nichts verbunden hat? Oder die Frage, wie er an eins der Gewehre des Schießwagens der Schausteller gekommen ist, obwohl keiner der Zeugen von Samstagabend ihn auf dem Dorfplatz gesehen hat? Oder die, wie die Bremsspuren eines zweiten, unbekannten Wagens am Unfallort auf der Höh zu interpretieren sind? Oder die Frage warum Manfred Jäger seit zwei Tagen spurlos verschwunden ist? Oder wieso Anton Strasser sich und sein Gehöft in die Luft gejagt hat? Oder was aus dem Mörder von Steffi Becker geworden ist?"

„Leiser? Der ist hundertpro irgendwo untergetaucht."

„Und wo?"

„Woher soll ich das wissen? Bin ich Jesus? Hab ich Sandalen an?"

Young äugte kurz auf Andersens Adidas, ließ seine Kippe zu Boden fallen und trat sie aus. „Ich soll dich von Schilling grüßen. Er wünscht dir 'ne gute Rückreise."

„Sonst noch was?"

„No, Ma'am."

„Kommste mich mal in Berlin besuchen?"

„Darauf kannst du deinen kleinen Ex-Junkie-Arsch verwetten."

Als Andersen mit Sindelar zurück in die Einliegerwohnung kam, saß seine Mutter auf der Couch im Wohnzimmer. Offensichtlich hatte sie auf ihn gewartet. Sindelar meinte, er wollte eh noch einkaufen, und war weg.

„Ich hab auf dich gewartet", meinte sie.

Andersen zog schweigend seine Lederjacke aus.

„Was du getan hast ... Danke. Für alles."

„Kein Ding, war mir ein Vergnügen", murmelte er, fummelte den Umschlag mit der bei der Kollekte gesammelten Kohle, die ursprünglich für Mitchell bestimmt war, aus der Jackentasche und drückte ihn ihr in die Hand. „Spendet es an notleidende Kinder in Afrika, ans Tierheim oder irgendeine Institution, die sich um missbrauchte Kinder und Frauen kümmert."

Sie starrte von dem Umschlag zu ihrem Sohn und wieder zurück auf den Umschlag.

„Alles ist gut", murmelte er. Sie versuchte sich an einem Lächeln, scheiterte aber grandios. Dann stand sie auf und umarmte ihn. Hielt ihn einfach nur fest. Er ließ sich festhalten. Wenn auch widerwillig.

„Wenn du das nächste Mal nach Helltal kommst", meinte sie, als sie ihn nach einer gefühlten Ewigkeit losgelassen hatte, „ruf bitte vorher an. Ein bisschen Vorlauf, um die Betten zu beziehen und hier klar Schiff zu machen, wäre nicht schlecht."

Er nickte. Dass ich nicht vorhatte, jemals wieder in dieses Dorf hinter den sieben Bergen bei den sieben Zwergen zurückzukommen, behielt er für sich.

Es war bewölkt und diesig. Vom Baggersee tief unter ihnen war nichts zu sehen. Auch mit dem atemberaubenden Blick über den Wald und den See würde es heute Abend wohl nichts mehr werden. Sindelar versuchte erfolglos, das Feuer, das sie mit Steinen aus dem Wald eingefasst hatten, in Gang zu bringen. Aber das Holz war zu feucht. Nach wenigen Minuten waren sie von beißendem Rauch eingehüllt.

„Scheißidee", moserte Claudia hustend. „Es ist fucking Ende Oktober und nicht Sommer, falls dir das entgangen sein sollte."

Sindelar hatte sie und Andersen mehr oder weniger genötigt, mit ihm zusammen den Abend auf ‚ihrer' Klippe im Wald zwischen Helltal und Bann zu verbringen. Dabei hatte er irgendwas was von Kreisen, die angeblich geschlossen werden müssten gemurmelt. Claudia und Andersen hatten das einfach mal so im Raum stehen lassen und beschlossen, ihm den Gefallen zu tun.

„Das ist mir nicht entgangen", meinte Sindelar knapp, schnappte sich das von ihm mitgebrachte kurzstielige Beil und begann im angrenzenden Wald weiteres Holz zu hacken. Andersen nahm einen Schluck Rotwein direkt aus der Pulle und reichte sie an Claudia weiter. „Entspann dich. Er wird schon seine Gründe haben."

„Das heißt aber nicht, dass es auch meine sind."

Sie nahm einen langen Schluck. Andersen betrachtete sie. Fragte sich erneut, wie viel sie von allem, was passiert war, wusste? Was hatten ihr Maria und Kasia erzählt? Was hatte Lucie erzählt? Zu viele Fragen, zu wenige Antworten. Vielleicht besser, wenn es dabei bliebe. Er hatte sie damals nicht retten können und das würde ihm auch heute nicht gelingen.

Sie reichte ihm die Flasche zurück. Rülpste. Dann kicherte sie. Ein bezauberndes Kichern, das sie für einen kurzen Moment wieder in die Claudia, die sie damals war, zurückverwandelte. Bowie kläffte sie an, wollte wohl mitkichern.

Nach dem Ausflug mit Sindelar zu Strassers Grundstück und der irgendwie seltsamen Begegnung mit seiner Mutter in der Einliegerwohnung war Andersen zu Lene gefahren, um sie aus erster Hand über den tödlichen Unfall ihres Ex zu informieren, wobei er natürlich gewisse Fakten außen vor ließ. Lene war baff. Und erschüttert. Konnte nicht verstehen, wieso der Vater ihrer Kinder einen Grund gehabt haben sollte, Trautmann zu ermorden. Bei Beantwortung der Frage durfte Andersen ihr aus bekannten Gründen leider keine große Hilfe sein, weshalb er versuchte, sich so schnell und organisch wie möglich zu verabschieden. Aber dann war Bowie ins Spiel gekommen und die Sache hatte sich ein wenig verkompliziert. Bowie konnte nicht zurück zu seinem Herrchen nach Weltersbach, da sein Herrchen nicht mehr existent war. Er konnte aber auch nicht bei Lene und den Kids bleiben. Sie musste ihn ins Tierheim bringen. Was aber weder in Lenes und schon gar nicht im Interesse ihres Ex-Mannes gewesen wäre. „Take care of Bowie" war irgendwie nicht wirklich misszuverstehen. Also nahm sich Andersen seiner an. Und irgendwie schien er ja auch – im Gegensatz zum Großteil der ihm bekannten Menschheit – ein bisschen was mit ihm anfangen zu können.

Claudia kraulte Andersens neuen Weggefährten zwischen den Ohren, was dieser mit einem wohligen Seufzen quittierte und seinen Kopf auf ihren Oberschenkel bettete.

„Du hast es wirklich geschafft. Unglaublich", murmelte sie.

Andersen sah sie fragend an.

„Du hast Stefan rausgehauen."

„Ach, das", meinte er abwinkend. „War ja kein großes Ding."

Sindelar kam mit frischen Holzscheiten zurück und ließ sie zusammen mit dem Beil neben die Feuerstelle fallen. „Jetzt sollte es funktionieren."

Tat es dann auch. Nach einer Viertelstunde knackte und knisterte das brennende Holz und sie wärmten sich daran die Hände. Bowie schlich skeptisch um das Feuer herum, während der Rotwein und die Whiskeyflasche zwischen ihnen hin- und hergingen. Jameson. Darauf hatte Andersen bestanden.

„Fehlt eigentlich nur noch Blue Öyster Cult", meinte Claudia sarkastisch. „Wär doch die perfekte musikalische Untermalung für unsere kleine Ü-40-Party, oder?"

„Und Asia", fügte Andersen hinzu.

„Ihr habt Judie Tzuke vergessen", ergänzte Sindelar ernst, ohne sie anzusehen. Claudia und Andersen tauschten einen

Blick. Claudia machte mit dem Zeigefinder eine kreisende Bewegung rund um die Schläfe.

„Ihr erinnert euch wirklich nicht ..."

„An Judie Tzuke?", meinte Andersen. „Nee, nicht so wirklich."

„Wo wart ihr am 8. Mai 1982?"

Andersen sah zu Claudia, die mit den Schultern zuckte und dann einen langen Schluck aus der Rotweinflasche nahm.

„8. Mai 1982. Der letzte Spieltag der Saison 1981/1982", erklärte Sindelar. „Ihr sitzt zusammen mit Jagger und Ellen auf der vollbesetzten Tribüne des Sportplatzes und fiebert wie alle anderen dem Anpfiff entgegen. Ganz Helltal ist auf den Beinen. Keiner will sich das entscheidende Spiel um die Meisterschaft der Bezirksliga Westpfalz entgehen lassen. Es gibt mehrere Bierstände, der Duft von frisch gegrillten Bratwürsten zieht über den Platz. Es sind an die 25 Grad. Die Sonne knallt von einem blauen Himmel. Ein Vorgeschmack auf den Sommer."

Plötzlich erinnerte sich Andersen und nahm Sindelars Erzählung auf.

„Hinter einem der Tore ist eine kleine Bühne aufgebaut, auf der eine beschissene Tanzcombo mit einer beschissenen Sängerin beschissene Versionen von Verdamp lang her und 17 Jahr, blondes Haar zum Besten gibt."

Sindelar nickte und sah zu Claudia, die abwesend mit einem Ast im Feuer herumstocherte. „Erinnerst du dich?"

Ohne ihn anzusehen schüttelte sie den Kopf.

„Auch nicht daran, dass er beide Tore zum 2:0 Sieg gegen die SG Linden erzielt und Helltal zum Meister gemacht hat?", fragte Andersen.

Claudia zuckte mit den Schultern.

„Wir waren nach dem Spiel hier verabredet", übernahm wieder Sindelar, „da ich keinen Bock hatte, mit den Fußballern und dem Rest des Dorfes zu feiern. Ihr seid direkt nach dem Schlusspfiff abgehauen ..."

Er sah zu Andersen. „Erzähl's ihr. Ich war zu dem Zeitpunkt ja noch nicht dabei ..."

Andersen sah von Sindelar zu Claudia und wieder zurück zu Sindelar.

„Du erinnerst dich wieder, oder?"

Andersen nahm einen weiteren Schluck Jameson, atmete tief durch und nickte.

31
STAY WITH ME TILL DAWN

Das Wasser des Sees glitzert in der Sonne. Niemand ist am gegenüberliegenden Ufer zu sehen, wir haben die Location wie meistens für uns alleine. Ich checke meine Tapes und entscheide mich für ‚The Number of the Beast', das neue Maiden-Album.

Claudia stöhnt. „Bitte nicht Maiden. Haste nicht was anderes?"

„Klar", meine ich, „hab aber keinen Bock auf was anderes."

„Und wenn ich dich bestechen würde?"

„Mit was?"

„Weiß noch nicht. Da würde mir aber sicher was einfallen."

Sie grinst, legt zwei große Decken aus, setzt sich im Schneidersitz hin, kramt zwei Bierdosen aus der Kühltasche, öffnet beide und hält mir eine davon hin. Wir stoßen an und trinken. Sie lässt ihren Blick über den See und den angrenzenden Wald schweifen. Dann legt sie den Kopf in den Nacken und schließt die Augen. Ich nutze die Gelegenheit und betrachte ausgiebig ihren perfekten Körper. Ich versuche mich zu erinnern, wie sich ihre Brüste anfühlen und wie sie küsst, scheitere aber. Es ist zu lange her. Zwei Monate, um genau zu sein. Als sie mich und Sinde beim Gillan-Konzert geküsst hatte, hatte ich gehofft, dass wir jetzt irgendwie zusammen seien. Danach durfte ich schmerzlich feststellen, dass ich mit dieser Einschätzung falschlag. Ebenso wie Sinde, der das Gleiche gehofft hatte und ebenso enttäuscht wurde. Es hatte sich nichts zwischen uns dreien geändert. Claudia hielt weiterhin Abstand in dem Sinne, dass sie weder mich noch Sinde ran ließ und auch nicht das Bedürfnis zu haben schien, an diesem ungeklärten Zustand irgendetwas zu ändern. Langsam glaube ich, sie will sich gar nicht zwischen uns entscheiden, da sie auf diese Art ‚the best of both worlds' bekommt.

Sie öffnet die Augen und sieht mich an. „Weißt du, was ich glaube?"

„Nein, was?"

„Dass Maiden Scheiße sind." Sie kichert. „Bestechung jetzt?"

Ich nicke. Sie lehnt sich zurück und stützt sich auf die Unterarme. „Wie wär's mit 'nem Kuss?"

„Mit oder ohne Zunge?"

Sie lacht auf. „Mit natürlich. Ein Kuss ohne Zunge ist doch kein Kuss."

Ich schlucke. Räuspere mich. Murmele: „Okay. Und was willste dann hören?"

„Judie Tzuke. ‚Stay with me ‚till Dawn'."

„Von welchem Album war der Song nochmal?"

„‚Welcome to the Cruise'."

Ich ziehe die Sporttasche zu mir ran und suche angespannt das Judie-Tzuke-Tape. Finde es. Werfe die ‚Number of the Beast' aus, was Claudia mit einem erleichterten „Danke" kommentiert, und lege ‚Welcome to the Crusie' ein. „Wievielter Song?"

„Letzter."

Ich spule vor. Claudia legt sich auf den Rücken und verschränkt die Arme hinter dem Kopf. Ich mustere sie von der Seite. Drücke dann ‚Play'.

„Noch zwei Songs", meint sie.

Irgendwann finde ich den Anfang und lege mich neben sie.

Sie dreht sich zu mir um, nimmt mein Gesicht in die Hände und küsst mich. Mit Zunge. Feucht. Zärtlich. Fordernd. Ich lege eine Hand auf ihre Hüfte. Als sie ihren Mund von meinem löst, kann ich es mir gerade noch verkneifen, „Nicht aufhören!" zu murmeln.

Ich setze mich auf und nehme einen Schluck Bier. „Mit wem von uns beiden willst du jetzt eigentlich zusammen sein?"

Sie sieht mich irritiert an.

„Ich meine, du musst dich doch mal entscheiden."

„Wer sagt das?"

„Na, ich zum Beispiel."
„Sieht Stefan das auch so?"
„Denk schon."
„Und wenn ich mich nicht entscheiden will?"

Bleibt es kompliziert, ergänze ich in Gedanken, sage aber: „Kannst du dich nicht entscheiden oder willst du nicht?"

Sie lächelt. „Um eure Helden zu zitieren: ‚If you chose not to decide, you still have made a choice'." Sie lacht auf und legt dabei den Kopf in den Nacken.

„Ah, Scheiße", grummele ich.

„Halt die Klappe." Sie beugt sich über mich und küsst mich erneut. Ich schließe die Augen. Genieße die Wärme und Weichheit ihrer Haut, ihren Geruch, ihre Nähe. Will, dass sie nie wieder aufhört. Sie dreht sich mit geschlossenen Augen auf den Rücken. Ich beuge mich über sie. Meine Hand gleitet unter ihren Rock, als ich brutal an den Haaren nach hinten weggerissen und zu Boden gestoßen werde. Ungläubig starre ich Sinde an, der mit hochrotem Kopf, sein Gesicht eine vor Wut verzerrte Fratze, über mir steht. Er brüllt, tituliert mich als ‚Verräterschwein', während Claudia versucht, ihn runterzufahren. Sindel bügelt sie mit den Worten „Halt dich da raus!" ab. Er zerrt mich an meinem Shirt hoch und verpasst mir einen Kinnhaken. Ich torkele rückwärts und gehe knapp neben dem Rand der Klippe zu Boden. Er stürzt sich auf mich und prügelt auf mich ein. Ich versuche, meinen Kopf mit den Armen vor seinen Schlägen zu schützen. Dann Claudia, die „Stopp jetzt, verdammt!" schreit. Das Echo ihrer Stimme wird von den gegenüberliegenden Sandsteinfelsen zurückgeworfen. Sinde hält inne und sieht zu ihr, während ich mir Sand, Staub und Blut aus dem Gesicht wische.

„Zwingt mich nicht, mich zwischen euch zu entscheiden", meint sie leise, „denn dann seid ihr mich los. Und zwar für immer."

„Entweder ich oder der Spast!", blafft Sinde. „Beide geht nicht!"

Claudia sieht ihn traurig an. „Warum nicht?"

„Weil darum nicht! So läuft das nicht, Claudi. Man kann nicht mit zwei Jungs gleichzeitig zusammen sein."

„Ich will aber euch beide."

„Ich hab aber keinen Bock dich mit jemandem zu teilen!" Er sieht zu mir. „Auch nicht mit Smörre-Spast. Schon gar nicht mit dem!"

„Glückwunsch zur Meisterschaft übrigens, Arschloch", murmele ich.

„Ja, du mich auch", murmelt Sindelar.

„Wenn Teilen für euch bedeutet, dass euch jemand was wegnimmt, dann ist es wohl wirklich besser, ich gehe."

Sie wendet sich ab.

„Warte!", rufe ich.

Sie hält inne und dreht sich zu mir um.

„Ich hab nicht das Gefühl, dass Sinde mir was wegnimmt."

Sinde sieht mich von der Seite an. Sprachlos. Fassungslos.

„Ich meine, davon wird der Kuchen doch nicht schlechter, nur weil man ihn teilt, oder?"

„Sie ist aber kein Kuchen, du Flachwichser!"

„Mann, du Arsch, du weißt doch was ich meine. Teilen bedeuten teilen, nothing more, nothing less. Völlig wertfrei."

„Wertfrei mein Arsch!"

„Teilen kann durchaus was Verbindendes sein, nichts Trennendes."

„Du laberst Scheiße, Alter."

„Nein, tut er nicht", murmelt Claudia.

Wir sehen zu ihr.

„Genau darum geht es. Etwas zu teilen, dass uns nicht trennt, sondern verbindet."

„Habt ihr irgendwelche Drogen genommen, oder was soll der Scheiß?", blafft Sinde. „Ihr habt sie doch nicht mehr alle. Man kann doch nicht ..."

Ich trete ihm auf den Fuß. Er brüllt auf. „Aua! Scheiße, Mann!"

„Halt einfach die Fresse, Sinde, und lass dich auf was Neues ein! Nur einmal, verdammt!"

Er starrt mich sprachlos an.

„Ich will euch ..."

Wir sehen zu Claudia.

„Jetzt …"

Sie breitet die Arme aus. Ich werfe Sinde einen Blick zu. „Keine Ahnung, was du jetzt vorhast, aber ich werde den Teufel tun und mir das entgehen lassen."

Ohne seine Antwort abzuwarten, gehe ich auf Claudia zu und umarme sie. Sehe aus den Augenwinkeln, wie Sinde den Kopf in den Nacken legt, sich kurz die Augen reibt und dann auf uns zukommt. Claudia und ich nehmen ihn in unsere Umarmung auf. Sie zieht ihr Kleid hoch, nimmt unsere Hände und führt sie zwischen ihre Beine. Dann gleiten wir zu dritt zu Boden. Sie flüstert in mein Ohr: „Ich will, dass du der erste bist …"

Als ich nach wenigen sanften Bewegungen in ihr komme, möchte ich schreien. Vor Lust, vor Geilheit, vor Liebe. Aber hauptsächlich wohl deswegen, weil es so schnell vorbeiging. Sie streichelt mir zärtlich über den Kopf. „Alles ist gut, Mark, alles ist gut."

Ich lasse mich neben sie fallen, starre in den wolkenlosen Himmel. Dann zieht sie Sinde auf sich. Dabei lächelt sie mich an. Ich streichele ihr über die Wange, murmele „Danke".

Als ich hochsehe, erstarre ich.

Ich will schreien, aber kein Laut kommt über meine Lippen.

„Ihr Sauschweine! Ihr perversen Drecksäue!", brüllt er, zerrt Sinde, dem die Jeans um die Fußknöchel schlackern, an den Haaren von Claudia runter und drischt ihm ansatzlos mit seiner Pranke mehrmals mitten ins Gesicht. Ich höre ihn schreien. Aber nur in meinem Kopf. Er hat gar keine Zeit zu schreien, so schnell passiert alles. Dafür schreit Claudia.

„Hör auf, Papa! Hör auf!"

Olaf Gundall beachtet sie nicht. Er ist völlig darauf konzentriert, Sinde mit einer Hand auf den Boden zu drücken, während er ihm mit der anderen immer und immer wieder in die Fresse hämmert. Dann fällt sein Blick auf das kurzstielige Beil neben der Feuerstelle. Er grinst. Ich stürze auf das Beil zu, aber Gundall ist schneller. Er tritt mir gegen den Brustkorb. Ich stürze nach hinten, knalle mit dem Hinterkopf auf den Boden. Für einen kurzen Moment verschwimmt alles vor meinen Augen. Nehme wie durch einen Schleier wahr, dass er sich wieder auf Sinde stürzt und jetzt mit der stumpfen Seite des Beils auf sein Knie eindrischt.

„Du wirst nie wieder Fußball spielen, du Drecksack! Nie wieder!"

Claudia stürzt sich hysterisch kreischend auf ihren Vater und drischt auf dessen Rücken ein. Als Reaktion fängt sie sich eine so heftige Ohrfeige ein, dass sie zu Boden geht. Blut und Rotz laufen ihr aus Nase und Mundwinkeln, Tränen füllen ihre Augen.

„Scheißnuttenfotze! Du scheißdreckige Nuttenfotze! Du bist als Nächstes dran!" Er wendet sich wieder Sinde zu. „Wenn ich mit dir fertig bin ..."

Das Echo der Schreie von Sinde und Claudia, das von den Felsen auf der anderen Seite des Sees zurückgeworfen wird, dröhnt in meinen Ohren.

Ich versuche, mich hochzurappeln. Schaffe es, mich auf die Ellbogen zu stützen. Versuche, aufzustehen, aber es gelingt mir nicht. Sehe Claudia, die sich den Rotz von der Nase wischt, einen Batzen Blut auf den felsigen Untergrund spuckt und sich dann brüllend, wie ein angeschossenes Tier, mit dem ganzen Gewicht ihrer knapp 45 Kilo erneut gegen ihren Vater wirft. Dass dieser das Gleichgewicht verliert und zur Seite kippt, ist wohl eher auf dessen Überraschung über Claudias neuerlichen Angriff zurückzuführen als auf die Wucht des Angriffs selbst. Das Beil schlittert über den Felsen. Sinde robbt panisch rückwärts von Gundall weg. Sein Knie grotesk angeschwollen. Überall ist Blut. Seine Jeans schlackern ihm immer noch um die Knöchel.

„Hör auf, Papa. Bitte!", schluchzt Claudia. Als Antwort fängt sie sich eine weitere Ohrfeige ein. Gundall greift nach Sindes Fuß, zieht ihn wieder zu sich ran. Sinde brüllt in Todesangst. Plötzlich hat Claudia das Beil in der Hand, betrachtet es einen Augenblick lang. Ich will schreien, ihr zurufen, dass sie das nicht tun soll, doch meinem Mund entweicht nur ein jämmerliches Krächzen. Dann jagt sie das Beil ihrem Vater in den Rücken. Gundall dreht sich zu seiner Tochter um. In seinem Blick kein Entsetzen, kein Schmerz, keine Angst, nur Überraschung. Er grunzt. Versucht, mit *den Händen fuchtelnd an das Beil in seinem Rücken ranzukommen, aber erfolglos. Es steckt genau zwischen seinen Schulterblättern. Sabber rinnt ihm aus den Mundwinkeln. Und Blut.*

„Dafür werde ich dich ficken. Bis du totgefickt bist!"

Er kommt schwerfällig auf die Beine, wankt auf Claudia zu. Sinde tritt ihm im Liegen mit letzter Kraft in die Kniekehlen. Gundall kippt nach hinten weg, knallt mit dem Hinterkopf auf den Felsen, wenige Zentimeter vom Rand der Klippe entfernt. Das Beil bohrt sich noch tiefer in seinem Rücken. Er grunzt. Stöhnt. Spuckt Blut. Röchelt.

„Das ist für Claudia!", brüllt Sinde und tritt ihn erneut. Dieses Mal gegen den Oberkörper. Gundall schlittert in Richtung der Kante der Klippe. Hängt einen Moment zwischen Leben und Tod und ist dann verschwunden. Wie ein Geist. Als hätte er nie existiert.

Ich krieche auf allen Vieren an den Rand, äuge nach unten. Dort wo er ins Wasser gefallen ist, steigen Luftblasen auf.

„Ist er tot? Ist das Schwein tot?", höre ich Claudia hinter mir hysterisch schluchzen. In diesem Moment durchbricht der Körper ihres Vaters die Wasseroberfläche. Er treibt mit dem Gesicht nach unten im blutrot gefärbten Wasser. In seinem Rücken das Beil.

„Ja, ist er", murmele ich. Ich wische mir Rotz von Mund und Nase und drehe mich um. Sindelar liegt auf dem Rücken, Claudia hält ihn im Arm. Er starrt in den wolkenlosen blauen Himmel und atmet schwer. Sein rechtes Knie eine formlose, blutige Masse aus Fleisch, Knorpel und Knochen. Ich kotze. Ewig. Bis nur noch Galle kommt. Dann wische ich mir an meinem blutverschmierten Shirt den Mund ab. Meine Hände zittern.

„Er stirbt! Mark! Er stirbt!"

Ich krieche zu Claudia und Sinde. Sindes Augen sind geschlossen. Ich checke seinen Puls an der Halsschlagader. Kaum spürbar. Ich verpasse ihm eine Ohrfeige. Keine Reaktion. Ich verpasse ihm noch eine. Er zuckt zusammen, reißt die Augen auf. Starrt mich an, sieht durch mich hindurch.

„Scheiße, Mark", stammelt Claudia. „Was machen wir denn jetzt?"

Tränen laufen ihr über die Wangen, vermischen sich mit dem Blut aus ihrer Nase. Ihre blonden Haare kleben ihr platt an den Schläfen. Wirre Strähnen in ihrem Gesicht. Adrenalin pumpt in Schüben durch meinen Körper, schärft alle Konturen und Gedanken.

„Nimm mein Mofa. Fahr ihn ins Krankenhaus nach Landstuhl", sage ich und streiche ihr die verschwitzen Haare über die Ohren. „Stell sicher, dass er sich an dich klammert. Fixiere ihn notfalls mit seinem Gürtel oder dem Spanngurt vom Gepäckträger an dir. Wenn euch jemand fragt, wie das passiert ist: Irgendwelche Schläger, die im Wald Party gemacht haben und die ihr zufällig überrascht habt. Beschreibung ist nicht, ging alles viel zu schnell."

Claudia zögert kurz, dann nickt sie.

„Und zieh ihm die Hosen hoch."

Sie zieht ihm vorsichtig die Hosen hoch und schließt sie mit zitternden Fingern. „Und du?"

Ich lege den Kopf in den Nacken. Es ist alles noch da, genau so, wie es sein sollte: Blauer Himmel. Die Sonne. Einzelne Schäfchenwolken. Die Welt dreht sich weiter. Als wäre nichts passiert. Oder als wäre es ihr scheißegal.

„Ich kümmere mich darum, dass wir nicht in den Knast wandern ..."

Claudia schnippte ihre Kippe ins Feuer, nahm einen Schluck Rotwein direkt aus der Pulle und sah dann Andersen an. „Was genau hast du getan?"

Ihre Stimme klang brüchig, verletzlich, heiser.

„Mich darum gekümmert, dass seine Leiche nie wieder auftaucht."

„Nein, ich meine, wie hast du es getan?"

Letztlich war die ganze Aktion einfach nur verdammt harte, körperliche Arbeit gewesen. Inklusive diverser Rückschläge und Momente, in denen Andersen fast verzweifelt wäre, da das, was er sich vorgenommen hatte, so ganz und gar nicht zu funktionieren schien. Er war gezwungen, zu improvisieren, neu zu denken, sich Alternativen zum ursprünglichen Plan zu überlegen und mehrmals von vorne zu beginnen. Irgendwann gegen Abend hatte er es dann endlich geschafft. Danach hatte er sich geschworen, niemals und mit niemandem über das, was an dem Tag passiert war und was er getan hatte, zu reden.

„Es reicht, wenn ich die Bilder im Kopf habe", meinte er.

Sindelar und Claudia hatten damals nicht nachgehakt und taten es auch jetzt nicht.

Bowie kam zu Andersen getrottet und bettete seinen Kopf auf dessen Oberschenkel. Andersen kraulte ihn und sah zu Claudia. Sie nahm einen weiteren Schluck aus der Rotweinflasche und atmete dann tief durch.

„Sind wir ... Mörder?"

„Die Vergangenheit ist vorbei", meinte Sindelar leise. „Es spielt keine Rolle mehr, was passiert ist, es ändert nichts. Jetzt nicht mehr. Es ging heute nur darum, uns noch einmal gemeinsam zu erinnern. Uns bewusst zu machen, was damals passiert ist. Erst jetzt können wir loslassen und weitergehen."

Claudia fummelte wortlos eine John Player aus ihrem Päckchen und steckte sie an. Blies schweigend den Rauch in die Flammen. Andersen starrte auf den Jameson in seiner Hand, Sindelar auf seine Schuhe.

„Auf die Toten ...", murmelte Sindelar irgendwann.

„Auf die Überlebenden ...", entgegnete Claudia.

Die beiden sahen zu Andersen. „Auf die dazwischen ...", meinte er.

Sie stießen miteinander an, während Andersen Bowie zwischen den Ohren kraulte, an Püppi und Steffi denken musste und in Gedanken hinzufügte: „... und auf abwesende Freunde."

ISBN 978-3-7375-1661-7
9 783737 516617 00001
www.epubli.de